国际大奖儿童小说

魔幻夹克
Collected Stories for Children

〔英〕沃尔特·德拉马尔 著

胡美华 译

Winner of the Carnegie Medal
卡耐基儿童文学奖作品

山东文艺出版社

图书在版编目(CIP)数据

魔幻夹克/(英)德拉马尔著;胡美华译.
—济南:山东文艺出版社,2016.5
 ISBN 978-7-5329-5232-8

Ⅰ.①魔… Ⅱ.①德…②胡… Ⅲ.①短篇小说-小说集-英国-现代 Ⅳ.①I561.45

中国版本图书馆 CIP 数据核字(2016)第 061941 号

魔幻夹克

〔英〕沃尔特·德拉马尔 著 胡美华 译

主管部门	山东出版传媒股份有限公司
出版发行	山东文艺出版社
社　　址	山东省济南市英雄山路 189 号
邮　　编	250002
网　　址	www.sdwypress.com

读者服务　0531-82098776(总编室)
　　　　　0531-82098775(市场营销部)
电子邮箱　sdwy@sdpress.com.cn

印　　刷	山东德州新华印务有限责任公司
开　　本	890mm×1240mm　1/32
印　　张	12.25
字　　数	290 千字
版　　次	2016 年 5 月第 1 版
印　　次	2016 年 5 月第 1 次印刷
书　　号	ISBN 978-7-5329-5232-8
定　　价	35.00 元

版权专有,侵权必究。如有图书质量问题,请与出版社联系调换。

目 录

001	迪克和豆茎
035	格莱斯尔达
041	一天一个便士
060	稻草人
083	沃里克郡三个酣睡的男孩
107	可爱的麦帆薇
137	露西
164	杰迈玛小姐
190	魔幻夹克
224	鱼王
256	邦普斯先生和他的猴子
288	昌西小姐的猫
311	爱丽丝的教母
336	玛利亚-苍蝇
350	不速之客
361	萨姆博和雪山
386	谜

迪克和豆茎

在格洛斯特郡，住着一个叫迪克的男孩，他的父亲是个农夫。在格洛斯特郡中，他们的农场不算大也不算小，规模中等。但那幢老房子至少已有两百年历史。它用优质的科茨沃尔德石头建成，有考究的多烟道烟囱和庞大的屋顶。迪克可以从挑篷下的窗户望出去，穿过耕地和牧场，看见远处的山丘，而近在眼前的是像围着母鸡的小鸡一样簇拥在老房子周围的谷仓、马厩和猪圈。

迪克是家中的独生子，他没有母亲。父亲没有送他去学校上学，主要是为了自己有个伴。但迪克是个非常聪慧的孩子，他在父亲的帮助下，自己学会了阅读和书写，也学会了一些计算方法。除此之外，他无论走到哪里，都会留心观察，注意聆听。他喜欢提问，有时，还会自己想办法找到答案，因此，他还学会了很多别的东西。

小时候，母亲和一位老妇人给他唱过许多老歌谣，讲过许多在那一带乡间流传的故事。每当要做针线活，要给床单滚边，或者要做衬衫的时候，老妇人就会来到农场。对她讲的故事，迪克百听不厌；虽然有时候，特别是在冬季里漆黑刮风的夜晚，他最终会着急地悄悄离开，瑟瑟发抖地爬上床。

这些故事都印在了迪克的脑子里，而且栩栩如生。他不仅记住了它们，而且还会去回味；有时候这些故事还会在他的梦里出现。他不仅能把她们讲的故事几乎一字不差地背下来，而且还喜欢在故事结束或者故事开讲前想象故事中的人物还会遭遇什么。他不仅能一章一章一页一页轻而易举地浏览故事书里的故事，而且如果故事只讲到发生在房子里的事，他还会延伸猜想它的花园的样子，在想象中，他会走出房子，进入花园，然后可能还会进一步探索别的东西。例如，他就以这样的方式，推断出阿拉丁的戒指戴在哪一根手指上，以及他的叔叔魔术师的眼睛是什么颜色；同样，在《睡美人》中，他推断出，当魔法棒开始向敌人施一百年不能破的致命沉睡魔咒，而她自己却骑着白色的驴驶入森林以后，那位老仙女又遭遇了什么。他知道她后来为什么没有参加婚礼！

至于**蓝胡子**① 的塔楼形城堡，迪克比法蒂玛知道的多得多！这个城堡有很多窗户，东边是栗色长廊，落羽杉下流淌着一条泥泞的护城河，河里有许多鲤鱼在游动。还有，如果他发现哈柏老奶奶有一只猫，就会说出猫的名字。他可以描述莫莉成为女王时戴的王冠，而且他的描述可以详细到最后一颗绿宝石。他是人们所说的充满活力的读者。

迪克经常希望自己是三兄弟中最小的一个，那样，他就可以早早地走出家门去寻求财富了。等过了几年，经历了许多冒险活动后，他可以腰缠万贯地回家，那时背上还背着一张魔法桌，或者口袋里藏着一顶隐形帽，然后，他就幸福地和父亲生活在一起。而且，他早就确信，自己只要鼓起勇气，哪怕只离开家一点点路，甚至只是到隔壁郡，如沃里克郡或威尔特郡，蒙默斯郡或萨默塞特郡，一定会有冒险经历。他渴望试试自己的运气。

但他遇到了一个障碍：他父亲几乎一刻也不让他离开他的视线。

---

① 法国民间故事中的人物。

这是很自然的。可怜的父亲，他没有女儿，迪克不仅是他唯一的儿子，而且是他唯一的孩子。迪克的母亲则已经去世了。除了农场外，父亲心里想的只有一件事——迪克。不过，他有时候会允许迪克独自到最近的市场去办一两件事。对迪克来说，独自去和不是独自去是不一样的。

有时，迪克会走得更远。他有个叔叔，人非常胖，是马什摩尔顿的一个石匠。还有一个寡妇老阿姨，她在沃尔德斯托有一处风车房，并养着七只猫。他会去看望他们。此外，他还去过西兰赛斯特的萨弗蓉集市，而且在那里一直待到夜灯初上，姜饼铺和旋转木马的灯一闪一闪。但是，至于格洛斯特郡的大城市，如格洛斯特、布里斯托尔，或更远的城市，如埃克塞特，或另一个方向更远的城市，如伦敦（他的老朋友和同名人迪克·惠廷顿在那里当了三届半的市长大人），迪克从来没有在这些城市的大街上走过，除了在故事书里读到，或在梦里梦见过。但是，只要耐心等待，机会总会到来。

他是在生日那天到萨弗蓉集市去的。接下来的一个生日，父亲给他买了一匹矮种马作为生日礼物。它有猪一样的鬃毛，又短又硬，尾巴被截去，站着有十一手（四十四英寸）高，名叫乔克。父亲允许迪克在干完上午的活后，在乡间骑马遛弯。用他的话说，是"见识一下世界"，并学会独自生活。经过讨价还价，迪克承诺，除非有什么意外的不幸或幸运耽搁了他，否则，他都会在天黑前回家。在厨房共进晚餐时，他们会就下午和晚上所做和所发生的事情进行郑重的交谈。父亲也跟迪克一样，开始盼望着这个时刻的到来。他们在一起时，就像非常好的朋友。

次年一月中旬的一个早晨，迪克请求父亲允许他独自度过下一个晴天。天气一直很冷，傍晚的天空有一抹红霞，所有迹象表明，第二天是个大晴天。他告诉父亲,他想比以往走得更远些——"翻过那边的山坡"。因为白天变短了,午后至天黑前没有几个小时,他得尽早出发。父亲答应了他的请求,但提醒他要小心身边的人,不要做任何可能导致灾难的事,不要鲁莽。"不要顽皮,孩子,"他说"也不要让祸害找上你。"迪克笑了,他向父亲做了保证。

第二天黎明前,星星还在天上眨眼,迪克就起床了。他穿好衣服,悄悄地走下楼梯,匆匆吃了早饭,为自己切了一大块面包和肉,放进口袋。然后,他给父亲草草写了几行字,告诉他,自己出发了,并把纸条钉在餐桌上,接着就给马套上马鞍,朝着正西北方向出发了。

夜里结了很厚的霜,就像有个巨大的磨坊主蹑手蹑脚地穿过田野,大把地撒了面粉。农场的车辙像石头一样坚硬,他们颠簸着慢慢向前行进。乔克的蹄子踏碎水坑的冰冻,它们就好像是薄薄的玻璃一样。不久,天上升起了像火炉般的太阳,但它的光线太弱,连地面凹陷处和树下的白霜都融化不了。

在这之前的星期五,迪克曾经去过两座圆形山之间的一个山谷,并从那里向外眺望。但因天太晚,无法走得更远。上午十点钟,他又一次来到了这个山谷,然后,继续往前,在郁郁葱葱的山坡之间,沿着一条杂草丛生、似隐似现的小道稳稳地快步向前,直到小路消失,他到了山的另一边。这里空旷平坦,但不远处又是白雪封顶的山坡。他对这些山很陌生,弄不清自己现在到底在哪里。

这里未经耕种的田野比他平常看到的要大得多,而且杂草蔓生,树篱凌乱,未经修剪,周边看不到一幢房子,很多越冬的鸟儿在这里觅食。迪克下了马,拿出午饭。在这寒冷刺骨的空气中,午餐的味道好极了。他坐在一块绿色的土丘上,沐浴着纤弱暗淡的阳光,边吃边打量着四周。他看到远处像有一缕袅袅上升的炊烟。他看了它一会儿，心里不禁赞叹。但他看不到火，而且它一动也不动。它静静地悬着，在霜冻的大地和碧蓝的天空间闪烁。它是什么呢？迪克百思不得其解。

他匆匆吃完面包和肉，感觉精神了许多，便又骑上马，尽快地朝那个方向奔驰而去。大约到了下午三点，迪克靠近了它。他发现自己来到了一块洼地上，面前有一幢破败不堪的旧农舍，它的稻草屋顶破了，烟囱已倒塌，花园荒芜。离房子几步远的地方，高高悬挂着一大团望不见顶、看似一种坚韧强壮的缠绕物或爬行植物的东西，它像瓶塞钻一样扭曲缠绕着向上延伸，并消失在高空中。迪克想不出它有多长，因为阳光很刺眼。但当他仔细观察这株庞大的植物，以及它像腰子形大鹅卵石般的干枯种子荚时，他确定这一定是豆子。

他从未见过这么大的豆子。该是谁种的呢？什么时候种的？为什么要种它？还有，他现在是到哪里去？刹那间，迪克突然意识到自己身在哪里，正在看着什么。毫无疑问，这肯定是杰克[①]的旧农舍。这是杰克跟母亲一起居住过的地方——在他去市场的路上碰到那位友善的屠夫之前。而这架杂乱缠绕的巨大梯子——想必是在杰克把它砍下来，使它砰然倒地之后，又生机蓬勃地长出来的——就是杰克的著名**豆茎**。

迪克想，可怜的老妇人。杰克的母亲一定在很久很久以前就去世了。杰克也一样。他从窗户留下的墙洞往里看，只见壁炉上撒满旧荨麻，那些盖屋顶的稻草上千疮百孔地布满废弃的鸟窝和老鼠洞，四周静悄悄的，并不见一个人影。他在离墙不远处一个有阳光的小土丘上

[①] 格林童话《杰克与魔豆》中的主人公。

坐下来，又一次起身仰望豆茎；接着又坐下；他的脑海里浮现出杰克的所有奇异冒险经历，这些故事他都已烂熟于心。

他脚下的草皮被兔子啃得光秃秃的，他的座处虽然还算光滑，但也布满一个个小洞，它是由草皮垒成堆的，就像一块巨大的灰色石头。它上面还长了常春藤和有刺灌木，他伸手就可够到。但离他三四步远的地方，又有一个更小一些的土丘。他朝它看了一眼，突然意识到，他一定是坐在杰克的一个巨人的大骨头关节上了，也许是他的大腿骨，现在有一部分被埋藏在地底下了。想到这里，他又猛地跳起来，警觉地环顾四周。他想，巨人的头盖骨会在哪里呢？接着，他又看看那巨大的渐渐隐去的豆茎，然后又看看骨头。现在是午后不久的时间，但这是冬天；他计算着，大约四点钟，太阳就会下山了。

迪克越看那一大束豆茎，就越渴望着爬上去——即使爬到烟囱那么高也好。再高些，再高很多，他就能看见几英里远。如果再高些，如果他的视力好，他甚至可能看见奥尔德鲍利———座在下雨前都可以从卧室的窗户看见的高山。

他的内心出现了两个声音。一个说：“如果父亲听说我真的发现了杰克的豆茎，却不敢向上爬一英寸就离开，一定不会原谅我！"另一个却说：“啊，这很好，我的朋友！但是，如果它能承受你，一英寸和一英里没有什么区别。怎么样？"

怎么样？迪克想。他走过去，拼尽全力拉住那束缠成一团的豆茎。一些鼓起的空豆籽从枯萎的豆荚里哗啦啦地掉下来，他忽地低下头，然后又拽住豆茎。这些梗茎就像皮革一样硬。他开始攀爬。

但他爬得很慢。粗糙枯萎的藤蔓不仅割破了他的手，而且因为上面结了一层霜，很快就把他的手脚都冻麻了。他气喘吁吁地停下来，心怦怦地跳，眼睛不敢往下看。然后，他又继续向上爬。也许就这样一直爬了一个小时，他又停下来，凝视四周。一幅令人惊叹的景色映入他的眼帘。因为它太奇妙了，他的头都晕眩起来。

天上低低地悬挂着一轮红日，他的脚下却是广袤的大地，它就像一个巨大的碟子。没错，那里肯定是奥尔德鲍利！在他脚下，杰克的农舍看上去只有玩具娃娃的房子那么大。大约离开它一英寸远，站着乔克，它就像鼹鼠那么小，正在杰克的母亲的花园里吃着草。

既然爬到这么高了，迪克就忍不住还想爬得更高。因此，他又继续向上爬。他被不断噼里啪啦砸向他的豆子刮得青一块紫一块，累得上气不接下气，虽然全身白霜覆盖，头上却热得冒烟。终于，他爬到了豆茎的顶端。他坐下来休息，发现眼前低山延绵起伏，幽谷广阔平缓，一层薄薄的积雪闪着银光。在清澈的蓝天下，这里看上去不像他曾经在下面见过的任何东西，却更像在梦中探索过的那类奇妙的地方。在遥远的北方，矗立在影影绰绰的白雪之上的黑色物体是城堡的塔楼。迪克看着那座城堡，越看越不喜欢它的样子。

然而，迪克还是决定朝着杰克带领的方向前进。最好要赶快！他不再想自己是否能在夜里回家，相信父亲一定会因为这次没有遵守诺言而原谅他，因为他确信，到明天早晨，他会告诉父亲很多东西。他以最快的速度费力地朝城堡走去。冻结的雪还不到一英寸深，但在这种高地里，天气冷得刺骨，冰雪又干燥易碎，他走得很慢。

其实，直到四分之三皎洁的月亮在身后升起的时候，迪克才到达发出嗡嗡回声的石头拱门下的城堡大门前。城堡在皑皑白雪上发出耀眼的光彩——在城门的方头铁钉上面，在城堡本身阴森森的空白墙体上。在他头顶上方，大门边高高悬挂着一条生锈的门铃链。迪克站在那里看着它，心脏咚咚地敲击着肋骨。但既然已经走到这一步，再要回头就会感到羞耻。他跳起来，双手抓住铁把手，使劲拉了一下。

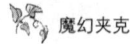

听不到声音。但过了几分钟——好像是慢慢地——木头大门上的一扇小门打开了，一个头上和肩上裹着一条披肩、脸色阴沉的妇人朝外看着他，问他要干什么。她大约只有九英尺高，这让迪克很吃惊。

迪克模仿着杰克说，他迷路了——而他确实是迷路了，虽然他发现了杰克的路线！他说他又饿又累，害怕会被冻死。他恳求妇人给他一点水和一片面包，或许她可以让他在她的火炉边取暖，即使就几分钟也好。"另外，夫人，"他说，"我唯一能做的就是躺倒在墙下，然后可能就死去。我再也走不动了。"

妇人颧骨突出的长脸没有任何变化，她只是继续低头看着他。接着，她问他叫什么名字，迪克告诉了她，她听了眼睛一亮，好像是正等待着他的到来。

"退出去一点，站到月光下，让我能看清你的脸。你是*迪克*，是吗？"她重复着他的名字，"迪克！你来乞讨啦，嗯？我以前听说过这个故事。我该怎么告诉你，你和那个可恶的杰克不是从同一个地方来，无论是哪里？我该怎么告诉你，他在很多很多年前来到这里，告诉我和你一样的故事，然后拿着我祖父的钱包、小母鸡和竖琴逃跑了？唷！在我看来，你们两个是一模一样的恶棍！"

迪克茫然地看着她的脸。他想，如果这个妇人只是他的曾孙女，杰克的巨人不可能像故事中说的，是那样久远的人。他会猜测，至少要加上整整一打的"曾"字。这是个谜。

"杰克？"他好像很困惑地说，"谁是杰克，夫人？我来的地方有那么多叫杰克的人，跟我都没什么关系。那么，他怎么啦？"

"啊，"妇人说，"你完全可以这么问。如果我曾祖父捉住了他，会碾碎他的骨头熬汤喝。我的曾祖父那时正是年轻力壮的时候，但他再也没有回来，没有。从此再也没有一个更和蔼更彬彬有礼的灵魂出现过！'谁是**杰克**？'他说。"她喃喃自语道。迪克一点也不喜欢这个声音。

"嗯，我不知道！"他说，真希望可以让自己的脸避开月光。"我是说，我不知道您曾祖父有没有再找到他的竖琴，或者他的小母鸡。我来的那个地方有很多母鸡，我听说也有很多竖琴。我的意思是，这听起来是个很可怕的故事。但您提到的那个男孩想要那把竖琴干什么？"

"啊，"脸色阴沉的妇人盯着他，并眨巴了一下眼睛。"什么？"

"无论如何，"迪克说，"我算不出那是多久以前的事了。如果我是杰克，夫人，或者甚至是他的曾孙子，我不可能像现在这样高，我应该会蓄着像您的手臂那么长的胡子，很久以前就应该死了。我为您的曾祖父感到难过，这是个悲惨的故事。我不知道杰克不应该有什么结局，但如果您能给我一口水，一点面包，让我烤一下火，我不会再要别的东西。"

"他们说，杰克也不会再要别的东西。"妇人尖酸地说，接着又从头到脚打量了迪克一番。

但她让迪克走进城堡的大门，一直走到厨房，厨房里壁炉在燃烧。迪克估摸着，这个厨房大概有一个小教堂那么大（但不会大多少）。在这寒冷的黑夜，它显得很温馨。餐桌上燃着一盏套着罩子的灯，衣橱上放着粗大的油脂蜡烛，锡做的蜡烛架有三英尺高。迪克站在离壁炉几步远的地方烘着手，一边偷偷地环顾四周。在他身边，就是杰克害怕时藏身的橱柜。烤箱关着的门就像地牢的门。通过一个拱门他可以看到右边的大锅。餐桌旁有一张椅子，桌子上有一只像洗衣盆那么大的盛汤用的盖碗，似乎在等待着某个人使用。盖碗旁有一只碗和一个调羹，调羹旁是一大块四磅重的面包。虽然有一段距离，但他只要伸长脖子，就能看到桌子上的东西。

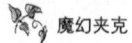

他吃惊地看着这一切。他想象中的杰克的巨人的厨房是一个黑暗阴郁的地方。但在杰克的时代,也许壁炉燃烧的火没有这么猛,而且不会有灯亮着;也许在夏天,城堡墙壁的影子会阴森森地投射在窗户上方。但他自己也没有感到很舒服。现在他既然已经设法进入了城堡,便又开始担心,在他能够出去以前,会发生什么事。他一点也不喜欢这个妇人的样子和对待他的方式,而且无论谁会在餐桌前喝汤,可能看上去都会更可怕。

妇人已经拿掉了披肩。她在一个绿色的橱柜里仔细翻找了一通,然后拿回来一只普通大小的大浅盘和一只陶瓷杯——跟桌子上的盖碗相比,它们就像是玩具娃娃的餐具。她在杯子里倒了牛奶。

"来吧,坐到那张凳子上去。"她对迪克说,一边把牛奶和一盘面包递给他。"趁现在可以,坐到那里去吃一点喝一点,给自己取取暖。我丈夫随时都可能回来。那时你再告诉他,你是谁,想要什么,你为什么来到这里,又是从哪里来。"

迪克因为害怕,站在那儿直哆嗦。只见妇人嘴巴一张一合,却听不清说的是什么。但他鼓足勇气跟她对视了一下,爬上了那张凳子。他一只手拿着粗糙难看的杯子,一只手拿起面包,开始狼吞虎咽地吃起面包,喝起牛奶。他心想,能坐在这个温暖的地方,吃着晚餐,已经够舒服的了,虽然最好还能再有一点黄油。可是,妇人的丈夫回来后,会想要什么样的美味佳肴呢?

他一边慢慢地吃着,一边用眼睛瞄着四周,寻找逃出去的出口。可是,除了半开着的门,衣橱下的锅架上放着的几只大锅,护壁板上一个比狐狸在灌木树篱中的洞穴大不了多少的老鼠洞以外,他看不见一个裂口或缝隙。此外,那妇人像猫一样盯着他。因此,他决定,目前最聪明的做法就是先看好自己,让自己待在这里不受伤害。

终于，迪克好像听到了脚步声，是从城堡的后面传来的，感觉像是一个男人用锤子敲击着大锅的声音。声音越来越近。一会儿，厨房门开了，妇人的丈夫站在了门口。迪克看着他，不禁眯起眼睛。

他猜他有十八到二十英尺高——不会更高了。此外，迪克想，他不能被称为魁梧的巨人。他很瘦；没有扣扣子的皮夹克宽松地披在肩上，穿着长筒袜的腿像脚手架的支柱那么细。他苍白的长脸上长着一个长鼻子，扁平的帽子两边垂着蓬乱的稻草色头发。

当他看见坐在壁炉旁的凳子上享受着晚餐的迪克时，水汪汪的绿灰色眼睛似乎随时都会从头上掉下来。

"喂！这是谁，老婆？"终于他对阴沉着脸的妇人说，"这是谁？哼，哼。"

她还没来得及回答，迪克就大胆地开口了，他告诉年轻的巨人（虽然他不确定他看上去是否没有三十英尺高），他如何迷了路，如何偶然发现了枯萎的豆茎，爬到豆茎顶上，观看四周的环境。他还告诉他，当听说妇人的曾祖父自从追赶逃跑的杰克，就再也没有回过城堡时，他有多伤心，他多想知道那只小母鸡是否被埋了，那把竖琴又遭到了什么样的命运。看到这两个人一直充满敌意地盯着他，迪克继续不停地说着，因为说话比保持沉默容易。

"我想这事在我出生很久很久以前就结束了。"他总结道。

"啊，"妇人说，"够了。我说的是，除非我听说的故事只是一个寓言，这个丑陋的小魔鬼的唾液一定不比那个邪恶的小偷少。不管怎么说，他看上去似乎从同一个地方来。另外——"她转向迪克，"如果你能告诉我们那是什么地方，你就带我丈夫到那里去。那么他就可以寻找我曾祖父的坟墓了。而且，也许，"她说着，暗无血色的薄嘴唇拱起来，"如果你找到了那把竖琴，也许还可以学会弹支曲子！"

如前所说,迪克一点也不喜欢妇人的样子和声音。他觉得她像狐狸一样狡猾和奸诈。"带你们看我来的地方很方便,"他回答道,"但我只是听说过杰克这个人,其他一无所知。"

"我们也一样。"妇人说,"好吧,好吧。等他喝了汤以后,你得带我丈夫到你来的地方,我们会看见该看见的东西。"

迪克瞥了一眼巨人,他那几乎无色的大眼睛一直在窥视他。迪克不知道他是否沿袭了他曾祖父的习惯,也不知道这个女人会跟他们一起待多长时间,他想最好什么也不说了。他对着他们笑笑,然后喝一口牛奶,觉得像未脱脂的山羊奶。他说:"等你们准备好,我也就好了。"他发觉自己说话的声音很难掩饰急速的心跳。这时,巨人坐到餐桌前,开始吃起妻子为他准备的晚饭。他手拿调羹,稀里哗啦地喝起那一大盆汤,像椋鸟一样贪婪地、小心翼翼地用手指挑出热乎乎冒着蒸汽的肉块。他像一条逆戟鲸似的大口大口吃着,三下五除二就把一盆汤喝完,又开始吃从烤箱里嗞嗞嗞烤出来的像肉馅土豆泥饼一样的东西。然后,他又切下一大块淡绿色奶酪,把杯子里的东西一股脑地都喝了下去。可那到底是葡萄酒、麦芽酒、苹果酒,还是水,杰克不得而知。

吃饱喝足后,年轻的巨人靠在椅子上,似乎在仔细回味他的晚餐,并很快就睡着了。但妇人没有睡,她坐在壁炉另一头的一张硕大的摇椅上,开始编织起什么东西。迪克不喜欢她离他这么近。她的编织针就像火钳一样叮当叮当响个不停,而年轻的巨人则大张着嘴巴,时不时地在睡梦中颤抖一下,一会儿鼾声大作,一会儿又静默无声。可是,只要迪克张嘴打下哈欠,或在炉火边移动一下腿,妇人乏味呆滞的脸就会转向他,就像一尊石雕死死地盯着他。

终于,年轻的巨人醒了。他惬意地伸展着四肢,使迪克感到轻松许多。一觉醒来,他的心情似乎很好,不像有些人那样闷闷不乐地绷着脸或很尖酸刻薄。"我说,"看到迪克他笑起来,"我的意思是,竟然有不一样的晚饭。"

"哈哈哈!"迪克也笑了,但听上去并不是很开心。巨人接着伸手去寻摸厨房门后的黑刺李木棍。他又戴上那顶扁平帽,在脖子上围上羊毛围巾,说,他准备好了。无论是在书中还是别的地方,迪克从没听说过巨人还会系一条围巾。他从凳子上爬下来,站在那里等着。妇人手捂着嘴巴,又久久地打量着他,狭窄的脸庞毫无善意。接着,她转向丈夫,也打量了他一番。

"喂,今天晚上很冷,"她说,"但你很快就会走热的,不需要穿羊皮袄。"当她说到冷字时,她丈夫向后退了一步,撩起窗帘,用手遮着眼睛,向外看了看。

"冷!"他说,"冷得要命。月亮像银盘,白霜像铁。另外,"他咕哝道,"打下盹不等于睡觉,我要明天早上再走。"

迪克听着他们两人争吵了好一会儿。最终,他们在百叶窗上插上一根根铁棒,把他锁在了里面,自己就离开了。屋里除了壁炉的炉火跟他做伴,什么东西都没有。迪克真希望他们永远地离开。但是,过了一会儿,妇人又回来了,手上还挂着一根链条。

"行,就这样!"她说着,把链条一头的环扣吧嗒一声扣到他的脚踝上,"好了!它让我亲爱的鹦鹉波尔安全地度过了很多年,它会让你安然无恙地一直到天亮!"

她蹲下去又把链条的另一头拴到那张大餐桌的桌脚上,然后说:"好好地睡你的觉吧,年轻人,能睡着的话尽量睡好,明天早晨要用到你的全部聪明才智。"

她的脚步声渐渐远去。但之后很久,迪克仍能听到他们的声音。

在这深沉的夜空中,一直传来他们叽里咕噜的说话声,尽管他自己有别的事情要想。他想努力挣脱拴在脚上的锁链,但没有成功。借助着凳子,他仔细地观察百叶窗的锁和插销——每个都是结实的橡木或坚固的铁做的。他估计,厨房的墙壁至少应该有十二英寸厚,插销自然要跟它匹配。

当他越来越焦虑地寻找着出路时,突然听到身后有急匆匆的脚步声和像喇叭一样尖利的吱吱声。他猛地转过身,在炉火的映照下,他看见一只好像是从洞里钻出来的小家鼠,虽然它是一个形状奇怪的动物,几乎有英国大家鼠那么大。接着,又有二十来只或更多的这种东西从护墙板里爬出来。它们在地板上蹦跳,一边自得其乐地嬉戏,一边寻找着晚餐。

幸运的是,当听到吱吱声时,迪克正好站在靠窗的凳子上。他屏住呼吸不敢出声,也许屏的时间太长,也许是巨人的辣椒味道钻到了鼻子里,他突然打了个喷嚏,厨房里随即一阵狂欢。尽管被链条拴着,他还是纵身向餐桌上跳了过去,如果这一跳没有跳准,那他很可能就没命了。幸运的是,桌子的边比桌腿突出很多,所以,虽然那些嗅觉灵敏的饥饿动物乱抓乱挠地爬上桌腿,想抓住他,但还是没有办法爬到桌面上。

接下来的好几个小时,迪克就那样蹲在桌子上,身体一部分藏在巨人的盖碗和杯子之间。尽管有这些贪婪吵闹的啮齿目动物,尽管烤箱外部裂缝中的蟋蟀像一群鹩鹑一样不断地弄出喧闹声,他还是时不时地打起盹来。此外,他还不断受到一只狡猾而好奇心很重的家蝇的骚扰,虽然别人可能喜欢它。迪克想,这一定是一个霉气很重、空气稀薄的地方,所以冬天也有苍蝇。但他依然像墙上的蟑螂一样在炉火昏暗的光线下叉开双腿,昏沉沉地睡了过去。就这样,他度过了一个难熬的夜晚。

当巨人和他的妻子又回来时，时钟已经指向五点。巨人还在抱怨，妻子则催他赶快动身。终于，他准备好了。她上下打量着他。"要做的事最好做得快一些。"她对他说，"你也许可以在一家小酒店吃早饭。别把你阿姨的表带走，老公。放在家里安全些。"

巨人闷闷不乐地照着妻子说的去做，从口袋里拿出一只精致的金表，把它放在桌子上。迪克看到，金表的背面镶嵌着像蓝宝石、绿宝石或者其他珍贵的宝石之类的东西。

"这块表看上去很漂亮啊。"迪克说。他又僵又冷，腿在裤子里颤抖。

"好，就这样。"妇人说着，把表放到了碗柜的架子上，"你听着，格雷科尔，"当他们三个一起来到大门前时，她又补充道，"如果后天太阳落山前你们还没有回来，我就去请你的叔叔们，让他们去找你。"

离开前，迪克向妇人抬了抬帽子，但看到她的眼里充满了对他的不信任，他就假装抓抓头皮，他甚至连到了嘴边的再见也没说。

就这样，他和巨人一起朝着在月光下闪烁的茫茫白雪走去。月亮离下山还很远。但他们只走了大约一英里的路——迪克眼里的一英里——巨人就开始不耐烦，因为为了让迪克能跟上，他不得不走得很慢，即使他每跨出一大步，迪克都得小跑三步。最后，他只得蹲下来，叫迪克爬上他的肩膀。迪克像猫上树一样，爬上他的肩膀，抓住他蓬乱的黄头发。他们继续赶路。

迪克在格雷科尔的肩膀上离积雪足足二十英尺的高处颠簸着，巨人骨骼突起的大手抓着他的膝盖，这些奇怪的山峦峡谷在月光下静谧地闪烁，他觉得从来没有见过这么神秘的景色。绝对没有，即使梦中也没有。他可能曾经是骑在驼峰上在戈壁滩上行走的阿拉伯人。

巨人轻而易举地找到了要走的路。虽然积雪中有很多野兽和长爪鸟留下的痕迹，迪克的脚印却更加清晰。他们不时地经过一个个大树丛，它们光秃秃的枝干刮擦着繁星点点的天空，看上去就像巨大的引火柴捆。只用了迪克走到城堡四分之一不到的时间，他们就到达了豆茎的顶部。迪克对着巨人的耳朵喊，他要下来。

"我们到了。"当又站在地上时，他大声喊道。在最后几分钟，巨人小心翼翼地走得很慢，就好像知道他来到了很危险的地方。迪克跺跺脚让它们恢复活络，然后手指着高高悬挂在深渊边缘上的那一大团结霜的藤蔓。"看那里！"他在霜冻刺骨的空气里大声喊道，"那就是豆茎。我就是从那个下面来的。但我怀疑它是否载得动你。"

看到格雷科尔那么小心翼翼地双手双膝着地爬到悬崖边，凝视底下的世界，迪克几乎笑出声来。但巨人在月亮昏暗的阴影下什么也看不见，只看见干枯的豆茎蜿蜒缠绕而下，消失在空中。"哼，哼。"他傻傻地嘟哝着。

迪克最后明白了为什么以前从来没有人发现豆茎。这些巨人好像天生是愚蠢的种族。最后，格雷科尔看到深渊时，吓得牙齿像磨盘似的直打战，脸色苍白得像一张纸。迪克顿时开心起来。看来巨人绝不敢踩到豆茎上去。

格雷科尔回过头凝视他。"所以，"他说，"这就是我的曾祖父爬下去追赶那个小偷流氓杰克的地方。我看不到它的底部。"

迪克摇摇头说："看不到，我想他也看不到！虽然我不明白你为什么会这么喜欢你妻子的祖父。"

"啊，"巨人斜睨着他说道，"假设我和她先是表兄妹，他是我们两个的祖父，那会怎么样？"

"嗯，"迪克说，"我不知道。不管有没有杰克，这不仅是我所知道可以下去的路,而且也是我爬上来的路。我想,它曾经是翠绿鲜活的,现在都枯萎了。我觉得我每爬一码,它都有可能坍塌下去,砸到我头上。"

"啊,"巨人说,"那么你来是为了什么?"

"哦,只是看看。"迪克说,尽量显得很轻松。巨人叹了口气,站了起来。

"嗯,"他说,"我没有曾祖父那么重,根据画廊里的画像,至少没有他重。既然这架梯子年轻翠绿时,他能安全地爬下去,那它现在这么老这么结实干枯了,还有什么能阻止我同样爬下去呢?"

"嗯,"迪克抬起头看着月光下的巨人,说,"要发生的总会发生。我担心的是,你一旦下去,也许会发现再没有办法上来,或者假设到了中间它断了呢?"

格雷科尔盯着他的脸,然后盯着雪。"他在想那只小母鸡,"迪克心想,"还有那架竖琴。"

"是的,那是很可怕的,"迪克重复道,"如果它中间断了。"

"哎呀,"巨人斜眼看着他,"是很可怕!但我曾祖父怎么样?他那时候中间没有断啊。"迪克没有回答,他想保持沉默。

"我们不要再说了,"巨人说,"我没有那么傻。你这么小,你在前面走,我跟在后面。我不想再等了。"

说着,他把棍子扔到悬崖下,开始卷起衣服袖口。迪克竖起耳朵听,但听不见木棍落地的声音。他很担心可怜的乔克。

再等也无济于事。所以,迪克开始抓着豆茎向下爬,巨人跟得很紧,他两条又瘦又长的腿像剪刀似的一开一合,迪克不得不左右摆动着头,才能避开他那双钉着闪亮金属扣的大鞋子。豆子像冰雹似的哗啦啦地落下来,打到迪克的头上和肩膀上。幸亏它们是干枯空心的。

"好了,"他们终于到达了底部,迪克看见那根棍子插在断墙远处,"我们到了,这就是我来的地方。这是英国。你得马上出发去寻找你曾祖父的坟墓。你该往那边走,我走这一边,我父亲在等着我,我得尽快回家。"

他想就这样悄悄溜走。但格雷科尔没有那么笨。他站在那里,尖尖的手肘靠在农舍残破的屋顶上,斜眼死死盯着迪克,迪克非常担心,巨人会注意到花园里被兔子啃过的草皮上因他曾祖父的腿骨而鼓起的土墩。

"不,不,年轻的主人,"巨人最后说,"这不公平。好朋友必须待在一起。你在我屋里吃喝了,现在你得让我到你家吃喝。也许你父亲听说过那个杰克。我曾祖父的母鸡的咯咯声,更不要说竖琴的弹拨声了,一定传得很远,传到了一个小国家低矮宽阔的山脉间,就像这个国家——英国。"

东方的天空呈现出白昼的玫瑰红和灰色。迪克很饿,但还是费力地跟巨人理论着,可就是无法说服这个大傻瓜离开他。在这样的清晨,天气冷得刺骨,迪克非常渴望让父亲知道他现在平安无事。

"好吧,"他最后说,"我已经跟你说了无数遍了,没有旅行者会走这条路。大城市在那一边。"他指着西面,"如果你一定要来,那就来吧!我只希望父亲看到你会很高兴。"

他把两根手指放到嘴巴里,吹了一声口哨,接着响起了马的嘶鸣声。乔克从农舍后面的侧房或外屋回答他的召唤。它在那里过了夜,也找到了一点可以咀嚼的老草。这次,格雷科尔找不到抱怨迪克太慢的理由。乔克背上驮着年轻的主人,沿着山谷慢慢向上走去,巨人则像要受绞刑的人一样,大步地跟在旁边。

当他们终于到达农场附近一片乱七八糟的林地时,迪克下了马,他指着下面洼地上的农家住宅的烟囱,让巨人躲到树丛中,他先回去告诉父亲,自己带回来一个客人。因此,格雷科尔慢慢地俯下身子,尽量让树木遮住自己,迪克牵着马朝房子走去。

虽然天气很冷,门却是半开着的。迪克发现父亲在熄灭了的炉火旁的马毛沙发上酣睡,那盏夜里出去寻找儿子时提的马灯还在身边亮着。迪克轻轻地叫了一声,碰了一下他的手。父亲动了动,在睡梦中喃喃自语,接着他的眼睛慢慢睁开。看见迪克,他的眼睛一亮,就好像发现了什么无价之宝。

又安全到家了,父亲很快原谅了他走得这么远。他迅速地告诉父亲他的冒险经历。但当父亲听说巨人实际上就藏在离房子只有四分之一英里的地方,而且急着吃饭住宿时,他的眼睛睁得滚圆。

"是这样吗?"他最后说,"他穿着鞋有二十英尺高!天哪!呀,呀!还有他的曾祖父!所有这一切!那好像离现在不是很久远,是吗?还有,我的儿子,如果他来了,那就来吧,我们一定要好好招待。我觉得按你当时的情况,不可能做得更多了。但是,谁会想到呢?谁?那团豆茎!"

"最糟糕的是,父亲,"迪克说,"上面的那个女人。她只要看你一眼,就好像会吓得你不敢动了。她想要的就是一只小母鸡。如果她下来……"

"无论是什么,我们一件一件来应对。儿子,"农夫说,"你的朋友在外面冻着呢,如果我们再让他等,他会很不安的。让我们马上去看一下怎样才能让他安静下来。别的事后面再处理。"

当他们回到巨人躲藏的地方时,冬日的阳光已经铺满了结霜的田野。他们发现,他已经等得烦躁不安。他对农夫礼貌的问候只是皱了一下眉,咕哝着他饿坏了要吃早饭。"要很多!"他斜睨着迪克,咕哝道。

　　农夫上下打量了巨人无数遍，真希望当时迪克能说服他留在自己的国家里。他既不喜欢他苍白愠怒的脸，也不喜欢他的言谈举止。一想到当时迪克像猴子似的被绑在桌腿上，血就不禁往上涌。然而，农夫一贯的生活准则就是怎样让坏事变成好事。他认为，担忧只会把事情变得更糟。所以，他决定马上把巨人安顿在农场的仓库里，而且要用足够的食物让他保持好脾气。当然，越早打发他走越好，但他们得小心谨慎。

　　因此，迪克和父亲带巨人到了仓库，牧羊犬跟在他们后面。他们打开宽大的双层门，蹲下身子，格雷科尔走了进去，在仓库另一头的干草上伸伸他的长腿。然后，他们又关上门，匆匆到农场去给他取早饭。

　　幸运得很，食品柜里不仅有一块半成品烟熏肉，而且还有昨天晚饭剩下的一块烤羊腿，虽然，农夫自己这时没有一点心思吃饭。他们拿上烟熏肉和烤羊腿，又盛了一大盆粥，半打长方形大面包，一篮子煮鸡蛋，几桶茶，匆匆回到仓库。巨人让他们跑了两三个来回，才舔舔破旧的储蜜罐里最后一点东西，用手背擦擦嘴，说他吃饱了。其实他是傻傻地狠命地塞了一顿。

　　"我儿子告诉我，"农夫高声喊道，"你昨晚没能好好睡觉。儿子的朋友就是我的朋友。也许你想在干草上好好睡一觉。你随意，不要拘束，我们过一会儿就回来。"

　　他们又关上仓库的门，自己回去吃早饭了。他们时不时地停止说话和咀嚼，倾听像从远处传来的雷声似的声音，迪克解释说，那是巨人在打鼾。

　　到了第二天或第三天，他们的客人心情好了起来，人也很自在了。但是，就像一些个子远不及他一半的那些自负的人一样，他天性既狡猾又愚笨。他觉得自己住在没事可做的地方，没有妻子指挥他，让他忙得团团转，却可以整天吃吃喝喝，睡睡觉，悠闲自在，因此就不怎么想去寻找曾祖父，也不再想回家去了。

这个狡猾的家伙知道，即使他妻子让叔叔们来找他，并发现了豆茎，他们也不会冒险爬下来，因为那样肯定会死。因为他们是个头正常的巨人，而他在自己国家里是被讥笑的瘦弱者，绰号是"侏儒格雷科尔"。

到了晚上，农场的工人干完活回家时，格雷科尔会在田野里散步，虽然迪克的父亲陪了他一次后，就不再陪他。他不让这个大土包子到牧场去，也不让他到芜菁甘蓝地里，因为现在是产羊羔的季节。但看到格雷科尔留在冬季小麦田里的深深的脚印，看到堆草场的干草因为他的斜靠而被弄得乱七八糟，他非常生气。而更让他恼火的是，有一天深夜，巨人竟悄悄来到农庄住宅，盯着睡在床上的他看，而且还踢翻了水桶。这个傻大个变得越来越顽皮了。

不到一个星期，迪克和父亲就全然束手无策，不知该拿这个客人怎么办。那个为他们做饭的善良的女人不得不一天到晚不停地忙碌，为他准备吃的。几只鸭子和三四只肥胖的母鸡对他来说仅仅是一顿快餐而已，一顿晚饭他可以狼吞虎咽地吃下半只烤羊，然后还想要别的东西吃。他的胃口大得跟他的个头很不相称，他似乎除了想填饱自己的胃以外，别的什么都不想。

不仅如此，他还喝了许多上好的家酿麦芽酒和苹果酒。他就像雷雨天的乌云，沉沉地压在他们心头。当狂吃滥喝过后，他很可能就会变得很生气很恶毒。他在五分钟内损坏的东西可以比一只愤怒的公牛半小时破坏的都多。而且在脾气不好时，他会故意搞破坏。除此以外，周围的村庄开始流传有关他的谣言。羊倌抱怨说，他的羊已开始失踪；耕农的妻子说，她两个孩子已经有一个星期没有出门了。有人报告说，农夫在自己的田里抓住了一个残忍贪婪的吃人妖魔，并把他绑在了仓库里。有人说，那不是一个吃人妖魔，而是像大象一样大声吼叫，有着鸟一样的爪子的怪兽。

虽然仓库的大门通常一直关到天黑，而且农夫把屋顶和木门上的洞都塞住了——而格雷科尔对环境很敏感——他的打鼾声还是可以传到一英里之外；他发笑时就像房子轰然倒下一样，幸运的是，他很少笑。也许迪克把事情看得过于糟糕，但至少看上去是这样。他还没有见到格雷科尔的叔叔。

无论如何，他们都没有办法对巨人的事保守秘密。只要他在，总会有一群鸟——秃鼻乌鸦、寒鸦、椋鸟等等——在仓库上方盘旋。当巨人靠近时，马和牛，甚至是猪，都从来不得安宁；它们整天用爪子乱抓，哞哞嘶嘶呜呜乱叫。既然格雷科尔一顿就能把它吞咽下去，任何猪都会害怕的。

所有这一切的结果是，农夫经常会发现陌生人潜伏在他的田里，目的就是看一眼这个巨人。不管他们有没有看到，关于他的个子，他的胃口，他的力气和他的火爆脾气的故事已被到处传播。更糟糕的是，有一天，邻村的两个小淘气躲在一条沟里，到了晚上，他们悄悄地潜近仓库，通过木头上的一个洞往里偷窥，瞥见巨人躺在干草的另一头，水汪汪的大眼睛一动不动地凝视着他们。他们又惊又冷，仓皇跑回家后，便一阵阵惊厥，其中一人差点送命。

因为想着巨人，想着如何才能摆脱他，迪克几乎无法合眼。看见父亲和蔼的脸上显露的担忧，他心里悔恨至极。他一次次在故事书上搜寻办法，但都无济于事。在父亲的那本《农夫的朋友还是乡下人的伙伴》的书里，他也找不到任何建议，它甚至连一个字也没有提到。

在又一个周日的下午，他父亲沿着田间小道走到离农场六英里的教区牧师住所，向老牧师请教。他是农夫认识的最有学问的人。虽然老先生仔细地听农夫讲，并对他遇到的麻烦感到遗憾，但却担心巨人可能会找到教堂。巨人一旦进来，怎么可能劝他出去而使教堂不受损害呢？

他告诉农夫，在早先年间，曾经有过巨人，他们生活了几个世纪；他们到一百岁或更大时，同不到四十岁的普通人一样健壮，一样精力充沛。在卡马森郡就有一个巨人，他偷了方圆三十英里的里程碑，把它们一一扔到大海里，以此取乐。牧师告诉农夫，巨人可以像狐狸一样狡猾，像熊一样粗鲁，他们很贪吃。不过，这一点农夫已经知道了。

终于，有一天晚上——在回家快两个星期后，迪克冥思苦想了好几个小时，还是想不出如何处理巨人的事，就不知不觉睡着了。突然他从睡梦中惊醒，脑子里就有了一个绝妙的主意，就好像是梦中有人悄悄告诉他似的。

不能等到第二天早晨了。他马上走到父亲的卧室，叫醒他。在确保巨人没有在窗边偷听后，他向父亲说出了自己的主意。父亲也认为这主意不错。他们坐在一起，迪克为自己盖上毯子，两人整整花了一个小时仔细商量迪克的计划。他们反复地谈论着，想不出还有什么可以比这更好的了。

第二天早晨天一放亮，迪克便骑上马。他先让马在厚厚的草地上走了一会儿，让草裹住马蹄，以使马蹄声变轻，然后策马沿着他之前走的路奔跑起来。

这次，他随身带了一副剪枝用的旧皮质手套和攀爬用的铁镫，在

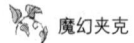

中午前就爬到了豆茎顶端。天还没黑,他就来到城堡大门前。他并不愿留下父亲一人面对一天的麻烦,好在到目前为止,一切都很顺利。

可是,当迪克正准备跳起来抓那条生锈的门铃链时,远处突然传来一阵轰隆声——那轰隆声就像是无数桶朗姆酒在地窖的石头上滚动一样。他听了一会儿,猜测一定是格雷科尔的叔叔们在一起商议事情了。听到他们的声音,他的腿颤抖起来。更糟的是,他们似乎在发怒。但不管他们是在发怒还是在争论,他们的吵闹声对他来说都不是什么好兆头。

终于,他们停了下来,迪克(因为城堡的周围吹来一阵阵刺骨的寒风,他这时已冻得瑟瑟发抖)拉一下铃,就让它响一下,然后马上躲到了一处扶壁后。妇人很快从大门上的一扇小门往外看,迪克窥视了一下,发现只有她一个人,就从扶壁后走了出来,往前靠靠。

"哎呀,"一看见他,她就叫道,"你终于回来了!哎呀,迟了两个星期!漂亮的年轻人,我的丈夫呢?回答我!格雷科尔!"她号叫着,就好像发疯似的,"你在哪里?你在哪里,格雷科尔?"

"没有在这里,嗯!"她继续说,乌黑的眼睛仔细看着迪克,就像猫看着鸟似的,"所以,你回来……"说着,她猛地扑向他,抓住他松垮的外衣,蹲下来看他的脸,"嗯,嗯,嗯!现在我抓住你了,漂亮的年轻人!"她说着,牙齿直打战,"进来,你会看到应该看到的。"

迪克被抓得几乎透不过气来,他想他的末日终于到了。接着,妇人突然后退了一步,放开他,头转过去,开始哭起来。

接着,迪克明白了,那听起来像愤怒的声音其实是悲伤,她以为丈夫一定是死了,再也不会回到她身边。他又高兴起来。他的计划比他期望的更好。他尽力地安慰着可怜的妇人,抓住她那双垂着的长手臂，向她保证，她的丈夫身体很健康，而且比他出发时好多了。因为待在他父亲的农场既舒适又自在，他们没法说服他去寻找小母鸡和竖琴，也没法说服他再回家里来。"你哭也没有用，"他说，"这不会让他回来。"

最后，妇人擦干眼泪，开始听他讲。她把他带到厨房这边的一个小房间，里面悬挂着食用的烟熏野兽尸体。这是一个密室，里面很冷。

"我不时地告诉您丈夫，"迪克说，"他只需要捎给您一句话，说他身体很好，很舒服。我惦记着您，夫人，一直都惦记着您。虽然我自己没有妻子，但我明白她们需要知道丈夫的信息。如果我母亲不是在我四岁时就去世，她也一样会挂念我父亲。也许她现在也一样。但是，您丈夫胖起来了，不想走到户外，即使做一点点锻炼也不愿意。他一直吃啊吃的，我们一提到家字，他就大发脾气。

"'但是，'我对他说，'你妻子会想你想得哭的。'他的回答就是大叫再来一桶苹果酒。所以我就独自一人来了。我几乎筋疲力尽了，又冷又饿。"

迪克说的基本上是谎言，他说得太大胆了。但妇人听到这些消息很高兴，并相信了他。她现在唯一的想法，就是让丈夫回家来，而对迪克的愤怒已经烟消云散了。

她告诉迪克，她会马上去叫醒丈夫的叔叔们。"他们在睡午觉。"她说。然后他们就可以跟他一起走，他们会很快说服她丈夫回家来。"如果他不愿意，他们会强迫他回来。"她说。

但迪克并不喜欢这个计划。他问妇人，这些巨人会睡多久，他们在哪个房间。"我现在太累，无法跟他们说话。"他说，"我都快冻僵了。我无法忍受他们的喧闹声。让他们再睡一会儿吧。先把我带到厨房，夫人，否则我要冻死了。给我一些食物，一杯牛奶，我会告诉您一个更好的计划，一个好得多的计划。但我们要悄悄地做，不要闹出声响来。"

幸运的是，巨人们现在正睡在城堡另一头的一个房间里，他们通常在那里打牌——如咬青蛙等老式游戏。迪克又坐在了壁炉旁的凳子上，在吃饱喝足恢复精力以后，他把他的计划对妇人解释了一遍。

"我想说的事是这样的，夫人。"他说。然后他告诉她，他们国家的乡亲们已很厌烦她那整天好吃懒做、无所事事的丈夫在他们村庄游荡。"那下面的人，都像我一样瘦小。"他说，"虽然我父亲——他从来不伤害一只苍蝇——尽自己所能让您丈夫舒适自在，给他吃的，让他开心，但一切都是浪费。他毫无感激之情。

"他到处闲逛，吓唬妇女，恐吓孩子，到商店里偷东西，当半夜三更诚实的老百姓都睡着时，他高声喊叫，大声唱歌。现在皇家的军队就要来了，他们一抓住他，就会把他拖到阴暗的大地窖里，他就再也见不到光明了。我们可能很瘦小，但我们的国家有一个可以关九个或更多巨人的笼子，他们每个人的个子都是您丈夫的两倍，每个人都戴着沉重的锁链，痛苦地呻吟。您看，夫人，我们不想伤害他们，但没有别的办法保证他们安全。所以，我来告诉您。"他又慢慢地喝一口润滑的脱脂奶，朝壁炉看了一眼。

"还有，"迪克继续道，"您说过，您丈夫的这两个叔叔块头很大，很笨重，如果他们冒险爬豆茎跟我回家去，那意味着从顶部到底部要有一万英尺，他们一定会遭到不幸。他们会掉下去，摔断每根骨头。即使他们真的安全地爬下去了，到了我们的国家，对他们又会有什么好处呢？我同意，夫人，只是从外形看，他们比我们那里的人大多了，但比智慧、反应和灵巧——哎呀，他们俩一点也不比兔子强！

"想想吧，夫人，虽然我不想伤害您的感情，但在没有您丈夫的情况下，一个个子像我一样的男孩，年纪也不比我大很多，会怎样一次又一次地潜进您的大城堡，又毫发无损地带上相当于您曾祖父的三倍的珍宝逃跑。我同意，这不是公平交易，您会说等价交换。我同意，那个杰克没有经过允许就借走了那架竖琴。但男孩和巨人的对决，夫人，您不能不承认，他有他的聪明才智，而且有勇气。

"另外，我们在那下面有庞大的大炮，还有一种叫做火药的东西，它会瞬间把五十个巨人炸得粉碎。我是说，"迪克喊道，"您会听到这样的声响，"他拍一下手掌，"下一刻，也许除了十英里以外到处散落的纽扣留作纪念外，您丈夫的叔叔就毫无踪迹了。您得给我一个证明我见过您的东西。"

迪克无比热情和认真地说着这番话，以致妇人又开始担心再也见不到自己的丈夫了，活不见人，死不见尸，因为她很爱他。虽然他曾经以名誉作担保，却又食言了。她会跟他谈谈，现在还来得及。

"您看，"迪克最后说，"您丈夫一直在狂吃滥喝，他已经笨得听不懂好话了。确实，我可以带着他一个镇一个镇地转，让每个人看一眼就付一块银币，从而获取财富，但我的心肠没有这么硬，夫人。如果您想让您丈夫回来，只能做一件事。"

当他们仔细讨论了这件事后，妇人从怀里拿出一只用带子绑着的纪念品盒，里面装的是她丈夫小时候的一绺头发。这头发虽然粗糙，但颜色几乎像金子一样浅。盒子后面是一面镜子，妇人说，在镜子里可以看到你最亲爱的朋友。但她自己并不怎么相信这一点，因为当她朝它看时，只看见了自己。

迪克偷看了一眼，却看见了一个很像父亲的人。他的脸颊红了，他朝盒子笑笑；他父亲似乎也朝他看了一下。"还有，"迪克把盒子翻过来,问妇人,"这面乳白色的东西是做什么用的?"

"哦,在这里你能看到你梦见的东西。但我看到的只是忧伤的梦。"

迪克看了一下,乳白色即刻消失了,他看见了杰克的豆茎的小影像,但它是新鲜翠绿的。他把这个花哨的小玩意儿放进夹克口袋里,并告诉妇人,这是给她丈夫的一个很好的证据,证明他见过她,跟她谈了话。"因为,您看,"他说,"如果我没有东西给他看,他不会相信我的。"

妇人让迪克带话给丈夫,说得知他在那个地方很开心,她很高兴,他应该注意自己的举止行为,既然她知道他安然无恙,他的叔叔们就不出去找他了。她所渴望的只是再看他一眼,他应该回来,即使只待一个晚上。因为他们正在准备一个盛宴,就是他们每年为离开已久的曾祖父的生日举行的盛宴。

"他会记得这个的。"妇人对迪克说,"告诉他,他的叔叔、侄儿、表兄弟、邻居、远道而来的朋友都要参加这个盛宴,如果他不到场,他们永远都不会原谅他。告诉他,我没有太想念他,但当想到他可能死了时,我哭了,而当我知道他很安全时,又笑了。如果他觉得我不怎么想让他回来,他就会回来的。如果他永远住在你们的国家,我就成了绝望的女人。"

"好,"迪克说,"我来办这件事。但是,我费这么大的劲给您办事,会得到什么报酬呢?"

妇人给他一袋钱。它是放在碗橱里的。

"太重了。"迪克说。

她拿出家族的一步七里格靴[①]。

---

① 一步跨七里格的靴子。"里格"为旧时长度单位,约为 3 英里,5 公里。

迪克笑起来。他几乎可以躺在里面睡觉。她给他看丈夫的杯子。

迪克又笑了。他说这个做洗脸盆都太大,洗澡又太小。"另外,"他说,"这只是银做的。"

最后,如迪克所愿,妇人想到了丈夫的手表——那是他一位姨妈的表。这只表跟巨人父亲的表相比,显得很小,那只表被安全地保存在楼上。当迪克拿起表链,从妇人手中接过手表时,嘴巴不禁流出口水。他原以为是蓝宝石和绿宝石这些珍稀的石头,其实它们是蟾蜍石、陨石和阿拉伯水晶——但当时迪克并不知道它们的名称。

"但我本来希望,"他看了它一眼,假装很失望,说,"它不仅是一只袖珍表,而且是一只有魔力的表。我想,也许我应该带您丈夫到我们国家的市场转一转,再赚点钱。您知道,我一直告诉您,他不想回来。"

妇人用手指演示给他看,表的边缘有一个护戒,如果按一下它旁边的一根秘密弹簧,就会让表看上去走得慢得多,也就是说,每当他高兴时;如果按左面的秘密弹簧,他可以让时间看上去快很多,例如,当他感到悲伤时,或累了,或等待什么事什么人时。不仅如此,还有第三根弹簧。"如果你按下它,"妇人说,"你会知道接下来发生的事。"

迪克非常高兴,为了测试一下,他按下左边的弹簧。好像没过一会儿,就从城堡后部传来很大的跺脚声、撞击声和碰撞声,他知道,格雷科尔的两个叔叔醒了。他们发出如此大的喧闹声,就好像火山爆发似的,迪克无法掩饰心中的恐惧。因此——虽然他假装不着急——他放掉弹簧,把表链系在腰上,把表放进马裤口袋里。

"如果到明天太阳下山前您丈夫还没有回来,"他告诉妇人,"就让他的叔叔们过去。当然,豆茎也许载得动他们;即使他们可能再也回不来，他们至少有机会消灭我。"

"如果你现在跟着我，"妇人说，"就可以偷看他们一眼，他们不会看到你的。但要悄悄的，他们耳朵很尖。"

因此，迪克像猫似的拘谨地跟在妇人后面。她带他走上一段楼梯，楼梯很陡，他们就像是在爬金字塔；然后她带他走进一个长廊，正好可以俯视巨人们坐着的房间。迪克蹑手蹑脚地走上前，身子在两根栏杆柱之间稍稍向外倾斜，朝下窥视。他们正在专心地玩游戏，好像是普通的多米诺骨牌游戏，但是他们玩的牌几乎有墓碑那么大。他并没有在故事书中读到，杰克曾经遇上像他们这样的巨人。他们就像一座座大山一样坐着玩游戏，多米诺骨牌的声音就像法老的双轮战车在行驶。当他们当中的一个把一个多米诺骨牌放在桌子上，咕哝着说"加倍"时，就像狮子在咳嗽。迪克没必要看很久。但是，当他听不到他们的声音时，就突然笑起来，尽管那只是装的。

"这是好事。"他对妇人说，"我刚才在想跟您说过的话。他们是好人，您丈夫的叔叔们。但没有豆茎能载得动他们中任何一个人的一半的重量。我会保管好盒子的，您可以相信我，夫人，如果父亲允许，也许我会跟您丈夫一起回来参加盛宴。"

妇人天生很吝啬，但想到与他们相比迪克能吃能喝的实在是很少，就说欢迎他来。因此，迪克跟她道了别，就出发了。

当他回到家时，天色已经漆黑，然而父亲还在等他。他们急着想让巨人离开，就不再等到第二天早上，而是马上开始了行动。他们提着一盏灯，一起走向仓库；一进去，他们就朝格雷科尔的耳朵大声喊叫，最后终于叫醒了他，并告诉他妻子的口信。他晚饭吃了很多，睡了一觉以后显得很迟钝，他们就像是在跟一头骡子说话。即使当他终于听明白他们所说的话，他还是坐着直眨眼，因为被打搅而很生气很不开心。

"我怎么知道,"他说,"你们说的是真的呢?一个好故事,漂亮的故事,但我一个字也不相信。"

迪克继续告诉他,他们正在准备一次盛宴,他妻子只想再见他一面,否则,他叔叔就会来找他;最后,迪克又把那只盒子递给他看,格雷科尔终于相信了他们的话(虽然迪克没把表拿出来)。第二天一早,他们两个人就出发,朝着豆茎的方向走去。而农夫则两眼发光,满面笑容地送他们上路。

这是一个晴空万里的早晨。凌晨时分刚下过一场雪,雪积在草上就像一堆堆西谷米。水池结着像水晶一样晶莹剔透的冰。迪克骑在马背上慢慢向前走,巨人两条又瘦又长的腿像风车臂一样转着,紧跟在他的右边。想到终于可以摆脱他的客人了,迪克心里有说不出的高兴,边骑着马边像椋鸟一样吹起口哨。

格雷科尔问:"你在吹什么?"

"啊?"迪克说,"噢,想想你就要度过一个开心的夜晚,想想你妻子看到你有多高兴,想想他们正为你准备那么大的盛宴。我都几乎可以闻到烤牛肉的香味了;想必为了做黑香肠,他们正赶进去一百四十头肥猪呢。"

这让格雷科尔更有劲头继续赶路。

当他们来到豆茎脚下时,已经快到中午了。阳光下,覆盖在豆茎上的厚厚的白霜似乎在冒烟。迪克说道:"好,我们要在这里分开一段时间。当你爬到顶上时,就大喊一声,我就知道你安全到达了。然后我会骑马回家,后天两点左右再来这里跟你会合。"

虽然觉得荒唐,但迪克还是无法抵制把格雷科尔的表带在自己身边的想法。他把缠在腰上的表链系在马裤上,表凸出来就像一个长错地方的小圆丘。幸运的是，巨人在表的另外一边，所以他没有注意到这个小圆丘。但是，当他们站住，周围一片寂静时，他听到了表的滴答声。

他说："这是什么声音？"

迪克说："是我的心跳声。"

"你的心跳声怎么会这么响？"

"唉！"迪克用悲伤的语气说，"一定是因为你要离开了很伤心，即使只有一段时间。你和我曾经有一点分歧，如有关绵羊、打鼾和苹果酒等。但现在我们是朋友了，那一切分歧都消失了。你有什么纪念品可以给我吗，让我能在你回来之前记着你？"

巨人缩回嘴唇，不是很情愿地摸索着口袋，最后从侧面口袋的皮革袋盖下拿出一个装着褪色的蜡烛头的盒子。

"这东西看上去没什么，"他咕哝道，"但当你点亮它以后，它就不会灭，直到你说'熄灭吧，蜡烛，熄灭吧！'即使让它在飓风中燃烧一百年都可以。"迪克一直把这截蜡烛保存到找到心上人的那一天，才把它点燃。也许就在今天晚上，它正为他的曾孙们照亮，陪伴他们入睡呢。不过这是后话。

"给。"格雷科尔说，"小心保管好，等我们再见面时，你要还给我。哦，那时候我一定饿了，给我准备好足够的热腾腾的晚饭，在我的房子里等着我——在苹果汁里浸过的猪腿肉，捣碎的小山羊肉，还有可以吞下这些肉的酒。还有，再给我一些干草、毯子和马披。昨天晚上太冷了，我整夜没合眼。"

迪克笑着点点头，巨人开始攀爬豆茎。迪克一直看着他，开始他变得像普通人那么大，然后跟侏儒一样矮小，过了不久，就看不见他了。格雷科尔精瘦强壮，是个很灵巧的攀登者。大概过了一个小时，迪克听到空中传来一阵隆隆声。他知道这是巨人在喊叫,他安全到达了。他闪电般迅速聚集了一大堆去年的欧洲蕨、枯枝和干草,在豆茎干枯的根部绕了一圈,然后他把手伸进口袋,寻摸父亲在头一天晚上为他准备的打火石和引火物。他摸了一遍又一遍,狂跳的心脏重重敲打了一下,然后几乎停住了:在他匆匆忙忙离开时,把它们落在厨房的桌子上了!

迪克拿出格雷科尔的表,看了下时间。还有七分钟就十二点了。他如果现在跑回家,天黑前是到不了的,也不可能在黎明前返回来。路很远,晚上又很难走。怎么就能确定,巨人回到城堡后,发现表不见了,不会又爬下来呢?迪克按下表右边的弹簧,虽然他的大脑现在一团糟,但他还是想认真想一想该怎么办,所以他要让时间走得慢一些。他在豆茎脚下冥思苦想,眼睛盯着秒针。它只比织补针大不了多少,现在走得很慢,他甚至可以在每两秒的间隔内数上二十下。太阳已经到了天穹顶端,就像这只表的水晶上面的一只小火炉在闪闪发光,阳光那么炫目地在眼前跳跃,刺得他几乎看不见任何东西。

"啊,"迪克突然想道,"镜子是放大的。它是一面火镜!"

他抬头看了一眼豆茎的顶端,立刻拿出小折刀,拉开表盖。镜子有他小拇指指甲宽度的一半那么厚。他把它举到枯枝蕨草上方,让它完全暴露在中午的阳光下。过了一会儿,他欣喜若狂地发现,在暗黄色的蕨叶上方旋转起一圈淡淡的青烟。然后他看见一个针孔般大小的黑色圆圈,它很快开始扩大,直到它的边缘出现一点红色。迪克开始朝它轻轻地吹气,镜子仍然斜对着阳光。蕨草开始闷燃起来。当闷燃的火开始扩散时,迪克用力猛吹了一口气。

刹那间,一股热浪扑面而来,蕨草燃烧起来了。当这些枯枝杂草都燃烧起来后,豆茎也迅速燃烧起来。火舌——它是一首奇怪的乐曲——在冬季的空气中咆哮着——红色、灰色、铜色和金色——它一路舔着跳跃着,不断上升,而一团巨大的红棕色烟雾滚滚伸向正午的蓝天。

　　迪克又欣喜又害怕地凝视着火焰。他一生都没见过这么大的烟火。甚至一直在农舍的残墙边静静地吃草的乔克也转过它黑色的眼睛,看着这火红的景观,抬起头呜呜地嘶鸣。想必在与格洛斯特郡毗邻的七个郡都能看见燃烧的豆茎。火不停地燃烧,豆荚和炽热的豆籽与烟火一起噼里啪啦地落下来。咆哮声渐渐地越来越远,直到最后的火焰逐渐缩小到像一颗红色的火星那么小。它就像第二个小太阳,远远地升入天空。然后,就消失不见了。

　　迪克深深叹了口气,一半因为有点遗憾,一半因为宽慰,他知道,杰克的老豆茎从此消失了。至少可能是这样,虽然他在开始收集点火的燃料前,已经明智地把两三颗干豆籽放进了口袋。他想将来哪一天把它们种下去;那就走着瞧吧。

格莱斯尔达

很久很久以前，在大森林附近的一幢小农舍里，住着一个名叫约翰的农夫，他和妹妹格莱斯尔达住在一起。除了他们两兄妹以外，只有他们的牧羊狗斯莱，他们的羊群，森林里无数的鸟，以及"小精灵们"跟他们做伴。约翰非常非常爱他的妹妹；他也爱斯莱；在黄昏时分，他很高兴听小鸟在越来越黑的森林边唱歌。但他害怕和憎恨小精灵。他很固执，越害怕就越憎恨；他越憎恨他们，他们就越烦扰他。

这是一个小精灵部落，他们狡猾、快乐、顽皮，他们不高贵、不沉默、不美丽、不远离人类。他们有点像吉普赛小精灵，聪明灵巧，梦幻飘渺，喜欢恶作剧。一方面由于顽皮，另一方面由于爱她，他们总是试图用他们的音乐、水果和诡计，诱惑约翰的妹妹格莱斯尔达离家出走。正因为这样，约翰更加相信，多年前，就是他们把可怜的戴着一顶羊皮帽出门砍柴的父亲诱骗进森林，不仅如此，他们还把正出去找父亲的母亲也诱骗进森林。

但是，小精灵并不憎恨人类，即使他们仅仅是一个这么小的部落。他们嘲弄他，对他做恶作剧：他们洒掉他的牛奶，骑在他的公羊上，给他的老母羊戴上苦苣莱做的花环，把水洒在他的引火柴上，解开他的水桶，把它扔到水井里，把他的大皮鞋藏起来。可是，他们做这一切，不是因为恨——他们就像夜晚的飞蛾，来来去去总是围绕着格莱斯尔达——而是因为他又怕又恼地老是把妹妹关在家里，还因为他郁郁寡欢,很愚蠢。然而,他这样做的结果只是让自己更苦恼。他给他们设陷阱,却抓住了椋鸟;月光下,他用老式大口径短枪朝他们射击,却吓坏了自己的羊;他在他们的路上放了变馊的牛奶,并在他们的绿色环形路线上放了黏性的树叶和有刺灌木;但他所做的这一切都徒劳无益。当他在黄昏时分隐约听到她们活泼淘气的音乐,他还会坐在门前,吹起父亲的大管,直到黑黝黝的森林用木头特有的声音发出悲伤、庄严的回声。但这也无济于事。最后,他脾气变得很坏,格莱斯尔达的境遇也更加悲惨。她的脸颊不再红润,她的眼睛不再明亮。这时,小精灵们开始认真地骚扰约翰——担心他们挚爱的可爱的人类孩子格莱斯尔达会死去。

一个夏天的夜晚——大森林里的夜晚多数很冷——约翰放下他哀伤的大管,拴了门,正闷闷不乐愁容满面地跟格莱斯尔达一起闲坐在壁炉前的砖地上。他歪着一头浓发的大脑袋,凝视着烟囱的上方,高高的天空中,无数的星星在闪烁。突然,正当他懒洋洋地坐在那里忧郁地看着它们时,黑暗的天空中出现了一个淘气的脑袋,偷偷地向下窥视着他;几根手指开始繁忙地把露水洒在他仰起的宽阔的脸上。他还听到了小精灵们的笑声,他们在他的茅草屋顶嬉戏蹦跳。他勃然大怒,猛地站起来,抓起一块放在盘子里的圆圆的荷兰干酪,用尽全力向上扔去,它直直地沿着沾满油烟的烟囱向上飞,飞向聚集在上方的一张张嘲弄的脸。此后,虽然格莱斯尔达在手纺车前叹气,他再也没有听到任何声音,即使整夜叫个不停的蟋蟀也闭上了嘴。约翰独自吃着他的黑面包和洋葱。

第二天,格莱斯尔达在黎明时分醒来,把头伸出茅草屋顶下的小窗户,发现外面白雾茫茫。

"又是一个炙热的天。"她边梳着自己漂亮的头发,边自言自语道。

当约翰下来时，田野中的雾变得很白很浓，白色的雾气一直升向天空，连森林绿色的边缘也看不清了。整个上午，乳白色的迷雾在小房子周围缭绕上升，越来越浓，越来越浓。到了九点钟，约翰出去观察四周，却什么也看不见。他可以听见他的羊在咪咪叫，水壶在嗞嗞响，格莱斯尔达在打扫，但在他的上方，只悬挂着一轮像一只小水果一样的小太阳，它红彤彤的，但没有光线——它就在他的正上方，虽然时钟的指针还没有指向十点。他愤怒地握紧拳头，跺着脚，但没有人回答他，没有嘲笑他的声音，只有自己的声音。因为，这些无所事事的淘气的小精灵耍弄了他一次后，很快就会厌倦。

一整天，那盏昏暗的小灯笼一直在迷雾上方燃烧。它有时候是红色的，所以白色的雾被染成了琥珀色，有时候则是乳白色。树木的每张叶子都在滴水，花园里每朵沉睡的花都戴上了水珠串成的项链。这天下午，只有一只湿透的森林老乌鸦呱呱地叫着来拜访这幢农舍，然后又呱呱地叫着飞走了。

格莱斯尔达很清楚哥哥的心情，她不去提它，也不抱怨。她一直在房子里欢快地唱着歌，虽然她的内心从来没有这么悲伤过。

第二天，约翰出去照看他的羊群。无论他走到哪里，太阳好像都跟着他。当他终于找到羊群时，它们已经被雾湿透了，正沮丧地挤在一起。当看见他时，它们似乎齐声用诉苦的声音叫道：

"噢，主——人！"

他数数它们。跟其他羊稍微离开一点的，是老公羊索尔，它的脸像煤烟一样黑；骑在它背上又唱又跳的是又一个像在烟囱顶取笑约翰一样的小精灵，他很顽皮，很敏捷，他的脸绯红。约翰的身体内似乎有一团火在燃烧，他捡起一把石头，从羊群中间穿过，冲向索尔。羊群四散跑开，咩咩地叫着消失在雾里。小精灵用手指抓着公羊的耳朵，歪斜着身体骑在老公羊的背上，高声喊叫着。约翰跑得多快，老公羊就跑得多快，等到年轻的农夫把手上的石头都扔出去时，却发现自己已独自一人来到了大雾笼罩泥泞难行的沼泽地。一直到下午，他才摸索着走出来。是格莱斯尔达在熬汤时唱出的歌声指引他回到了家。

　　第二天，他四处寻找羊群，但一只也找不到。他来来回回漫无目的地走，大声喊叫，对斯莱吹口哨，最后他们两个都既沮丧又口渴，筋疲力尽。但是，空气中却似乎处处都响着咩咩声，大雾外又隐隐约约传来美丽的铃声；约翰知道，是小精灵们藏起了他的羊。因此，他越发憎恨他们。

　　之后，他不再在迷雾笼罩的绿色田野里行走。他坐着，生着闷气，从门口凝视着远处那影影绰绰的森林，它在红彤彤的小太阳下，发着暗淡的红光。格莱斯尔达不能再唱歌了，她又累又饿。在黄昏之前，她到花园里摘下了最后一些豆荚，准备晚饭时用。

　　在她剥豆子的时候，约翰在房子里又听到了轻轻的手鼓声和远处的号角声，还有蚱蜢叫唤她的奇怪但清晰的声音。他知道，除非他宽容大度，跟小精灵交朋友，否则，格莱斯尔达总有一天会逃跑到他们那里去，留下他孤苦伶仃一个人。他挠着自己的大脑袋，啃咬着粗壮的大拇指。他们夺走了他的父亲，夺走了他的母亲，他们也可能再夺走他的妹妹，但他绝不会屈服。

　　因此，他高声大叫，格莱斯尔达吓得浑身发抖，一手提着篮子，一手拿着菜盆走进屋里，坐在暮色下继续剥豆子。

　　随着影子变浓，星星开始眨眼，恶意的歌声变得更近了。过了一会儿，茅草屋顶响起窸窸窣窣的摸索和走动声，窗户传来敲打声。约翰知道，小精灵又来了——不止一个，也不是两三个，而是一群——

他们来骚扰他了,来诱骗格莱斯尔达离家出走了。他闭上嘴巴,用手指塞住耳朵,但当他瞪大眼睛,看见他们像杯子里的泡泡,像稻草上的火焰,蹦蹦跳跳来到门前,他再也无法控制自己。他抓起格莱斯尔达的盆子,猛地扔出去——豆子,水,所有的东西——全部扔向小妖精们傻笑着的脸。紧接着一声尖叫,一串咯咯的低笑声,一阵疾跑的脚步声,一切重归寂静。

格莱斯尔达的眼泪忍不住唰唰地流下来。她用手臂环绕着约翰的脖子,脸埋到他的袖子里。

"让我走!"她说,"让我走,约翰,就一天一夜,我就会回来的。他们生我的气了。但他们爱我;如果我坐在池塘边小山坡的树枝下,听一会儿他们的歌声,他们就会让太阳重新照耀大地,就会把羊群赶回来,我们又会像原来一样幸福快乐了。看看可怜的斯莱,亲爱的约翰,他比我还饿。"约翰只听到小精灵发出的讥笑声,哒哒的敲击声,沙沙作响声和喊叫声,他不会让妹妹离开他的。

小农舍开始变得出奇地黑暗和寂静。窗外看不见移动的星星,烛光下没有晶莹的水滴,约翰只听见周围低沉微弱持续不断的挪动声和沙沙作响声。屋里黑乎乎静悄悄的,甚至斯莱都从梦中醒来,抬头凝视女主人的脸,呜呜直叫。

他们上床睡觉;但是,整夜里约翰在席子上翻来覆去,沙沙作响声持续不断。厨房的旧时钟嘀嗒嘀嗒地走着,然而黎明却迟迟不来。周围漆黑一片,万物寂然无声。听不见喃喃低语,听不见嘎吱嘎吱声,听不见空气的叹息,听不见老鼠的脚步声,听不见飞蛾的拍翅声,也听不见尘埃落地的声音,只有沉闷的寂静。约翰终于无法忍受恐惧和怀疑。他起床凝视着四方的窗框,可是什么也看不见。他想把它捅开,但它纹丝不动。他下楼打开门向外张望,看见一片纵深而清晰的绿色阴影，从它后面隐约传来鸟儿梦呓般的啼鸣声。

然后，他像海豚似的叹了口气，坐了下来。他知道，小精灵打败了他。就像杰克的豆茎一样，一夜间，这里就长出了厚厚一墙豆子。他用斧子又推又拉又砍，用鞋子踢，用老式大口径短枪猛击，但都无济于事。他又坐到壁炉边的椅子上，用手捂住脸。最后，格莱斯尔达也醒了，她举着蜡烛下楼来。她安慰哥哥，并告诉他，如果他照她的话做，她会让一切恢复正常。于是，他向她做了保证。

因此，她用一条围巾把哥哥的手绑到身后，又用一根绳子绑起他的双脚，这样，他既不能跑，也不能扔石头、豆子和奶酪了。她用餐巾缠住他的眼睛、耳朵和嘴巴，这样，他就既看不见，听不到，闻不着，也不能大声喊叫了。然后，她像对待一个大包袱一样推着拉着他，最后，把他弄到墙边烟囱的角落里。然后，她拿起一把锋利的小剪刀，这是教母送给她做针线活用的。她剪呀剪呀剪的，最后在厚厚的豆篱中剪出了一个小洞。她把嘴巴贴上去，轻轻地叫了一声，小精灵们靠近了门口，不断点头仔细听着。

此时此刻，格莱斯尔达跟他们谈判，要求他们原谅约翰——要是这样，一缕她的金色头发；七盘母羊奶；三十三串小葡萄干，有红色的、白色的和黑色的；一袋蓟种子冠毛；满满三手帕羊毛；九坛蜂蜜；一颗胡椒粒的香料……所有这些（除了头发以外），约翰都会尽快亲自送到他们的秘密地点。最重要的是，他们谈妥，在夏天，格莱斯尔达会每晚在山坡的阴影中坐一个小时。山坡上绿树成荫，翠草茸茸，从大森林一直延伸到谷底。在山谷里，则有小精灵的土墩，有他们带深色斑纹的灰色小牛在吃草。

她的哥哥就像一根木头，又瞎又聋又哑地躺在那里。她承诺了一切。

一天一个便士

很久很久以前，在一座城堡的大墙里，有一幢由倒塌的城堡的石头建成的农舍。农舍里住着一位老妇和她的孙女，孙女也叫格莱斯尔达。她们生活得很孤独，因为她们是一家农户的幸存者。这家农户曾经有一大片环绕着悬崖和大海的土地——田野，牧场，灌木丛生的荒野和高沼地。

但那都是很久以前的事了。现在，格莱斯尔达和她的老祖母除了这幢小屋和一个长花园外，几乎一无所有。在春天，花园里的苹果、樱桃和李子树都会开花。许多鸟在这块安静的土地上搭巢；远处，海浪拍打海滩的哗哗声从不停歇。

老妇人负责侍弄花园，格莱斯尔达则很少有空闲的时候。在农场和田里干完一天的活，她就已精疲力竭。虽然她很喜欢思考，但她上床后，通常还没等一根烛芯烧完，就酣然入睡了。但是，连她自己都不知道是什么原因，她不仅性情温和，而且总是很开心。她看上去很像一条美人鱼，白皙的脸通常很温柔、很严肃，这可能是因为她喜欢凝视和聆听大海的缘故。

她很少有自己的自由时间，一旦有空，她就会沿着长满野草的残破阶梯，爬到城堡的顶上，然后坐在那里——就像"圣母"法蒂玛一样——眺望那青翠的悬崖和一望无际的湛蓝的大海。她坐在那里，小得就像一个侏儒。当海风吹来，她就会到海滩上搜寻被风浪卷上来的漂流木——她是海滩上唯一能见到的人。大西洋缓缓坠落的巨浪雷鸣般地震撼着大地，海鸟在她周围啼鸣盘旋。在寂静的夜晚，当暴风雨在大洋远处咆哮，缓慢移动的长涌浪将沉重的海水倾倒在海岸上时，就好像有无数潜藏在大海深处的钟塔上的大钟在敲响。

但是，在这里，除了格莱斯尔达外，没有其他人在聆听。邻近村庄的人很少来海滩；夜幕降临时就更不会有人来。因为城堡是一个禁地，它是**怪人**出没的地方。在宁静的夏夜，自黄昏时分至月亮升起，人们曾经看见怪异的舞者在沙滩边的绿色草地上跳舞。在那里，狼紫草和匙叶草盛开，海鸥们欢聚在一起，嘎嘎嘎地轻叫着，在暮光下用尖嘴整理着自己的翅膀。

格莱斯尔达经常听到这些故事。但是，因为自从记事起，她就一直住在城墙下，独自一人在废墟上玩，所以她总是饶有兴致地听着这些故事。有什么可怕的？她渴望着见到这些舞者，并一直注意观察。当一轮满月高挂在天空中，她就会悄悄溜出祖母的农舍，在结实的海滩上迎着炫目的月光独舞；或者坐在悬崖边绿色的土墩上，做梦般地遐想。她会聆听大海在岩石间或洞穴中发出的声音，她难以相信自己听到的只是海水演奏的摇篮曲和音乐。

早晨或夜晚，她经常会坐在被太阳照得暖融融的门口台阶上，或缝补衣服，或削土豆，或剥豆子，或擦洗某只旧铜罐，这时，她会突然感觉自己不再孤独。然后，她会更专心致志地埋头做她的针线活或其他事，假装没有注意到任何变化。就像你一样，格莱斯尔达可以听到一只看不见的鸟的鸣叫，或在黑暗中闻到一朵找不到的花的香味。她有超越听觉、触觉和视觉的同伴。

她也会时不时地将目光瞥向左边或右边，她也确实会短暂地瞥见一个模糊的影子，也许不是很真实，但也不是什么都没有——虽然它或许半藏在灌木丛中，或许正从厚厚的石墙上被常春藤的阴影覆盖的凹陷处向下窥视着她。

这些都不会吓到格莱斯尔达——它们只不过像从钥匙孔吹过的风，或夜晚成群飞翔的天鹅的叫声。它们是她生活的一部分，就像罕见的鸟、甲壳虫、飞蛾及蝴蝶是地球的一部分一样。无论这些难以捉摸的生物是什么，她确信它们不会伤害她。

就这样，幸福的日子一天天过去，冬去春来，格莱斯尔达为了自己和祖母的生活，几乎把醒着的时间都用于工作。有一天，祖母病倒了。她在早晨下楼时，摔倒在狭窄的楼梯上，她就那样躺着，看上去很像一捆旧衣服。格莱斯尔达拿着漂流木进来时发现了她。

祖母老了，身体虚弱疲惫。格莱斯尔达很清楚，除非好好照顾她，否则她会越来越糟，甚至会死去。想到这一点，她很害怕。"啊，奶奶，奶奶！"她一边干活，一边喃喃自语，"我会做任何事情，我不介意发生什么事，只要您保证不死！"但她很快又鼓起了勇气，脸上洋溢着喜悦，老妇人丝毫没有察觉格莱斯尔达的小脑袋因为担忧和对不祥之事的预感而经常不舒服，察觉不到她的心已近乎绝望。

她现在几乎没有时间洗脸和梳头，甚至几乎没有时间睡觉和吃饭。她很少坐下来吃饭，即使坐下来吃，也只有一两分钟便匆匆吃完。她累极了，几乎拖不动双腿爬上又陡又窄的楼梯；她脸颊上的红晕开始消失，她的脸色变得苍白憔悴。

尽管如此，她还是继续干活，继续在劳动时唱歌，只是不想流露痛苦。无论她感觉有多不舒服，多饥饿，多焦虑，她从来不让祖母察觉。可怜的老人痛苦无助地躺在床上，自身的烦恼就够多的了。没有人来分担格莱斯尔达的烦恼；她们的情况一直没有好转，而且越来越糟。

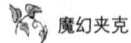

　　当第二天早晨——经过一个闷热得喘不过气的夜晚，一个闪电击打着窗户，炸雷轰然滚过大海，一半清醒一半昏沉的夜晚——她下了楼，却发现放在橱柜里的那一把燕麦被饥饿的老鼠偷走了一大半，她的一小罐牛奶变酸了，她差点晕了过去，不由得坐在门口的台阶上哭了起来。

　　这是在五月初。波光粼粼的深蓝色大海在沙滩的岩石间翻涌，滚滚波浪犹如白雪。东方的太阳艳红似火，周围的树木新叶吐绿，初花绽放，鸟儿啼鸣，雨后的空气凉爽芬芳。

　　过了一会儿，格莱斯尔达停止了哭泣——她的双眼没有流出多少眼泪。她双手托着下巴，坐在那儿凝望明亮的绿草，两眼无神地盯住宁静甜蜜的空气中追逐嬉戏的蝴蝶。它们不停地滑行、拍翅、俯冲和翱翔，接着突然振翅冲入残墙上方炫目的蓝天，眨眼间便消失了。

　　它们似乎在嘲笑她的悲惨。格莱斯尔达叹了口气，却好像心口堵得慌。她只得深深地吸一口气，让自己缓过来。接着，她没有再叹气，因为她突然意识到，有人在注视着她。这次，她是真的看见了。不到十二步以外，在一段残缺不堪蜿蜒通向城堡的一座塔楼的石阶顶部，站着一位老人，看似弓着身子的干瘪侏儒。

　　他只有五岁孩子那么高，耳朵尖尖，肩膀狭窄，脊背佝偻着。他穿着一件用鼹鼠皮拼接起来的外套。他站在那里，就像石头一样纹丝不动，鼹鼠皮帽下明亮而无色的眼睛盯着她，似乎格莱斯尔达是个怪物，就像他在格莱斯尔达眼里也是个怪物一样。

　　她闭了一会儿眼睛，觉得他是自己想象出来的东西，然后又看了一眼，却分明看见这个小矮人手里拿着一个弯曲的东西，正快速地拖着脚步穿过塔楼朝她走来。可就在离她几步远时，他又站住了。然后，他明亮的小眼睛凝视着她，用尖利刺耳却又嘶哑的声音问她为什么哭。他的眼睛尽管颜色浅淡,但在他干瘪的脸上,仍显得格外锐利。格莱斯尔达看着他,惊讶这世上竟然有看上去这么老的活生物。

大海边的高沼上到处生长着被风吹雨打的盘根错节的树木——山楂树和矮栎树——它们矗立在黄色荆豆和海石竹之间已经有好几百年了。他看上去甚至比这些树木还要老。她告诉他,她不为别的而哭,只是因为老鼠吃了她的燕麦,牛奶发酸了,她不知道该怎么办。他问她,她必须怎么做,她也告诉了他。

听到这儿,他眯起锐利的双眼,好像是在思考,然后看了一眼他身后的塔楼。接着,他似乎下定了决心,向前挪了一两步,问格莱斯尔达,如果他为她工作九天,她会付给他多少工钱。"三天,又三天,又三天,"他说,"就此结束,多少工钱?"

格莱斯尔达几乎笑出声来。她告诉小矮人,家里连一个法寻[①]都没有,哪有工钱请人为她干活——甚至连一顿早餐都给不了他。"除非,"她说,"你不介意来一个凉马铃薯。昨天晚饭剩下了一两个。"

"啊,不,不,"小矮人说,"没有工钱我不干活,我自己有吃的。但请听仔细了:如果你能每天给我一个便士,一连给九天,我会在这里为你从黎明干到天黑。那样,你就可以到农场和田里去。但必须一天一个便士,不能再少了;工钱必须在每天太阳落山时付清,然后我会回到自己的住处去;那个在楼上的老妇人不能看见我,她应该几乎不知道我的到来。"

格莱斯尔达坐在那里看着他——她尽量显得温柔和随意;但她有生以来没见过像他这样的人。虽然他的脸又干瘪又皱,就像一只冬天的苹果,然而,他似乎永远不会变成别的样子。他看上去就跟他周围

---

① 英国旧时值 1/4 便士的硬币。

的石头一样老,但他充其量不会比长在石头缝里的金鱼草更老。看他的眼睛就像通过生锈的锁孔窥视一个长长的空房间。她猜想他随时都会消失,或者变成完全不同的样子——一棵正在开花的大鳍蓟或一堆石头!

在这之前很久,其实格莱斯尔达就经常看见像有人影在移动——在高沼或沙滩上——但每当她再看一眼时,却又消失了;或者,当她靠近时,却发现只是一丛荆豆,或是塔楼上凸伸出来的一块岩石,或是一团被刺挂住的羊毛。这就是这些怪人的方式。虽然她那个时候一点也不害怕这个小矮人,但真跟他在一起却感到很别扭,很迷惑。

然而,她继续对他微笑着,回答说,虽然她要等到有一个便士时才可以承诺给他一个,但她会尽最大的努力去挣。现在则什么也没有。她已经下定决心马上动身到沿海的农场去,在那里她几乎可以确定能够得到一份工作。如果小矮人能等待一天,她告诉他,她会在回家前让农场主付给她工钱。"然后我就可以给你一个便士了。"她说。

老鼹鼠皮对她眨眨眼。"好吧,"他说,"马上出发吧。在太阳落山前回来。"

但格莱斯尔达还是先用家里最后一撮粮食给祖母做了一碗稀饭。她把它端给祖母,旁边放一只陶罐,陶罐里是一小枝苹果花,这可以让稀饭味道好一些。既然她已经向他保证过,并坚信他不会伤害她,她就没有告诉祖母有关小矮人的事。她整理了一下房间,披好祖母的被子,又给她端来一些洗漱的水,拍拍她的枕头,用披肩盖住她的肩膀,并用别针把它别住。这样,尽量使她舒服了些,她就离开了她,并保证会尽快回来。

"奶奶,"她说,"无论发生什么事,千万不要起床。"

幸运的是,她去见的那个沿海农场的女主人正要做黄油,她就帮助她和挤奶女工一起搅乳。农场主很了解格莱斯尔达,活干完后,他不仅付给她两个便士,而且另外又加了一个。"这是为了你的金发,亲爱的;它们值一大笔钱……你觉得呢,西蒙?"他对刚刚和牛犊一起走进来的儿子喊道。西蒙长得比父亲难看多了(虽然那张脸还讨人喜欢),他朝格莱斯尔达看了一眼,满脸通红、一言不发地立即转身离开,想必是她的金发使他的眼睛发花了。

这时,女主人又匆匆忙忙地走到院子里。她不仅给格莱斯尔达拿来了一罐刚挤的牛奶和几只鸡蛋,让她带给奶奶,而且还给她一些猪油果子蛋糕。因此,格莱斯尔达比以往高兴十二分地匆匆往家走。

回家的路上,在一棵柳树下,她经过一口养鸭的池塘,想起农场主说过的话,便停住脚步蹲下身子,望着浑浊的水里的自己。她头顶的天湛蓝湛蓝;但因为鸭子在游水、整理羽毛和闲聊,水面上有许多油腻的波纹,她看不清自己,从倒影里不能确定她的头发是否是金色的。她站起身来,笑自己,对鸭子挥挥手,又继续匆匆赶路。

当她拿着牛奶罐,来到城堡高高的金鱼草丛生的大门口下,回到自己的家里时,惊喜地看到了一个奇迹:她们的厨房干净得就像一枚崭新的别针。桌子擦干净了;火炉用具像银子一样闪亮;梳妆台上的陶器看上去像新油漆的一样;一束插在棕色罐子里的桂竹香在窗台上绽放,散发出甜甜芳香;就连那多年没有走动的布谷鸟自鸣钟的铜质钟摆也像午时的太阳闪闪发光,它不停地摆动着,似乎想在夜幕降临前把所有失去的时间追回来。

在壁炉边,有一堆劈好的漂流木,炉床上一团火焰在欢快地跳跃,装在平底锅里的一条鱼正在烤箱里烤着,悬空挂着的旧铁壶在呜呜作响,一只盛满削皮土豆的长柄深平底锅,放在铁壶下的壁炉上,正好与它做伴。此外,餐桌上还放着一盘新采摘的蔬菜做的色拉——

生菜、萝卜、嫩酢浆草和蒲公英叶。但却见不到老鼹鼠皮的身影。

格莱斯尔达是个很棒的家庭主妇,但她平生还没有见过这样的厨房。它就像雏菊一样新鲜而富有活力。格莱斯尔达开始唱起歌——跟铁壶一起唱。格莱斯尔达用带回家的一只鸡蛋和牛奶做了个蛋奶糕,又上楼去看祖母。

"嗳,奶奶,"她说,"您现在感觉怎么样?我出去过又回来了,一分钟也没有耽搁;但您一定饿了吧?"

老妇人告诉她,她整个上午都在打瞌睡、做梦和从窗口眺望外面的大海。因为在她的窗户对面,就是城堡墙上一个旧时的窗户口,所以她可以看到大海。它真有点像老人窥视外面世界的观察孔。

"您还有什么要告诉我的吗,奶奶?"格莱斯尔达说。

老人偷偷从枕头上侧身看一下四周,好像怕被人偷听似的,然后她提醒格莱斯尔达,下次出去一定要把门锁好。她说,一定有一个奇怪的动物在房子里偷偷走动。她不仅听到开着的窗户下有声音,而且还听到房间下面的走动声。"虽然,我得说,"她补充道,"我得很仔细地听。"

格莱斯尔达抬头看一眼花格窗的外面,因为她的头比祖母的枕头高多了,她能看见下面绿茵茵的院子。那里站着老鼹鼠皮,他正抬头看着她。

过了一两个小时,当太阳在村庄远处翠绿的山坡后缓缓落下时,格莱斯尔达独自坐在炉火旁,腿上放着缝补的衣物。她听到外面大卵石上拖曳的脚步声,然后小矮人出现在窗口。格莱斯尔达对他做的一切表示由衷的感谢,并从祖母的旧皮夹里拿出她在农场挣来的一个便士。

小矮人贪婪地看着它,然后,用拇指指着放在烟囱搁架上的一只旧锡镴罐子，告诉格莱斯尔达把硬币放在里面，并保管好，直到他向她要为止。

"九天，"他说，"我会为你干九天——三天，三天，又三天——不会再多，一样的工钱。然后，你得向我付清所有的工钱。我每天会来看你把硬币丢进罐子里。"

因此，格莱斯尔达踮起脚尖站在厨房的防护板上，把硬币丢进罐子里，并盖上盖子。当她转过身子时，却发现老鼹鼠皮已经不见了。

那天晚上上床睡觉前，她朝门口看了一眼。除了深蓝的夜色外，天空没有任何色彩；但一弯如蛋壳一样薄的月亮悬挂在西面山坡的上方，它会很快跟上远处的太阳。格莱斯尔达庄严地向月亮鞠了七次躬，摇摇口袋里的旧皮夹。

当她第二天早晨下楼时，厨房已经打扫过了，一团火焰在炉口上跳跃，她的杯子、盘子和调羹已经放在餐桌上，一碗冒着热气的牛奶粥在壁炉上保着温。当格莱斯尔达把粥端给祖母时，老妇人吃惊得眼睛几乎从头上掉出来，因为格莱斯尔达只离开她一小会儿。她喝了一口粥，咂了一下嘴，又尝了一口，问格莱斯尔达在粥里放了什么东西，味道这么好，她以前从来没尝过这种味道。格莱斯尔达告诉老人，这是一个秘密。

那天，农场主给了格莱斯尔达一些金褐色的老交趾母鸡，让她可以拔了毛到市场上去卖。"它们已经过过好日子，将要成为锅里的肉了。"他说。听说她祖母好些了，他就让她一直干到下午很迟。因此，格莱斯尔达边拔毛边哼着歌，为老母鸡感到伤心，但想到工钱又很高兴。农场主又一次付给她两便士，另外再加一个便士；这次不是为了她发亮的金发，而是为了她"玻璃色的眼睛"。因此，她的皮夹里已经有五便士了，因为只有在昨晚付给小矮人一个便士，此外还没必要花过钱。

当格莱斯尔达回家时,不仅厨房的一切都已擦得铮亮,而且壁炉搁架上正炖着一锅肉汤。闻着味道,就可以知道,锅里不仅有胡萝卜、洋葱和野菜,而且还有一只幼兔。此外,花园里有一块刚刚掘过土,刚刚种上的三垄嫩卷心菜生气勃勃,格莱斯尔达猜测,还会有两垄蚕豆和两垄豌豆。只要是小矮人的活,都会干得很漂亮。

他非常准时地来到厨房要工钱——就在太阳落到山后那一刻。格莱斯尔达对他微笑,感谢他,并拿出一个便士。他认真地凝视着它,然后看看她,最后说:"把它也放进罐子里。"因此,现在锡镴罐里已有两个便士,格莱斯尔达钱包里则有四个便士。

日子就这样一天天过去,祖母的情况不断好转。第二个星期天,她靠窗坐了一会儿——用一条披肩把自己裹起来。多数上午,格莱斯尔达都到农场或村子里去干活;有一两个上午,她待在家里,陪坐在祖母身边缝补衣服或干其他能找到的活。

她待在家里时,从来不见小矮人,虽然他可能藏在花园里。但是,当格莱斯尔达外出时,祖母还是会说她听到了走动声和嘈杂声。"你会以为,"老妇人说,"厨房里有一窝小猪,还有老母猪。"

到第八天,农场主不仅给格莱斯尔达两个便士的工钱和另外给"她脸上的酒窝"一个便士,而且第三枚硬币上有一个孔。"这象征着好运。"农场主说。她高兴地回家去。她觉得没有理由不跟小矮人分享自己的好运气,就在他晚上来时,她把有孔的那枚硬币放进了罐子里。跟往常一样,他什么话也没说。他只是在格莱斯尔达感谢他时,用无色的眼睛看着她,然后看着她把硬币扔进罐子,一眨眼的工夫,又消失了。

"从城堡那边来的那个年轻姑娘,"那天晚上,在两人手握蜡烛架,准备上床睡觉时,农场主对妻子说,"她看起来既干净利落,又美丽肯干。如果她可以像看上去那样管好便士,亲爱的,毫无疑问,她也会管好英镑的。"

他说得对,格莱斯尔达把她的便士管得很好。这会儿,她正点着蜡烛,坐在厨房,在纸上写下每一个付给她的便士和每一个付出去的便士:

账目

收入		付出	
农场主给的工钱	10	燕麦片	2
礼物	5	熬汤的骨头	2
杰克斯太太的工钱	2	糖	2
瓦罐(猪)的工钱	1	发带	1
	18	羊毛	1
		玩具娃娃	1
		鼹鼠皮的工钱	8
			18

玩具娃娃是买给牛倌的小女儿的礼物。虽然格莱斯尔达算错了很多次才把数字算对,但现在是正确的,她钱包里的钱可以证明。

第二天晚上,太阳就要落山前,格莱斯尔达坐着等待小矮人的到来。她从来也没有这么快乐和轻松过。这是九天中的最后一天;她已经为他准备好了所有的九个便士——一个在钱包里,八个在锡镴罐里;农场主承诺,她能干多少活,就给她多少活;老祖母几乎痊愈了;橱柜不再空着了。她的感激之情是无法用语言表达的。她的身体似乎已经装不下满满的幸福。

树木沐浴在傍晚的最后一缕阳光下,就好像从天堂借来了外套;

小路已除过草；石头刷上了一层新石灰；每一块土地都种上了植物或撒上了种子。城堡旧墙上的每一簇常春藤似乎都传来歌鸫的鸣唱声，每一只歌鸫都似乎比别的歌鸫唱得更响亮。

格莱斯尔达坐在门口的台阶上，缝补的衣服放在腿上，她清澈的灰色眼睛注视着一切，同时，她也在思考。她不仅想到老鼹鼠皮和他为她所做的一切，而且还想到昨天晚上她回家时跟她同走了一段路的农场主的儿子。然后，她开始漫无边际的遐想。

但她的灵魂似乎只离开身体神游了一会儿，突然，一种石头跟石头的敲击声唤醒了她，就在那里——在夕阳的最后一束光线中——在花园小径的大卵石上站着小矮人。他告诉格莱斯尔达，他九天的活已经干完了，他是来拿他的工钱的。

格莱斯尔达带着他来到厨房，在那里，她一遍又一遍地轻声表达对他的帮助和好心肠的感激之情。她拿出皮夹里的最后一个便士，放在桌子上，然后，踮起脚尖，从烟囱架上拿下锡镴罐。就在她做这个动作的时候，她的心突然凉了一下。她摇摇罐子，听不到一丁点硬币的叮当碰撞声。它轻如鸿毛。她颤抖着手终于打开了盖子，往里一看，"啊！"她嘟哝道，"有人……"她的眼睛蒙上了一层阴影。罐子是空的。

小矮人站在门口，他渴望而冷漠的双眼盯着她的脸。"怎么了，"他用低沉沙哑的声音说，"我的钱在哪里？为什么让我等待，年轻人？回答我！"

格莱斯尔达只会手拿罐子，呆看着他。他的眉毛开始上下抽动着，好像非常生气。"就这样没了，嗯？我的便士都消失了，嗯？你欺骗了我！嗯？嗯？*欺骗我*？"

格莱斯尔达说什么也没有用。他不想听她说。她越是恳求他耐心等待，她会付清欠他的所有工钱，他就越尖刻愤怒地向她咆哮。看到她的眼泪在鼻子两边滚落，他似乎更加恼怒。

"我再给你一天，"他最后大叫道，"一天！明天太阳下山前我会回来，每个便士都得给我准备好。我干的活可以再毁掉，我做的东西可以再砸碎！哼，哼！我们走着瞧！"说完，他踩着沉重的步子走进花园，消失了。

格莱斯尔达非常伤心，脑子一片混乱，好一会儿都不知道该做什么，只是呆呆坐着，又冷又迷茫，两眼盯着开着的门口。那些硬币到哪里去了呢？老鼠不吃硬币。是她梦游了吗？谁会偷走它们呢？她怎么样才可以在一天里赚回那么多的钱呢？

就在她坐着伤心地苦思冥想的当儿，头顶的楼板响起砰砰的重击声。她一下跳起来，用炉火点燃一根蜡烛，用老鼹鼠皮从井里提回来的冷水拍拍眼睛，拿起祖母的晚饭。

"今天您听到房子里有声音吗，奶奶？"她一边把装着肉汤的碗放到老人消瘦的手里，一边问道。老人非常饿了，听到孙女问她，就发起脾气来。她告诉格莱斯尔达，每个晚上她都提醒她，在她外出干活时，楼下都有一个奇怪的动物进来乱翻。"你从来都不注意监视，你甚至从来不回答我。"她说，"现在太迟了，今天我没听到任何声音。"

当格莱斯尔达把祖母安顿好，又匆匆下楼回到厨房时，天几乎黑了。她无法忍受就这样干等到第二天早晨，她已想好了该怎么做。祖母在喝了肉汤后昏昏欲睡，她悄悄走出屋，轻轻关上门。她在长满常春藤的墙下摸索着走到开阔地，在宁静的月夜下继续匆匆赶路，很快爬上悬崖边杂草覆盖的陡坡。一只猫头鹰在叫。从下面远远传来潮水轻柔地拍击沙滩的声音；大海上方，繁星闪烁，生机盎然。

当她来到农场时，楼上还亮着灯。她看着窗户里的影子在窗帘前左右移动，过了一会儿，她终于胆怯地抓起门环敲门。农场主亲自给她开了门。他手持蜡烛，身穿衬衫站在那儿，从蜡烛上方看着她，很吃惊地发现这么迟了还有访客站在星光下，身上裹着披肩。但是，他跟她说话时，语气很温柔。格莱斯尔达向他倾诉了自己的故事，自然她只字未提小矮人。

她告诉农场主，她遇到大麻烦了；虽然她不能告诉他什么原因，但她必须在第二天傍晚前挣到八便士。她诚实地向他保证，只要他能信任她，借给她八便士，她就以帮他干活作为交换，而且他想让她干多久就干多久。

"嗯，"农场主说，"这个故事很奇怪，确实很奇怪！但为什么不干四天活呢？然后我会给你八便士。"但格莱斯尔达摇摇头。她告诉他，这不可能；她不能等待，一天也不能等。

"你看，"农场主暗自笑笑，他很好奇，她要拿这些钱干什么，"明天我不会给你活干，后天也不一定。但如果整个星期都没活干，你却能保证剪下你金色的头发给我，那你现在就可以得到那八便士——就在此时此刻——你不能问为什么。"

格莱斯尔达一动不动地站在门口，她的脸在烛光下显得苍白而凝重。她头上的每根头发似乎都在不安地抖动，她想，这都是因为她在放鸭池时的自我欣赏；因为自己用钱不谨慎；因为小矮人叫她干什么就干什么，而不是她认为什么最好就干什么。但因为农场主看上去随时都有可能跑进屋去，拿出一把剪刀，剪去她的头发，她就向他做了保证；而他却回去对着妻子笑，并告诉她这件事。"她的脸变得像纸一样苍白。"他说，"我很想知道，是什么让这可怜的孩子发愁。她天性温柔，她的保证一诺千金。嗯，好吧！我会办好这件事。亲爱的，如果只做个纪念，我们只要一绺头发就行了。"

"好像，"妻子说，"那是我们的西蒙该说的话。"

格莱斯尔达回到家里后——此时一路穿过被露水打湿的田野是那么悲伤和孤独——就走到一个藏着她的"宝贝"的木箱子前。这些宝贝很多都留有对母亲的回忆。她拿出一个网眼发罩，母亲在她这个年纪的时候就戴着它。然后，她坐到一小面方正的镜子面前，尽量靠近头皮编起头发，把发罩紧紧地罩在上面。然后，又把装着九便士的皮夹放到枕头底下，做了祷告，就上床睡觉了。

好几个小时，她躺在那儿，聆听着海边的浪花有节奏地击打着宁静的夜晚，看着她的那颗星星，闪耀着从一块菱形窗玻璃移到另一块菱形窗玻璃。最后她终于睡着了，但做的梦却几乎和醒着时一样悲伤。

第二天，她待在家里，以防小矮人提早来，但直到太阳落山，她才听到他的鞋子踩在石头上鬼鬼祟祟的吧嗒吧嗒声。她拿出钱包，把钱付给他。他问她哪里来的钱。"还有，"他说，"你为什么把头发这么贴着头皮编起来，又用网罩罩住？你是怕鸟会追逐它吗？"

格莱斯尔达忍不住笑起来。她告诉他，她已答应把头发给一个朋友，她把它紧紧地盘起来，是为了提醒自己，它不再是自己的了，而且也是为了安全起见。听到这里，老鼹鼠皮在长着绿色果子的醋栗灌木下笑起来——格莱斯尔达为了不让祖母听到他们的谈话，把他带到了花园里。

"很不错的交易！"他说，"但我知道还有更好的交易。"他向格莱斯尔达许诺，如果她让他剪下一小绺她的头发，他会把她送到海底小精灵族的洞穴里。"在那里，"他说，"如果你为我们干七天活，一天只干一个小时，你会得到相当于你所有头发七倍重的纯金。如果，我的意思是在那以后，"他狡猾地看她一眼，"你保证回来，永远跟我们一起住，那样，你就会得到我们的秘密果园里的一篮子水果。"

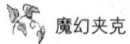

格莱斯尔达看着小矮人,然后看看灌木丛中正在成熟的绿色醋栗,又默不作声地盯着地上的雏菊。过了一会儿,她告诉小矮人,她不能给他一绺头发,因为她已经答应给别人了。但她可以为他干九天活,不要工钱。她想,为了感谢他为她做的事,这是她起码该做的。

"好,那么,"老鼹鼠皮说,"如果不能给头发,那就给一根睫毛吧。否则,你永远也见不到小精灵族的洞穴。一根睫毛当你的旅费。"

她同意了他的建议,并在醋栗边跪下来,闭紧眼睛,以便他能更容易拔下一根长在眼睑上的睫毛。她感觉到他粗短带泥土味的手指刷过她的睫毛,仅此而已。

但是,当她睁开眼睛,向身边看时,却发现周围的景色发生了变化——花园,农舍,城堡的残墙和破败的塔楼,悬崖,大海,山洞——一切都消失了。没有傍晚的夕阳照耀,没有一丝海风吹过。这是一个完全静止的地方,沐浴在一种不知从何处涓涓流淌而来的朦胧的苍白和绿色中。在她周围,她的头顶上,洞穴中的石英石微微闪烁着各种淡淡的色光。唯一能听见的声音是远处像潮水一样的轻微流动声。

在这小精灵族的果园里也有许多树木,它们纤细的茎扎根在像白霜般细腻洁白的沙子上。树枝上长满了果实,它们就像宝石一样色彩缤纷。她还听见各种鸟鸣声,虽然看不见一只鸟。在这海绿色的暗淡光线下,空气显得很稀薄。还能听到的另一种声音,就是水和岩石的轻微撞击声,这是流失在果园的沙子中的水。

小矮人拿出一些灯芯草编织的篮子,告诉格莱斯尔达应该怎么做。"捡起掉下来的水果,"他说,"但不要摘树枝上的,把它们按照类别和颜色分开,一种颜色装一只篮子。但务必不要爬树,也不要摇动它们。你干完一个小时后,我会过来。"

格莱斯尔达马上开始干活。虽然头顶上的树枝长满了水果,但掉下来的却很少,起初看起来好像只要几分钟就可以把它们分门别类放到篮子里。但洞穴里稀薄的空气和暮光让她昏昏欲睡,当她一次又一次蹲下去捡水果时,她的眼睑很沉重地垂下来,她担心自己随时会睡着。一旦她睡着了,那可什么都会发生的,她还能赢得回到地面上去的机会吗?这一切是否就是一场梦?她用从岩石中流淌而来的一小股冰冷的水拍拍眼睛,给自己提神;她想象自己隐约听到了远处像敲击和用锤子凿的金属声。但即使把所有掉下来的水果都分别放进了篮子里——翡翠绿、橘黄色、紫色、水晶色、蓝色——她的工作还没有完成。因为在她坐下来休息的那一刻,又会有另一只水果像苹果掉在沙子上的草丛中一样,轻轻掉下来,这时,她得马上把它捡起来,放到篮子里。

小矮人回来后,向四周看了看,确定没有水果遗留在沙子上了。他又斜眼看看这里,看看那里,甚至翻翻篮子里的水果,确信它们没有被放错地方。"嗯,格莱斯尔达,"他最后说,这是他第一次叫她的名字,"活干得好就一劳永逸了。这是给你的工钱,一个便士。"

当他用手指轻轻地摸索着老鼹鼠皮的口袋,拿出一个便士时,他的眼中露出一丝神秘的神情。格莱斯尔达伸出手,他把硬币放到她手掌中,眼睛仍然看着她。她看看硬币,然后又看了看。这是一个磨损了的厚厚的旧硬币,上面国王的形象已经很模糊,它的边缘也有点变形,上面还有一个孔。毫无疑问,这是农场主给她的硬币,"象征着好运"。格莱斯尔达到现在才意识到,她曾怀疑过,可能是老鼹鼠皮自己偷了锡镴罐里的硬币。现在她已确信这一点。她继续盯着手里的硬币,但什么也没说。她想,毕竟罐子里的钱是属于他的,他有权拿它。你不可能偷窃已经属于自己的东西!但是,撒谎和偷窃一样恶劣。也许他不是有意要撒谎。也许他只是想看看她会说什么，怎么做。那样也还是撒谎，但没有那么邪恶。也许因为他实际上不是真正的人类，他也就不会真的撒谎。也许这只是一个小矮人的谎言，虽然他对她的好心帮助当然不仅仅是小矮人的好心帮助。想到这里，她对自己笑起来；又抬起头，发现小矮人还在看着她，就对他笑笑，并对他表示了感谢。

这时，他一下笑出声来，直笑得洞穴四壁发出咯咯的回声，至少有半打洞穴中的水果又从树枝上落下来，轻轻地掉进沙子里。"啊！"他喊道，"我跟你说什么来着？不要再哭了，格莱斯尔达。那是一个便士，这里还有其他的。"他把它们从口袋里拿出来，一个一个地数着放到她手里，这是在不久前她给他的那些硬币；他一边给她硬币，一边像个孩子似的用颤抖的声音高唱着："无论人类说什么，小精灵族绝不为工钱而工作。啊，格莱斯尔达，"他说，"如果你能待在这里，就几乎用不着干活。不用搅制黄油，不用除草，不用缝补，不用擦洗，不用烧饭，不用擦亮厨具，也不用叹气和哭泣；你会永远都开心，永远年轻。你不用剪下一根丝绸般柔软的头发。"

格莱斯尔达看着在静止的绿光中的他，轻轻摇了摇头。但她跟他商定，每年夏天她都会来到洞穴，为小精灵族干活——如果他会去接她——干一整天的活。这是他们的协定。

然后他从臀部的口袋里拿出一块厚厚的金子，大约有一枚英国克朗那么大，放到她手里。金币的一面印着一条美人鱼，另一面是一棵长在一堆沙子上的果树，上面长着小小的水果。"这个作为纪念。"他说。然后，他从每只篮子里各拿出一只水果，放进另一只篮子里。"既然'不为工钱'是没有工钱"，他继续说，"蹲下来，格莱斯尔达，让我把你的睫毛放回去。"

格莱斯尔达跪在沙子上，他的手指又一次刷过她的眼睑。刹那间，一切都变黑了，一丝凉风吹在她的脸上。她睁开眼睛，发现自己又独自一人待在了夜空下，而且——似乎完全沉浸在奇怪的梦里——在星光下，她跪在自己熟悉的花园里被露水打湿的泥土上。但她手里还握着那枚印着美人鱼和繁茂的果树的金币，另一只手则提着一篮水果，证明她不是在做梦。

至于那根睫毛，因为她从来没有数过自己原来有几根睫毛，所以她无法确定，老鼹鼠皮是否把它放了回去。但当她告诉农场主的儿子西蒙，自己可能少了一根睫毛——因为她向小矮人保证过，她没有告诉他更多的事——他便一次又一次地数着它们。虽然他每次数出来的总数都不一样，但他断定，不可能有地方再放进一根睫毛了。格莱斯尔达从小矮人的篮子里拿出绿色的水果，作为礼物送给他。这也是为了做个纪念。"这像石头一样硬。"他说，"我们要吃了它吗，格莱斯尔达？"虽然它很硬，但肯定有奇怪的魔力，因为当他们一起坐在放鸭池旁边的柳树下时，他们好像不是被运送到了大海下小精灵族的洞穴里，而是被送回了**伊甸园**。

至于格莱斯尔达的头发，还像往常一样，又厚又亮。而农场主，则没有要那八便士中的任何一个便士。

"我觉得这件事很奇怪，母亲。"当他们一起坐在厨房的炉火边时——他们已习惯坐在那里，即使在盛夏时节也一样——他对妻子说道，"我觉得很奇怪，我们这个农场曾经属于那位年轻姑娘的曾曾祖父。"他长长地吸了一口烟斗里的烟，"我的意思是，曾经拥有这个农场的人，当他们再次拥有时，应该知道怎样保住它。"

稻草人

老博尔索弗先生住的房子，是褪色后的黄报春花的颜色；这幢房子很长，但只有两层。然而，即使站在一楼的窗户前，你也能眺望一直向远方延伸的牧场，在早晨的阳光下它看上去绿油油亮闪闪的。狭窄的阳台遮住了窗户的阳光，它那倾斜的铜质顶棚呈现出淡淡的灰绿色；阳台边细细的木柱上爬满了铁线莲和茉莉花藤。阳台的两头是历经风吹日晒的低矮的石头底座，底座上面立着两尊铅灰色的农牧之神，一些桂竹香和石竹花默默地将它们连接到一起。现在，石竹花正开着雪白的花朵，向空气中散发着类似麝香的气味。

屋里的小钟刚刚敲打了十下，老博尔索弗先生穿着一身凉爽的白色外套，正和他的小侄女利蒂希亚一起从早餐室里走出来。利蒂希亚走路说话很敏捷，她的头总是像小鸟一样不停地转动着。老博尔索弗先生的眼睛和鼻子也很像鸟，但腿很长，个子很高，一脸的严肃——就像火烈鸟和鹳。他们一起停下脚步，眺望着牧场。

"哎呀，蒂姆叔叔，这是多么美好的早晨啊！"利蒂希亚说。

"一个美好的早晨，"蒂姆叔叔说，"它特地梳妆打扮了来匹配我的小朋友。

莱蒂就像美好的日子，

她来了；然后——她走了。"

"啊，蒂姆叔叔，"利蒂希亚说，"这叫做恭维。"

"哎呀，亲爱的，"叔叔从眼镜下斜眼看着她，回答道，"这叫什么没有关系。"

"嗯，这我知道。"利蒂希亚说，"想想吧，自从我上次来到这里，已经整整一年了，但您丝毫也不相信有什么不一样。这不是很好笑吗，蒂姆叔叔？我们是不一样了。啊，是的，"她继续飞快地说道，一边扭动着细细的脖子，"在那边柳树旁就有一个古怪的老盖伊·福克斯，他也一点都没有变。"

"是的，是的，"蒂姆叔叔凝视着牧场说，"虽然，事实上，亲爱的，说他一点没变并不对。他的帽子变了，难怪他的一只眼睛被帽檐遮住了。但是，不管你凝视他多长时间，他都会凝视你更长时间。"

然而，利蒂希亚继续盯着那个竖在田里吓鸟的稻草人，而且奇怪地皱起小眉头。"您知道，他有点怪，蒂姆叔叔，如果您看他的时间长一点的话你就能感觉到。但是您完全可以假装没有在看他。您好像也记不得了，"她继续严肃地说，"就在昨天早晨，您向我许诺，要告诉我有关他的所有的事。但您没有告诉我，因为在我问您时，妈妈进来了，这样您就忘记了。"

"哎呀，是的，"博尔索弗先生说，"这就是记忆力不好的结果，就像一只袋子有了一个洞。这就是像馅饼皮一样脆而不可信的诺言带来的结果——它们就在你的嘴巴里融化了……不过，那就是**老乔**了。真的老了，亲爱的，你都几乎分不清我和老乔谁是谁了。"

"请不要这么说，蒂姆叔叔，这不是真的。您是最年轻的最老的最和蔼可亲的**蒂姆叔叔**。好啦，您本来要告诉我关于老乔的什么事呢？他是哪里来的？为什么来——我的意思是，除了秃鼻乌鸦外？不是有一首关于老乔的歌吗?那是他吗?*现在就告诉我好吗?*"利蒂希亚叫道,"让我们舒舒服服地坐在这些石头上。哎呀,摸一下!它们被太阳照得暖烘烘的。现在您说吧,*请说。*"

老博尔索弗先生坐了下来;利蒂希亚也坐了下来——坐在博尔索弗先生的旁边,就像庞奇① 先生和他的狗狗托比。下面就是他讲的老乔的故事……

"我该从头开始,利蒂希亚。"他开始道,"在我和你差不多大的时候——不到一百二十九年前——我经常会去我妈妈的一个朋友家待一段时间——就是你祖母的朋友——她名叫萨拉·伦布。她是个很健壮的女人,头发乌黑油亮,脸颊圆而红润,手指关节上有一个个小窝窝。我记得,她总是戴着一顶紫色丝绒帽,扁平地戴在耳朵上方,一条什么花边搭在肩上。我现在似乎都可以看见她——她笑起来时宽阔的脸庞都皱了起来,肥胖的手指上戴着祖母绿和紫蓝色宝石,我甚至可以看见她脖子上戴着的祖母绿的大饰针。她不是我的阿姨,甚至也不是我的教母,但她对我非常好,几乎就像我对你一样。她还很喜欢食物和饮料,她有个厨师,可以做各种让人赞不绝口的糕点——平方英寸就有七颗无核小葡萄和九颗醋栗。果酱、果冻、树莓奶油糖浆、带馅油炸面团、烙饼、蜜饯夹心酒味蛋糕——它们都是我所吃过的最好的。还有圣诞聚会上的素蛋和牡蛎小馅饼。天哪!"

"哎呀,蒂姆叔叔,"利蒂希亚说,"您好贪吃啊。"

"更糟糕的是,"叔叔说,"我从来都没有改变贪吃的本性,你在午饭时可以看到的。如果我不是一个没有先知先觉的说话莫名其妙的人,就已经能闻到苹果奶油布丁的味道了。不过,别介意。这没意

---

① 英国传统滑稽木偶剧《庞奇和朱迪》中的鹰鼻驼背滑稽木偶。

义——在布丁没有做好以前。但无论如何,利蒂希亚,我的老朋友伦布太太最合适做一个大胃口的小男孩的老朋友了。当然,这都是在假期里;而且,在那时候,学校里有足够多的压缩饼干,卷心菜梗,鳕鱼,板油布丁,蓖麻油,只涂薄薄一层黄油的面包,诸如此类的东西,那时候没有假期作业这么可怕的事。假期作业总是让我想起,亲爱的,那位想出去游泳的年轻姑娘:

妈妈,我可以出去游泳吗?
　　是的,我亲爱的闺女。
把衣服折叠整齐,
　　不要靠近水域。"

"我知道这首诗,"利蒂希亚说,"是'把你的衣服挂在山核桃木的支架上'。"

"很好,"她叔叔说,"但请朗诵给我听听!让我们两个一起来:

妈妈,我可以出去游泳吗?
　　是的,我亲爱的闺女。
把衣服折叠整齐,
　　(这是叔叔说的)
或者,把它们挂在山核桃木的支架上,
　　(这是利蒂希亚对他说的)
不要靠近水域。

我的意思是——在这个激烈的争吵以前——亲爱的,那时候,在假期里，如果从来没有人逼迫他，没有一个好男孩仅仅为了讨厌读一本需要花掉一半零用钱买的书，不得不坐立不安地待在家里。证明完毕。但这是我们两个人的秘密。我们永远也不应该批评我们的前辈。无论如何，在我的老朋友伦布太太的家里，没有必要。那是天赐的乐园。

"首先，她的家是一幢奇怪的布局凌乱的老房子，比这幢旧多了，但至少有它的三倍半那么大。另外，四周有很美的乡村景色：阳光明媚的斜坡上有层层梯田，山顶、起伏的山坡上和山谷里小树林和矮林密布；还有一条小溪流——溪流中有芦苇、激流和各种水鸟——溪水哗哗地流经她长长的坡形花园下面的石头。但我不喜欢描述，你呢，利蒂希亚？在那里，还有一个长满了樱桃树的果园，在春天，它看上去就像积了一层厚厚的白雪。喔，好吧，如果我到天堂去，孩子，真希望能再看见那幢房子和那个花园。"

"但它还在那儿吗？"利蒂希亚说，"我是说，您知道，它原来在哪里。"

"唉，亲爱的，不在了，"老博尔索弗先生说，"它永远消失了。来了一个厨师——不是伦布太太的那个厨师。她当时在炸比目鱼——布莱顿比目鱼——某个早晨的早饭；那只猫喵喵地叫着抓她的腿；她把锅子弄翻了，烈火燃烧起来；她尖叫着跑到了花园里，而没有做她应该做的事；老房子彻底被烧塌了。彻彻底底。想想看，利蒂希亚，要永远留神猫和脂肪。但谢天谢地，这事发生在我亲爱的老朋友布伦太太离开这幢房子，去锡兰的哥哥那里居住以后。那个坏厨师泡的浓茶就是从那里来的。

"在那些遥远的日子里，鸟就是我的所有乐趣。奇怪的是，我没有长出羽毛来。我太喜欢它们了，不会用弹弓射它们，但还是忍不住设陷阱,用砖头和丝网做的陷阱,把它们抓起来当宠物养。但是,你会喜欢做一只被关在笼子里的朱顶雀或云雀或歌鸫或红腹灰雀,整天在一个窗户钉着木条的小屋子里,就是为了取悦一个像我一样九岁或十岁或十一岁的男孩子吗?"

"我不会喜欢,"利蒂希亚说,"但我宁愿在您的笼子里,而不是在其他可怕的小男孩的笼子里。"

"谢谢,亲爱的,"博尔索弗先生说,"说定了。但是,鸟越野,鸟笼就会越糟糕。但那时我还是个男孩子,做的是男孩子做的事——老天保佑他们的小心脏!当我抓住的麻雀或金翅雀闷闷不乐或死了,我总是像鳄鱼一样流眼泪。葬礼之后,我会在地上插一些木头,作为坟墓,然后,又去设另一个陷阱。

"我到处设陷阱,有时候会设在毫无理由的地方。但你首先应该理解我追求什么,我真正*追求*的是什么。"博尔索弗先生几乎像耳语似的说道,"是罕见的鸟——戴胜、金黄鹂、蜂鹰——那些可爱而稀少的鸟。在内心深处,我怀念一只有不可思议的华丽羽毛和美妙歌声的鸟,一只没有人见过的鸟,一只飞出某个魔术师脑中的窗户的鸟。当然,这意味着我已经有点狂热地爱上了鸟。我有时甚至会梦见那只鸟——但那时,通常都是我自己被关在笼子里。

"噢,有那么一个掩蔽处,我记得去设了好多天陷阱,才敢试着去捕捉。那是在一片田野的边缘,很多很多各式各样大大小小的鸟都习惯到那里去,虽然我从来没有弄明白为什么。我一次一次地观察它们,很多很多——它们的翅膀在阳光下闪烁。似乎那里是它们的秘密约会地——而且不理老乔!"

"是*在那里*的*那个*老乔吗?"利蒂希亚叫道,手指着那个在灰绿色柳树映衬下的瘦长难看的形象,他衣衫褴褛,歪戴着一顶扁平的旧帽子,立在花园远处的田野中,茫然地凝视着他们。"是的,"叔叔说,"是*在那里*的那个老乔。你知道,这是我们俩的秘密,利蒂希亚,让我们不要朝他看,就一会儿,免得伤害了他的情感,那里的老乔(也许你已经猜到了)是个稻草人。他只不过是一个哑巴的摇摇欲坠乱七八糟行动迟缓的古董蜗牛壳。他从来不是别的东西;但是,经过这么多年的相处,而且我们双方都没有说过不友好的话,他已经有点像我的孪生兄弟了。你知道,就像约瑟夫和本杰明。如果我们换一下位置,我觉得你不会分得清谁是谁。"

"您怎么敢这样说,蒂姆叔叔?"利蒂希亚叫道,并把手放到叔叔的胳膊肘下,"您完全知道,这是奉承——您自己,您真坏。"

"我能说的就是,托姆蒂特小姐,"蒂姆叔叔回答道,"去问老乔。我们现在是老朋友了,他和我,但我第一次见他时,他着实让我吓了一大跳。我悄悄地从树篱的那头走过来,密切注意着任何可能在田野里的人——因为我是擅自闯入的。当不是耕地或耙地或播种或锄地或收割庄稼的时候,田里是从来没有人的;除非在星期天,也许农夫琼斯先生来看看他的庄稼怎么样了,他是个强壮的红脸大个子,手持一根粗粗的木棍。

"这是一大片倾斜的奇形怪状的田,大约有四十英亩,就像把英国地图倒过来,它的一边还长着一些落叶松。那是在四月的一个早晨,天气晴朗,但很冷,这片田光秃秃的,只有一些燧石在阳光下闪闪发光。它已经播过种,但还没有绿色植物长出来。

"我说过,我是沿着树篱走的,但是在这一边。我在外套里面抱着捉鸟的罗网,因为太兴奋简直不能呼吸。我确切地知道——当我透过刚刚长出绿宝石般的嫩芽的树篱窥视时——哪里是我的地盘。树篱的那边有一条沟,那时,我只看见狭窄的一片田,因为被中间的树篱和灌木丛挡着。但这里确实是鸟的小天堂,亲爱的,特别在春天即将来临的时候。

"我一直往前走,走到了用一根链条绑着的摇摇晃晃的旧门那个角落。不要告诉别人,那真是一扇丢人的旧门。但这不关我们的事。突然,我好像看见了农夫琼斯,他正从田的那边怒目而视,就在三十码以外。看见他,我真的吓了一大跳,我浑身发热,然后又变冷,等了一会儿,我也朝他凝视。就在那一刹那,我似乎可以看见他眼球的颜色在他脑袋上移动。

"但所有这一切就在一瞬间发生。并没有农夫琼斯,甚至没有他的雇工!那是老乔,我们的老乔。那个老乔就在那里!活的。到底什么是生命,利蒂希亚?"

"这完全是真的,蒂姆叔叔,"利蒂希亚的身体靠近他,轻轻说道,"那一刻他可能是活的。"

"不仅如此,你必须记住,"博尔索弗先生继续道,"那是老乔日子好过的时候,那时候他还年轻。自从那时候起,他就一直穿着不同的新套装炫耀自己,还有我用二十根手指都数不过来的帽子。但那时是他的黄金时代,青春焕发的时候。绚烂夺目的玻璃,帝王之相的杰克。现在即使给我一袋金币,我也不愿意离开他。不愿意,即使给二十袋金币也不愿意。虽然我很喜欢金币,但首先我很爱他,就因为他很可爱;另外,亲爱的利蒂希亚,因为一个人是不会经常见到——我的意思是见到——这个世界上真实的活仙子的。"

利蒂希亚一下子笑起来。"真实的活仙子,蒂姆叔叔!"她叫道,乐得弯下腰,把裙子紧紧地拉过膝盖,"哎呀,您不会真的认为,我可怜的亲爱的叔叔,老乔是个仙子吧?"

"不,"博尔索弗先生说,"我不完全是那个意思。然而,老乔是我所见过的最可怕的赶鸟稻草人。但是,就像诗歌中的最精彩部分一样,他不是别的,就是最可怕的稻草人。不是的,不是老乔本身是仙子,就像我们身后的房子不是你和我一样。就像老话说的那样,老乔只是这个仙子的一个栖身处,他就是她待的地方。

"我记得,那个早晨,他穿着一条宽松的黑白格子裤和一件黑中带点淡绿的上衣,肩膀很宽。除了做手臂用的棍子外,他的一只衣服袖子里还塞了一根当武器用的又粗又短的棍子。另外一根棍子顶上隆起一块,是他的头,头上有一顶帽子,一顶结实的扁平四方黑帽——就像那个年代的农夫和国教会堂区俗人委员们戴的一样。他略微向前倾着身,凝视着蜷缩在大门前的我。我说过,我在外套里面紧紧揣着捕鸟的罗网,凝视着他。

"究竟是因为从太阳底下多石的土地上慢慢升上来的灼热的空气,还是因为投射在白垩质土地上的光线引起的幻觉,我不知道,利蒂希亚。但是,当我站在那里看着他的时候,他的头看上去甚至像在肩膀上微微地转动,似乎在偷偷地试图看清我而不被我发现一样。但其实是我一直在想象,我知道这不是真的。

"然而,我还是被吓了一大跳。除了乌鸦和诸如此类的乌合之众外,他确实吓到了我——因为在那个时代,一个年轻的擅自闯入者(更不要说他还有双重齿口的旧陷阱了)如果被抓,就可能会被痛打一顿。但即使当我恢复了理智,我还是继续看着他,同时,我还环顾左右,盯着在我周围飞翔,或捕食,或整理羽毛,或在地上晒太阳的鸟。虽然这时我已经知道他是谁了,但心里还是很不安。

"因为即使在他的头上没有真的眼睛,我很确定在那顶黑色的旧帽子底下,或从他的袖子里——他身上的某个地方,有人或有什么东西确实在看着我。只因为我一动不动,鸟已经习惯了我在那里。大约过了整整五分钟，我在田边蹲下来，开始设陷阱。

"但当我俯身设陷阱，用一块火石轻轻地敲着木头钉子时，一直在想那个稻草人——虽然没有看着他——并知道我在受监视。我说我没看着他，但只要有机会，我就会从两腿之间，或从肩膀上或在手臂下偷偷地瞥他一眼，还假装我没有看他。最后，陷阱做好了，我在树篱下的草地上坐下来，又开始死死地盯着他。

"太阳慢慢地升上蓝天，阳光在轮廓清晰的石头上和玻璃碎片上闪烁，热空气在稻草人的脚下缓缓流动，鸟儿做着自己的事，除此以外，什么也没发生。我看得太使劲，眼泪都流出来了，但无论是什么躲在那里，如果确实有东西躲在那里的话，它就得像我一样耐心。最后，我又瞄准了目标。

"在田那边的角落里，我又一次蹲在一棵老山楂树下，装作是在系鞋带，我又看了他一会儿，然后完全确定，我看见了什么东西在移动。似乎有一张脸从稻草人的影子下偷偷地看过来，当看见在荆棘树下的我时，又迅速缩回去躲起来。

"那天我再也没有想别的，只是一心想着老乔，让自己相信是自己的眼睛欺骗了我，或者是一只站在他肩膀上的鸟舞动着翅膀飞了下来，或者是从开阔的高地上吹来的一股微风在他的袖子里移动。或者，就是我编造了这一切。但我内心清楚这不是真的。编造解释很容易，但它们都不合适。"

"当然，蒂姆叔叔，您知道，"利蒂希亚说，"这可能不是一只鸟，可能是某个小动物，是吗？我有一次看到一只野兔在田中间蹦跳，突然，又出来一只野兔，虽然这之前连它的耳朵尖都没露出来过。然后，又一只。您会相信吗？然后它们在田里跑步比赛，直到它们跑得看不见为止。或者，您认为是一只鸟在老乔身上筑巢？您知道，旅鸫在什么地方都会筑巢，甚至在一只旧靴子里。我还见到过山雀建在一个旧水泵里的鸟窝，里面不知道有多少鸟蛋呢。看，蒂姆叔叔，现在就有一只鸟站在老乔的肩膀上！我想，可能就是这样——某个小动物，或鸟在筑巢。"

"好，你仔细听着，"蒂姆叔叔说，"我很肯定，如果那个早晨你跟我在一起，很多很多年以前，你就会同意，老乔是有什么不一样；我是说，跟现在看上去的不一样。他看起来很奇怪。我无法解释清楚；但这是一幢有家具的空房和住了一家人的房子的区别，是在一个有鱼的磨坊水池钓鱼和在一个没有鱼的磨坊水池里钓鱼的区别，是你在真正睡着时和只是假装睡着时的区别。而且，确确实实，我是对的。

"我在伦布太太的家里很按时睡觉；睡前总要吃一只苹果，喝一杯牛奶。我的老朋友不仅非常相信苹果，而且有七头漂亮的泽西种奶牛。它们不仅是睡觉的好帮手，亲爱的，而且是醋栗馅饼或苹果馅饼的最佳搭配。但她不是蒂姆叔叔，喜欢在准确的时间里做完事。她没有等到时钟敲响八点就会进来偷看，我是否已经上床睡觉了。"

"哎呀，您很清楚，"利蒂希亚说，"您自己也不是那样做的。"

"啊哈！"博尔索弗先生说，"我怀疑。睁着一只眼睡觉的人会变得跟老所罗门国王[①]一样聪明。我蹑手蹑脚慢慢地走啊走，但每扇门都有一个钥匙孔。不过不用管它。就在我第一次看见老乔的那个晚上，我又走到那片田里。如果我是个诚实的好男孩，本来是应该睡在床上了。我悄悄地从一个灌木丛走到另一个灌木丛，从一棵树走到另一棵树。我尽量小心翼翼，结果踩到了一只名叫埃斯梅拉尔达的小兔

---

① 以色列国王，他使犹太达到鼎盛时期，以智慧著称。

子的尾巴,它正在一簇有刺灌木丛的另一边美美地享受它的晚餐——蒲公英。

"当我来到那棵山楂树前——它看上去有几百年树龄了——我在树根旁蹲下来,蹲得很靠近地面,下定决心在那里观察,直到天太黑看不见田的那一边为止。那时快要到五月了,空气清新静谧,并透出一丝甜味,每次呼吸时,你几乎都要闭上眼睛享受这天赐之福。在那个时候,利蒂希亚,我们靠太阳计时间。我们不会像现在这样,早晨不起床,晚上做夜猫子。因此,那时候,天上布满淡淡的金色和玫瑰红,虽然太阳自己已经下山。

"但除了鸟和兔子,除了这个巨大的当着观众变换的场景变成了夜晚,什么也没发生,直到天开始变黑。那时,看上去老乔好像每一刻都在一英寸一英寸地向我靠近。注意,是好像。然后,就在我注意到第一颗星星出现的一刹那——根据它柔和的明亮度和它的位置,一定是金星——我看见了——好,现在你觉得我看到了什么?"

"仙子!"利蒂希亚说,并叹了一口气。

"满分,亲爱的,"博尔索弗先生说着,握紧她放在他肘下的手,"仙子。奇怪的是,我无法——不可能——描述她。这也许一方面因为光线不好,另一方面因为我的眼睛太紧张了。但主要是别的原因。你看,我似乎在想象看见了她,即使我知道她就在那里。

"你必须相信我的话——我知道她就在那里。她略微向前倾着身子,她的头顶,我要说,正好到了老乔的腰部,就是他穿着的那件黑外套的第三颗扣子的位置。她的脸似乎有点长又有点窄,但是,也许这是因为她金色的头发垂在两边脸颊的缘故。她的头发直直的,像梳理过的丝绸那样漂亮,颜色介于金色和灰色之间——很像在黑暗中发光的鱼,但与其说是银色,不如说是金色。现在想起来,我觉得那时已是黄昏，我能看见她的部分原因，似乎是因为她本身的光。

"她很可爱地一动不动地站在那儿，就像一朵花。只要看着她，我心中就充满了一种永远不会忘记但无法描述的幸福感。我好像在不知不觉中来到了另一个世界的梦境中；背上流过一股寒气，就好像听到了迷人的音乐。

"那时连一丝微风也没有。虽然光线很暗，但我周围的一切似乎清晰了很多。花儿变了样了，还有树木，还有小鸟。我内心似乎知道花的感受——作为一棵绿叶尖尖、毛虫脚纤细的植物是怎么样的，例如常春藤，从匍匐在黑色泥土上的白色的根开始，一点一点地爬到树干上；或者我全身长满羽毛，比空气还轻地漂浮着，用两只圆圆而明亮的小眼睛向外看着我的鸟世界。我无法解释，利蒂希亚，但我确信你会理解。"

利蒂希亚严肃地点了两下头。"我想我理解，蒂姆叔叔——有点理解。虽然我从来也不会猜想，您知道，有哪个男孩会那样。"她说。

"男孩子，亲爱的，大体像动物，"蒂姆叔叔完全同意，"我也是——十分之九点四分之三。但是，我想，就是剩下的那一点在看着老乔。

"我坚信，仙子知道我在那里，但虽然如此，她再也不能拖延她想干的事了。因为，过了一两分钟，她就轻轻地向后退，然后不见了，然后又开始匆匆地朝田野中离我最远的那个角落走去，一直尽可能离我远一些。这样，老乔就站在我们之间，也使我不能看清她，尽管我努力地左右摆动着头想看见她。想一想，利蒂希亚，她的背朝着我，像影子一样快速地移动——那该有多难；我不太明白她是怎么做到的。我确信我做不到——我是说，一次都不回头看。"

"从后面看，"利蒂希亚说，"她是怎么样的？"

老博尔索弗先生眯起眼睛,闭了一下嘴。"她像,"他慢慢地说,"篝火的一股淡淡的烟雾。如果你看见了,你可能会想象她就像白雪映照下的光线中的一阵风。她像一个小瀑布的幽灵。我是说,亲爱的,当她移动时,就好像是在翱翔;但是,她从没有离开地面,却比任何瞪羚轻快得多。看着在广袤田野的寂静暮色中的她,是多么令人欣喜,我简直无法呼吸。请注意,我那时只不过是一个十岁左右的粗野男孩。"

博尔索弗先生从口袋里拿出一条很大的彩色丝绸手帕,然后似乎胜利了一样,吹吹鼻子。"我必须马上补充,"他继续道,又把手帕放回到口袋里,只是露出一个明亮的彩色的角,"这根本不是一个故事,不是一个故事,利蒂希亚。"

"但我想,蒂姆叔叔,这是一个故事。"利蒂希亚说,"如果它们是真实的事,一点也不影响故事的精彩程度。我是说,您不认为真实的故事比真实更精彩吗?您自己不这样想吗,蒂姆叔叔?想一想《七只天鹅》,想一想《白雪公主》!噢,所有那些故事。至少,我是这样认为的。求您了,请继续。"

"我的意思是,亲爱的,一个故事确实应该像一首乐曲。它需要一个开始,一个中间部分和一个结尾,虽然当它们都一起出来时,你几乎说不清哪个是哪个。它应该像一个嘴里咬着尾巴的牙鳕——但当然是一条活的牙鳕。你看,我在跟你讲的这个故事,它有一个开头,但接着就消失了。"

"我觉得,"利蒂希亚说,"这并没有什么关系。请继续讲仙子的故事,蒂姆叔叔。"

"嗯,当她一消失不见,我唯一的愿望就是偷偷潜入田里,近距离地看看老乔。但是,利蒂希亚,说实话,我没有这个勇气。他是她的居住地,是她的藏身之处,她的住房——至少,每当她需要时。这是确定无疑的。既然现在她不在,她离开了他,他的样子就不一样了。他是空的,只是个空壳;他什么也不是,只是个蜗牛壳——老乔。虽然我们不会因此而看低了他。嗯,我们不会!当你做白日梦时,利蒂希亚,我向你保证,你的脸看上去很恬静幸福。但恐怕你一定会觉得我那时是个傻得透顶的男孩。你看,我确实是的。我承认,我就是不能下决心往前靠近一步。

"老乔这时很孤独,我并不怕他。但是,在我看到那一切后,我感到又好奇又不安。我担心自己正被监视,在这宁静的天空下的所有生命都知道这一点,并且都想离开我。我甚至——这更糟糕——不去看一下我的捕鸟陷阱。当我再次到田里去时,它不见了。

"第二天跟伦布太太一起吃过早饭后,我说出很多理由,终于让她和我一起来到仙子的地方。'我有时候怀疑她们是否是真的。'我轻快地对她说,好像我刚刚想到这一点。唉,利蒂希亚,我们可能是多大的骗子啊!但是,是的,我的老朋友相信仙子的故事。我从来也没怀疑过这一点。但是,她从来没有见过仙子。我问她,如果她见过一个,她认为仙子会是什么样。她坐在椅子上——手里拿着杯子——从窗户看出去,津津有味地吃着烤面包。

"'嗯,我就告诉你一个人,亲爱的蒂姆。'她说(她嘎吱嘎吱地咀嚼着),'我从不关心轻浮饶舌的小东西说,他们发现睡在睡莲上可以和睡在有四根床脚的床上一样舒服。我认为那都是胡说八道,而且我自己也不相信仙子会注意我(嘎吱嘎吱)。我想(嘎吱嘎吱)她们更希望人们少注意她们,如果她们喜欢人类的话。可能在英国她们已经所剩不多了。我是说仙子。我们人类太多了。你知道,伦布先生是个昆虫学家。也许他本来可以告诉你更多。此外(嘎吱嘎吱),他见到过鬼。'"

"您真的是说,"利蒂希亚说,"您的朋友伦布太太的丈夫见过鬼,而且*他*也——也死了?"

"伦布太太就是这个意思,亲爱的。我问她,她的丈夫见到的鬼是什么样子。'嗯,'她说,'它像(嘎吱嘎吱)它像,他告诉我,闭着眼睛看某样东西。它让他感到很冷,卧室变得很阴暗,但他没有被吓坏。'"

但利蒂希亚偷偷地靠近叔叔。"我就告诉您一个人,蒂姆叔叔,"她说,"我相信鬼会吓得我发抖。您呢?但请继续讲仙子的故事。您告诉伦布太太关于仙子的事了吗?"

"我一个字也没有透露,虽然如果你问我为什么,我无法说。小男孩就会这样吧,我想,小女孩也是,嗯?"

"我想我应该只告诉您一个人,蒂姆叔叔。"利蒂希亚说,"然后又怎么样了?"

"等到我又敢靠近田野的时候,两天已经过去了,虽然我怀疑自己有没有一个小时不去想它。我记忆中的鸟似乎变得比我原来意识到的更奇怪、更野性和更可爱了。我甚至放掉了两只关在小木头笼子里的鸟——一只朱顶雀,一只苍头燕雀——而且有一段时间不再去想陷阱和罗网。我到处闲逛着,不知道我所见到的是否只不过是想象而已。

"到了第三天晚上,我为自己感到羞耻,决定再到树林边去观察。这次我到了田上头的角落,就在落叶松种植场旁边,落叶松还刚刚抽出嫩绿枝。当时我想,我就是在那里看见仙子消失的。野鸡在隐蔽处啼叫,最后一批鸟在唱着夜歌。我偷偷爬进老灌木丛中,让自己蹲舒服了,就拿出一副父亲给我的红、黄铜两色的小望远镜。我希望这副望远镜能让我看清可能在老乔附近发生的一切。它可以把他拉近,就像我一伸手就可以碰到他一样。但当我把望远镜举到眼前时,却发现有一边的镜片是破的。

"那时,比我第一次去的时间要迟一些,虽然天空还很亮,但太阳已经下山。我的腿都麻木了,像针刺般的痛,我的眼睛因为凝视太久几乎发黑了,却还没看见什么异样的情况。

"然后,利蒂希亚,突然我不仅发现仙子又到了那里,而且发现她仍然知道自己正被监视。是的,虽然我没看见老乔有一丝一毫的移动,她却已经悄悄地从藏身地出来,目光穿过刚刚抽出翠绿嫩芽的小麦,一动不动地凝视着我这边。我屏住呼吸,想努力坚持不发抖,但没有做到。

"她犹豫了一下,然后像上次一样转过身,快速离开,但这次是朝着我第一次窥视她所待的那棵山楂树方向走去。我非常失望,非常生气——我想那时我应该是个丝毫没有猎人品质的怪男孩。我很清楚她在跟我斗智斗勇。虽然我很热衷于捉野鸟,但当我看见一只鸟偷吃了诱饵,却没有掉进我设的陷阱时,我还是会对它摇摇拳头,愤怒得几乎咆哮起来,当时我就是这样的感觉。

"但我全身僵硬疼痛,要想去拦截她已为时过迟。等着吧!我心里想,下一次看我们谁比谁更机灵。因此,我收起望远镜,拍掉衣服上的枯叶,直待到两腿恢复知觉,才怒气冲冲地回家去。

"那天晚上很安静很暖和,虽然四月还没有过去。当我脱下衣服准备睡觉时,那轮满月开始升上天空,我可以透过卧室的窗帘看见它在闪耀。我吹灭蜡烛,把窗帘拉开,从窗口看出去。外面的世界看上去就像被施了魔法——像一条蜕去皮的老蛇。月亮似乎不仅放射出光芒,而且还放射出寂静。虽然我在老朋友伦布太太那栋熟悉的房子里——它由木头、砖和石头建成——但好像以前不曾有人像我这样从她的窗户看出去过。而且——看得更清楚，利蒂希亚。我又有了第一次看见老乔时的那种感觉。正如仙子知道我在田里注视着她一样，当时我也确信她就躲在离房子不远的地方，看着我的窗子。"

"这看起来是很奇怪，蒂姆叔叔。"利蒂希亚说，"难道这不奇怪吗？我完全明白您的意思。就好像空气中有什么东西，在告诉人们，是吗？您——您出去了吗？"

"实话告诉你，利蒂希亚，没有，我没有出去。我不敢，虽然不是害怕。我没有出去；我站在那儿，看着窗外，过了一会儿，从月亮照不到的温暖空旷的黑暗处传来一只鸟的啼鸣。那可能是一只夜莺，因为离房子不远的那片公用小树林或灌木丛，是夜莺在夏天的栖息地。然而，那时候还是在年初。我听到的声音就像它们的啼鸣，甜美而富有乐感，如果说它不像夜莺的鸣唱，那就不如说它不像一只鸟的鸣唱。听着那个声音，我不禁感到一种莫名的快乐和忧伤。甚至当我上床后，它的回声还久久萦绕在我的记忆中。然后我就睡着了。

"你觉得会是仙子在恳求我不要再到她那里去吗？我不知道。但我很愚蠢，坚持继续纠缠她，就像我坚持纠缠鸟一样。你看，我太愚蠢了，没有意识到，我到田里陪伴她可能会使她不安，就像我们几个好朋友在一起喝茶时，她突然来了一样。"

"噢，蒂姆叔叔，要是她来该多好啊！那我们就会好几个月不请人来喝茶了，是吗？"

"是。"博尔索弗先生说，"但不得不承认，她不会来。她们不会来。我们自己会希望，甚至渴望见到她们；但我觉得，利蒂希亚，她们并不渴望见我们。我确定，她不想有一个粗野的设陷阱捉鸟的男孩在她的田里窥视她。老乔不仅是她的住处，也是同伴；是她自己的僻静处。

"不过,亲爱的,我还是跟她面对面碰上了。事情是这样的:就在我要回家去的头一天,有两三个人到田里去了,但没有看见仙子。现在我几乎只要看一眼老乔,就能知道仙子是否在那里。就像你看我一眼,就可以知道我有没有在这里。我不仅仅指身体和骨头——眼睛、鼻子、靴子等等——而是指真正的我,嗯,就是我。"

"是的。"利蒂希亚说。

"唉,她没有去。那个晚上,就像所有小男孩都可能会有的那样,我很郁闷,情绪低落。我浑身疼痛,毫无疑问,是因为我太蠢,在雨后躺在灌木丛下。一夜又一夜,我躺在床上好几个小时不能入眠。看起来好像仙子已经离开了那片田野。似乎我所有的狡猾、好奇心、希望和渴望都化为泡影。我沉着脸对老乔表示不满,就好像这是他的错。我就是太自负太愚蠢。

"此外,我的老朋友伦布太太不知怎么发现了我在她吃晚饭时才偷偷地溜进房子;虽然她从不责备我,但她不高兴时很容易看出来。她像水果布丁似的可爱的红脸颊和黑眼睛会对着你微笑,可是说出来的话却很尖刻。"

"学校里有一位女教师,"利蒂希亚叫道,"名叫詹宁斯小姐,她就是那样的;虽然她没有那么胖。至少,还没有那么胖。然后呢?您看见她了吗,蒂姆叔叔?"

"是的,我看见她了——面对面。我穿过田头角落的矮树林正往回走,那是一条绿带的尽头,有两条树篱交汇。当我迈着沉重的脚步往前走时,突然一阵寒战,我确信头上的帽子自动地向上推了推,因为它下面的头发直竖起来。

"我甚至不能告诉你她穿什么衣服,但我现在回想一下,好像她被一层烟雾遮掩着，就像满月上的霾——好像在一个树木掩映的幽谷中远距离看那蓝色的圆叶风铃草。可能是也可能不是，但我很清楚地看见她的脸，因为我直视着她的眼睛。它们也是蓝色的，像柴火堆中的蓝色火焰，尤其像是火里加了盐的时候，或者木柴是从某只旧船取来的，里面混有铜。她的头发垂在两边，长长的从眉毛垂到下巴，一直垂到狭窄的肩膀下。世间的一切好像都不存在了，我一个人，一个丑陋微小笨拙的人类动物，好像看着一个梦幻似的看着那双奇异神秘的眼睛。

"我们两个都丝毫没有动；她的脸一动不动，她知道我或者认识我或者责备我或者害怕我。但是，当我看着她时——我该怎么描述？——她的眼睛确实有一丝模糊的恍惚的变化。好像当你在某个夏日的夜晚从高处的窗户或从悬崖边看着大海，远处一群飞翔的海鸟突然从蓝天出现，又突然消失在蓝天一样。我们这些凡人只会用眼睛微笑——而且这已经比只用嘴唇笑强多了。但她的笑不是这样的，那是她的那种独特的对着我的微笑。就像在天梯①上的天使会以她们的独特方式对着雅各②微笑一样——雅各在睡梦中的头枕着石头。我怀疑她们是否经常微笑。她的微笑告诉我内心最深处，她对我并非不友好；但是她恳求我不要再去了，不要再擅自靠近她的藏身处。她到这个世界来干什么，她有多孤独，当她不在伦布太太家的附近时，又在哪里，跟谁在一起，这些我都不知道。她跟我说的就是，她不会伤害我，但乞求我不要再窥视她或观察她。我到底有什么权利这样做——除了有礼貌讲规矩外？然后她就消失了。"

"啊，*消失了*！"利蒂希亚说着，突然低下头。

---

① 指《圣经·创世纪》中雅各梦中所见的天梯。
② 《圣经·创世纪》中以撒之子，以色列人的祖先，又名以色列。

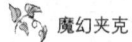

"你看,在夜晚,你很容易躲藏在树林的阴影里,而且田里的树篱很茂密。是的,她消失了,亲爱的,从此我再也没有见过她,连跟她相似的东西都没见过……但是,如我之前说过的,"老博尔索弗补充道,"你不能称这个为故事。"他对小侄女眨了眨眼,就像猫头鹰在早晨的阳光下出来被捉住一样。利蒂希亚沉默了一会儿。

"但是,我认为它就是一个故事,蒂姆叔叔。"最后她说,"还有,我真希望……然而,这样说也没用。但是,老乔怎么样了,*在那里的*那个老乔,蒂姆叔叔?"

"哎哟,老乔!他,老淘气鬼!事实上,我从来也没有忘记那个晚上。很多很多年以后——那时我应该是个年轻小伙了,有二十来岁吧——我又跟我的老朋友伦布太太一起待了两个晚上。她,唉,也老了;当然我就是她的厨师了。这是唯一不同的地方。我第一次独自散步就是到那片树林下的田里去,而且是在太阳下山时分。你能相信吗?老乔还是在那个老地方,虽然他那个夏天看守的大麦已经远远高出他的膝盖。是不是因为我自己变了,或者是不是仙子早就离开了她的藏身地,或者是不是他真的只是她来到这个世界和离开这个世界的一个通道,谁能说得清楚呢?"

"不管怎么样,老乔那时看上去——"博尔索弗先生压低声音,"跟现在完全一样——利蒂希亚,这个就我俩知道——有点茫然,毫无表情,习惯了独自待着。当时,他还穿着崭新的衣服,站在大麦中间,戴着一顶非常非常旧的宽檐帽,就像海华沙·朗费罗① 先生戴过的那种帽子——我是说,那种只有诗人才会戴的帽子,而且,他还需要蓄起很长的白胡子。你觉得我做了什么?"

---

① 美国诗人,主要诗作有抒情诗集《夜吟》,长篇叙事诗《海华沙之歌》等。

"您没有去偷他吧，蒂姆叔叔？"利蒂希亚低声说。

"没有，利蒂希亚。我忍不住想到的要比这还糟糕许多，我去买了他。"蒂姆叔叔说，"虽然'买'是一个我不应该大声说出来的字。我直接到那个老农夫那儿去——老农夫琼斯——他还是那么强壮，但胡须都已变白。我问他买他大麦田里的稻草人要多少钱，并说明只是出于好奇心。我告诉他，我小时候就已经认识老乔，我们是老朋友。老农夫坐在厨房的一把大轮背椅上——胖得像海豚，他的大脸庞是深紫红色的，眼睛像玛瑙。他就坐在那里盯了我一会儿，就好像觉得我是个疯子似的。'喔，那是个好人。'他最后说。你觉得他会要多少钱？"

利蒂希亚看着脚下的草，想了一会儿，虽然她的眼睛眨巴得很快，不可能想得很清楚。"我想，"她说，"五英镑应该很便宜了，是吗，蒂姆叔叔？即使是买老乔？当然，"她补充道，好像老博尔索弗先生突然要付多得多似的，"即使在那个时候，这也*非常便宜*了。"

"不对，再猜一下，亲爱的。不是五英镑，甚至不是两便士。'给我一烟斗烟草块，'老农夫说，'他就永远属于你了。'"

"因此，他就是我的了。我很高兴，不是用钱买的。"

"我也很高兴，"利蒂希亚说，"我想烟草不会伤害您的感情，蒂姆叔叔，是吗？还有……还有，您再也没有见到过那个——那个仙子？"

"从某种意义上讲，"老博尔索弗先生回答说，"我从来也没有真正见到过别的东西，利蒂希亚。我想，问题是，'看见'确切指的是什么意思。文字是没有用的。不能用文字来描述，是吗？"

利蒂希亚用力摇摇头。"是的，不能用文字来描述，蒂姆叔叔。"她说，然后又沉默了。

那幢窗户很大、里面种着茉莉和铁线莲的矮房子，蜷伏在灼热的阳光下,好像一直在聆听。小蝴蝶就像蓝天上的灰白色斑块,在花丛中振翅盘旋。从乡村教堂石头砌的钟楼中传出的钟声,被枝繁叶茂的树林压低了,在夏季的空气中听上去很悦耳很庄严。一切都这么寂静,这个大世界也许停止了转动。

稻草人就站在那里,一部分被灰绿色的柳树阴影遮住;他身穿黑色的旧衣服,令人惊讶的帽子压在一边眉毛上,一只瘦长的手臂悬挂在空中,一动不动。他看上去也不想有个伴。他可能曾经是一个藏身处(就像很久以前一只蜜蜂可能占据了老博尔索弗先生的无边呢帽),但是,不管有谁来访过,都已经离开。利蒂希亚最后抬头看着老人的脸。

"我自己相信,蒂姆叔叔,"她开始说道,声音低得几乎像是在自言自语,"我自己相信,而且我确信您不会介意我这样说——我相信,好像您一定是爱上那个仙子了。您认为是这样吗,蒂姆叔叔?"

沃里克郡三个酣睡的男孩

在彻里汤的普莱曾特大街上有一幢红砖房,它的上楼有一个粉刷过的狭长低矮的房间,房间里一些光泽熠熠的盒子分别装着各种各样的宝贝,其中有贝壳、海螺、海藻、海葵、珊瑚、突眼鱼,有制成标本的鸟,包括海鸟和陆地鸟,还有"美人鱼"。房间里还放着一些柜子、箱子、锚、老式步枪、琥珀、矿石、石英,还有各种各样稀奇古怪的东西,古玩珍品,废旧杂物。已经很多很多年了——狭窄的窗户上,用砖雕刻着各种水果、花卉和铅灰色的檐沟,白天的光线投射在他们静静的隐居处——已经很多很多年了,在一个巨大的玻璃柜里,躺着沃里克郡的**三个酣睡的男孩**。他们的故事要追溯到很久很久以前。如果你们刨根问底,其实多数故事都是从很久很久以前开始的,不管是悲伤的还是欢乐的。

大约在1600年,当伊丽莎白女王六十七岁时,威廉·莎士比亚正在写一个名叫《裘力斯·恺撒》的剧本,在离艾冯河畔斯特拉特福[①]二十英里的地方,一个富有的叫约翰·詹姆斯·诺利肯斯的磨坊主死了。他的磨坊是沃里克郡最漂亮的。但他的邻居没有一个——或者说至少是比他穷的邻居没有一个——愿意看见他。他是个孤僻的、极其吝啬和毫无同情心的老男人。他欺骗顾客,对那些受他诱骗而落

---

① 英国英格兰中部城镇,莎士比亚的故乡。

入他的魔爪的人决不会心慈手软。

他越老越小气，最后甚至开始让自己的马也挨饿。虽然他死的时候很富裕，但很少有邻居为他感到悲伤。当他一死，他的钱也马上开始流失，他的三个儿子就像豺狼吞噬狮子剩下的晚餐一样，抢走了他留下来的所有东西。他们花钱如流水，到处喝酒赌博。他们穿着华丽的衣服跳舞，大吃大喝，却几乎分不清五谷食粮。不久，他们就开始亏掉父亲的生意，也挥霍掉他的所有积蓄。顾客说，他们的面粉里不仅有灰尘，而且还有石头和稗子，它发霉，闻上去有老鼠味。但他们怎么会介意这些？他们让猫捉老鼠，但不是为了面粉，而是为了玩游戏。磨坊的一切都越来越破败不堪——一步步走向毁灭。缝补过的雨篷在风中咔嗒咔嗒地响，雨水哗哗地漏进来。本来流着清澈溪水的磨坊引水槽和水坝都长满了杂草。当那些贫穷的顾客抱怨时，回答他们的只是醉醺醺的嘲笑和奚落。

最后，当他们拥有的最后一头总是半饥不饱的骡死后三四年，磨坊主的三个儿子就彻底倾家荡产了。即便在那个风雨交加的夜晚，当他们在磨坊里边喝酒边唱歌时，那个最小的儿子没有打翻桌子上的吸烟灯而烧毁磨坊，他们照样还是会倾家荡产。

老大——带上他能拾掇的所有东西——出海到外国去，得了黄热病，死在了多巴哥岛。第二个儿子被伦敦的一个金匠叔叔收留，但他又笨又懒，毁掉的金器比做成的还要多；最后，因侵吞一块来自中国的雕刻精致的桃色石而惹恼主人，当场被赶了出去，这块桃色石是当年马可·波罗带回意大利的。于是，他到了东部，成为**拉特克利夫公路**的一个鱼贩子，开了一个电话亭似的商店，商店前面挂一块长长的牌子。但他还是不认真经营生意，最后成为伦敦萨瑟克区一个圆形剧场的杂役。在那里，他看见莎士比亚在《麦克白》里扮演第二个谋杀者,并在《哈姆雷特》里打扮成鬼,好像差点被杀死。

磨坊主最小的儿子名叫杰里米,他娶了一个马具商的遗孀,这个女人在繁荣的彻里汤镇的主街上有一幢漂亮的人字屋顶房。杰里米是一家人中长得最好看的,但却很狡猾,诡计多端,铁石心肠。他在蜜月回家后做的第一件事,就是在马具商的照片上涂上一个长长的红鼻子。第二件事,是把妻子的猫放在水桶里淹死,因为他说这只饿瘦的动物偷了奶酪。第三件事,是把妻子在节日戴的最好的帽子烧掉,然后是她的假发——说是为给帽子做伴。至于她为何能忍受继续跟他一起生活,却是一个谜。可是她做到了。

这个杰里米有三个儿子:乔布、约翰和(另一个)杰里米。但他不养育他们,完全没有。他的家庭在走下坡路,一步一步地向下走,直到滑进深渊。然后又开始回升。但其中杰里米的孩子最出色。他最小的女儿嫁给了一个富裕的老弱家畜收买商,而*他们*唯一的儿子(又一个杰里米),虽然因为厌恶稀粥和板油布丁而离家出走,却成为彻里汤首席烟囱清扫工的助手。最终,靠自己的灵巧手艺以及每日起早贪黑地工作,继承了师傅的生意,买了他伯祖的那幢漂亮的人字屋顶房,成为烟囱清扫大师,市长与市政当局以及三个相邻的庄园主的"御用烟囱清扫师"。他一辈子没有娶妻。尽管他的童年很苦,尽管他的师傅对他很慈善,尽管他有这三个庄园主带给他的财运,但却是个吝啬鬼,一毛不拔的铁公鸡。他的门上有一把巨大的刷子,一个精致的黄铜门环——虽然从各方面看,他的朋友都极少——他是那一带最优秀最富有的烟囱清扫师。

但是,他的许多钱和晚年得到的多数赞扬都要归功于他的三个孤儿小徒弟——汤姆、迪克和哈里。那时候,壁炉就像小房间或寝室那么大,或至少有大碗柜或壁橱那么大。它们都配有宽大温暖舒适的炉边高背长椅,烟囱就像很深的井,一直伸到屋顶,有时候它们越到上面越窄,或成斜角向上延伸。而这些烟囱都是靠手工打扫的。

杰里米的徒弟们得向上爬呀爬的,一块块砖地往上清扫,这些砖上面沾满煤烟,最后他们浑身上下里里外外都会像最黑的非洲黑人一样黝黑。煤烟,煤烟,煤烟!眼睛、嘴巴、耳朵和鼻子里都是煤烟。有时候,砖头很烫,他们的手都起了水疱;有时候,他们在狭窄的顶部被闷得透不过气来;有时候,他们几乎会被卡在那里,就像木乃伊一样在黑暗中变干枯;有时候,一条腿会在令人窒息的浓烟中打滑,然后就像苹果从树上掉下来或冰雹从四月的云雾中砸下来一样,噼里啪啦地摔滚下去。

当他把他们带回来的钱捆好,放入大帆布袋和皮革袋子里后,杰里米·诺利肯斯会用稀粥给他们当晚饭,早饭也是稀粥。星期二和星期四的正餐,他会让他们吃掺着一块块像淡黄色珠子一样的板油的布丁;星期一、星期四和星期五,他们吃的是被他叫做汤的东西;星期天是一小块作猫食的马肉(从他的表弟那里很便宜地买来)。但是,不吃肉是无法爬烟囱的。星期六他们吃滚烫的豌豆布丁和菜肉浓汤,因为市长会派人来考察。你几乎难以相信,尽管他们过的是这么清贫简单的生活,尽管他们常被烧伤擦伤,尽管他们的眼睛里、肺里和剪得齐根的麻布色的头发里灌满了煤烟,这三个小男孩却还能设法鼓足精神。在星期六夜晚,在水泵下洗掉一个星期的烟灰后,他们还把脸颊擦得红红的。

他们就像这首诗里的汤姆·戴克:

>……有个小汤姆·戴克,
>当他像小羊羔的背一样

卷起的头发被剃,
他哭了,因此我说:
"嘘,汤姆!别介意,
因为当你的头剃光时,
你知道煤烟就不能损害你
白色的头发。"
因此,他停止了哭泣,
就在那个夜里,
当汤姆睡着时,他看起来那么可笑滑稽。
千千万万的睡眠者,迪克、乔、内德和杰克,
都被关在了黑色的棺材里……

然而,他们总是称年长的女士为"夫人",年轻的姑娘为"小姐"。即使当一些刻薄的老妇人说他们放肆,或无理,或顽皮时,他们还是会彬彬有礼。有时候,某位主妇会给他们一片面包布丁,或一杯牛奶,或一个烤土豆,或一口袋饼干,或一片白面包(白色不会保持很久)。有时候,甚至是一口接骨木果酒。毕竟,即使半饥不饱的麻雀有时还会找到少量美味食品,饥饿的人是很会享受饮食的。

在干活的间隙,当可以逃脱时,他们会跑到河里去玩水,或到树林里掏鸟窝,或到离城里不远的采石场攀爬。附近是郁郁葱葱的乡村美景——就在古老的彻里汤附近。

不管他们是否玩忽职守,杰里米·诺利肯斯四世——他的邻居们都叫他"老诺尔"——都会在早晨、中午和晚上打他们,他相信棍棒出孝子,严师出高徒。他对谁也不宽恕,无论是人还是畜生。汤姆、迪克和哈里都非常恨老诺尔:这是很糟糕的事。但另一方面,当他们

不挨打时，他们太生龙活虎太精力充沛太快乐了，即使在吃稀粥时，他们也因为实在太饿，而不会去想自己有多恨他：这可能使事情更糟糕。

实际上，他们都有一双闪闪发光的眼睛，一张圆圆的脸庞和一口雪白的牙齿，尽管他们骨瘦如柴，双手伤痕累累，他们却是快乐的三个人。只要他们的牙齿不再因寒冷而打战，他们的身体不再因老诺尔的无理殴打而感到剧痛，眼睛不再沾满煤烟，他们就会欢笑、交谈、吹口哨，就像六月里的蚱蜢，或九月的椋鸟。虽然他们有时候会争吵和打架，也会又咬又抓，因为没有人教他们打架要彬彬有礼，但他们是很好的朋友。偶尔，他们也会爬上农夫的果树，尝一尝绿色的苹果。偶尔，他们还会跟老妇人开玩笑。但是，有什么是充满活力的小烟囱清扫工不会做的呢？

他们是三个衣衫褴褛的人，像小马驹一样野，像小山羊一样灵活，虽然他们比它们黑得多。不管老诺尔多么努力，他从来都无法驯服他们。从来没有。晚上，他们很安静地酣睡，就好像摇篮里的婴儿——三个人一溜儿躺在阁楼的一领宽大的草荐或草席上，每个人用一个草垫和几只旧麻袋当毯子。

也许只因为是一个小气的坏脾气的老守财奴——既是天生又是长期养成的习惯——老诺尔看到别人开心、幸福甚或肥胖就不舒服，有时候他甚至会想活剥三个徒弟的皮。但是，他想要他们干更多的活，因此，不得不给他们吃那一丁点东西。他得让他们活着——否则，市长派来的人会追究。尽管如此，他还是为无法让他们情绪低落而恼怒；无论他怎么打他们，他们总是会"笑着站起来"。他内心知道，虽然他们恨他——当他们没有更好的事情可做时，或因他的带刺的棍棒而感到剧痛时——却从来没有对他不仁，他因此而感到恼怒。

每天，当他们蹬蹬蹬地下楼来吃稀粥时，他都会幸灾乐祸地看着他们，就像**绝望巨人**幸灾乐祸地看着关在地窖里的**忠诚**和**基督徒**①。到了晚上，他有时会悄悄爬上呼呼吹着穿堂风的阁楼，星星和月亮的光能让他看见他们三个躺在草垫子上熟睡，麻袋被踢掉了，他们的脸上露着隐隐的笑容，好像在梦境里，他们就如**幸福岛**中的天鹅一样宁静安详。这让他很生气。这些小淘气鬼会梦见什么呢？是什么让这些丑陋的小黑鬼在睡梦中都能笑起来？你可以使劲打一个醒着的男孩，但不能打一个做梦的人，至少当他正在做梦的时候不能。因此，老诺尔感到很无助。他只能咬牙切齿地看着他们。可怜的老诺尔。

当他在夜里听到音乐时，牙齿就咬得更紧了。如果不是因为饿，睡不好觉，他也许永远也不会听到这些音乐。一连好几个小时，他都烦躁不安。如果汤姆、迪克和哈里偷看过他睡在四根帷柱大床上的情形，他们就会看到他凹陷的脸上没有一丝笑容，鼻子和下巴都很长，头发散乱——只有黑沉沉的吓人表情。他们甚至可能会同情他：他那样四仰八叉地躺着，因为噩梦而扭动，以致扭曲了他的面貌，瘦骨嶙峋的手指还不断地抽搐着。

因为晚上睡不着，老诺尔有时还会走出静悄悄的房子，到大街上溜达。他会边走边抬头看邻居家在夜空下黑暗光洁的窗户，并因为他们过得比自己舒服而诅咒他们。似乎他的骨子里只有怨恨没有骨髓，而且怨恨上也没有长膘。

一天晚上，老诺尔生平第一次无法入睡——除了十八岁那年他因折断腿而失眠。这是一个晴朗温和的夜晚，没有风，西边挂着一弯皎洁的弦月，明亮的夜空繁星闪烁。在彻里汤，从草地流动过来，又向

---

① **绝望巨人**、**忠诚**和**基督徒**都是英国著名作家和布道家约翰·班扬的《天路历程》中的人物，该著作讲述了**基督徒**及其妻子先后寻找天国的经历。

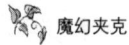

镇子的几弗隆①内飘移的空气总是清新宜人；这时的夜是如此宁静，你几乎可以听见远处柳树中间的河流在轻声荡漾。

当老诺利肯斯像一个瘦削的阴影一样独自坐在镇子的第一块里程碑上时——他因为太吝啬连烟也舍不得吸一管——大街上吹起一丝温和的微风，随风飘来更微弱的音乐——开始几乎不像是音乐。音乐声一直在继续，最后在空气中涓涓流淌，微微颤动，连耳朵很背的老诺利肯斯都能感觉和辨别出它的旋律。它越来越近，越来越近，那个音乐——乐器弹拨声，连续的喇叭嘟嘟声，号角声，又好像是肖姆管的低声吹奏——在这十月的夜晚，在这温和的空气中，越来越强，越来越欢快：

> 女孩们男孩们，出来玩吧！
> 在这照亮夜空的月光下；
> 忘掉你的晚餐，忘掉你的睡眠，
> 跟你的伙伴们来到大街上吧。

这歌声一直在继续，忽而微弱，忽而尖锐，忽而又像突然从天上爆发出来一样。不只是月亮把天空照耀得像白昼，而且仅仅是第一个四分之一弦月。它就像一小片闪闪发光的弯弯的铜币落入星星中间，或者是一个只看得到边缘的倾斜着的金盆。尽管月亮很小，但那些匆匆走在大街上，又跑又跳又舞的人影，听到了召唤，正响应着号召。彻里汤的孩子们从背街小巷，从院子里，从走廊上，从房门口如春潮般涌了出来。他们伴着音乐的节奏，又跑又蹦又舞又跳。老诺尔看着

---

① 长度单位，1弗隆等于1/8英里或201.17米。

他们，惊诧得简直喘不过气来。多可怕的故事啊——而且彻里汤所有可敬的市民们正舒服地在床上酣睡！想想吧，这样幼稚的傻瓜竟然可以成为如此邪恶的骗子！想想吧，那些贪心的做着肮脏的差事的役童、商店小店员、擦鞋匠和酒馆跑堂竟然可以看上去如此干净，如此聪明灵巧，如此快乐自由。他浑身颤抖，一是因为他的年龄大了，而夜晚的空气太冷，一是因为他胸中充满了怒火。

但是，虽然这些在夜里蹦蹦跳跳的年轻人看起来很真实，有三件事却很奇怪。第一，丝毫没有开门和关门声，也没有铰链窗被推开时那种铁杆的嘎吱声。第二，甚至没有极轻微的脚步声，虽然现在全镇至少有一半的孩子都在大街上蹦跳，就像秋天里被风吹落的树叶，他们的脸都朝着东方，朝着草甸。第三，虽然诺尔在微弱的星光和月光下看得见他们脸上的眼睛，可这批发疯的年轻人中却没有一个转过头来看他，没有任何迹象表明他们知道他在那里。木头或蜡做的机械影像也不至于如此彻底地无视他。

老诺尔起初感觉吓了一跳，大吃一惊，甚至有点害怕，现在却怒火中烧。他仅存的几颗老牙开始用力地磨起来，就像富裕的杰里米一世的磨盘一样。你瞧，甚至在他转头走出自家有着三步圆台阶，上面盖着凹槽薄壳顶的狭窄门廊，而他三个吃不饱的徒弟汤姆、迪克和哈里跳过来时，他的怒火也没有丝毫减弱。这三个九岁左右的男孩，现在看上去又圆润又标致，好像是被这片肥沃的土地滋养，好像一生中从没尝过棍棒痛打的滋味。他们的嘴巴一张一合，好像在互相高喊着，又好像在向大街上其他同伴高喊着，虽然他听不到他们的声音。他们的手指在空中打着榧子。他们踩着音乐的节奏，赤着脚跳跃着，尖声高唱着向前进，似乎红肿的胳膊肘，痉挛的肌肉和坚硬的木棍都从来没有骚扰过他们年轻的灵魂。但是，这个耳背的老头听不到一点

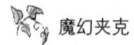

声音,听不到一声低语,听不到一个脚步声——只有那优美而尖锐的、令人生气的音乐。

　　过了几分钟,大街上就空无一人了,一片薄薄的白云穿过月亮,只有一个掉队的小孩还在那儿,他是市长的孙子。他落在了最后,只是因为他最不起眼,没有人照顾他。老诺尔目睹这批夜游者消失后,用他凸起的眉骨下像大理石似的眼睛盯着小男孩,一瘸一拐地穿过大街,向自己的房子走去。他在最近的门柱前停顿了一会儿,折腾着自己的胡子,想想下一步该干什么,然后,爬上三段低低的橡树阶梯,到了屋檐下的最高处。最后,他又小心翼翼地抬起阁楼门的插销,偷偷地往里看,心想床上一定是空的。空的!根本不是!在暗淡的星光下,在从积满灰尘的屋顶窗照射进来的暗淡星光下,他清清楚楚地看见三个徒弟一动不动地熟睡的身体,他们平静地呼吸着,在午夜时分睡得正酣。他甚至举着一支蜡烛进去,想看得更仔细一些。

　　在冒着烟的烛光下,他审视着三张熟睡的年轻面孔。他们丝毫感觉不到这个老吝啬鬼正像捕鸟者俯身在网罗上一样俯视着他们。他们的眼睑上甚至沾着煤烟,细细的煤烟颗粒厚厚地覆盖在他们剪得极短的亚麻色头发上。他们一直微笑着,温柔而恍惚,好像睡梦中正坐在一个奇妙的果园里,吸吮着草莓和奶油;好像他们内在的灵魂有说不出的幸福,虽然他们的身体像发声陀螺或冬季的蜜蜂一样沉睡着。

　　老诺利肯斯又一步一步爬下台阶,吹灭蜡烛,坐到床上思考。他是个狡猾的小气鬼,就像一个法寻无法跟满月比一样,丝毫没有慷慨可言。他的手指像他的棍棒一样挠着这三个熟睡的扫烟囱男孩,就是想把他们挠醒,"给他们一个教训"。他不愿意相信他们脸上露出安详幸福的笑容,而他们的影子或鬼魂却出去了,在城市远处绿色的草甸子上胡闹和游荡。他怎样才能知道自己昏花的眼睛没有欺骗他？假如他在明天早晨亲自到市长那儿去，告诉他这个半夜里的故事，谁又会相信呢？不管是谁，每个人都恨他，他们很可能会把他当疯子关到市镇的监狱里，或彻底地烧毁他的房子，认为他是个男巫。"不，不，不！"他对自己嘟哝着，"我们必须等着瞧，杰里米老弟，然后我们会看到该看到的。"

第二天早晨，他的三个徒弟在拂晓前一小时起了床，和往常一样生气勃勃。看着他们炯炯有神的眼睛和苹果一样的脸庞，你可以猜想，他们是刚刚从幸福的乐园度了长假回来。他们匆匆忙忙地出去干活———一个个兴高采烈——手拿刷子和袋子，嘴里还在咀嚼着沙砾般的燕麦饼——四分之三是麦麸。

老诺尔非常专注地从烟囱角落里观察着他们吃早饭时的神色，急切地想听到他们在互相悄悄说着的话，他甚至忘记了通常在早晨给他们的一顿棍棒痛打。但他们一个字也没有提到音乐或舞蹈或在草甸子上的狂欢。他们只是闲聊着平常那些没有头脑的话——除了发现那个老头子在注视着他们时停了一下；他很快就相信，无论在夜里梦见什么冒险行动，它们都没有在这些孩子清醒的头脑中留下任何印象。

可怜的老诺尔。之后很多个夜晚，那音乐的回声和他看见过的情景使他无法入眠，由于他的年纪和吝啬的习惯，他的身体几乎已经干缩成一袋会动的骨头了。但他所有的观察都是徒劳无益的。他已经又疲惫又困倦，最后，当那轮明亮的满月照耀着彻里汤的屋顶时，他坐在椅子上打起了盹。几个小时后，他被一道微弱的光唤醒，但那显然不是月光，因为它是从黑暗的楼梯过道照进来的。瞬间，他完全苏醒了——但已经为时过迟。因为，当他从门缝里窥视时，他的三个小徒弟已一掠而过——正是他们的鬼魂或幽灵或梦中躯体——开心地远游而去。他们经过他的身边时,比一阵拂过柳树的微风还要轻,他还没来得及移动一步,他们就已消失在楼梯下面。

第三天黎明时分,当汤姆、迪克和哈里在草垫子上醒来时,空气中弥漫着一种罕见的香味。他们一边在渐渐破晓的曙光下看着对方,一边贪婪地吸吮着这股香味。毫无疑问,当他们穿上破旧的外套,下楼吃早饭时,那个每天早晨来为老诺利肯斯做一两个小时家务的老妇人,正手拿一只煎着熏咸肉的长柄平底锅,摇摇摆摆地走到厨房餐桌前。

"喏,孩子们,"老诺尔脸上堆着讨好的笑容,两手摩擦着说道,"你们每人都有一片熏肉,还有在平底锅里的面包片,在月光下跑了一夜,可以暖暖身体了。"

他把手指放在鼻子上,费力地转动着眼睛看着他们;但是,他们三个坐在桌子对面的凳子上,只是在第一次用面包片刮盘子时停顿了一下,年轻的脸上露出那么无辜吃惊的表情,他确信,他们丝毫不明白他是什么意思。

"啊,"他说,"孩子们,你们躺在屋子里那么舒服的床上从来没有做过梦吗?从来没做过梦?从来没有听到一种音乐的召唤,或者也许是看见所谓的噩梦?哎呀,我年轻时没有一个晚上不做梦。"

"做梦?"他们说,然后半张着嘴巴互相看看。"呃,如果您问我,主人,"汤姆说,"我昨晚上梦见自己和绅士们一起坐在明亮的月光下吃晚饭。"

"还有我,"迪克说,"我梦见自己在开满花的树下和灌木丛下跳舞。我听见他们弹竖琴、吹口哨。"

"还有我。"哈里说,"我梦见自己在河边,一位女士从水边一个绿色的地方出来，握住我的手。我想，主人，那一定是我妈妈，虽然我从懂事起就没有见过她。"

听了他们的话，老诺利肯斯讨好的笑容像盘子里的油一样僵在了脸上，因为他有一肚子的怒火。他从微弱的炉火旁的椅子上跳了起来。"绅士！竖琴！妈妈！"他叫道，"你们这些无耻的忘恩负义的贪婪的小魔鬼。滚蛋！不然我要让你们尝尝棍棒的滋味，让你们睡着后永远也不再醒来。"

他们刚刚来得及抓起袋子和长柄扫帚，就被他赶到了房子外面。他们在花园旁的小巷里，紧靠着墙躲避正在下的雨，像落汤鸡一样上牙咬着下牙抖抖索索地蜷缩在一起，等待着愤怒的老头出来，给他们安排今天的活。

但是，老诺利肯斯的熏肉片并没有浪费。他现在知道了，这些年轻的无赖只是梦见他们在夜里的冒险行动，丝毫不知道他们自己的鬼魂确实在夜里出去，到了彻里汤的孩子约会的地点，跳舞、参加盛宴和狂欢。但他继续观察，一次又一次地窥视睡在阁楼草垫子上的三个徒弟，希望在他们偷偷溜出去时抓住他们。但是，虽然有时候他看见他们脸上露出同样的温和笑容，他们被煤烟熏黑的脸颊上的白色泪痕闪着宁静的光，但一连几周他都没能听到那支奇怪的乐曲再响起，也没有听到他们的梦中身影上楼下楼时轻微的窸窸窣窣声。

然而，他越想那天夜里看见的情景，就越恨这三个淘气鬼，也越厌恶他们开心的样子。他脑中还不能确定的一件事是，当他们下一次再玩夜里的把戏时被他抓住，是应该马上用他的棍棒痛打他们睡梦中的身体，还是等到他们梦中的幽灵安全地离开，然后想法阻止它们再回来。那时候，他们可能就完全由他来摆布了。

彻里汤有个干瘪的丑老太婆，人们都称她为女巫。她住在一间简陋的石头小屋里,小屋在一条弯弯曲曲的小巷的那一头,和这条小巷相邻的就是老诺利肯斯那幢漂亮的人字屋顶房。一个漆黑的夜晚,疲惫不堪的老诺利肯斯敲开了老女巫的门。女巫弓着腰坐在角落里,身边是一只炖在炉火上的大铁罐,她看上去都可以做老头的祖母了。他咕咕哝哝地跟她讲了那三个"贼溜溜的邪恶的顽童"的故事,然后坐下来对她的咨询费讨价还价。即使这个时候,他还想欺骗她。最终,他还是不情愿地付给她自认为最高的酬金。

她告诉他,如果在睡觉人的梦中躯体回到其现世躯体之前弄醒他,这很可能导致突然死亡。但要让梦中躯体一直在外面游荡而不唤醒他睡觉的身体,那样他就更可以做你的奴隶了,而且永远也不会长大。能够让一个人的梦中躯体在外面的——或动物的梦中躯体——她说,是一个倒置的铁的爱心结或一只倒置的生锈的马蹄,或者是一个用铁钉钉在钥匙孔上的扭曲的接骨木和桉木花环,而且要关住每一扇窗。砖墙、石头和木头对这样的梦游者来说并不是障碍。但是,他们无法忍受铁器。她说的话有一部分是真实的,一部分是假的;有一部分假是因为这个愚蠢的老头拒绝付给这个干瘪的丑老太婆全部的酬金。

他很清楚,她也很清楚,他的房门只有一个木头栓子,因为他实在是个吝啬鬼,不愿付钱买一把新的铁锁。他不害怕小偷,因为他把钱藏到了这个地球上的小偷们都无法找到的地方,即使他们搜索一个星期都无法找到它们。因此,为了确保安全,他又问老太婆,如果一个人的梦中躯体不再回来,他通常会活多久。"哦,那——"她抬起皱巴巴的脸,斜眼看着他,说,"那要看他们有多年轻,他们的血怎么样,他们的心又怎么样。在他们正青春焕发的时候抓住他们,他们就会活很久。"她早就知道这个老头一心追求的是什么,所以,她既不喜欢那三个吵吵嚷嚷大呼小叫的烟囱清扫工,也不喜欢他。

他很不情愿地把另一个钱币扔到她瘦骨嶙峋的手里，然后回到自己的家。他并不知道，那老太婆为了报复他的吝啬，只告诉他一半的实情。那个晚上，他的三个徒弟在这幢有很多房间也有很多老鼠洞的房子里玩一个很少玩的捉迷藏游戏，因为他们的主人出去了。当他们听到他在门口拖沓的脚步声时，就急急忙忙跑到床上，他还没来得及看他们，就装出熟睡的样子。

他带回来一捆接骨木和桦木的细软枝条，一根十便士的铁钉，一把大锁和一个破裂的马蹄。奇怪的是，他从一个商人那里买来的那把用碎铁做的钥匙，曾经是富翁老杰里米一世在斯特拉特福的磨坊的钥匙。他把老太婆说的话想了半夜，然后对自己说："当然，他们的血是新鲜的，我那根棍棒让他们学乖，对一个年轻的身体来说，还有什么能比干一整天的活吃得却很少，夜里还有通风的地方睡觉更好的呢？"这个狡猾的老头设想，只要靠这种巫术和秘密让他们游荡的梦中躯体永远不再回到身体中，那他的这三个年轻的徒弟就永远不会长大变老，永远不会疲倦，而可能会一百年保持精力充沛，灵巧敏捷。啊，他只要需要，就可以使用他们，在他死之前还可以卖掉他们。在夜里，当那些诚实的人在床上打呼噜时，*他*会教他们逃学。他吝啬的晚餐中，几个星期以来第一次有一片干面包，一块大腿骨和一杯水，吃起来就像从天上掉下来的圣餐。

第二天，正好是圣尼古拉斯日①，在人们眼前呈现的是一幅典型的旧时英国的冬季景象：地上铺了一层洁白的雪，看上去就像一堆堆白

---

① 圣尼古拉斯是圣诞老人的原型。他生活在 4 世纪时的利西亚（现位于土耳其境内），生前为当地的主教，深受人们爱戴。圣尼古拉斯日是每年 12 月 6 日纪念圣诞老人尼古拉斯的宗教节日，传说每年的这一天，尼古拉斯都会给孩子们带来糖果和小礼物，年轻人会收到圣尼古拉斯的祝福，而他的随从克拉普斯（Krampus）则会惩罚那些这一年中做了坏事的孩子。

色的西米；河流和池塘都结了冰，硬得像铁块一样；更美的是，那个晚上一轮满月悬挂在空中，从房檐之间投射下来的月光照耀着彻里汤大街上的水洼，使它们看上去就像一块块闪闪发光的中国水晶。

在七点钟吃过晚饭天黑后，老诺利肯斯足足坚持了五个小时，让自己保持清醒。然后，就在午夜之前，看到他的三个徒弟都在床上睡熟了，就又摸下楼，轻轻抬起门闩向外看。以前从来没有见过如此皎洁闪亮的夜色。屋顶上、三角墙上和雕刻过的石头上的积雪，就像最好的磨坊主的磨粉一样闪耀着洁白柔和的光。在长长的没有路灯的大街上，看不到一个人影，甚至连只猫也没有。星星就像荆棘上的露珠，在灰蓝色的天空中闪烁。

当圣安德鲁①塔敲响午夜的钟声，果真从远处隐约传来那同一首尖锐而有穿透力的古老乐曲声。谁知道呢，如果老诺利肯斯血管中还留有一滴年轻的血，当他听到乐曲声时，就可能会情不自禁地跳起舞，让这把老骨头跳出他的身体，跳下台阶，跳到大街上。

> 女孩们男孩们，出来玩吧！
> 在照亮夜空的月光下；
> 忘掉你的晚餐，忘掉你的睡眠，
> 跟你的伙伴们来到大街上吧……

但是，他像老鼠一样，又急忙拖着沉重的脚步回到房子里，紧紧地靠在楼梯下，等待着——房门半开着。

啊，啊，那是什么？这时，大街上昏暗的灯都亮了起来，然后传

---

① 圣安德鲁为苏格兰守护神。

来一阵不像人发出的叫声。过了一两分钟,音乐声响起来,使得旁边桌子上一只旧玻璃盒子随着空中奇妙的振动而发出清脆响亮的声音,而这只旧盒子里装着的,是老诺利肯斯死在多巴哥岛的祖父的一个双桅横帆船模型。就像他们钻到麻袋布底下一样,他的三个徒弟的鬼魂匆促忙乱地从床上下来——身上穿着束脚裤和白天穿的破衬衫,赤着双脚,一步一步摇摇摆摆地走下楼梯。老诺利肯斯几乎还没来得及看见他们脸上奇妙的微笑,没来得及捕捉到他们张开的嘴里洁白牙齿的熠熠光芒,他们就已蹿出门,走得很远了。

老头浑身发抖地急急忙忙上了楼梯,一两分钟后,空空的房子里回响起一阵锤声,老头正往阁楼门上方的钥匙孔里敲击那枚一个便士的铁钉,并用绳子挂起钥匙和马蹄。做完这些,他又放下锤子聆听。里面连最最轻微的低语声都没有,没有叹气声,没有尖叫声。但因为害怕看见可怕的情景,他不敢推开门。

相反,因为抑制不住好奇心,他在自己瘦削的身上裹了一件斗篷,便匆匆忙忙地走到大街上。千真万确,在积雪和白霜上,到处都是脚印——这些痕迹对他那双嫉妒的眼睛来说已经够清楚的了,虽然它们几乎和一只饥饿的鸟的翅膀在雪面上快速掠过的痕迹没什么两样。他简单天真地以为,自己已经成功地欺骗了徒弟,他们年轻的空洞躯壳会更加听凭他的调遣和召唤了。他决定一直跟踪到城外,到所有孩子们的梦中躯体消失的草甸子去。他走啊走,一直走到气喘吁吁,几乎迈不开步子为止。

最后,他来到了环绕成圈的伊钦河①畔,沐浴在月光中的河水像玻璃一样闪耀,围在一圈截头树和矮小的柳树里面的,是结满白霜但

---

① 英国南部的系列溪流之一。

却鲜嫩葱翠的草地。草地上令人惊叹地聚集了一大群人,一首超凡脱俗的乐曲,似乎正从附近一个小山岗深处袅袅升起,乐曲的名字叫《凯撒的军营》。老诺尔听到了各种嘈杂声和歌声。在草甸子上快乐游荡的不仅仅是来自彻里汤的孩子,还有来自方圆几英里的农场、农舍和吉普赛营地的孩子。他还看到了羊群,当他经过它们身边时,它们的黄眼睛在月光下闪闪发亮。但是,没有人注意孩子们,也没有人注意把他们从睡梦中叫出来的"怪人"。

这些怪人确实很奇怪:他们中等个子,穿着像蜘蛛网一样的衣服,稻草色的直发轻柔地垂在狭窄的脸颊两旁,一眼看去他们似乎像老头。当他们窄窄的脚踩在草地上时,冻结的青草几乎纹丝不动。他们左右转着头,看着孩子们。他们的脸色白皙,没有变化,他们的眼睛是一团微弱的火焰,就像在电闪雷鸣的夜晚,当潮水卷起的细浪轻轻地击打在宽阔平坦的沙滩上时闪烁的光芒。

看到他们,老诺利肯斯开始极度地害怕。看不见汤姆、迪克和哈里的影子。他们一定是到了声音响亮的山岗中——也许正在那里尽情地享受美食,如果梦中躯体们会参加盛宴的话。乐器弹拨声、喇叭吹奏声和持续不断的音乐声使他头晕目眩。他偷偷看看四周,想寻找一个躲藏的地方,最后朝结了冰的小溪流旁一棵枝蔓缠结的老柳树走去。如果不是在他艰难地拖着身体向上挪到一些低矮的树枝中时,因白霜掉进鼻孔打起喷嚏,他也许可以在那里安全地待到早晨。其实,如果他仅仅是打了个喷嚏,本来还是可以安全的,因为一个老人的喷嚏只不过和一只老羊在冬天里气喘吁吁的咳嗽声差不多。但是,这可怜的老头又惊又怕,打了喷嚏后,叫了一声"上帝保佑!"——这是小时候母亲教他的。

这就是邪恶的老诺利肯斯的结局;因为这是他在漫长的忏悔之路

上迈出的第一步。他记起来的第二件事,就是在悄悄降临的朦胧的曙光中睁开眼睛,发现自己站在一棵光秃秃的柳树的枝干上,一层薄雾笼罩着低洼的草甸子,绵羊在草地上静静地吃着草,它们津津有味地咀嚼着向前走,在结霜的草上留下条条绿色的印痕。老诺尔感到骨头痛得直打战,这是有生以来从未有过的感觉。整整一个晚上,在那个伊钦河形成的令人生畏的仙人般的圆圈里,似乎每一棵未被剪枝的柳树的每一根白霜覆盖的细软枝条都在随心所欲地痛打他。他的信心和勇气都已消失殆尽。他叹着气、呻吟着躬身走到草地上,最后,终于拄着一根掉下来的树枝回到了城里。

然而,现在即使对挤奶女工来说还太早,虽然覆盖着白霜的鸡笼里,公鸡已在啼叫,初升的太阳映红了东方天际。他摸索着走进自己的房子,关上门。虽然每动一下,似乎都会扭痛浑身关节,他中途歇了一次又一次,总算拖着疲惫的身体,走上楼梯。最后,他来到阁楼门口。他把耳朵贴在护墙板上听了一会儿:一点声音都没有。然后他悄悄地一点一点推开门,战战兢兢地把头探进去。

东方的红色朝霞正在迅速蔓延,它甚至穿过屋顶窗的玻璃,似乎要照亮睡梦中的小烟囱清扫工。这是星期天的早晨,他们白皙的皮肤和毛茸茸的头没有显示一周以来跟煤烟打交道的痕迹。但是,在别的时间偷窥他们时,在老诺利肯斯的眼里,他们微笑的脸庞似乎是由蜡做成的,而现在却好像是雪花石膏做的。因为他们每个人都仰躺着,他们因煤烟而皲裂、变得粗糙的双手放在身体两边,手上的指甲磨损或断裂了。现在,他们的脸上没有笑容,只有肃穆宁静,似乎是长眠中的塑像。这三个男孩现在这个样子,连老诺利肯斯也不敢去弄醒他们,因为他心里知道,现在任何人间的棍棒都无法把他们从酣睡中打醒。至少要等到他们的灵魂又能够回来。那个讨厌的干瘪丑老太婆也不可能帮助他。

他诅咒着老太婆,猛烈敲打着她摇摇晃晃的门,但她没有理他。最后,当彻里汤教堂的钟声敲响,召唤人们晨祷的时候,他想,如果要保住自己的脑袋,没有别的办法,只有拄着两根拐杖,拖着身体走上街,走到市长的助理那里去,告诉他,他的徒弟死了。

但是,他们并没有死。市长助理请来了医生,医生把一个木头做的助听器放在他们胸口,然后断言,他们的肋骨下有动静。他说,他们进入了昏睡状态,这叫做僵住症。这是一种梦幻发作,很快就会过去。但是,尽管医生叫来的老助产士热起盐,装了盐袋,一个小时又一个小时地把一块刚在火里烤热的砖头放到每个徒弟冰冷的脚上,三个人还是没有一个动一下眼皮,也没有一丝一毫的征兆证明他们是活着的,或是有意识的。

他们就像木乃伊一样一动不动地躺在草荐上,宁静安详,像任何母亲会希望的那样可爱,他们的脸颊在这个星期天的早晨显得庄严肃穆,像打过肥皂似的光亮,还有他们的鼻子、额头和下巴,他们就像石头做的天使一样毫无反应。

市长听了老诺利肯斯所有的解释,罚了他五袋几尼[①],因为他没有给他们足够的食物和营养,使他们得了僵住症。一方面因为关节的疼痛,另一方面因为看到陌生人在他的房子里到处走动,看到自己藏匿的钱被一个个数到桌子上而感到痛苦,而且还得向市长求情,悲惨的老头非常茫然慌乱,丝毫也没有想到要把梣木和接骨木的花环、马蹄以及钥匙拿下来。因此,在过了一两个星期后,仍没有迹象表明这种昏睡状态会持续多久。市长和政务委员决定,既然汤姆、迪克和哈

[①] 1663年英国发行的一种金币,等于21先令,1813年停止流通。先令是1971年前英国的货币单位,20先令为1镑,12便士为1先令。

里已再不能做市里的烟囱清扫工了,他们也许可以作为"时代奇迹",运用这一正当的手段挣钱。

所以,市长助理戴着一顶镶着平纹细布白边的黑帽,带着两个手捧百合花束的送丧人,用手拉车把三个人的身体拉走了。他们用沃里克郡的橡木给这三个男孩做了一个很大的玻璃柜子,柜子上配了一把漂亮的雕花锁和钥匙。当街头乐团在雪地里唱起圣诞颂歌时,这三个孩子被装进柜子,放到了彻里汤博物馆的楼上。他们躺在那里,一直像躺在小矮人的棺材里的白雪公主一样,静静地酣睡,柔和的日光洒在他们安详的脸上——虽然在长长的夏日里,如果从窗户照进来的阳光太强,玻璃柜的顶上就会盖上一块黑色布帘。

关于这一奇迹的消息传得很快,到了第二年春天,世界各地的游人——甚至来自像瓜纳华托和塞林伽巴丹那样偏远的城市——纷纷来到沃里克郡,为的只是看看酣睡的烟囱清扫工——看一次六便士。看了他们以后,有一大部分人会到斯特拉特福参观存放着威廉·莎士比亚的遗骨的教堂。确实,贾尔太太,那位在博物馆旁摆了一个苹果和姜饼摊位的老妇人,在几年里就赚了很多钱,因此能够舒舒服服地把九个没有父母的孙子孙女养大,并在六十岁退休时,住进了有四个房间,仅离安妮·哈瑟维①的别墅不到一百码的房子里。

随着时间的流逝,郡治安长官、行政司法长官、治安法官、主教和相邻市镇的市长,毫无疑问对于这样的盛名和奇迹感到妒忌,便竭尽全力劝说和强迫彻里汤的市长和市政当局把三个男孩移到郡首府——郡长亲自承诺把他们安放在离他祖先可爱的圣陵,即比彻姆小教堂不到一箭之遥的老房子里。但这一切都无济于事。彻里汤的居民

---

① 莎士比亚之妻。

们紧握自己的权利；英国高等法院王座庭庭长仔细听取了双方陈述，点点他那戴着假发的头，同意了彻里汤居民的要求。

这三个沉睡的男孩一直睡了五十三年，在这期间，市政会共收到十二万三千五百五十五个六便士（即三千零八十八镑十七先令六便士），其中每个便士几乎都是净利。他们也很明智地花这笔钱——扩大狭窄的烟囱，在大街上种植欧椴树，在河边种植白蜡树和柳树，建造了一个喷水池和一个很大的石头鸽棚，分隔了一块长满树木的草甸子，让野生动物能够享受它们的监工——人类——能够赠予的所有舒适生活。

四十年来，博物馆馆长——看管人——从来没有忘记，早晨的第一件事就是打扫三个男孩的玻璃柜子。在一个晴朗的日子里，他病了，不得不卧床休息。因此，他年轻漂亮聪明活泼的侄女来代替他照管博物馆、售票、观察来访者。她才十七岁，是第一个在博物馆里唱歌的人——虽然她只是闭着嘴唱，而且从不在访客参观的时间唱。

这是在夏季，或者更确切地说，是五月初。每天早晨，当她打开博物馆巨大的门，升起宽宽的雕花楼梯，拉开楼上高高的窗户的窗帘，然后转过身——她总是转身——凝视三个酣睡的男孩时（而且不用付一分钱），她就会深深叹一口气，似乎自己也刚从一个幸福的睡梦中醒来。

"可爱的人儿！"她会低声自言自语，"可爱的人儿！"她有一颗慈母般的心；她的缕缕发丝就像晨光下的小提琴E弦一样透明。她蓝色的眼睛那么满怀同情和温柔地看着玻璃柜子，如果这样看一看就能唤醒这几个孩子，他们就可以在每天早晨同她一起跳爱尔兰吉格舞了。

因为年轻，她也容易粗心，甚至有时候会折断珊瑚的一个小小的角，或者美人鱼尾巴上的鳞片——这是彻里汤给特别喜欢美人鱼的年轻访客的纪念品。而且,她从来没有听说过钥匙或马蹄或梣木或木头的魔力,因为她是在一所课堂上从不提巫术和魔法的学校里长大的。她怎么能意识到,即使当大门敞开时,玻璃柜的小钥匙和博物馆的大钥匙(打开博物馆的门和玻璃柜后,她无意中让钥匙从口袋里掉了出来,掉到了花园的水井里)能够把任何人或任何物阻挡在外面或关在里面,或者什么人甚至可以把魔法冲刷掉?

就在那个阳光明媚的早晨,她走在上班的路上,听到歌鸫在新抽枝的欧椴树上尖声鸣唱,再也抵挡不住心中的怜悯和渴望。在拉开楼上的窗帘后,她默默地轻轻打开大玻璃柜的三个玻璃盖子,她一个一个地俯在他们的嘴唇上聆听,似乎希望听见他们在梦中聊些什么,然后又一个一个地亲吻他们冰冷的嘴巴。当她亲吻哈里时,突然觉得楼梯上有脚步声,就马上跑出去看。

但那儿没有人。可当她站在宽宽的楼梯上静静地聆听时,她年轻的脸庞侧着不动了,好像有一阵带着香味的微风从大马士革广袤的空间吹过来,一直沿着楼梯上来。没有一点声音,只有像呼吸那么微弱的,非常微弱但几乎无法忍受的春天的芳香——直接穿过鸟儿栖息、羊儿吃草的草甸子,沿着蜿蜒的河流飘过来——喃喃低语的芳香。似乎有一个遥远的记忆在她眼前欢快地掠过。然后又是一片寂静,然后它被一种比蚊子叫声还要小的声音打破。接着,身后响起了可怕的玻璃打碎的声音:我们三个年轻的朋友,三个烟囱清扫工,匆匆忙忙地冲了出来——他们的梦中躯体终于回了家。

现在,老诺利肯斯已经躺在坟墓里很久很久。所以,即使有人能抓住他们,汤姆、迪克和哈里也不会再为他打扫烟囱。就是新的市长也不能安排。整个市政委员会也不行。市镇的公告传报员也不行,虽然他一年到头每天两次地叫着:"噢,是的!噢,是的!!噢,是的！！！丢失了，被偷了，或者迷路了：三个闻名世界的众所周知的沃里克郡酣睡的男孩。"甚至郡治安长官也不行。甚至万能的郡长也不行。

　　至于被截去树梢的柳树旁的山岗——哎呀，哪个完全清醒的聪明人能说出点有关它的消息呢？

可爱的麦帆薇

很久很久以前,在威尔士边界地区,有一座古老的城堡,城堡里住着欧文·阿普·格威索科,埃格利塞格男爵。他是个矮个子,但结实强壮,弯腰弓背,一头浓密的黑发,满脸的络腮胡子,肥大的耳朵,永不安分的小眼睛。和他一起住在偌大城堡里的,只有他的独生女儿,可爱的麦帆薇。

麦帆薇确实很可爱。她的头发像真金一样红,两条辫子一直垂到膝盖。她笑起来就像远处教堂尖塔上的钟声,她唱起歌来连回声女神①都忘了回应。她时常会一个人静静地坐着,像筑在常春藤丛中的鸟巢里的斑尾林鸽一样,让她的灵魂通过蓝色的眼睛往外看。

麦帆薇多数时候都很快乐。为了她的舒适和快乐,父亲把能给她的都给了她——确实,除了自由以外,他给了她一切。她可以唱歌、跳舞、思考和说话;她可以吃喝,她希望或要怎么开心就怎么开心。她父亲非常爱她,只是为了看着她,他甚至可以几个小时跟她坐在一起——就像你可能看着吹拂着麦子的风,水中的倒影和天空中的云彩一样。

但是,自从麦帆薇很小的时候开始,他的脑中就萦绕着一个不祥

---

① 希腊神话中居于山林水泽的仙女,因爱恋 Narcissus(希腊神话中的美少年,因拒绝回声女神的求爱而受到惩罚,死后化为水仙花)遭到拒绝而憔悴消损,最后只留下声音。

的预感。假如有一天她会离开他呢？假如她迷失了或被骗走了呢？假如她病了然后死了呢？那该怎么办？这种恐惧日日夜夜纠缠着他。一想到这些，他黑色的眉毛就会皱起来。这使他郁郁寡欢和沉默寡言。

就是为了这个原因，他明确禁止她离开城堡，即使是几步远都不行；他用城堡的塔楼，它的各式长廊平台和众多的房间，它高高的花园和院子，它的小巷、喷泉、鱼池和果园禁锢住她。他不相信任何人。他不能看不见她。他暗中监视和留意她，他在睡梦中游走，他聆听和偷看；这一切都是因为害怕失去麦帆薇。

所以，虽然她可以有经常飞来城堡的鸽子、天鹅、孔雀、蜜蜂、蝴蝶、燕子、褐雨燕、寒鸦和各式各样的鸟儿做伴，但除了父亲，没有一个人可以陪伴她。鸟和蝴蝶任何时候都可以飞走，愿意飞到哪儿就飞到哪儿。甚至鱼池里和喷水池中的鱼，也可以用它们生机勃勃的鳍，通过大理石砌成的通道最后回游到大河中。但麦帆薇不行。

她是父亲不能救赎的囚犯，是一只关在笼中的鸟。她渴望的双眼可以尽情眺望远处森林茂密的地平线，地平线上是浩瀚的大海，但她知道，她到不了那儿。至于街道热闹、市场繁华的相邻城镇——仅仅七英里远——她只能徒劳地梦想着它的奇闻轶事。这种时候，一层奇怪的黑雾就会蒙上她的眼睛，她的灵魂不会像鸽子一样从她的双眼望出去，而是会像一只从鸟巢望出去的哑夜莺——一只舌头被割下来，当作某位贪婪王子的美味佳肴的夜莺。

人的心是多么矛盾。就因为这个男爵太爱他的女儿，如果她渴望变化或冒险，他就会像固执的驮兽一样，站定双脚阻拦，拒绝移动一步。他的眼睛会在浓密的眉毛下凝视着她垂直发亮的头发，似乎只要看着，她美丽的头发就会安然无恙；似乎大地没有飞蛾，没有锈病，没有变化，也没有机会，只听到时间老人从不松懈的脚步，却从来也不会害怕和颤抖。

　　他所能想到的可以将她据为己有的一切东西毫无疑问都会给她：漂亮的衣服，美味的食物，奇异的水果，从远方带来的玩具、器械和娱乐用品，和足够让一个快乐的学者享用终生的书籍。

　　他会永远不厌其烦地告诉她，他有多爱她，有多珍惜她。但是，她内心的那种饥渴却是这个世界上任何东西都无法满足的。麦帆薇一次次地听着，一次次地叹气。

　　此外，麦帆薇渐渐长大了，就像一棵幼树长成了满头绿色须发的柳树；到了第十八个春天，已经无法用语言描述她的可爱。但这仅仅增加了她父亲心中的恐惧和不祥预感。每当他撕开面包或喝着酒，它就像一具骷髅一样竖在餐桌上。即使是一只远在非洲的燕子的快乐啁啾声，也会像丧钟一样提醒他。这就是：有一天，一个爱人，一个求婚者，会来带走她。

　　哎呀，只要看看她，甚至当她背对着你时——看一眼她瘦削的肩膀和埋在玫瑰花丛中的头就够了。只要让她笑——就两声——你听着！没有人——无论是王子还是农夫，无论是骑士还是乡绅——能够拒绝她，无论是勇敢的、愚蠢的、年轻的或精神不振的。欧文·阿普·格威索科内心知道这一点。只要看一眼，看者的心瞬间就会被偷走，就会离开他的躯体。他就会爱上她——就像晶莹闪亮火花飞溅的水哗哗地落入莫德鹿-埃格利塞格峡谷那样深深地不可改变地爱上她，他几乎近在咫尺。

　　假如有这样的求婚者告诉麦帆薇，他爱她，她不会——忘记他所有的关爱和仁慈——被说服逃跑，留下他孤独一人吗？孤独——既然他已快到老年了！想到这里，因为恐惧，他会叹气，心里嘀咕：他要吩咐锁匠加把锁，加个门闩，加根门杠；他要连续坐几个小时看住通过城堡的公路，怒视每个路过的陌生人。

他最后甚至禁止麦帆薇在花园里散步，除非她戴着一顶很大的蘑菇状帽子，帽檐大得甚至让任何从墙上偷窥的擅自闯入者看不见她发亮的头发——确实只能看见她裙摆下的两只丝绒鞋，它们像鼹鼠一样轻巧地轮流迈步向前，从一条鲜花盛开的小径到另一条小径，从一块草坪到另一块草坪。

因为麦帆薇几乎像父亲爱自己一样爱她的父亲，她尽力显得快乐，不苦恼不抱怨，也不让自己脸色苍白，身体消瘦憔悴。但是，一只关在笼子里的鸟会在笼子的栅条后蹦跳啁啾和拍翅，这看似就是幸福，然而它的内心会渴望天然的森林和森林里绿色的栖息地。麦帆薇也是如此。

她内心会想，要是她能冒险进一次城那该多好啊；就仅仅去看看大街上的人，市场里的小贩，商店里的蛋糕、糖果和蜂蜜罐，来来往往的陌生人，高高的三角形挑篷上的阳光，人们的谈话声和笑声，看看人们怎么讨价还价，怎么跳舞，看看马匹、旅行者和星光，听听响铃声。

最重要的是，想到父亲不相信她的责任心和对他的爱，不会同意她即使走出他的视线一步，她的心就会疼痛。晚饭后，当他红着脸坐在大椅子上——他黑色的头发垂挂在肩膀上，胡子隆起在胸前——而她俯身亲吻他，向他道晚安时，这种想法如果不是就在嘴边，就是显露在她的双眼中。在这种时候，他总是会——似乎他内心知道，什么是他永远不敢承认的——闭上眼睛，或者望向别处。

仆人总是很多嘴，闲言碎语就像大蓟的种子一样，从一个地方播撒到另一个地方。即便麦帆薇从来没有出过家门，她的美丽早就在十里八乡家喻户晓。游唱歌手歌唱它，甚至把他们的歌谣传到了远在威尔士以外的其他地区、王国和侯国。

确实，无论人们对罕见的美貌和善良多么保守秘密和保持沉默，有关它的消息总会不胫而走，传到世界各地。一个圣人可以坐在他的洞穴或地窖里，几乎不被世人看见，像森林幽谷里的阳光或大西洋洞穴里的海鸟一样，静静地施着他的怜悯和慈爱，默默地祈祷。他可能会活到容颜枯槁，脸颊凹陷，白须飘逸，然后死去，最后身体被关到坟墓里。但是，他的仁慈名声，他因同情而创下的奇迹，会一点一点传播到国外，在几百年后，在一个离他隐居和死亡的地方几千里格的神殿里，你会偶然看到他的形象。

麦帆薇可爱和温柔的名声就是这样传播的。正因为如此，当埃格利塞格男爵骑马穿过相邻市镇的大街时，会用眼角偷看以奇装异服乔装打扮的陌生人，并马上怀疑一定是从外国来的王子和贵族，到那里甚至只是为了看一眼他的女儿。正因为如此，街上会到处听见音乐和歌声，以致在夏季的夜晚，几乎连倾泻而下的瀑布声都听不到。正因为如此，一年到头，市民们都有机会欣赏翻跟斗和杂技表演，有机会算命占卜和听故事。时不时地，还会有不加伪装的大人物来访。他们会带着仆人随从、老鹰、猎狗和挂着流苏的马，在高高的老房子里住上几个星期。他们唯一的希望和渴望就是看一眼闻名遐迩的麦帆薇。

但是，他们怎么来的，就怎么离开。无论他们如何设计和密谋踏进城堡的土地，都会以失败告终。城堡的吊门总是关着的；塔楼上的瞭望台里，总是有巡视者；花园的门悬挂着沉重的链条；它阴森森的高墙上，没有一扇窗户不离地二十英尺以上，没有一扇窗户不是用厚重的锈迹斑斑的铁棒死死地闩住。

然而，麦帆薇偶然会在花园里。她会偶尔偷偷地溜出去，只是为了呼吸一口自由的空气，对苦苦思念着它的人来说，它比石竹花，或留兰香，或茉莉花，或杜鹃花清新得多。在五月里一个这样的夜晚，当父亲——打着盹就睡着了，因为监视、聆听和窥视而精疲力竭——在一个花园凉亭里打盹时，她来到花园的西门前，抬起巨大的帽檐看了一会儿日落，透过门杠的缝隙充满渴望地凝视着远处的绿色森林。

枝繁叶茂的树木在玫瑰色的光线沐浴下静静地矗立着，就像一幅深水中的图画。天空宛如一顶丝绸做的帐篷，跟大海一样湛蓝湛蓝的。鹿群在草地上悠闲地吃着草；从森林的空地中和隐蔽处传来鸟儿欢快的啼啭声。

但是，麦帆薇忧郁的眼睛注视的不是这些，而是一个斜靠在那里的年轻人的身影。他身体笔挺，但却靠在一棵巨大的山毛榉的树干上沉沉酣睡。他离开她站着的门口不到二十步远。她想象他一定是在那里观察了有一会儿了。他的眼皮因为长时间的注视而发黑，他的脸色苍白。身形修长而性情温柔的雌鹿在他身边漫步，鸟儿完全忘记了他的存在，一只松鼠在他头顶不到一码的地方啃咬着用前爪拿着的坚果。

麦帆薇从来没有见过在大门外峡谷中的任何一个陌生人。父亲的仆人都是她出生前就为他服务的老人。她想象着，这个年轻男子看上去像一个木头人，要么是个看林员，要么是个猪倌。她曾在母亲的遗物里偶然发现一本手写的荒诞故事书，并在那本书里读到过他们的故事。

当她手捏帽檐，专注地凝视着的时候，她的内心告诉自己，不管这个陌生人是谁，是干什么的，他就是她从小一直在等候甚至梦见的那个人。所有其他东西都从她的脑海和记忆中消失了。她的眼睛似乎正专注地看着一个古老的故事，而且是一个她熟知的故事。这个在沉睡中的陌生人就是那个故事。但是，他本人——像一根木头大梁一样一动不动地靠在山毛榉的树干上，好像他已经被钉在了它的树皮上——却在继续酣睡。

他那么幸福地睡着，也许会继续睡下去，直到她消失为止。但就在这个时候，那只尾巴像伞一样撑在他头上的松鼠，看见了门杠缝隙里的麦帆薇，惊吓得放掉了坚果，那个年轻人——好像脑海中听到了轻微的敲门声——睁开了眼睛。

对麦帆薇来说，这就像打开了一幢陌生但漂亮的房子的门一样。她的心几乎停止了跳动。她全身战栗，而陌生人也继续凝视着麦帆薇——好像刚刚从梦中醒来。

如果一切事物都可以用语言来表达，如果这一宁静的互相对视告诉了麦帆薇一些陌生的却又似乎比小路上的鹅卵石、玫瑰丛中的刺、鸟儿在空中的啁啾和在夜晚降下的第一颗露珠都要熟悉的事，要把它写下来，却需要一本十倍长的书。

但是，就在她凝视着的时候，麦帆薇突然想起了父亲。她叹了口气，手指放掉宽宽的帽檐，转过身去。奇怪的是，正因为这个荒诞的大帽檐，不久前刚刚在凉亭里睡醒，现在正急急走在玫瑰花圃的小道上寻找她的父亲，却没有看见山毛榉下的陌生人。那只松鼠还没来得及逃走，年轻男子就转到了树干后，像一条躲进草丛里的蛇一样不见了。

但除此以外，他一点也不像蛇。因为就在那天吃晚饭的时候，她父亲告诉她，城堡里又收到了一封信，是某个该死的尼克寄来的，信中请求允许当着他的面向她求婚。他的怒火简直无法用言语来表达。他把酒洒在地上，把面包捏碎——他的脸黑沉沉的，他的眼睛像冒烟的煤。

麦帆薇脸色苍白浑身颤抖地坐着。到目前为止，这种书信，即使来自声名显赫的王子,甚至来自东方的王子,对她来说都毫无意义,它们甚至根本无法跟杜鹃的咕咕声或飒飒的风声相比。确实,那些威尔士山间的杜鹃的叫声和从大海上吹来的风声,虽然神秘,但却是可以用心去理解的语言,但那些浮夸的表白并非如此。麦帆薇会嘲笑它们——好像嘲笑一只熊的笨拙的蹦跳。她会触摸着父亲的手,对着他的脸微笑,让他确信它们毫无意义,她还是安然无恙的。

但是,这封信不一样——那个年轻陌生人的脸一刻也没有离开过她的脑子。唯一令她渴望和绝望的事,是不知道她能否在这个世界上再一次看见他。她像石头般坐着不动。

"唉,唉,亲爱的。"最后,父亲把自己宽阔厚实的手放到坐在高背丝绒椅上的女儿的手里,说道,"唉,唉,我温柔的孩子。它又一次告诉我们,这个世界充满了无知和冒险。这是一个洞穴,一个提醒,一个警报,亲爱的——声嘶力竭的诅咒!我们必须万分小心,我们必须谨慎行事,我们必须做猞猁、狐狸和阿耳戈斯①,我们必须目不转睛!记住,我珍爱的孩子,我的一切,记住这一点,只要我还活着,你就不会受到任何伤害。相信我的爱,亲爱的,我们一切都好。"

她冰冷的嘴唇拒绝说话,麦帆薇找不到话来回答他。她转过脸去,紧握着父亲的大拇指,沉浸在悲伤的梦幻中,只是模模糊糊地听着父亲表达他的愤怒和慈爱,他的报复欲望和爱慕心理。因为她此时心乱如麻,脑子里塞满了各种想法、希望、恐惧和烦恼,她没有别的办法,只有这样无言地抓住他的手,表达她也爱父亲。

最后,因为怒气丝毫没有消减,他从椅子上站起来,把那封"厚

---

① 希腊神话中的百眼巨人。

颜无耻"的信撕成三十二张碎片,扔进石头烟囱中燃烧着的大火里。"让我来治治这个无耻自负的花花公子,"他对自己咕哝道,"我要——我要割下他的舌头!"

麦帆薇一有机会就想做的第一件事,就是赶紧到西门去,提醒陌生人,他父亲非常恼火,说了很多威胁的话;让他离开,躲起来,永远也不要再回来。

但是,当她再一次来到西门,从门杠缝隙看出去时,只见鹿群还在森林里吃草,松鼠在啃咬另一个坚果,山毛榉在静谧的夜光下又展开了一些尖尖的叶子;然而,陌生人却不见了。他原来站过的地方现在似乎向她保证,他确实已经永远离开了。麦帆薇转身让目光离开那个安静的地方,离开森林。森林里的阳光渐渐消逝,它的美丽也不复存在了。在那之后的日子里,尽管她尽力让自己的大脑和思想集中在针线活、诗琴和礼拜时用的诗篇歌集上,但她看到的只是他那长久的对视。

现在,她的身体因为苦苦思念而开始变得消瘦憔悴,她不断担心她的陌生人可能遇到了某种灾难。就是因为对她充满嫉妒的爱,父亲立刻知道她心里想的是什么,他从来没有停止过观察监视她,跟踪她的每个行动。

麦帆薇的卧室在城堡南面的塔楼里,下面是一条从镇子向东蜿蜒通向森林和远处山峦的路。卧室很高,离地面很远,没有必要安装窗闩。从这些窗户看出去,除了走在草皮上的旅行者的头顶以外,麦帆薇什么也看不见。但这些窗户很宽很高,足以让夕阳及时地把光线洒在墙上、画上和挂着帷幔的阿拉伯床上。但石头砌的墙很厚,为了从卧室看出去,她必须像从船的舷窗往外看一样,躺在窗台上,眯着眼凝望着广袤青翠的乡村田野。

一天晚上，当麦帆薇坐着做针线活时——一边唱着一支柔和委婉的曲子，只是为了让自己不去思念——她听到了人们的低语声。她的心有一会儿停止了跳动，虽然起初她不知道是什么原因。她放下手里的亚麻布，站起来，偷偷地俯在铺在石板上的草席上，肩膀轻轻地往前靠靠，朝窗口下看到底发生了什么事。这就是她看到的：夜光中，一个魔术师站在她的窗下，他身披一件丝绒旧斗篷，黑色的头发垂挂在肩上。在他身边围成一圈的，是一大群乡野村夫、无所事事的闲游者和孩子们。他们中有一些一定是跟着他一同出城来的。他们个个都为他的魅力和魔术深深惊叹。

麦帆薇确实从来没有想象过这些事。她全神贯注地看着他，却没有听到房间钥匙孔上一声偷偷的长叹声，也没听到父亲又踮着脚尖走下楼梯，回到楼下房间的脚步声。

麦帆薇不再悲伤的双眼很快一瞥，就看出了魔术师的伪装——假发、斗篷、帽子和紧身裤——当她看着他时，几乎大笑起来。谁会想到，那个她第一次看见时，闭着眼睛靠着一棵山毛榉酣睡的年轻陌生人，会拥有这样的勇气、技艺和魔法。

这时，他的头上戴着闪闪发光的钢环，他手上耍着的几把短剑那么快地从一只手换到另一只手。突然，围着他的人群大声叫起来，因为他向上和向旁边看，结果错过了一把短剑。它正在往下掉，往下掉——但是不，他飞快地扭回鞋底，刀尖颤抖着插在了他的鞋后跟上，而他继续把其他几把短剑抛向金色的空中。

可是，就在那一瞬间，他向上一瞥，发现了这个世界上他最希望看见的东西——麦帆薇。他把短剑扔到旁边，从旅行箱里拿出一网兜的彩色球。他向人群飞快地喊出一串稀奇古怪令人费解的话，然后马上开始玩耍起这些球。七只球越来越高地飞向柔和温馨的空中，但一只金色的球飞得比其他球都要高。它飞得那么高，人们因为夕阳的闪烁刺眼而无法再看它。过了一会儿，它那么漂亮地从空中掉落下来，麦帆薇只要伸出手就能抓住它，因为它掉下去之前停了一刹那，悬在从她的石头窗台伸手就能够到的地方。

在她看着它并被深深地迷住时，内心甚至有个声音在轻轻地呼唤着："抓住它！"她深深吸了口气，闭上眼睛，停了一下，然后朝空中伸出手。球是她的了。

她又一次往下看，魔术师又在耍魔术了。这一次，好像是各种各样的水果：石榴、榅桲、香橼、柠檬、橘子和蜜桃；高高地飞在它们上面的，是一只普通的英国苹果。麦帆薇脑子里的那个声音又喊道："抓住它！"她伸出手，接起那个苹果。

然而，她又朝下看，这次魔术师似乎把一些蛇抛向空中，它们扭动着身体，环绕成圈，盘绕着他的身体，旋转着飞快地从这只手到另一只手，只听到它们发出的嘶嘶声。围观者向后退了一点，一些胆小的孩子跑到了公路对面。然而，又一次，其中一条飞得越来越高。麦帆薇可以从她的有利位置看清那不是一条活的蛇，而是一股用丝绸搓成的绳。那个声音第三次低语道："抓住它！"麦帆薇伸出手，把它也接住了。

这时，正巧一小片云飘过来遮住了太阳，下面那群人确实看见了那条飞得最高的蛇就这样神秘地消失了，他们异口同声地喊道："不见了！""消失了！""消失了！""不见了！""魔术师，魔术师！"这一刻被扔进魔术师的铃鼓里的硬币足可以让他瞬间成为世界上最富有的人。

这时，魔术师庄严地向观众脱帽致意。他把身上的斗篷裹得更紧一些，把短剑、彩球、水果、蛇，他所有的东西放进一个绿色的窄盒子，然后把它的带子放到肩上，又一次脱帽致意，把铃鼓钩在手肘下，抓起手杖，径直从城堡走向沐浴在阳光下的朦朦胧胧的山峦。这时，夜幕即将降临，围观者很快分散开，渐渐消失了；被城堡里这个精彩的表演吸引出来的女仆和干粗活的厨工，都回去干活了；孩子们跑回家去，向自己的母亲描述这些奇迹，他们一边大口吞咽着晚餐的干面包片，一边模仿着魔术师的戏法，最后被打发上床。

在魔术师离开，一切恢复寂静后，麦帆薇发现自己跪在一张木椅旁，卧室沐浴在静谧的暮色中，她的手合着放在腿上，黑色的眼睛惊叹而渴望地凝视着彩球、苹果和绳子；而走下十步或十二步石阶，就是另一个这样狭窄的石头卧室，她父亲蜷缩在窗口，愤怒得浑身发抖，想象着自己看见这些从空中落下来的奇怪的礼物，几乎就同麦帆薇用肉眼看见它们时一样清楚。

虽然太阳对他来说就像对公路上的普通人一样，耀眼炫目，他还是把目光集中在了魔术师的戏法上，当彩球、水果和蛇迷宫似的但有节奏地绕着圈飞上天空并落下来时，他很清楚地一一数着它们。当每一个令人惊叹的戏法结束时，他知道最先是一个彩球消失了，然后是一个像英国苹果的水果消失了，最后是一条连着一个像蛇头一样的搭钩的丝绸绳子被抛向了空中，再也没有掉下来。听到城墙下的普通人和孩子们的喊叫声、笑声和掌声，他眼里涌出愤怒和绝望的泪水。麦帆薇在欺骗他。可怕的时刻到来了。

但他又错了。事实是，他的双眼被嫉妒蒙蔽，他的心因怒火而阴郁，他的智慧化为乌有。不仅他的智慧，他的礼貌和精神也已消失殆尽。接着，他又像小偷一样悄悄地爬上楼梯，又一次跪倒在他亲爱的麦帆薇的卧室门口，一只充满妒火的黑眼睛通过门闩的缝隙凝视着她。他看到了奇怪的景象。

夜已降临,晚霞从狭窄的石头窗口送进来一点点微光。在有七根脚的蜡烛架上,麦帆薇用引火盒点燃了七根蜡烛(因为她最喜欢的东西,就是光)。她把它放在一面高高挂着的镜子旁的桌子上。这时候,男爵的眼睛盯着小孔,她略微俯身站着,手里拿着那只苹果,先看看它,然后看着镜子里自己手拿苹果闪闪发光的影像。

因此,现在可以看到两个麦帆薇——她本人和镜子里的影像。甚至魔术师也无法断言哪个更可爱。他父亲蜷缩在门前,几乎可以听见她看着镜子里的苹果一遍又一遍轻柔地对自己说的话:"我该还是不该?我该还是不该?"突然——他不敢动一动也不敢喊叫——她把水果放到嘴边,咬了一口。

他不知道此时此刻发生了什么,因为事情最隐秘和最重要的部分,就在麦帆薇的心灵深处。浓烈的水果汁似乎像在父亲晶莹透明的喷水池和水渠里畅游的鱼,在她的血管里快速流动。幸福似乎像耀眼的雪花,开始轻轻地从天而降,环绕包裹着她。它们飘落在她头上、肩膀上和手上,落满她全身。但这不是雪,因为天气并不冷,而是一种香味,似乎是午时郁郁葱葱的树林里的味道,或是下过阵雨后花园里的芳香。甚至她明亮的眼睛也变得更加炯炯有神,她的脸容光焕发,她的嘴因微笑而微微张开。

可以肯定,如果麦帆薇曾经是世界上某个地方的公主,那她在此时此地——就像俯身在百合花水池上的那喀索斯[①]——就会深深地爱上她自己。"奇迹中的奇迹!"她在寂静中叫道,"但如果只要咬一口我勇敢的魔术师的苹果就能创造这个奇迹,最好还是不要再咬了。"因此,她放下了苹果。

[①] 希腊神话中的美少年,因拒绝回声女神 Echo 的求爱而受到惩罚,死后化为水仙花。

男爵贪婪地从小孔看着,看她一动不动地站着,就像在森林的最僻静处长出来并在他眼前绽放的美丽花朵。

然后,好像突然想到似的,麦帆薇转过身,拿起那只金色的球,却发现——如她所怀疑过的——它并不是球,而是一个镶嵌着罕见的木头的球形小盒子,外面缠着金色的线。碰一下中间的小弹簧,它的盖子就打开了,麦帆薇伸进拇指和食指,拉出一块丝绸面纱——它是又轻又薄的丝绸,织得非常细密,当它蜿蜒落向地面时,纱巾就像聚集在烛光下的一层银灰色的薄雾。

它轻柔地从她的手指尖垂落到下面的石板上,几乎就像托着它的空气一样轻。令人惊异的是,这么一块可以把她从头到脚裹起来的面纱,竟然可以放进两英寸大的球里!她久久地凝视着它,心里充满了对这块精致的手工艺品的赞叹。然后,她的大拇指轻轻一弹,面纱就云雾般折叠着盖到了她的肩上。

看哪!——当嫉妒的男爵贪婪地看着时——突然,在麦帆薇站过的地方,除了蜡烛架上燃烧着的七根蜡烛和镜子里映出的七根蜡烛外,什么也看不见了。她消失了。

然而,她没有走远。因为过了一会儿他听到了——好像来自虚无——一阵轻轻的孩子般的咯咯笑声,不管是否愿意,它是在她看见这块隐身面纱使她的镜子模糊不清时从她的嘴上突然发出来的。她死死地盯着清晰的空白处,惊讶不已。此刻镜子里没有映出她的任何部位!没有鼻尖,没有大拇指,即使一个纽扣或一个银色的小坠饰都没有。麦帆薇消失了;但是,她很清楚,她确实在她自己的身体里,而不是别的身体,虽然被遮盖在面纱下,像四月里在山坡上的羊群或者在蓝色大海深处的美人鱼一样快乐。明明在那里却又没在那里,能听见自己却又像水一样是透明的,这真是太神奇了。

虽然她一动不动地站着，但她的思想却像聪明机灵的鸟一样在脑海中轻快地飞翔。这块面纱也是魔术师的礼物；她的年轻酣睡的陌生人用奇怪的方式伪装自己。她心里可以猜测他希望她怎样用这块面纱，虽然想到这一点，她的心让她有些害怕。过了一会儿，她就像突然消失时一样又突然回来了——手里拿着面纱。她轻轻地对自己笑着，把它折叠起来，放回那只小盒子里。然后，她转身从椅子上拿起那根丝绸绳子，然后，好像在想象中，用它在纤细的脖子上绕了两圈。这根绳子似乎瞬间获得了生命，瞧吧，镜子中，麦帆薇像彩色的象牙雕塑般安静地站在那里，摆动着头的智慧之蛇卧伏在她的左太阳穴上方，在她耳边喃喃低语。

欧文·阿普·格威索科再也无法看下去了。他哆嗦着手，在黑暗中摸索着走下楼梯，来到餐厅。他的大管家已经在那里等待着他，等待通知他晚饭已经准备好了。

想一想吧，他最可爱最珍贵的，温柔而天真无邪的孩子，他的麦帆薇——这个世界上他最珍爱的东西，因为她的温柔和美丽闻名世界——甚至刹那间忘记了他们之间的爱，忘记了她需要提供的服务和需要履行的职责，很可能永远离开和遗弃他！想到诱骗她离开的那个狡猾的敌人，他又嫉妒又绝望，他咬紧牙关，眼泪从满是皱纹的脸颊上滚落。

更糟糕的是，他内心深处知道，这个世界上，对有些事情，即使是最强大的力量也会显得无能为力。他知道，面对真正的爱，所有抵制，所有诡计，所有狡诈最终都会徒劳无益。在这种悲伤和绝望中，他杂乱纷呈的思想中最痛苦的想法，就是麦帆薇会蒙蔽和欺骗他，恶意地哄骗他，对必须马上说出来的事情秘而不宣。

他的内心确实很黑暗很阴郁，竟然不信任一个这么可爱的人！这

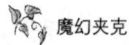

也许会被原谅。但是，他像鼬一样偷偷摸摸地到处寻找她，像间谍一样监视她，还没有给她证明自己无辜的机会，就相信她是有罪的！这些可以原谅吗？而且甚至在这一刻，报复恶魔正紧紧地纠缠着他。

因为麦帆薇来了，像缠绕在干枯的篱笆桩上的旋花一样可爱。她从门口朝里看着他，寻找他的脸。她闭了一会儿眼睛，好像为了低声祷告，然后走进房间，亲手把啃咬过的苹果、金色彩球和丝绸绳子放在他面前的橡木桌上，旁边是他的大银盘。她看着他，眼睛和声音里充满她一贯的爱，她告诉他这些东西在什么时候，又怎样偶然地到了她手里。

他父亲听着，但是不敢抬起眼睛。他低低的额头上皱着的眉头变得越来越黑，甚至连胡子也好像耸了起来。但是他一声不吭地一直听她说完。

"所以您看，亲爱的父亲，"她说，"我怎么能不对如此关注我的人由衷地感激呢？如果您看到了他和蔼礼貌的样子，连您也不会生气的。如您所知，除了您之外，我从来也没有希望对这个大千世界上的任何人说话。现在，除了那个陌生人外，就只有您。我只知道这一点。您是真的觉得他是想给我这些不可思议的礼物吗？为什么不是别人而是我呢，亲爱的父亲？您会建议我怎么处理这些东西呢？"

欧文·阿普·格威索科低下头，甚至连眼睛都变得模糊不清了。壁式烛台上的喷灯发出轻微的噼啪声，桌子上的蜡烛一动不动地继续燃烧着。

最后，他像狂吠的狗一样把脸转到一边。"我亲爱的，"他说，"我在这个世界上生活得够久了，深知困扰年轻诚实的人的危险。我承认这个粗俗的江湖骗子一定是个狡猾至极的家伙。我承认，他的伎俩即使说无害，也是不值一提的。也就是说，如果他只是像他看上去的那样。但事实并非如此。因为这个令人讨厌的陌生人是一个骗子。我完全可以猜到，他的藏身处是在残酷神秘的东方，他的欲望和诡计就是诱骗你到他身边。一旦你落入他的魔爪，他的无耻的奴隶就会抓住你，把你带到某只停泊在河里的邪恶的三桅小帆船上。亲爱的，看起来，你的温柔和魅力已经在这个邪恶的世界上悄悄地传开。即使最温柔美丽的花朵也可能会被无聊的舌头玷污。但是，一旦这个恶毒的江湖骗子把你骗到手，他就会开船驶到巴巴里①，或者到土耳其的那些可怕地区，把你带到炙热的市场，卖你为奴。我的孩子，巨大的危险就在眼前。马上把这个邪恶的家伙从脑海中去除掉，让他肮脏危险的计谋见鬼去。苹果完全是个幻觉，你描述的面纱只是个玩具，那根绳子是这个魔鬼的诡计。"

麦帆薇看着父亲，眼里满是悲伤，虽然她的内心因为高兴而灿烂起舞。如果他认为他所说的都是真的，为什么他不能抬起头来直视她？

"好吧，既然是这样，亲爱的父亲，"她最后温柔地说道，"您对上帝的世界比我知道的要多得多，无论我的愿望是什么，我必须求您这件小事：您能保证，我的意思是，您能再想一想我，不要马上把这些漂亮的小玩意儿毁掉吗？如果我真的欺骗了您，那我确实应该伤心。但是，尽管我努力模糊对他的思念，可他的形象总是又会不知不觉地变得那么清晰，我内心明白，这个陌生人完全不可能是你说的那种人。有时候，我会听到一个轻轻的声音对我说'是'或是'不是'，然后我就会服从。关于他，那个声音只说'是'。但是，我很年轻，这幢大房子的墙很窄，而您，亲爱的父亲，如您经常告诉我的那样，

---

① 埃及以西的北非伊斯兰教地区。

很聪明。所以，请您一定邀请他来到您面前，询问他，测试他，凝视他，倾听他说话。这样，您就会像我一样信任他。正如我知道自己很幸福，我也知道他是诚实的。即使有丝毫违背您都会使我很痛苦。但是，唉，如果再也见不到他，我会憔悴并死去。那——不是吗——"她又微笑着说道，"那会是对您的更大的违逆。如果您爱我——我知道，自从我来到这个世界上，您就一直爱我，我也爱您——我祈求您仁慈体谅同情地想一想我。"

说完，麦帆薇不想擦掉眼里涌出的泪水，而是把魔术师的三个礼物放在他面前的长桌上，和一些花、水果放在一起，急急忙忙走出房间，回到自己的卧室，把父亲独自一人留在那里。

有一会儿，女儿的话像黑暗的森林里清冷凉爽的露珠，停留在他的脑子里。有一会儿，他甚至思考着它；而他自己编撰的粗俗故事看似那么丑陋虚假。

但是，哎呀，因为他的骄傲和顽固，这些温柔的反思很快就消失了。他又一次想起那个魔术师——他对他的暗中监视早就带给他跟自己所说的完全不同的信息——愤怒、仇恨、嫉妒又一次在内心翻滚起来，淹没了一切。他忘记了礼貌，忘记了对麦帆薇的爱，甚至忘记了他想让她爱他的欲望。相反，他一口一口地喝着酒，坐在那里发怒、想计划，脑子里只有一个想法：不择手段地打败这个魔术师，因而扼杀麦帆薇天真无邪的爱。

"瞧啊，好吧！"他体内的一个细小尖锐的声音终于爆发了，"瞧啊，好吧，如果你要尝尝这只有魔力的苹果，它不会给你与他竞争的勇气和技巧，让他所有的希望成为泡影吗？记住，仅仅咬了一口就在你的麦帆薇内心创造了怎样的奇迹！"

这个傻瓜听着这个狡猾的声音，没有意识到这只苹果唯一的美德就是让任何品尝它的人比以往任何时候都更加像自己。他坐在那里——拳头捂住嘴巴——专注地凝视着这个看似无害的水果，然后像驼背的人一样蹑手蹑脚穿过房间，在门口听了一下。然后又倒了一杯酒，一口喝干，小心翼翼地用戴着戒指的拇指和食指拿起苹果，又一次斜着眼仔细看看苹果的红色部分和绿色部分，看看麦帆薇咬掉皮的那个地方。

城市就是*刹那间*在地震中倒塌的，星星就是刹那间在天空的荒漠中相撞的，人则是刹那间在善良和邪恶之间做出选择的。因为突然之间——他下了决心，脸变成了微红的紫色——这个愚蠢的男爵把苹果放到嘴巴上，把苹果梗扔到干枯的花中，把苹果咬成两半，然后不停地咀嚼着。

然而，他只咀嚼了一会儿，突然，身上开始连续不断地出现可怕的变化。他好像觉得自己的整个身体正在被捏揉和拧绞，就像面团被做成面包时那样，或像模型制造者手中的黏土。他不知道这种疼痛、刺扎和扭动是怎么回事，好像出于本能似的，他一下子双手和双膝着地，倒了下去，然后又站起来咀嚼。由于内心的恐惧，他的双眼茫然地凝视着熊熊燃烧的炉火。

与此同时，他虽然不完全清楚，他的身上长出很多很多灰色的粗毛——全身一层厚厚的毛皮。他身上长出了一根垂着光滑而有光泽的流苏的尾巴；长满毛发的长耳朵从太阳穴上伸出来；紫色的脸变成了灰色，同时，脸不断变长，直到至少十八英寸长，并长出满嘴的大牙；他的手上和脚上都长了蹄子。看！——站在自己的餐厅里——这个受骗的可怜的欧文·阿普·格威索科，埃格利塞格男爵变成了一头驴！

有好几分钟，这个茫然不知所措的家伙绝望地站着——内心无法意识到身体的变化。但是，他偶然向外伸伸长着参差不齐的粗糙毛发的不熟悉的脖子，看见了自己穿着一套擦得发亮的盔甲站在烟囱旁的形象。他摇摇头，驴的头动了动。他摇摇自己的身体，长耳朵像斑尾林鸽的翅膀一样拍到一起。他举起手，一只蹄子在空中挠了一下。

这时，当这个可怜的家伙恐惧地转头寻找逃脱降临到他头上的命运的出口时，他身上的皮肉似乎在骨头上爬行。那头驴是*他*吗？他是*他自己*吗？他可怜的智力努力想保持冷静，但却无济于事。一阵恐惧几乎把他击垮。这时，他圆圆的、有光泽的、睫毛很长的、愚蠢的眼睛偶然看见了放在酒杯旁边的开口金色彩球——隐身面纱像华盖蛛网丝一样在里面闪烁着。

没有一头驴看上去像他这样。欧文·阿普·格威索科虽然完全被关在这个粗野多毛的身体里，但他的脑子和他以往一样并不是驴的脑子。那么，他的一个想法，就是向随时可能走过来的仆人隐瞒自己的可怕现状，而自己则可以在黑暗处找到一个安静偏僻的角落，考虑一下如何脱去这身驴的躯壳，重新恢复原身。面纱就在那里！要打败魔术师，还有什么会比用他自己的器具更合适的呢？

他用巨大的门牙咬住面纱，把它拉出彩球，尽量往自己毛发粗糙参差不齐的肩膀后面扔。但是，哎呀，驴的鼻口远远不如麦帆薇纤细的手指灵巧。面纱只盖住了他一半的身体，尾巴、臀部和后腿现在都看不见了，但头、脖子、肩膀和前腿还是看得见。他用力拉，没有用；他用力扭动身体，还是没有用；他的蹄子用力敲打着下面的空心石板。他的一半身体照样看得见，另一半却消失了。这时候，他甚至只是半头驴。

最后，他气喘吁吁，筋疲力尽，浑身颤抖，他可怜的驴脑袋已经没有任何感觉，他又一次旋转着身体，用牙齿抓住了那根丝绸绳子。

这是他最后的希望。

但这是用智慧织成的——它其实是伪装的智慧之蛇———接触到他的牙齿,它就立刻变成了结实的麻绳笼头,他还没来得及退后逃开它的索套,甚至没来得及发出驴叫声求助,它就把他拴在了他自己的烟囱中一个很大的钢钩上。

然而,他发出驴叫声:"啊呃啊呃——"他拉长的、起伏的、凄惨的哀叫如此嘶哑刺耳地打破了寂静,声音穿过发着回声的石头墙,甚至传进麦帆薇的卧室。黑暗中,她站在窗前,悲喜交加地遥望着天上的星星。

麦帆薇听到这个可怕的召唤,充满了恐慌。她即刻走下蜿蜒的石头楼梯,一个奇怪的情景映入眼帘。

在她面前,在壁炉中燃烧的木头和墙上喷灯的红光照耀下,是一头驴的四条腿、脖子、头和耳朵,而在它们后面一码或两码的地方,什么也没有,只是一片空白。

可怜的麦帆薇!在悲伤和绝望中,她只能拧着手,因为毫无疑问,她知道站在面前的是谁——是她亲爱的父亲。在他的脸上,看到的是愤怒、羞耻和目瞪口呆,而这些是人们从来没有在驴的脸上看到过的。看见她,这个家伙更加愤怒地拉扯着笼头,抖动着他长着参差不齐的粗毛的肩膀,但还是无济于事。他的嘴巴张开,一个无法描述的驴叫的声音打破了寂静:"啊,麦帆薇,看看你的妖术和欺骗让我陷入怎样的糟糕处境!"

"啊,我亲爱的父亲!"她恐惧地叫道,"不要再说了,我恳求您——一个字也不要说——否则,我们会被发现的。或者,如果您想说话,请轻轻地说。"

她很快来到他身边,双臂环绕着他的脖子,轻轻地在他的长耳朵边说着只有一颗充满爱和温柔的心能够想到的安慰、爱抚和保证的话。"听着,听着,亲爱的父亲,"她乞求他,"我看见您在乱动那只苹果、彩球和绳子。我真心向您保证,我没有想别的,而是在我们陷入的这个灾难中怎样帮助您。要耐心,不要再挣扎了,一切都会好的。但是,啊,说我欺骗您对我公平吗?"

当她看着这个自己记事以来就爱着的人被如此悲惨地变成了一头驴,她明亮的双眼充满了怜悯。

"你怎么可以犹豫,不孝的东西?"那刺耳的声音又发出来了,"帮我脱掉这个可恶的外形,否则我会被这个可恶的笼头扼死在自己的壁炉边。"

但是,哎呀,这时外面传来了脚步声。麦帆薇毫不犹豫地拉起纤细的面纱,完全盖住在瑟瑟发抖的畜生的头、脖子和前半身,这样,别人就完全看不见他了。因此——虽然刚好来得及——当大管家走到门口时,一切都没有变化,只是他的主人不再坐在椅子上,而是麦帆薇独自站在餐桌前,一根神秘的绳子连着她的手和烟囱上面的钩子。

"我父亲,"麦帆薇说,"已经走了一会儿了。他有点不舒服,让我告诉你不要打搅他休息。马上准备一份热牛奶酒,务必让下面的房间空出来。"

大管家一走,麦帆薇就马上转向父亲,拿掉面纱,又在他的长耳朵边悄悄地说,他一定要高兴乐观一点。"因为您看,亲爱的父亲,现在唯一要做的事,就是我们马上出发去寻找那个好心送给我这些礼物的魔术师。只有他可以,而且会,让您变回原来的样子。因此,我恳求您,在我领着您到森林里去时,千万不要出声——不要说一个字,不要嘟哝一声。一到那里,我确信就会找到去他待的地方的路。他可能正期待我去。"

虽然男爵可能很固执很愚蠢，但他意识到，自己现在这个样子，这是唯一明智的选择。于是，麦帆薇从拴着的钩子上解下笼子，轻轻地领着被遮住的牲畜来到门口，轻轻地走下曲折的楼梯，他蹒跚的蹄子踩在石头上，听起来就像沉闷的击鼓声。

原来在下面的大房间里的人都已经撤出。父女两人没有遇到更多的麻烦，就很快来到外面，幸运的是，现在朦胧的月光正照着通向森林的窄小的马道。

自从来到这个世界，麦帆薇就从没走到城堡外面过；以前她从来没有不胜诧异地站在布满星星的天空下。她呼吸着夜晚清新的空气，她的心像夜里的报春花一样绽放，她拒绝害怕。因为她深知，他们俩的安全——这只可怜地颤抖着的动物的安全和她自己的安全——完全有赖于她的勇气和智慧。如果她害怕，那只能使他们继续遭遇一个又一个的灾难。

但是，就因为一个像她这样的未婚少女在月光照耀的昏暗森林中独自闲逛会比一头没有主人的驴独自闲逛更让人觉得奇怪，她又一次把嘴靠近父亲的耳边，对他轻声低语，向他解释现在她应该被面纱遮住，如果他可以原谅她的大胆——因为在她小时候，他毕竟经常把她驮在背上——她就爬到他的背上，这样，他们一起走会更快一些。

无论他内心是什么感觉，她父亲不敢因她的话而生气。"只要你快一点，孩子，"寂静中，他的声音显得很粗暴。他努力想让自己的语调像人的耳语一样轻，但没有成功。"我会原谅你的一切。"过一会儿，人们可能就会看到，一头毛发光亮而英俊的驴在马道上颠跑，一会儿在月光下，一会儿在阴影中。它的鼻子套着笼头，从不停下来吃路边挂着露珠的草，但是，他不停地漫步向前显然是在服从着自己一时的兴致。

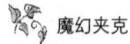

那天晚上正巧有一群野蛮的山贼在森林里露营。当这只奇怪而自负的动物突然无意识地从灌木丛中钻出来，出现在他们的营火前，并抬起两只翡翠球般闪着光的眼睛，恐惧地盯着燃烧的火焰时，他们同时提高嗓门，哄然大笑起来。其中一个人立刻从他躺着的欧洲蕨草上站起来，抓住动物的笼头，把他当作自己的战利品。

但是，当他们发现这个奇怪的家伙显然是由一只隐形而神秘的手牵引着时，他们即刻从欢乐变成了惊愕。它那样转过来转过去，显然不是自己的智力能够做到的，对它这种动物来说，也不自然。每当它的敌人努力想抓住它的笼头时，它那样灵活地躲避着，它的牙齿和眼球在火光中闪烁。

这时候，这些山贼又敬畏又惊愕。可以肯定，只有魔法可以解释这种不像驴的笨拙而滑稽夸张的动作和花招。一定有某个圣者在操纵着这只野兽，继续乱动它只能自取灭亡。

幸运的是，麦帆薇没有被面纱遮住的右脚正巧在动物背对营火光线的那一边。因为如果这些罪犯看见锁扣上发光的宝石，他们的迷信想法一定会像早晨的薄雾一样消散，他们的恐惧心理就会被贪婪取代，因而，他们就会迅速地将驴占为己有，并禁锢骑驴者以勒索大笔赎金。

然而，当月光悄无声息地向前流动一两步后，麦帆薇和她无与伦比的驴已安全地消失在他们的视线中，山贼又继续痛饮狂欢。是什么念头让她在迷宫似的森林空地和小径上漫步向前时，一下朝这边，然后又朝那边走，她不得而知。但是，虽然他父亲——在一片寂静中不敢提高自己的嗓门——一次次固执地拉扯笼头，因为他相信，如果旅行者转错了方向，就会无法挽回地迷路，但麦帆薇还是继续走着她的路。

麦帆薇时而用脚后跟碰一下他,时而又用手轻轻地拍拍他多毛的脖子,尽力安慰他:"只要相信我,亲爱的父亲,我确信,一切都会好的。"

然而,她其实很担忧。最后,当森林里的树干间出现了闪耀的光时,她立刻振奋起来,此刻的心情是无以言表的。她正接近旅途的终点!似乎在她内心的隐秘处有个熟悉的声音低声说道:"嗨!他在靠近!"

她当即滑下父亲毛茸茸的背,又一次在他抽搐的长耳朵边跟他交谈。"耐心地在这里待一会儿,亲爱的父亲,"她恳求他,"一步也不要离开你站的地方;因为一切都告诉我,我们的陌生人就在不远处。应该没有人甚至没有生物看见你伪装成现在这样悲伤和不得体的样子。我会很快去证实一下,我看见的穿透那边灌木丛的光是从他那儿来的,而不是别的地方。同时——这块面纱我要带走,以防不幸——请静静地待在这棵枝繁叶茂的大山毛榉下,一动也不要动,除非在今晚的长途旅行后您太累了,想在那边芬芳的玫瑰花丛阴影下的柔软草皮上休息一会儿,或者到那条小溪流边提提神,恢复一下体力。我听到的哗哗流水声是从那边的深谷里传出来的。休息后,我恳求您回到这里来,耐心地克制住自己,像哑巴一样闭嘴不要说话。因为即使您刻意想说得柔和一些,亲爱的父亲,那个光滑的长喉咙和那些漂亮的大牙齿也不会允许。"

她父亲张开嘴巴,好像想呻吟,似乎他身上厚厚的皮毛也无法再忍受他的痛苦了。但是,他抑制住自己,只是叹了口气,而一只猫头鹰好像回答他似的,在宁静的夜空中发出欢乐的鸣叫。因为经过一个小时深刻而痛苦的思考,这头可怜的驴已经恢复了一部分作为人的自然感觉和睿智。他龇牙笑了一下,似乎是对麦帆薇的承诺,此时她正优雅地拿着面纱,站在他身边的月光下,浑身像白雪一样闪着光芒。无论他的笑有多么愚蠢,但他的眼神是令人怜悯的。

到底是因为她为他的处境而伤心,还是因为她想到要见那个陌生人时脸上露出期待的神情,抑或是他因为绝望和沮丧而害怕再也见不到她了,他说不清楚;但事实是,她从来也没有像现在看上去这么勇敢,这么愉快,这么富于感情,这么温柔。可能是一位年轻的女神,正在斑驳的月光中和神秘的月影下,在这个粗野的牲畜身边,轻轻地踩着碧绿的草皮。

因此,在确保她回来前一切会安好无事后,麦帆薇亲吻了一下父亲平坦多毛的额头,手拿面纱,轻轻地朝着亮光走去。

哎呀,虽然男爵很渴,很想喝一口从下面的山谷淙淙流淌而来的清凉溪水,但她不在,他就无法控制自己。他不顾自己的无声承诺,远远地跟着她,踩在草皮上的蹄子没有发出一点声响。走近了亮光后,他从魔术师的隐居地周围的茂密灌木丛看过去,可以看见和听见经过那里的一切。

麦帆薇确定这个坐在营火旁的陌生人不是别人,就是那个魔术师——当她的眼睛还没有把这个信息传给她时,一阵奇怪的心跳就使她确信了这一点——她又用面纱遮住自己,这样,她可爱的样子就看不见了。她偷偷地走上前,来到俯身在营火堆旁的他的身后,跟他保持一定距离。然后,她停下来,温柔地低声说道:"我恳求您,陌生人,请怜悯一个非常痛苦的人。"

魔术师抬起被营火映得通红的梦幻似的脸,小心地看过来,但充满惊喜。

"我恳求您,陌生人,"不知从哪儿发出的声音又叫了起来,"请怜悯一个非常痛苦的人。"

听到她的话，魔术师的血管中似乎一会儿有冰块滑过，一会儿又似乎有一团火烧起来。因为他深知，对于他来说，这个声音是世界上任何其他声音都无法媲美的。他还知道，她一定就站在不远处，虽然被他自己的魔幻面纱遮住了看不见。

"请走近点，来访者。不要害怕。"他对着黑暗轻柔地叫道，"一切都会好的。告诉我，我要怎样帮助您。"

可麦帆薇没有靠近，一点也没有靠近。相反，她轻快地在空中横掠过一段空地，这时，她的声音由空中朝南吹的风传给他，变得更加微弱了。

"有一个人跟我在一起，被一个邪恶的诡计变成了野兽的样子，这个野兽是一头可怜而耐心的驴。请告诉我，施法者，我怎样才能让他变回原来的样子。我会永远感激您，因为我说的就是我自己的父亲。"

她说话时声音有点颤抖，并停了一下。她几乎无法忍受地渴望着对这个陌生人露出自己的真面目，毫不怀疑地相信，他会真诚地满足她的所有要求。

"但是，小姐，"魔术师回答道，"这不是我的能力范围所及，除非您说的这个人走近并现身。向一个没有身体的声音承诺——虽然您对我说话的声音比竖琴在空中弹拨出来的声音还要优美——也不是我的能力范围所及。因为我怎样才能确信，说这些话的身形不是某个危险的黑魔，一心想嘲弄和欺骗我，会对我施展妖术呢？"

森林空地上有一会儿寂静无声，然后，"不，不！"魔术师喊道，"这一切都是最可爱最勇敢的，我不需要看到您的样子才知道您。您一定是可爱的麦帆薇，无论是现在、过去还是将来，我都愿意为您效劳。那么，告诉我，那头曾经是您高贵的父亲的可怜的驴在哪里？"

他的话音刚落,麦帆薇便拿掉披在头上和肩上的面纱,完全现身,站在渐渐熄灭的昏暗的玫瑰色火光中。旁边的灌木丛也传来一声非常可怕、歇斯底里的愤怒而痛苦的叫声——通过旁边偷听者的粗哑而不熟练的喉咙。你可能会认为这个喊叫声不是一个人发出的,而是很多恶魔一起发出的——虽然这只是可怜的驴在抱怨他的命运。

"唉,先生,"麦帆薇叹了口气,"恐怕我亲爱的父亲悲伤焦虑地听了我们刚才说的话。看,他来了。"

这时,身着驴的皮毛和外形的埃格利塞格男爵靠近来,欲向年轻的魔术师复仇,驴蹄的奔驰声清晰可辨。但是,此时的他怒火中烧,与其说他是愚蠢的人,不如说是愚蠢的驴,闪耀的营火使他迟钝的头脑很不安。他唯一能做的,就是用前蹄抓挠着地,抬起光滑的鼻子,银光闪闪的牙齿朝向夜空,在离营火大约二十步远的地方熄灭他心中的怒火和敌意。

年轻的魔术师本性勇敢、谦恭有礼,没有转过去看愤怒发抖的动物,而是再一次对麦帆薇说话。她稍微弯下腰,眼里含着泪水;一方面因为父亲没有信守承诺并给自己带来了屈辱而感到伤心,另一方面,又因为他们的困难处境快要结束了,她现在正跟那个无意中造成这些灾难的陌生人在一起。

"不要害怕。"他说,"魔法把高贵的男爵变成了一个比世界上任何其他动物更具有顺从、耐心和谦卑品性的动物,这个魔法同样很快就可以让他恢复原来的模样。"

"啊,先生,"女孩回答道,"我父亲肯定希望尽我们所能献上任何微薄的礼物,来回报您的仁慈。因为他很清楚,不是因为什么阴谋而是他自己的意愿,让他去吃那只有魔力的绿色小苹果的。另外,我祈求您,先生,原谅我从空中偷了那只苹果,还有那只奇异的金色彩球和丝绸绳子。"

魔术师转身奇怪地凝视着麦帆薇。"在这个繁星闪烁的宇宙中，我只渴望一样东西。"他回答道，"但是，我不是向*他*要的——因为这不是他的礼物。这样东西就是您的原谅，小姐。"

"我原谅您！"她喊道，"唉，我可怜的父亲！"

但是，她说话时，脸上甚至露出淡淡的微笑，她的眼睛朝离营火几步远的动物看过去，他正吸着夜晚的空气，忧郁地抽动着耳朵后面灰色的粗毛。因为父亲即将得到解脱，她年轻的心也变得快乐起来，未来看似会像五月的花朵一样美好。

魔术师没有再说什么，就从自己的袋子里拿出一个硕大成熟的锥形胡萝卜，就好像他身边总是带着一些个人私藏的蔬菜似的。

"这个，小姐，"他说，"是我唯一的魔法。我不做交易。我对您的爱永远不会枯萎，即使我不再在这片偏僻的空地上见到您，以此来使我缺少睡眠的双眼恢复生气。让您高贵的父亲埃格利塞格男爵走近一点，不要有疑心。可以想象，一只野生苹果和一个胡萝卜没有什么区别。那么，说到底，在这个奇怪的世界上，任何生物都和别的生物没有什么区别。在这个世界上，有些动物尽管温柔和谦卑恭顺，但命中注定就是要四条腿走路，要为原本应该比它们得到的少得多的主人服务，而一些身居高位的人则正好相反。这是一个我无法解开的谜。但是，我想请您做的，就是让那头您告诉我在倾听我们所有谈话的驴咬这个微小但有用和有益身心的根。它会立刻让他回到原来的样子。同时，如果您要我离开，我会遵命。"

他们两人不再说什么，麦帆薇接过那个有魔力的胡萝卜，再次回到驴身边。

"亲爱的父亲，"她温柔地叫道，"这个根看上去只是一个胡萝卜，但如果您啃咬它,您就会立刻恢复原样,就会忘记您曾经是一头驴。恐怕您在未来的很多日子里,都不愿意看到无意中让您遭遇今晚这样令人痛苦的经历的女儿。我听说,在森林那边一个小小的绿色凉亭里居住着一位隐士。我确定,这个年轻的魔术师会照顾我一段时间,直到我们忘记所有的悲伤。您会仁慈地答应的,亲爱的父亲,是吗?"她祈求道。

一阵又长又响的驴叫声在布满森林小谷地和灌木丛的洼地上回响。埃格利塞格说话了。

"确实,父亲,"麦帆薇微笑着说,"我从来也没有听到过您说'是'的时候这么带劲。难道还需要说更多的话吗?"

于是,驴马上啃咬起那个胡萝卜,过了一个小时,欧文·阿普·格威索科恢复了原样,安全地返回他的城堡。有很多日子,他因痛苦的寂寞而忧伤,但是,他不仅明白了是他虐待了一个多么真实多么忠诚的女儿,而且也知道了用不信任和疑心包裹以及被嫉妒毒害的爱是多么愚蠢。

当五月又来到时,一个不再伪装成游荡的魔术师的王子,和他挚爱的麦帆薇一起来到埃格利塞格男爵的古老城堡。欧文·阿普·格威索科,一个老了一些但聪明得多的男人,举行前所未有的盛大宴会和载歌载舞的庆祝活动迎接他们。确实,如果他不这样做,那就是一头蠢驴了。

露 西

很久以前，有三个姓麦克纳克里的姐妹。她们住在一栋叫做石屋的白色方形大房子里；她们的名字分别是尤菲米娅、泰比瑟和琼·埃尔斯佩斯。她们在苏格兰远近闻名，即从泰河[①]开始，一直到格兰扁山脉[②]止——如一个不喜欢尤菲米娅和泰比瑟的表兄所说，是从泰河到格拉米佩山脉。

石屋是麦克纳克里小姐们的祖父安格斯·麦克纳克里建造的，他从一个裤袋里几乎没有半便士的穷孩子，最后发展成一个富裕的苏格兰最好的粗麻布制造商。他也制造用于捆包裹的麻绳。为了赚钱，他几乎什么东西都会生产。但是，到六十六岁时，他却突然想住到乡村去，做一名乡绅。他想拥有一个可以在里面散散步的大花园，花圃里有花，花旁栽着黄瓜，还要有猪养在猪圈里，还有一两头奶牛可以产奶，做奶油和黄油。

因此，他卖掉烟雾蒸腾的大作坊、仓库和里面装着的所有粗麻布、麻绳、大麻、黄麻和鲸须，共值八万英镑。他用这八万英镑建造了石屋，买了一些精致的家具、马车和马匹，并用剩下的钱做了投资。

当琼·埃尔斯佩斯开始学习计算，并开始产生兴趣时——有时听

[①] 在英国苏格兰中部。
[②] 在英国苏格兰北部。

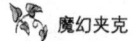

到父亲和母亲提起祖父和他的财产,以及他的投资方式——为了让她的家庭教师高兴,觉得应该计算一下。因此,她在练习本上写下了散乱的数字:

80000英镑和每年每一百英镑中4英镑
= ￡80000 x4/100 = ￡3200

这是她第一次进行的真正有乐趣的计算。但是,当琼·埃尔斯佩斯把它交给父亲看时,金普小姐有点苦恼。然而,老麦克纳克里先生确实非常富有,因为购买他工厂的人再也没有生产出像他那样好的粗麻布,甚至没有生产出像他那样结实的麻绳,他感到很遗憾。

老麦克纳克里先生一直活到八十岁,死后所有钱都留给了儿子罗伯特·邓肯·唐纳德·戴维,即琼·埃尔斯佩斯的父亲。在琼·埃尔斯佩斯的父亲去世前,他亲爱的妻子尤菲米娅泰比瑟也快要死了,他就把从那八万英镑中剩下来的钱(因为,哎呀,哎呀,他失去了好大一部分)都留给了三个女儿:尤菲米娅、泰比瑟和琼·埃尔斯佩斯。

当琼·埃尔斯佩斯长到可以和家人一起坐在有四个大窗户的大餐厅吃早饭时,她总是坐在祖父、父亲和母亲的画像对面。他们镀金的大镜框挂在窗户对面的墙上。当她坐在高高的凳子上大口吞咽着稀粥时——而且咽得很快,不是因为她喜欢吃,而是因为她不喜欢不吃饭时待在角落里——她会看着他们。

三幅画像中,他祖父的最大。它就挂在墙正中,在饰有雕刻顶角线的天花板下。他是个壮实威严的人,蓄着浓密的胡须,有着一双冷峻明亮的蓝眼睛。他的拇指和食指捏着一根精致的艾伯特粗表链,画家画得很有技巧,你只要看一眼,就能看出它是18K金做的。他就那样被挂着:永远大胆地向下凝视着自己的大餐厅里的所有一切——但是,好像不是很高兴。

此外,她祖父看上去总是像要拿出手表来看时间;琼•阿尔斯佩斯有一个奇怪的念头:如果他真的拿出表来,它的指针毫无疑问会指向十一点三刻。可是,就像她无法告诉你她为什么总是数着每一勺稀粥,或者为什么当最后一勺是单数时她会更高兴一样,她也无法告诉你为什么会有这个念头。

她父亲的画像远远没有祖父的那样壮实和威严。他很黑,脸露微笑,没有留胡子。琼•阿尔斯佩斯很爱他。每天早晨吃了早饭后(而且如果没有人看着她),她就会偷偷地朝着他轻轻挥挥调羹,就好像他会很高兴看到她的空盘子似的。

'在祖父画像的另一边,挂着母亲的画像。奇怪的是,如果你看得够久,你不禁会看见——好像它几乎是琼•阿尔斯佩斯的鬼魂似的——她真实的小脸从画里窥视着你,就像动物园里从笼子里独自出来的小小的绿色猱①一样。琼•阿尔斯佩斯才三岁时就发现了这一点,但是,尤菲米娅和泰比瑟从来也没有注意到它。

她俩知道自己更像祖父,而不像母亲(母亲原来是凯尔索的里克斯•麦吉利卡迪小姐),然而,她们很为这一点感到骄傲。至于琼•阿尔斯佩斯,她们觉得根本不像家里的任何人。确实,尤菲米娅不止一次说,琼•阿尔斯佩斯"不端庄",而泰比瑟则说,"她很可能是被偷换后留下的孩子"。甚至现在,她们都已经是过了中年的女士,她们总还是把她当孩子似的对待,虽然琼•阿尔斯佩斯只比泰比瑟小五岁。

但是,她看上去是多么不同啊!因为泰比瑟的脸又白又长,有点像独角兽,头发呈鼠灰色,眼睛则是绿灰色,而琼•阿尔斯佩斯则又

---

① 产于美洲的小型长尾猴。

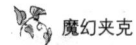

黑又小,脸颊红扑扑的,鼻子尖尖。泰比瑟的脸很少有变化,而在四月的早晨,琼·阿尔斯佩斯的脸则会像倾斜的水池。有时候,它看上去几乎要比她的姐妹老好几百年,有时候却又看上去像根本没有年龄的痕迹。

这要看她在做什么事情——她是否在重大的节假日时,坐着参加七点钟的宴会,那时,布尔兹、麦加斯金和孟席斯一家都会被邀请来,还是只是无所事事地在卧室的窗前晒太阳。琼·阿尔斯佩斯有时也会随意翻过离房子一两英里的小山。那时候,她看上去一点也不比风信子或栖息在长满地衣、被杜鹃花半遮半掩的岩石附近的灌木上,有白色眉毛的草原石𪾢𪾢更老。

无论她看上去有多伤心,她从来不脸露愠色。即使(在宴会上)她把头发从中间分开,两边梳得溜光,就像丝绸一般,她就是不可能看上去像所谓"高傲的"。此外,她的嘴唇的颜色像樱桃,她的手好动而敏捷,有时候她不得不把手握到一起,以免它们比她的舌头还要动得快。

在石屋,没有谁——也许除了打杂女佣和厨房里干粗活的女工萨利和南希·麦古利外,她们是表姐妹——会说很多话。甚至要确切说出尤菲米娅和泰比瑟有多聪明、多有洞察力和多么知识渊博,都很困难。因为除了吃饭的时候,她们很少开口说话,而且从来都不唱歌。

也许,这是因为,如果每个人都喋喋不休的话,就不可能秩序井然了。那样还浪费时间;因为很少有人可以同时努力工作又拼命说话。在石头屋里,一切都像苹果馅饼一样井井有条(除了床以外),没有人会浪费一点时间(除了互相亲吻的时候)。

然而,虽然从来没有浪费时间,但似乎没有人因为"节省"时间而境况更好。没有人设法把它打成整洁的牛皮纸包裹,或像老麦克纳克里先生存钱一样把它放进银行,或像家做的果酱一样把它放进坛子里。它就这样流逝了。在石屋(至少直到尤菲米娅在一天早晨收到了一封信),时间走得很慢很慢。钟的长指针似乎妒忌短指针。它们像影子一样爬行,有时候,在它们的"滴"和"答"之间打哈欠打出了一个大洞,它就像地窖一样黑。至少琼·阿尔斯佩斯是这样想象的。

即使从外部看一眼石屋,就可以知道它多有秩序。四面高高的白墙上面盖着很大的方形石板瓦顶,它们像炮兵军士一样笔直地矗立在极其坚固的地基上,而地基又是在更加坚实的岩石上。没有树木敢于在它们上面投上一片阴影,没有一棵葡萄植物爬上墙头。光洁的窗户后面挂着垂直的窗帘,它们朝下凝视着你,就好像说:"如果你行,就找一找我们身上最细小的污点或污斑或瑕疵吧!"而你却甚至没有胆量试一试。

房子里面也这样。一切都放在固定的位置上。不仅是麦克纳克里先生用粗麻布的钱买的结实的大家具——衣柜、箱子、书柜、四柱大床、高脚五斗橱、餐具柜、桌子、沙发以及橡木椅子——还有所有的小东西,如串珠垫子、脚凳、熄烛器、靴楦、装饰品、小摆设以及尤菲米娅的丝绸衣服和泰比瑟的水彩颜料。每样东西都有自己的地方,每样东西都在自己的位置上。是的,它就放在那里。

只有琼·阿尔斯佩斯的房间是*例外*。她从来没有学会整洁,甚至她的计算也一样。她经常把东西拿出来,要么忘了把它放回去,要么把它放到了别的地方。你以为她会因此而自责吗?绝对不会。当她丢了东西,找了一个小时又一个小时——一本书,或一枚胸针,或一条缎带,或一只鞋子——她会一直笑着,并对自己说:"嗯,好啦!一定是*露西*把它藏起来了!"过不了一刻,它就会出现,就在她的梳妆台中间,或在椅子下,就好像在一刻钟前,它被放回那里;这很好玩。

那么,谁是这个"露西"呢?不会有比这个问题更难的了;琼·阿尔斯佩斯从来也没有尝试过去回答它。她甚至从来没有问过自己这个问题。至少,没有大声问过。这也许是因为,想到这会伤害别人的感情,她就不喜欢(她不喜欢伤害任何人的感情)。就好像露西……不过,别介意!

无论如何,在早晨吃稀饭时,尤菲米娅收到了那封要命的信,正是露西不幸地加入了那次可怕的谈话。它就像所有其他信一样寄到这里。男管家跟往常一样,什么也没说,就把信放在尤菲米娅的盘子旁。从它白色的大信封看,谁也不可能想到,它就像毒品一样致命,比蛇的牙齿还要锋利。尤菲米娅也像往常一样,拆开了信——用她长长的食指,在灰色刘海下的眉毛略微向上抬。然后她开始看信,然后她一下呆住了。

信是她的律师寄来的,更确切地说,是她的四个律师寄来的,因为他们共用一个办公室,信尾由一个律师签上了四个人的名字。这是一封倒霉的信——是晴天霹雳。信的开头说,麦克纳克里姐妹等待着的将来生活,会比过去差一些,信的最后说,她们破产了。

你看,尤菲米娅的祖父把八万英镑(在造了他的大房子后)剩下的钱借给了英国政府,给国家用。那时的英国政府把这笔钱投入了统一基金①。为了证明他们对麦克纳克里先生借给他们这笔款项有多感激,他们每年都付给利息——每一百英镑可得那么多先令。不是如琼·阿尔斯佩斯计算写下的那样,每年四英镑,而是他们能付多少是多少——至少有一百万个苏格兰小钱币②。不可能有比这个更安全的钱

---

① 英国政府从税收中拨出的基金,用以支付公债利息,王室年金等。
② 苏格兰小钱币等于英国的半便士。

匣子了；麦克纳克里先生的收入也不可能比这更加稳定了。到目前为止，英国政府相当于石屋本身。

但是，麦克纳克里姐妹的父亲不仅没有祖父那么威严，而且花钱要随意得多。他很享受*帮助*国家使用基金。他很高兴买东西和送礼物，而且他买得越多，就越想买。因此，他逐渐地把钱从英国政府那里要回来，花掉其中的大部分，把剩下的借给那些在国外建造铁路和煤气厂的人，借给挖金矿和钻石的人，诸如此类。

这些人因为他的资助而付给他比统一基金多得多的酬金。但是，煤气厂并不像英国国家那样安全。借钱帮助绅士们挖掘钻石或在亚美尼亚建造供水系统被称为投机，意思是，你不能确信能拿得回来。确实，麦克纳克里的父亲经常拿不回*投出去*的钱。

现在——在他去世这么多年后——最糟糕的情况出现了。这四位律师不得不告诉麦克纳克里姐妹，她们的祖父留下来的积蓄几乎都已经没有了，她们的雄厚财富已经像六月早晨的薄雾一样消散了。虽然，她们对越来越不富裕的生活已经适应了一段时间，但这与令人担忧的贫穷还是相去甚远。

尤菲米娅在拆信前戴上了夹鼻眼镜。她读着信时，那张可怜的老脸上的生气似乎在逐渐消退，因而变得冷峻和灰白。她念完最后一个字，然后用颤抖的手把眼镜摘下来，把信递给了泰比瑟。泰比瑟不戴眼镜还能阅读。她淡淡的眼睛迅速地斜着扫完这封信，然后放下它，她的脸没有变得苍白，而是涨得通红，还有点肿胀。"这就是结局，尤菲米娅。"她说。

那天，琼·阿尔斯佩斯背对着画像而坐，轻轻地咀嚼着一片干干的烤面包苏格兰果子酱（是麦克纳克里姐妹的厨师奥弗朗普太太做的）。她正在看一只花斑鹡鸰追逐着苍蝇轻快地飞过白色石头露台上修剪过的平整草坪。然后,她的眼光转向远处可爱的格兰扁山脉的蓝色轮廓,她的脑子像沉浸在白日梦中。

泰比瑟的话"这就是结局,尤菲米娅"打断了她的白日梦,它就像吹响的号角声。

她惊愕地看看周围,看见了她的两个姐姐,尤菲米娅和泰比瑟,她们坐在餐桌旁的椅子上,像石雕一样又僵硬又冷漠。不仅如此,极不寻常的是,她们俩看上去非常不好。然后,她看到了那封信,并马上知道,这一定是那条咬了她姐姐的大脑的毒蛇。这时,全身的血液涌上了她的脸。她问道——她无法表达她有多为她们感到难过——"有什么问题吗,尤菲米娅?"

尤菲米娅回答道:"你完全可以问。"如果在外面听到她的声音,琼·阿尔斯佩斯肯定分辨不出来是谁。琼·阿尔斯佩斯很快想起了头天晚上做的奇怪的梦,慌忙说道:"嗳,你知道,尤菲米娅,昨晚上我做了个梦,周围一片漆黑,很可怕,*露西从水上的一个石头窗户看出来。她对我说*——"

但是,泰比瑟打断了她:"我想,阿尔斯佩斯,我和尤菲米娅这个时候都不想听你那个露西在你的梦里说了什么。今天早上,我们收到了非常坏的消息,这个消息不仅和我和泰比瑟密切相关,而且也和你密切相关。现在不是做无聊之事的时候。"她那带着苏格兰腔调的话听起来特别悲惨。

琼·阿尔斯佩斯并不想无聊。她只是希望姐姐们的注意力离开邮差带来的可怕的消息,即使一会儿也好,并解释她的梦预示了什么。但是,不,她就是这样。每当对谁说什么——任何从她心底说出的话——她总是把它弄得一团糟。它听上去就像麻雀对着一面空白石头墙唧唧叫的回声一样细小而无意义。她们会用绿灰色的眼睛,从长而白皙的鼻子下看着她，表情要么严厉要么优越要么两者兼有。当然，在这个时候提到露西，还是个可怕愚蠢的错误。即使在情况最好的时候，她们也会因为她的幼稚而鄙视她。

因为从来没有也不可能有真实的露西，这只是个名字。然而，琼·阿尔斯佩斯还是渴望找到某个能给她们希望或安慰的词，以让可怜的尤菲米娅的脸色恢复一点，使她看上去不太会像大理石雕塑。但是，她想不出什么词。她甚至没有听见姐姐们说的话。终于，她无法再忍受自己了。

"我确信，尤菲米娅，你想安静地跟泰比瑟谈谈信的事，如果有什么我可以帮忙的，你会告诉我。我想我要到花园去了。"

尤菲米娅低下头。琼·阿尔斯佩斯努力想不弄出什么声音，但还是让那把沉重的椅子在光亮的地板上发出了尖锐刺耳的声音。她终于逃了出去。

这是一个晴朗而寒冷的春天的早晨，远处的树木抽出了第一批绿芽。园艺工已经在筹划一畦畦的植物，为夏季到来做好准备。从来没有一个花园会"保管"得这么好。草坪上花坛的角——钻石形、菱形、八角形、正方形和长方形——就像用剪刀在纸板上剪出来的一样尖锐笔直。没有一叶草是凌乱无序的。

在砾石小道上，即使有一颗小小的圆鹅卵石突出来，也会有一辆巨大的铸铁压路机过来，把它压回原来的位置。至于一棵棵杂草，只要拨弄一下黑霉菌上细小的绿帽，很快就会看到结果。

从天上倾泻而下的光线照射在房子上。当琼·阿尔斯佩斯走向露台下的一张绿色小椅子时，高高的白墙上每一扇窗户似乎都在嘲笑似地看着她。但至少在这里，她可以避开她们的目光。

她坐下来，两只手交叠地放在腿上，眼睛笔直地望向前方。当遇到麻烦时,她总会这样坐着。她试图平静下来,集中注意力思考,但是没有用。她做不到。因为她在那里待了不到一会儿,心里就知道露西就徘徊在她身边的什么地方。她跟她靠得那么近,而且那么有意识地靠近她,几乎就像要在她耳边说什么悄悄话……

好吧,她们说,露西就是个名字。但是,毕竟她不只是个名字。很多很多年前,当琼·阿尔斯佩斯只有七岁时,她"有点像"编造了露西这个人。这只是因为没有别人可以跟她一起玩,泰比瑟比她要大五岁,而且至少比她理智、聪明和成熟五十五倍。因此,琼·阿尔斯佩斯就假装有露西这个人。

那时候,她有时会坐在长露台上的一只花盆上,露台要么热烘烘的,要么风呼呼地吹,她会另外为露西放一只花盆。她们会交谈,或更确切地说,她会跟露西说话,而露西会看着她。有时候,她们会一起坐在光秃秃的大花圃的一个角落里。有时候,琼·阿尔斯佩斯会假装握着露西的手,因为她睡着了。

真正很奇怪的事是,在那些日子里,她越少"假装",露西就越常来。虽然琼·阿尔斯佩斯从来也没有亲眼见到过她,但她一定是用别的眼睛看见过她,因为她知道,她的头发比颜色最浅的亚麻还要浅,她穿着很轻薄的式样很怪的衣服,虽然她说不出来有多奇怪。

另一件奇怪的事是,露西好像总是在有什么神秘的或意料之外的或悲伤的或非常美好的事情发生时,会毫无预告地、完全自动地凭空出现,而且,有时候恰好就在那些事情发生之前。这就是她想要告诉尤菲米娅她头天晚上做的梦的原因。因为虽然梦境中所有其他东西都是黑暗的,都很忧郁,水咆哮着从岩石上流过,击打出像雪花一样的泡沫,琼·阿尔斯佩斯恐惧地颤抖着,但在窗口的露西本人却看上去比月光还要美丽,就像星星一样令人慰藉。

当然，很遗憾，琼·阿尔斯佩斯过去甚至提到过露西。但是，那已经是很多很多年以前的事了，而且那时候她是情不自禁。因为，有一天早晨，泰比瑟在她身后悄悄地过来——那是她八岁的生日，她就坐在大餐柜旁的一个角落里，背对着花圃的门口——不经意地听到了她跟谁在说话。

"啊！小面拖烤香肠小姐！原来你在这里！你在跟谁说话？"泰比瑟问道。

琼·阿尔斯佩斯浑身打战。"没有谁。"她说。

"嗳，没有谁，是吗？那么你就告诉我，躲藏太太，没有谁的名字。"

琼·阿尔斯佩斯拒绝了。不幸的是，她那天早晨穿了一件高腰连衣裙，袖子只到手肘那么长，虽然泰比瑟用裸露瘦削的手臂夹挤她，并没法让琼·阿尔斯佩斯哭起来，却至少让她说出了自己的秘密。

"噢，因此她的名字叫露西，是吗？"泰比瑟说，"你这个讨厌的衣衫褴褛的小女人。那么，你告诉她我的话，如果我在哪里抓住她，我会把她的眼睛挖出来。"

泰比瑟又夹了她一两下，用她的辫子重重地"拉了一下响铃"，就下楼到父亲那儿去了。

"爸爸，"她说，"很抱歉打搅您，但我想可怜的阿尔斯佩斯一定是病了或发烧了。她的脑子在'漫游'。您是否觉得我们最好给她一点格雷戈里的药粉，或一些蓖麻油？"

麦克纳克里先生那天早晨正为一封来自金矿的信担忧，这封信有点像多年以后，可怜的尤菲米娅收到的四个律师写来的信。但是，当*他*担忧时，就会马上想法忘记它。确实，甚至在看见一封很可怕的信时，他都会开始轻柔地吹起口哨并面带微笑。因此，他几乎是如释

重负地松了一口气,把那封令人不舒服的信放进抽屉,下楼到花圃去了。

当琼·阿尔斯佩斯坐在他膝盖上哭了一会儿,然后告诉他有关露西的事时,他只是笑眯眯地把拇指和食指伸进马甲的口袋,似乎专门为这个特殊的时刻准备似的,拿出一只里面有一张洋蔷薇照片的金制小纪念品盒,让琼·阿尔斯佩斯下次见到露西时送给她。"亲爱的,"他说,"我也有我的露西,虽然我从来也没有提到过她。我把她当作'最好的朋友'。"

至于泰比瑟,他在那天午餐期间非常真诚地感谢她,因为她那么关心自己的妹妹。"但是,我的孩子,"他说,"恐怕你是多余地自找烦恼了。对于烦恼,没有比格雷戈里的药粉更好的了。因此,我已经让艾莉森为你临睡前调一剂,如果你很大方,也许詹尼会愿意舔一下调羹。"

当他一转身,泰比瑟就做起可怕的怪脸,朝琼·阿尔斯佩斯伸出她长长而苍白的舌头——就像对她们的孟席斯老医生伸舌头一样有用——在他走出房间后……

甚至到了现在,琼·阿尔斯佩斯已经长大成人多年了,每当想起遥远的过去,她总是会开始胡思乱想。每当她开始胡思乱想,露西必定看似比其他任何时候都要真实。砾石小道,绿色的草坪,远处的山脉都会在眼前消失。她似乎迷失在一个光明幸福的地方。她很开心自己能迷失在那里。但是,打在她脸上的雨点很快就把她拉回现实。这个世界被一片乌云遮住了,一种尤菲米娅的信预示的不祥征兆第一次在脑中出现。

她在小小的绿椅子上猛地转过身,几乎就像擅自闯入时被抓住了一样。就在那一刻,她可以发誓,她确实见到了——这次是用她的肉眼——一个站在几步以外看着她的孩子。当然,不可能是这样的;但是,最让琼·阿尔斯佩斯吃惊的是,那孩子的脸上竟然露出那么奇怪的微笑——她似乎在说:"别介意,亲爱的。无论发生什么,无论他们说什么,我保证比以往*任何*时候都要坚决地跟你在一起。你看好了!"

然后,琼·阿尔斯佩斯有生以来第一次为露西感到羞耻;然后,因为羞耻而感到更羞耻。当她们都遇到这样的麻烦时,这对尤菲米娅和泰比瑟公平吗?如果这时她没有听到身后有轻轻的奇怪的拍翅声,她真的会转身到相反的方向,快速地走回房子里。她迅速朝身后瞥了一眼,却只发现一只旅鸽偷偷地来到她身边,并用它像珠子般的黑色的眼睛从她刚刚离开的绿椅子上看着她。

当然,现在没有露西。没有一点她的踪迹。她被"开除了"——不会再回来。

那天的午饭,男管家拿来一小砂锅稀粥。在他伺候了几位小姐,并退下去后,尤菲米娅详细地向琼·阿尔斯佩斯解释了律师来函的内容。这是一封很长的信,不仅提到没有为他们在阿美尼亚的供水系统找到足够的水的绅士,也提到了另外一些绅士,他们在马达加斯加所种的木薯和生橡胶得了枯萎病。琼·阿尔斯佩斯没有弄明白细节,她不太明白为什么这些律师会喜欢生橡胶,但她完全明白尤菲米娅的最后一句话:"因此,你看,阿尔斯佩斯,我们破产了!"

你会相信吗?琼·阿尔斯佩斯又一次说错了话,或更确切地说,是她的声音错了。那声音恍恍惚惚的,就像是天亮时吹响的欢快号角。"那么这就意味着,尤菲米娅,我们要离开石屋了吗?"

"这意味着,"泰比瑟尖刻地说,"石屋可能要离开*我们*了。"

"在两种情况下,我们都无能为力。"尤菲米娅补充说。尤菲米娅说这句话的语调——她笔直地坐着,狭长的脸苍白,身上穿着光滑的灰底深紫色碎花丝绸晨衣——使琼·阿尔斯佩斯的心灵深处而不是她的眼睛涌出了泪水,似乎有人从她心底的井里抽水。

"转身逃离,"泰比瑟说,"是我们的耻辱。我们会成为全郡上下的话题,成为笑料。"

"什么!因为我们破产了而笑话我们!"琼·阿尔斯佩斯叫道。

但这回泰比瑟没有理她。"是这所房子,"她说,"祖父为我们建的房子。我要死在这里,除非可能被这些有计划的吸血鬼赶出去。"

"泰比瑟!"尤菲米娅恳求她,"当然我们不应该降低身份,甚至去叫他们的名字。"

"有计划的吸血鬼,"泰比瑟愤怒地叫道,"我宁愿把手指上的戒指卖掉也不逃离我出生的这所房子。*他*——他至少永远不会看到我们父亲的荒唐行为让我们破产。"

她从餐桌旁站了起来,爬到一张昂贵的锦缎椅子上,这些椅子平时没客人时,都靠墙放着。她试了几次,终于把祖父烫着金边的巨幅画像面朝墙翻过来。

然后,琼·阿尔斯佩斯的眼里真的涌出了泪水。但它们是愤怒的眼泪而不是怜悯的眼泪。"我想,"她说,"这对父亲太不尊重了。"

"到这个时候,"泰比瑟严厉地说,"我应该假设你会放弃你能够'思考'的想法了。请问你有什么权利来保护你的父亲?只是因为你长得像他?"

琼·阿尔斯佩斯没有回答她。无论如何父亲在继续对着她微笑——虽然这不是一张很好的画像,因为画师没有把他的头发和马甲画对。如果——即使在这个不开心的时刻——琼·阿尔斯佩斯手里拿着调羹,她当然会悄悄地朝他那边挥挥手。

但是，他不会朝下笑很长时间。麦克纳克里小姐们的祖父继续面朝墙挂着。但是，另两幅画像，还有衣柜、箱子、书柜、餐具柜、串珠席子、绣花样本，甚至印度针线盒，都在几周内被收起来，准备待价卖出去。尤菲米娅现在只戴了一只戒指而不是五只，而且是绿松石戒指。

一个月后，所有的仆人，从男管家到萨利·麦古利，还有所有的园丁都被遣散了。奥弗朗普太太一个人留下来——首先因为她太肥胖了，到任何新的地方都不会舒服；另外，她对于工资不奢求。就这样，就剩下奥弗朗普太太和一个园丁的儿子汤姆·派珀。那孩子的母亲就住在村子里，他晚上睡在家里。但是，他是个懒惰的男孩子，不是在工具房里酣睡，就是在荒废的果园里游荡。

然而，就是从这个时候开始，琼·阿尔斯佩斯似乎变得充满活力。

看到她在这么空荡荡的房子里显得如此自然真是非同寻常。是回声！哎呀，如果你一个人在走廊里走，你会听到自己的脚步声一路上在你身后吧嗒吧嗒地响。如果你独自一人，"只有你一个人"，只要在一个房间里笑出声来，就会像一个被裹住的巨大的空心响铃的敲击声。整座石屋似乎永远都空空荡荡；也许最空荡荡的就是马车房了。

然后是马厩。令人惊讶的是，那些偶然掉在缝隙里的零星的燕麦，竟然那么快就在墙壁前的大卵石中抽出青芽来。如果你站在空空的马厩的石槽边，就会听到像大清早的鸡叫声一样尖利的鸟鸣声。你几乎可以看见鬼影似的马，它们狭长的脸上的黑眼睛就那样望着你，似乎在说："所以，这就是你为我们做的！"

并不是因为琼·阿尔斯佩斯有这么多时间留恋这些小小的经历，不是；而且她似乎在这座空房子里变得更加小了。但是，她比往常要活跃十倍。虽然她试图不让自己自私地表现出来，却确实比往常快乐了十倍。确实，在刻着一只鹰头的门柱前，她私下里秘密地承认，自己一直都恨石屋。真奇怪，当它再也不是任何杰出的人物都会因为能在此休息过夜而感到骄傲的地方时，她开始成了它的朋友，开始同情它。

毫无疑问，泰比瑟是对的。当听到那些庞大的货车车轮在黄昏时分从砾石上碾压而过，听到那些讨厌的家具搬运车发出的声音，她们的祖父一定会"在坟墓中辗转反侧"，可怜的人。然而，祖父毕竟出生在——一个每当父亲微笑着提起它，就会让泰比瑟非常震惊的事实——一个窄小的两房农舍里，只要你能把它从窗户放进去，它就完全可以嵌入他生前建造的这座大房子的早餐室里。

那时候，他的裤袋里还没有两个苏格兰小钱币，而且——尤菲米娅和泰比瑟都同意，因为他是那样的好男人——他现在不需要一个苏格兰小钱币。那么，他会——一旦家具搬运车都离开了——琼·阿尔斯佩斯想，他会因为看到房子里的光线和阳光，听着这些迷人的回音而感到非常悲伤吗？

另外还有其他好处。现在要打扫餐厅是件很容易的事了；掸掸灰尘就更容易了。有一天，在用羽毛掸帚掸过镀金的框架后，琼·阿尔斯佩斯爬到椅子上，把相框斜过来，看着画像。有只蜘蛛把网结在了相框的一个角落，此外（几乎令人失望）画像没有任何变化。麦克纳克里也没有把表从口袋里拿出来，即使（无论如何，为了他的三个孙女）现在已经——噢，早就超过十一点三刻了。

琼·阿尔斯佩斯记得，她曾有过类似的荒诞想法。但是，现在它们就像仲夏飞进蜂箱的蜜蜂一样涌入她的大脑。尽管她努力地想做到闭口不谈这些想法，但还是忍不住，虽然就因为这一点，泰比瑟似乎更加不喜欢她,但尤菲米娅似乎有时希望跟她做伴。然而,尤菲米娅身体很不好。她的腰开始有点弯下去了,有时候会听不到别人对她讲的话。眼看她这么明显地老下去,琼·阿尔斯佩斯感到很焦虑。可是,多数时候——每天早晨第一次望向窗外时,她都几乎要大声说出来——她比石屋荣耀地矗立着时要快乐得多。这看起来非常奇怪,但事实就是如此。

而且,没有时间可以有别的感受;即使节省下来的时间能够装满整整一个食品柜,她也会在一个星期里就用完。尤菲米娅因为身体非常虚弱,很少做事。她帮着铺铺床,做做针线。幸运的是,只需要缝补,因为今后很多年都不需要做新衣服了;她们有这么多的旧衣服。泰比瑟尽量做点轻松的活,但是,虽然她说话很伶俐,手却很笨。虽然没有人会如此直接地说出来,但可以肯定,如果她需要一个职业的话,她永远得不到即使像萨利·麦古利那样低的工钱。

奥弗朗普太太烧饭;但她那么长久地坐在厨房的一张椅子上,几乎就变成了一件家具——这座房子里最重的家具。烧粥和土豆不需要很多时间,而除了琼·阿尔斯佩斯的三只交趾鸡生的鸡蛋外,这些几乎是麦克纳克里小姐们所有能吃的东西了。这些东西的大部分都被奥弗朗普太太吃了,因为她肥胖的身体需要更多的养分。至于果园里的苹果和梨子,既然奥弗朗普太太过于肥胖,无法弯腰做水果布丁,而琼·阿尔斯佩斯正好有两排坚硬的细牙,就和汤姆·派珀一起生吃了它们——虽然汤姆·派珀老是胃疼。

其余的工作都由琼·阿尔斯佩斯来做。她从早到晚拼命地干。为了干得更开心一些,她学会了吹口哨。她从来没有问自己为什么会这么快乐。毫无疑问,主要是在过去的日子里很受约束和控制,也很被忽视。

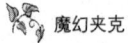

然而，在石屋里发生了一些过去没有发生过的事，而有些事是对她有帮助的。首先，琼·阿尔斯佩斯一直以来都很害怕"伙伴"。化妆使她感到很尴尬，而一个最平常的陌生人都会使她害羞，她宁愿只有两个姐姐做伴。现在，除了孟席斯医生外，不再有人来了。他有时很好心地来访，一边摸着尤菲米娅的脉搏，一边轻声地"哼，哼"——虽然他并不收费。

琼·阿尔斯佩斯也从来不喜欢仆人，不是因为他们是仆人，而是因为尤菲米娅和泰比瑟似乎认为应该经常跟他们谈话，也就是经常给他们下命令。现在琼·阿尔斯佩斯可以给你世界上所有的东西，但就是不能给命令。即使有时候她自己都很笨，但石屋唯一让她感到有趣的人，也就是萨利·麦古利太太了。

还有，琼·阿尔斯佩斯天生不爱整洁，现在也看不出来了。因为在一个只有一张桌子和三把椅子的房间里，要不整洁都做不到。

还有，在那些建供水系统和种生橡胶的绅士生意失败前，琼·阿尔斯佩斯总是没有什么事可做。她甚至很少被准许阅读，因为泰比瑟确信，多数的阅读都是浪费时间，因而总是加以阻挠；而改善阅读一点也不改善琼·阿尔斯佩斯。但是，现在她有这么多事情可做，安排好所有的事情，完全是一件快乐的事（就像做填字游戏一样）。而最快乐的事，就是爬上那张原本属于萨利·麦古利太太的装有脚轮的矮床，然后把一根蜡烛用它本身的油脂粘在左手边的球形把柄上，开始不停地阅读、阅读、阅读。

她就这样度过一个又一个小时，除了四处乱串的老鼠和轻快飞翔的飞蛾，在秋天也许还有黄蜂蜂后，没有其他生物与她做伴。当冬天上半身太冷时，她就把裙子盖在被子上面。确实，在寒冷的冬天，躺在楼上一个几乎能看见格拉米佩山脉全景的朝北房间里，一条薄毛毯是不够暖和的。至于她的脚,她通常会在大厨房里烧些水,装上一酒瓶。

当然,这样就打碎了很多瓶子;奇怪的是,直到最后只剩下一个瓶子时,泰比瑟(她的脚就像冰块)才不再拒绝听到这么不雅的事情。那时她改变了主意,但药瓶又实在是太小了。

除了这些,此时石屋还发生了一些很奇怪的事情。虽然都是些小事,但却令人欣喜。例如,在搬运工把老麦克纳克里先生的最好的衣柜搬下楼时,打破了底层楼梯间的一扇窗。一对在春天相恋的旅鸫注意到了这个洞,在檐板的一个凹处建了它们的窝。琼·阿尔斯佩斯(轻轻地吹着口哨)成了旅鸫一家的知心朋友。

还有一个靴柜,因为离厨房太远,奥弗朗普太太看不到它,它的门一直打开着。一个阳光明媚的下午,当琼·阿尔斯佩斯偶然往里看时,发现里面奇迹般地悬挂着一丛葡萄叶铁线莲,叶子软弱无力,但确实开着花;甚至有一只蝴蝶在吸吮着它的美味琼浆。这之后,还没过去一天,她就会偷偷地看看这个纤细弱小的绿色访客,吻吻它的细枝。告别这座房子里的很多东西,对琼·阿尔斯佩斯来说也是个很大的安慰。这些东西似乎自从她五岁开始就成了她的敌人。

她漫步走进以前从来没有见过的房间,从窗户往外看,是从来没在她眼前出现过的景色。虽然,她也没有停止过做白日梦,但只会沉迷于一些像褐雨燕一样会在时钟滴答之间出现和消失的很微小的东西。当然,泰比瑟强烈反对很多让琼·阿尔斯佩斯感觉高兴的东西,但并没有很多时间来说出她的这种想法。

此外,在这个临时大工棚里,琼·阿尔斯佩斯要比十个优秀的客厅侍女更有用。她更像一台蒸汽机,而不是一个年轻姑娘。她像一台蒸汽机一样,拒绝生气,拒绝阴郁,通常拒绝顶嘴。但是,现在当她真的顶嘴时,她话里带的刺,至少会(虽然从来也不恶毒)像忙碌的蜜蜂的刺一样尖。

最后,而且也是很重要的,是房子的*外面*。当麦克菲兹先生和他手下的园丁们一告别他们的大剪子、刀具、修边铁器和割草机,花园里就开始野草丛生。风和鸟从野外带来种子,仅仅过了两个夏季,修剪齐整的草坪就变成了长满雏菊、毛茛、车前、蒲公英、毒芹、阔叶野草、蓟、千里光和羽状野草的令人惊叹的草地。常春藤、啤酒花藤、泻根属植物和旋花攀爬横穿过露台。*一丛丛*的小花小草在石缝中盛开。*一丛丛*松软的苔藓绿得比祖母绿甚或新长的柏叶都更生机盎然。雨渍也为白色的墙添上了淡淡的颜色,就像一个陌生人夜里来画上了图画。长在杂草覆盖的花坛中的玫瑰,又像它们的姐妹花蔷薇一样迅速地绽放。

不仅绿色的东西在生长。琼·阿尔斯佩斯经常会蹑手蹑脚地走出去,去看一大窝一大窝的兔子,在窗户下的石板上啃咬着早餐或晚餐的蒲公英叶子;去看松鼠采摘坚果,鼹鼠挖掘地洞,刺猬捕捉甲虫,小老鼠蹦蹦跳跳,轻快地爬行和舞动,尽情地从中取乐。

至于鸟儿——数不尽的鸟儿!鸟儿有这么多种类,这么多颜色,这么多的叫声,她不得不深更半夜从父亲送给她的第 11 个圣诞节礼物——一本大大的鸟类书籍中寻找它们的名字。这是她从家具搬运工手里救下来的珍品。她用两份《苏格兰人》包着它,把它藏在了烟囱里。有时候她会因为这个感到内疚,但还是决定让那四个律师永远不知道这件事。

感到这样开心很奇怪,非常非常奇怪;琼·阿尔斯佩斯有时几乎控制不住自己,在姐姐们面前感到非常羞耻。然而,如大家说的,她现在已在露西这件事上划清了界限。

那是件最奇怪的事情。在受到四个律师来信的可怕打击后，在痛苦、焦虑和恐惧之后，在家具搬运车和商人们来过后，可怜的泰比瑟和尤菲米娅——无论她们的面部表情显得有多勇敢，她们的脊背挺得有多直——就像秋季里被霜打的花一样，内心已经枯萎消沉了。因为傲慢，她们与那些本会在她们困难时不离不弃的朋友也断绝了来往。

她们比以往任何时候都要封闭自己，就像关在笼子里的鸟。她们甚至几乎不从窗口往外看。只有在星期天，她们才会走出家门。尤菲米娅有时还得卧床养病。而当看到泰比瑟手拿一个大大的掸帚，却因为没有什么灰尘可掸，只是在房子里无精打采地走来走去时，琼·阿尔斯佩斯心里会喊："哎呀，天哪！哎呀，天哪！"当看到泰比瑟似乎一点也不饿，就像品尝基督教世界最美味的食物那样，一小口一小口地喝着粥时，就像有一把刀插在了自己胸口。

但是，这就是泰比瑟的"内心力量"和刚毅，琼·阿尔斯佩斯从来不敢安慰她，让她高兴起来，也不敢朝她的方向挥动调羹，即使四分之一英寸也不敢。在这样的情况下，对琼·阿尔斯佩斯来说，似乎提到露西是完全不公平的，甚至只在自己的心里想到也不行。那就像人们所说的偷渡边境。那会是欺骗。无论如何，那会伤害她们的感情。她们会发现——比以往任何时候都明显——她们有多孤独凄凉。她们会抬头看她，并从她发亮的眼睛中意识到，她的老玩伴没有遗弃她。不，她得等待，她有足够的时间。她会压抑自己的愿望，她心中的秘密小门不应该敞开着，而应该半开半掩。

如何才能做到呢？她无法确切地说出来。然而，尽管如此，露西本人似乎到处都在，就好像她是真实活着的鬼魂。如果在擦洗的时候，她碰巧抬头看了看窗外——不管是否只是想象——那张白皙温柔的脸可能就会悄悄地朝她微笑。如果在某个清冷的月夜，她斜靠在卧

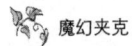

室的窗台上，度过珍贵甜美的一段时光，很可能会看见她那没有阴影的幽灵在草坪高高的沙沙作响的草丛间游荡。

幽灵和鬼魂通常不是受人欢迎的同伴。露西非常温柔和优雅，对她最短暂的一瞥就像听见一只野鸟在鸣啭——乌鸫或黑顶莺，一点也不像孤独的森鸦，它长长的、喋喋不休的、悲痛的鸣叫似乎使黑暗变得更黑。有这个鬼魂做伴时（无论她如何努力不去注意它），为了公平，琼·阿尔斯佩斯唯一要做的是——她竭尽全力去做——不去刻意寻找露西。当她就在她眼前，清晰可见时，她不*显示*出自己看见了她。当最后认识到她的计划正在获得成功时，即露西离开了她，她的心似乎跳了出来。

就这样过了一年又一年。三姐妹变得越来越老，石屋也越来越旧。墙壁、篱笆、马厩、马车房、母鸡窝以及大门口的四方小屋都渐渐地毁损破败。泰比瑟越来越独来独往，姐妹几个在用餐时几乎都不说话。

最后，尤菲米娅病得很重；有一段时间，琼·阿尔斯佩斯的生活中就只有尤菲米娅，其他所有事情都跟她无关，或者无暇去想。她甚至没有时间倚靠在窗口，没有时间在床上阅读。当然，很不幸，尤菲米娅的卧室要走上三段楼梯。因为走那些楼梯，琼·阿尔斯佩斯的腿会很累，可泰比瑟只会坐在窗前编织——她用破披肩和破长筒袜的羊毛编织新的披肩和新的长筒袜。因此，她可以一连几个小时待在那儿，从不抬眼从戴在自己小鼻子上的眼镜上方看一眼。这副眼镜曾经属于祖父，镜框是用角质材料制作的。孟席斯医生也老了，很少能来拜访她们。

琼·阿尔斯佩斯自己甚至很少上床睡觉。她坐在尤菲米娅房间的一把椅子上，看时机打一小会儿瞌睡，就像一条饥饿的狗好不容易从屠夫的盘子里抢一点肉吃。就是在这样的一个夜晚,她在椅子上打着盹,在似乎进入一个又长又窄、既冷又黑的噩梦之洞后,既没有光线又没有声音地在那里待了很久很久。突然,她被尤菲米娅的声音吵醒。

这不是尤菲米娅平常的声音,她说的话比平时要快很多,就像绵羊和小羊羔跑过一扇大门。天已拂晓。在寒冷的东方之光中,她看见尤菲米娅坐在床上——她已经好几个星期不能这样做了。她问琼·阿尔斯佩斯,那个站在她床头的孩子是谁。

尤菲米娅还描述了她的样子:"一个头发很直皮肤白皙的孩子。她手里拿着一束荆豆,上面有刺,它的花盛开着。我可以闻到杏仁的味道。她先是看着我,对着我微笑,然后看着你,对着你微笑。你看不见吗,阿尔斯佩斯?请让她离开。告诉她,我不想像她那样快乐。她让我害怕。让她马上离开,求你了。"

琼·阿尔斯佩斯坐着浑身发抖,比冬天待在甲壳里的蜗牛还要冷。可怕的是,她知道这个来访者一定是露西,却看不见她——连人影都没有。没有别的,只有这张铁床和床柱,还有尤菲米娅,她就坐在那里,瞪着眼睛。那么,她怎样才能让露西离开呢?

她急匆匆地穿过房间,握住尤菲米娅冰冷的手。"你在做梦,尤菲米娅。我什么也没看见。如果这是个愉快的梦,为什么要赶走它呢?"

"不,"尤菲米娅说,声音很奇怪、很低、很清晰,"这不是梦。你在骗我,阿尔斯佩斯。她来只是为了嘲笑我。把她赶走!"

琼·阿尔斯佩斯凝视着姐姐张得很大的淡淡的眼睛,一双似乎比这个世界上最深的水井还要深的眼睛,被迫回答她:"请千万不要再想这个了。没有什么可害怕的——根本没有。呃,这听起来像露西——那个愚蠢的故事;你记得吗?但我已经很久没有见到她了。因为你病了，我不能见她。"

尤菲米娅轻轻地合上眼皮，闭起那双睁大的眼睛，但她仍然紧紧抓着琼·阿尔斯佩斯因干活而变得粗糙的手。"那么，不要介意。"她轻轻地说，"如果是那样，我不想把她从你身边赶走，阿尔斯佩斯。靠紧我。首先，我们现在开心些了，你和我。"

"啊，尤菲米娅，你是当真的吗？"琼·阿尔斯佩斯说，更靠近地看着她。

"嗯。"尤菲米娅回答道。这时仿佛有两个声音在说话：尤菲米娅原来的声音和这个低沉的，甚至梦幻般的声音。"我是认真的。现在有很多空气了——一个不一样的地方。我希望你的朋友愿意什么时候来就什么时候来。我们有足够的空间。"

随着"空间"这个词，以及同时阴冷的微笑，原来的尤菲米娅似乎又回来了，虽然过了一会儿，她就躺回枕头上，看上去像睡着了。

看到她又安静下来，琼·阿尔斯佩斯小心翼翼地转过她的头。早晨的第一束阳光已经照进窗口。空气中，她的鼻子没有闻到一丝的杏仁味，没有丝毫的痕迹表明有同伴在这里。她蹙起额头，感到浑身发冷，身体很痛；但是，她尽量微笑着，几乎不知不觉地举起一个手指，就好像拿着一只调羹，以她过去秘密的孩子气的方式向墙上父亲的画像挥动着。

这以后，琼·阿尔斯佩斯会不时地看到尤菲米娅的脸上悄悄地出现同样恍惚的表情，同样僵硬的微笑，执拗而阴冷，然而很开心——就像汹涌的波涛下平静的深水。几乎就好像尤菲米娅因为偷走了露西而变得很开心。

"你看，亲爱的，"一天早晨她突然说，似乎是在一次长谈后，"这只是证明我们都走同一条路回家。"

"尤菲米娅，请不要这样说。"琼·阿尔斯佩斯轻轻地说。

"但为什么不呢？"尤菲米娅说。"就是这样的。而且她几乎大声地嘲笑我。这个没礼貌的女子……"

尤菲米娅死时，她们的老朋友都不知道，所以，只有孟席斯医生和他的妹妹来到石屋参加葬礼。虽然琼·阿尔斯佩斯会很满意地干这座房子里所有的活，并照顾泰比瑟和她的编织活，但他们最后劝她，这是不可能的。因此，在一个炎热的早晨，在给了汤姆·派珀一个小小的分手礼物，并趴在奥弗朗普太太肥大的肩膀上哭了一会儿后，琼·阿尔斯佩斯和泰比瑟一起爬进了一辆出租车。就在那个晚上，她们来到了离开石屋几百里的地方，住进萨利·麦古利为她们安排的两个楼上房间。萨利·麦古利嫁给了一个渔夫，她现在叫约翰·琼斯太太。

琼·阿尔斯佩斯想象不到自己会过上这样不同的生活，仿佛她已经被连根拔起。每当泰比瑟能宽容她——现在已经很少有这样的机会了——她就会坐在窗前，望着整齐的石筑码头和决决大海，或者隔着一层窗玻璃，望着海滨人行道。虽然在她面前伸展的时间是一片空白，而且如果她乐意"假装"，并进入一个又一个的白日梦，就如它们碰巧发生的那样，她是完全不受限制的。但是，生活的奇怪方式已经让她几乎不能构想露西的样子了，即使用她内心的眼睛也不行，更不要说用她的肉眼。

也是因为这个奇怪的世界特有的方式，她非常怀念和渴望再见到石屋，这种怀念和渴望是无法用语言表达的。有时候，她感觉自己一定会因想家而死——窒息，她会对汹涌的灰色大海皱起眉头，仿佛那是她唯一的敌人，它使她与石屋相隔。不仅如此，她还从四个律师设法从生橡胶的生意中节省下来的少得可怜的钱中，抠下一点，并把每个小钱币都存进一个锡做的储金盒里,以备将来不时之需。

最后,在很多很多年之后,她告诉琼斯太太,她再也无法忍受了——就像童话中的猫一样——她必须去一次石屋,并且必须独自一人去……

那是一个秋季的下午,大约五点钟,当琼·阿尔斯佩斯又一次看见石屋时,却发现在眼前的是几堵荒凉的墙壁,墙的旁边是花园的一处凹地,凹地中积着一潭浅水,荒芜的花园中,凌乱的杂草上悄无声息地投上了长长的阴影。父亲很喜欢水;他利用附近流过的一条小溪流,建了一个喷水池和一个鱼池。喷泉已经很久不喷水了,鱼池也已经被水草堵塞,小溪流奋力冲过洼地,成为最后的阴凉休息处。你也许几乎觉得它在尽力复制琼·阿尔斯佩斯在萨利·琼斯的海边别墅的生活。另一方面,这座大房子的窗户现在已不再那么显眼,它们就像梦游人的眼睛,变得模糊和空洞。一个烟囱体已经倒塌;宽阔的墙体上,已经爬满了各种葡萄植物。

琼·阿尔斯佩斯现在已是一个弯腰弓背的老妇人,她头戴褪色的黑色无边呢帽,身披尤菲米娅的缀着小珠子的披风,站在那里,就像一块干海绵吸着咸水一样,陶醉地欣赏着这恢弘的静谧景色。

犹豫了一会儿后,她决定冒险再走近一些。她推开蔓生的杂草,穿过花园,走过露台,眯着眼睛从餐厅的一个昏暗的窗口看进去,碰巧百叶窗有一半没有打开。当她的眼睛慢慢适应昏暗的餐厅后,她发现对面的墙壁已经空荡荡的。一定是挂祖父画像的那根绳子慢慢地松开了,它现在已经面朝上落在了下面的地板上。

看到这幅情形,她很伤心。她让画像留在墙上,就是因为她确信,尤菲米娅非常希望它挂在那里。但是,为了至少把祖父的画像竖起来靠在墙边,她拼命想找到走进房子的入口,但最后弄得筋疲力尽，也没有找到。门被拴着，已经生锈；下面的窗户关得死死的。当她发现自己又站在那池冰冷的死水旁时，天已临近黄昏。

她独自一人长久地待在那里。看见这座大房子如此破败不堪，如此被弃置，她感觉又可怕又悲惨。但是，她并没有不开心，因为在这荒凉之地，至少有树木和绿草，房子看上去似乎也毫无怨言，心安理得。而且，她也如此。好像她的整个生命刚刚消失，它就如梦幻般轻快地离开，仅仅留下她的躯壳站在暮色中，站在巨大的绿色栗树的枝干下。

然后，在这极度的寂静中，她的目光偶然落在了脚边的水面上，即刻停住不动了，她的脑子突然一片混乱。在这带有欺骗性质的黄昏时分，一件非常怪异的事情发生了。她看见了在一顶扁扁的旧绉呢帽下，那人正跟她对视着，她的肩膀上披着的，是尤菲米娅的缀着小珠子的披风，可那张脸丝毫不像披戴着它们的这个小老妇人的脸，那是一张白皙微笑的脸，一张永远年轻、快乐和幸福的脸——那是露西的脸。在这天色渐渐变黑的傍晚，她一直凝视着、凝视着，一种难以理解的平静抚慰着她的心灵。这显然是琼·阿尔斯佩斯在这个世上长达八十年的奇怪生活中最奇怪的事。

杰迈玛小姐

这是一个炎热宁静的夜晚,树木纹丝不动,空中没有鸟鸣。这时,一个小巧的老妇人和一个孩子出现在小山顶上。她们肩并肩地停在长长而青翠的山脊上,身后的太阳正在西落,在她们眼前平缓延伸的是田野和农场,以及在广袤的乡村间蜿蜒流淌的溪水。这是一块平坦的土地,一层淡淡的薄雾使一切都变得朦朦胧胧,它一直向前蔓延,似乎要到达世界的边缘。过了一会儿,弯腰曲背的老妇人和孩子大着胆子向山坡下走了几步,然后又停住,又一次从遮阳伞下凝视着下面的景色。

"奶奶,"孩子说,"那就是有马有树的草地旁的那幢房子吗?那幢立在那片方方正正的绿色田野中间的奇怪的灰色小楼是教堂吗?"

老妇人抿着嘴唇,继续透过厚厚的眼镜片凝视着辽阔而僻静的乡村景色。然后,她啪嗒地合起阳伞,把它放在身旁的草皮上,自己坐了上去。

"我想经过这么长的大热天后,草皮应该不潮湿了,亲爱的;但是,谁知道呢?"她说。

"它完全干了,亲爱的奶奶,而且非常漂亮。"孩子说,好像累得几乎喘不过气来。然后,她也坐了下来。小女孩名叫苏珊。她有一头浅色的长发,一个笔直的小鼻子,头戴一顶饰有毛茛花环的圆帽。

"那就是那幢房子吗,奶奶?"她又轻轻地问道,"那是你确实真切看到过的教堂吗?"

老妇人没有移动目光,而是继续俯视着下面的景色,就好像没有听见孩子细细的询问声;仿佛这里只有她孤身一人,正深深地陷入沉思中。这时候,一群脚步轻盈、半驯化的马出现在盘山小道上。它们害羞地看着这两个进入它们的栖息地的陌生人,一匹接一匹地抬起窄窄而可爱的头,喷起鼻息;其中一匹纤瘦的枣红马停下脚步并嘶叫起来,它的鬃毛在斜阳照耀下像粗纺的丝绸。然后,它们一匹跟着一匹沿着小道嘚嘚嘚地小跑起来,过了一会儿,就消失不见了。苏珊一直看着它们渐渐远去,然后叹了口气。

"这是一个美丽的地方,奶奶。"她说,接着又叹了口气,"我真希望自己小时候也来过这里。请再跟我说说关于——您知道。"

她的声音在山上宁静而金光灿灿的空气中变得越来越轻,似乎对重复问过的问题有点胆怯。她往奶奶身边靠了靠,把自己的小手指塞到老妇人腿上戴着黑手套的弯曲的手指之间。她停了一下,然后俯身朝前,抬头看着那张戴着眼镜的平静、灰色的脸,非常轻柔地说:"您说是多少年以前?"

苏珊看着那双青灰色的眼睛,它们流露出一种恍惚的神情,似乎记忆正在把过去的那些年一点点地追溯回来。苏珊从来没有像现在这样坐在这个大千世界上方的绿色山坡上过,而且是在这么安静的夜晚。她忙碌的眼睛又看着那些疾驰而去的马消失的方向,然后朝下眺望那处农庄,它的谷仓、牛棚和果园。然后,她的目光又转向那座矗立在绿色田野中的石砌灰色教堂——从高处看去,它几乎像一幢旧农舍那么小。

"多少年以前,奶奶?"苏珊又问道。

"我几乎不敢想,"老妇人终于说道,并轻轻地压了压手指,

"七十五年,亲爱的。"

"七十五年!"苏珊倒吸一口气,"但是,那不是很久很久。亲爱的奶奶,"她把头抵住奶奶披着黑色披肩的肩膀,很快补充道,"请快给我讲讲这个故事。您看,奶奶,我们很快就要回到那辆出租马车上了,否则,马车夫就会以为我们不会去了。请讲讲。"

"但大部分故事你都已经知道了。"

"只零星地知道一些,奶奶;再说,我们不就在这里——就在故事发生的地方嘛!"

"哦,"苍老的声音终于开始讲述,"如果你坚持的话,亲爱的,我再跟你完整地讲一次;但那是七十五年多一点以前的事,因为——虽然你也许会不相信这么老的人——我是在五月出生的。我母亲,也就是你曾祖母,那时还年轻,在父亲去世后,身体非常虚弱。她的医生说,她必须去作长途航海旅行。因为她不可以带着我,就把我送到了下面的那个小农庄——叫做格林农庄。在她出门在外的那几个月里,我跟詹姆斯叔叔和他的女管家一起住,那女管家名叫杰迈玛小姐。"

"杰迈玛小姐!"小女孩叫道,并突然弯腰大笑起来,"这是个很奇怪的名字,您知道,奶奶。"

"是的。"老妇人说,"它属于一个我应该爱的人,但她不太喜欢她照顾的小女孩。当人们不喜欢你时,要喜欢他们有时候会有点困难,苏珊。至少,我当时觉得是这样。我不是说杰迈玛小姐对我不好,只是当她对我好时,她似乎是有目的的。当我得到一块葡萄干蛋糕时,她的脸似乎总是告诉我,这是葡萄干蛋糕,而我只该吃什么也不加的素蛋糕。詹姆斯叔叔知道,他的女管家认为我不是一个可爱的小女孩。我个子矮小,她让我用一根丝带把黑色的直发紧紧地扎在后面。我有一双黑色的小眼睛,两腿细小。虽然詹姆斯叔叔很仁慈,很喜欢我,但他只能在我们两人独处时表现出对我的爱,而不是她在场的时候。他那时候也病了,虽然我不知道病得有多重。他整天躺在一张长长的椅子上,腿上盖着一条格子毛毯,杰迈玛小姐不仅要照顾我,还要照顾农场。"

"所有挤奶、耕地、养鸡和养猪的活吗,奶奶?"苏珊问。

老妇人闭了一下眼睛,抿了一下嘴,然后说:"所有的活。"

"结果是,"她继续道,"我成了孤独的孩子。每当可以,我就会躲到房子的某个角落里——房子很漂亮。很遗憾,亲爱的,我这么老了,而你这么小,这座山却这么陡。否则,我们可以走下去看,然后——嗯,没关系。那一排小花格窗就在一条窄窄的走廊上;它外面的房间,一间连着一间,根据建造者在三百年或更久以前造房子时的想象,用墙围起来。那是在爱德华六世统治的时期。"

"像慈善学校里的男生。"苏珊说,"虽然我不能说我喜欢黄色的长筒袜,奶奶,不是那种*暗黄色*的,您知道。"

"像慈善学校里的男生。"祖母重复道,"嗯,就像我说的,这座房子有很多可以躲藏的地方;而我很小——甚至比你还小,苏珊。我会拿着书坐着;或跪在椅子上,看着窗外,有时候还身体向外斜靠着——仿佛这样做,我就可以看见在印度的母亲。每当天气晴朗时,有时也不晴朗,我会悄悄地走到房子外面,沿着那条草木丛生的小路,一直跑到那下面的树林里。那里有一条小溪(虽然你看不见),它日日夜夜不停地哗哗流淌。有时候,我会爬上这座山。有时候,我又会偷偷地穿过田野,到那个小教堂去。

"在那里,我最容易忘记我自己,甚至忘记那些小困境和烦恼——因为有那些树叶和鸟,还有头顶的蓝天和白云;我还可以观察一只蜗牛，或摘毛茛和流星花，或看着小溪里的鱼。你看，我是个相当忧郁的小姑娘：首先因为我总是独自一人；另外还因为我的詹姆斯叔叔病了，因此不可能开心；最后，因为杰迈玛冷酷的眼神和语气，使我比以往更加想家。"

"杰迈玛小姐！"苏珊重复道，感觉有趣地把脸埋在手里。

"杰迈玛小姐。"老人的声音很严肃，"但是，我不仅忧郁。更糟糕的是，我没有试着调节自己的心情，因而变得很烦躁。我没有同龄人做伴，你也看见了，村庄离农庄有一两英里路——在那里，阳光照耀着树木。他们还不允许我跟村里的孩子们玩。我唯一的伙伴就是一个两岁的胖男孩，是农场工人的孩子。他是个很迟钝的孩子，甚至到了那个年龄还几乎说不了几个字。"

"我一岁就开始说话了。"苏珊说。

"是的，亲爱的，"她奶奶说，"你似乎可以一整天不停地说话。"

"亲爱的奶奶，"苏珊说，"我就是喜欢这个故事——直到——您知道的。"

"呃，严格禁止我去玩的地方，"老妇人继续道，"首先是那个安静的小教堂墓地。我的'阿姨'认为我是个脑子里塞满各种愚蠢念头的古怪女孩，她不同意我去摘墓碑间的花。确实，我到现在也不确定那些花是否属于活着的人。还有，在夏天，那个老教堂司事——他叫弗莱彻先生，是个脾气很坏的老头——会来一到两次，会用长柄大镰刀割掉茂密的草。草的味道那么芬芳，你几乎醉到无法呼吸。看到它们就那样一列一列地躺在那里，蝴蝶在它们上方飞旋，并渐渐消失在阳光中，似乎是一种浪费。我从来没看到过像长在灰色旧墙壁下那样漂亮的毛茛、蒲公英和绣线菊。在那里我会很开心；我到了那里和准备回家时，都会为妈妈祈祷。但是，你要理解，苏珊，我这是违抗命令；任何时候我都不应该到那里去。而如果我从来不去那里，也许就不会知道墓地里还有另外一个人。"

"啊！另外一个人。"苏珊叹了口气，身体坐直，眼睛望向远处。

"那是一个傍晚，很像今天，但天上的云彩像鱼鳞一样漂亮。头一天，我因为头上扎了一根橘黄色丝带而被罚站在墙角里，然后又因为对着落地式大摆钟说话而被赶到床上睡觉。我其实是故意那样做的。而那个傍晚，我因为在喝下午茶时不愿意吃黑刺莓果酱抹面包而受到责备。他们告诉我，这是因为我被宠坏了，是个城镇小孩，不知道上帝是为了人类创造了野生水果，认为只有种在花园里的东西才可以吃。

"千真万确，我不喜欢黑刺莓果酱，因为那上面有它们的小籽，而且我有一颗蛀牙。但我告诉'阿姨'，我妈妈也不喜欢黑刺莓果酱，这使她更加生气。

"'你真的觉得，詹姆斯，'她对叔叔说，'我们应该让这孩子就这样长成一个娇气的小冒失鬼吗？听着，小姐，你就一直待在那儿，直到吃完盘子里的面包片为止。'

"'好吧，那么，杰迈玛小姐，'我蛮横无理地说，'我就在这里站到八十岁。'

"'闭嘴！'她对我叫喊着，两眼冒着怒火。

"'我无法忍受这可怕的——'我又开始说。听到这里，她飞快地给我脸上一巴掌，使我身体失去平衡，从椅子上摔了下来。她又把我从地板上提起来，摇晃了一下，把我放回椅子上，并把椅子推向桌子，直到桌边划破了我的腿。'好，现在你就在这里坐到八十岁吧！'她说。

"叔叔的脸上露出我从来没有看见过的表情；他的手在发抖。杰

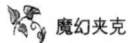

迈玛小姐没有再对我说一句话，就帮助叔叔从椅子上站起来，把我一个人留在了那里。

"我从来没有这样被打过。我既被伤害，也被吓坏了。我听到高高的挂钟滴答滴答响，好像在说'邪恶的孩子，固执的孩子'，眼泪慢慢地流下来，滴到盘子里可恶的果酱面包上。然后，突然，我握紧拳头，对着她刚走出去的门口摇摇我荒唐的小拳头，向后挪动椅子，从上面跳下来，冲出房子，头也不回，一刻也没有停歇地一直跑到教堂墓地最大的坟墓前，蜷缩着坐在它的下面；我很伤心地哭着，至少把我乖张的小脾气哭了出来。"

"可怜的奶奶！"苏珊说道，用力挤着自己的手。

"这还没那么'可怜'。"老人回答道，"我看上去一定很滑稽可笑，脸上黏糊糊地沾满了泪痕，连衣裙也沾上了青草，头发散乱地披着。终于，我停止了愚蠢的哭泣。天空被晚霞映得一片通红。那是在六月，空气凉爽温和清新。但是，我没有悔过，没有意识到自己是个多坏多愚蠢的孩子，反而开始冷冷地对抗。我凝视着玫瑰般的云彩，发誓要恐吓一下杰迈玛小姐。那天晚上，我宁死也不要回去。而且一出现想妈妈的念头，我就把它赶出脑子。我对自己说，她并不介意我有多爱她，竟然就这样把我丢在这里。然而，只过了两个星期，我就收到了一封来自印度的长长的信。

"嗯，我坐在那儿，一只蜗牛爬出它藏身的地方，小飞蛾轻快地在草间飞来飞去，下午出来采花的蝴蝶都回去休息了。我听到远处一声鸣叫，然后是一声脚步声。我小心翼翼地窥视墓碑的上方，结果看见了马吉，她是农场的一个帮手。她热得满脸通红，站在小教堂钟楼的拐角处，圆圆的蓝眼睛凝视着周围。她叫着我，但却看不见我。听到她的叫声，我张开嘴，发出一声尖利的号叫。叫声把我自己也吓了一跳，耳朵都听不见了。她尖叫一声，脚尖包钢的靴子在石板上滑了一下；过了一会儿，她就走了。那里又剩下了我独自一人。"

"唉，但是您不是*真的*独自一人，奶奶，"苏珊轻轻地说，"是吗？"

"这就是我要告诉你的，亲爱的。就在我眼前，长着一些晚熟的蒲公英，在静谧的暮色中，它们那灰色的茸毛头漂亮极了。另外还有一些叫不出名的轻轻摇曳的小花。当我的目光穿过它们往前移时，在平平的墓碑那边出现了一张脸。我的意思是，它不是从下面升上来，而是就那样直接来到了空中。一张很小的脸，有点像椭圆形，金色的头发从略带绿色的眼睛上方覆盖下来，很奇怪地弯弯曲曲地挂在头两边——我的意思是，就像这样。"老妇人拿起裙边，折成三四叠，然后放开。

"您是说，奶奶，它好像打过褶？"苏珊说。

"是的。"奶奶说，"在微红的光线下，它显得很奇怪很漂亮。那张脸没有在微笑，她好像没有看见我。然而，我明白她知道我在那儿。虽然我觉得她并不在乎我在那里，但我感到从来也没有那么害怕过。我张着嘴，紧紧抓着两边的草。我盯着她的脸，别的什么也看不见。"

"那是仙女，奶奶。"苏珊说着，又向前俯俯身，似乎要让她的话更加深印象。老妇人一动不动地凝视着从圆圆的草帽边俯身望着她的两只蓝眼睛。

"那一刻，亲爱的，我不知道那是*什么*，我怕得都不能思考了。时间也一定过得很快，因为就在我那样瞪着眼的时候，天已经开始渐渐暗下来，而且很安静。是的，比现在还要安静得多。突然，在我身后，从山楂丛中传来低沉甜美但伤感的啼鸣，就像露珠落在了空气中。我知道那是一只夜莺。就在我想到'那是一只夜莺'时，在粗糙的墓碑那一头的脸消失了。

"有好几分钟我坐着一动不动——不敢动。然后，我跑起来，沿着来的路拼命飞跑着离开教堂墓地。我几乎不知道自己那时在想什么，但是，我一看见农场楼上窗户的灯光，就跑得更快了。我从冬青树下跑过，穿过晒谷场，来到后门。门没有锁，我像老鼠似的悄悄溜进去，来到厨房，爬到椅子上，立刻大口大口地吞咽起可怕的果酱面包。

"还有，亲爱的，我觉得——我不相信我当时真的那样想，只是非常害怕，却又怀着一种胜利的心情——杰迈玛小姐永远也不应该知道教堂墓地的那张脸。那时厨房里几乎黑了，但我继续坐在椅子上，甚至最后拿起盘子，用舌头舔净剩下来的所有沾着果酱的面包屑。

"然后，门开了，杰迈玛小姐手拿点亮的铜铸蜡烛架站在门口。她看着我，我也看着她。'噢，我看你对它有改观了。'她说，'到时间了，该上床睡觉了。'

"如果你能想象一下，苏珊，一块几乎完全由干葡萄做的蛋糕，而每一颗葡萄就是一个顽固的充满仇恨的想法，我就像那样。但是，我什么也没说，就从椅子上下来，从她身边经过，走到石板通道上，她跟在我后面。当我来到叔叔门前时，就举起手去抓门把手。'一直朝前走，小姐。'我身后的声音说，'你让他病得太重太不开心了，你就不要跟他说晚安了。'我继续朝前走，没脱衣服，甚至没脱被露水沾湿的鞋，就上了床，两眼盯着天花板，一直到睡着。"

"您知道，奶奶，"苏珊说，"您甚至不脱衣服，这很奇怪。您觉得您为什么那样做呢？"

"亲爱的，"奶奶说，"那一刻，我的心非常强硬，非常愤怒，根本就没有理智，不想为什么。但是，你看那棵树上面那个凸出来的小阁楼窗户——我就躺在它上面的但在房子另一头的房间里。现在已经过去七十五年了。那时我脑中甚至有一个朦胧的想法，想半夜起来逃走。但无论如何，我是因为从阁楼窗户照进来的阳光而醒过来的，因为我的卧室完全被罩在早晨的阳光中。

"我只能想到一件事——头天晚上的耻辱，还有我在教堂墓地看到的情形。我闭上眼睛，对自己说，这是一个梦，然而从头到尾都知道我并不相信自己说的。甚至在早餐时听说叔叔没有好一些，我也很少想到他，而是狼吞虎咽地喝着稀粥，一心希望在没有被禁止出去前跑出房子。但是，杰迈玛来过并留下了痕迹，就是昨天晚上沾着果酱的脏盘子上放了给我用的早餐面包。虽然我急着想出去，但出于某种原因，我小心地挑选了衣服，并把帽子上的蓝色丝带换成了绿色的。我成了罕见的轻佻少女。"

"您是的，奶奶。"苏珊抱住膝盖说道，"然后，您又到教堂墓地去了吗？"

"是的。但那里一切如常，除了我躲藏过的墓碑上有一张扁平的叶子，叶子上放着一小束珊瑚色的樱桃外。虽然我那时是个轻佻的少女，亲爱的，就我的年龄来说，我还是很机敏的。看到那些东西，我大吃一惊，然后就站在频频点头的毛茛中间。这时，太阳已经悄悄地爬过灰色的屋顶，正照耀着炙热的墓碑。我注意到叶子上一滴珠子般的露水，叶子像色拉中的生菜一样新鲜翠绿。看着露珠，我意识到这张叶子待在那里的时间一定不长。确实，过了一分钟，太阳就吸收了那滴圆润的露珠，过了一会儿，我才敢去碰那些樱桃。

"然后，我心里明白我不是独自一人在那里，这绿色的餐盘是在我来之前有意放在那里的。那些樱桃很奇怪,但也很漂亮——从珊瑚色慢慢变成玫瑰色——我猜不出它们是长在什么树上的。我觉得我不是因为早就被警告不能品尝任何野生水果——除了黑刺莓外——而是因为我的确很不安,所以当时没有去尝一下樱桃。

"那个绿色的地方非常宁静,我一直看啊看的,就像一只观察着老鼠洞的猫,虽然我自己其实就是那只老鼠。突然,我把垂着的绿色帽带甩到后面,用不自然的声音朝身后轻轻地说:'嗳,你真好心,我确信。'然后,我伸手摘了一只樱桃,放进嘴里。

"我的舌头刚刚碰到酸酸的果汁,就发生了一件奇怪的事。仿佛有一只蚱蜢坐在我头上似的,我听到了奇怪的笑声,那笑声是那么近。此外,一种热乎乎的感觉爬上我的脸,我周围所有的颜色看上去好像都变得那么明亮,刺得我睁不开眼。我闭上眼睛。不知在那里坐了多久,当我睁开眼睛时,太阳的阴影已经离开了石头,上午快要过去一半了。

"但是,我还是感觉到那种炫目,我所看到的一切——花和鸟,甚至旧石头上的苔藓和地衣——都似乎在告诉我有关它们不为我所知的秘密。我似乎可以分享在附近飞翔的蝴蝶的生命;几乎不仅可以听见鸟儿在鸣唱,还可以听见它们在说话。"

"就像童话故事,奶奶。"

"是的。"老妇人说,"但不同的是,我并不因此而开心。我的脸还是红红的,我可以听见自己的心脏在连衣裙下跳动,我非常兴奋。但我内心知道,我不应该有那样的感觉;我因为邪恶的脾气,不知不觉地陷入了危险;这些放在墓碑上的小小的珊瑚似的水果是个陷阱。它是一个鱼饵,苏珊,而我是愚蠢的鱼。"

"啊,奶奶,一条'愚蠢的鱼'!"苏珊说,"我能想见你可能感觉很糟糕，"她补充说，微微点点头，"但我不清楚为什么。"

"这就是最危险的时候，孩子。"奶奶说，并紧紧闭上嘴巴，确实非常像一条鱼，"但是，我必须继续我的故事，否则我们就永远没法回家了。

"我继续坐在那里，眼睛盯着空中那张脸出现过的地方，但是什么也没有出现。光亮渐渐退去，鸟儿又像往常一样鸣啭，毛茛又恢复了原样。不，不是像原来的样子，因为，虽然那是一个炽热晴朗的日子，但那时看上去一切都要比平常更黑暗更阴郁。我悄悄地离开那里回家去，不仅感觉有点冷，而且感到沮丧和羞耻。

"你可以看见下面那棵圆圆的绿色大树。我从它旁边的两根石柱中间的门跨进去，并仰头看看窗户。当看见所有的窗帘都拉了下来时，我不禁感到一阵可怕的剧痛。虽然我那时并不确切知道那意味着什么，但却知道那说明有什么悲惨的事发生了。此外，它们看上去像闭着的眼睛，不愿意看我。当我进去时，杰迈玛告诉我，我叔叔死了。'他问："我的小苏珊在哪里？"至于你到哪里去了，'杰迈玛小姐补充说，'只有你这个邪恶固执的自己知道。'我盯着她，似乎自己在缩小，直到她看上去有平时的两倍大。我无法说话，因为我的舌头动不了。然后我从她身边冲过去，冲到楼上两个橱柜中间的一个角落，我有时候会躲在那里。我不知道自己在那里干什么或想什么，我只是一直坐着，紧握着的双手放在腿上，我看见的每样东西都很模糊，嘴巴试图祷告，但没有说出来。

"从那天开始，我变得越来越苦恼，越来越悲伤，我现在想想，好像也变得更邪恶了。这其中的原因有三个。第一，因为我恨杰迈玛小姐，就像把一把钢刀放在醋里一样，它是那样严重地腐蚀和浪费着一颗心。第二，因为想到可怜的叔叔在死神面前那样温柔和蔼地提到

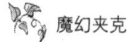

我,我很悔恨,自己再也不可能请求他的原谅了。最后,因为我渴望再次见到教堂墓地的那张魔幻般的脸,但却知道,我是得不到许可的。"

"但是,亲爱的奶奶,您知道,"苏珊说,"我不明白您那时为什么要那样想。"

"你不会明白。"老妇人说,"但关键是,你看,我确实想了,而且我心里知道这样想不会有好结果。第二天,杰迈玛小姐让我走进放着叔叔的棺材的房间。但是,虽然她尽量想说服我和强迫我,可就是没法让我睁开眼睛看他。因为我不听话,她把我赶回卧室,让我整天待在那里。

"当一切恢复平静后,我悄悄走出卧室,穿过走廊,来到另一个房间。我越过树木朝外看出去,一直看到那个小教堂。我好像对某个人说话一样,对自己说:'我很快就要到你那里去了,这里没有人会再看见我。'

"想一想:一个不到九岁的小姑娘,对整个世界生气,几乎不去想渴望见到自己的妈妈,而且——我当时不知道——很快又要到英格兰去了。

"唉,然后就是葬礼了。我穿着——我现在可以看见自己了,当时我站在那儿看着镜子——一件镶着绉绸边的黑色连衣裙,绕领口一圈是白色打褶花边抵肩,袖口镶着边;我的脸苍白消瘦,眼睛乌黑。

"如你能看到的,我可怜的叔叔的坟墓离房子只有一小段路,在那时候,人们用的是长长的手推车,雇工在我们前面推着饰有花朵的车。杰迈玛小姐和我跟在后面,穿过田野。我尽量仔细地听着祷告,但最后注意力开始游走。在教堂里,我跪在杰迈玛小姐旁边,双手紧紧捂着眼睛,有一刻我从手指缝向上看。

"东面巨大的窗户——虽然从这里你看不到——是有几百年历史的染色玻璃,有深红色、蓝色和绿色。但有一个角落——就在外面狭窄的砖石窗台上——在很多年以前因为一根树枝倒下来而被打破了,补了一块白色的玻璃。从那里一直向下看着我的,就是我在墓碑旁边看见过的那张脸和那个形象。

"我无法告诉你,苏珊,当时那张脸看上去有多美。天使和殉道者的缤纷色彩围绕着金色的头发——鲜艳的金色——脸苍白而美丽——比我一生见过的任何东西都更美丽。但是,甚至在那个时候,我还看到了一种幽灵般阴冷的黑暗降临早晨的教堂,窗户两旁石头雕刻的脸看上去栩栩如生,就那样固定不变地凝视着前方。老牧师说的什么我一个字也没有听到。我偷偷地透过指缝往外看,不知道别人什么时候才会看到我所见到的,但感觉那冷峻的微笑着的嘴在低声地对我说:'离开这里,离开这里!'

"我全身的骨头都在痉挛,最后,我终于设法扭转头,向上瞥了一下杰迈玛小姐。在她盖着面纱的宽阔的脸上,双眼紧闭,嘴巴在小声嘟哝,她无暇顾及任何不合时宜的东西。当我又一次抬起头时,窗户上的那张脸已经消失。

"这是一个炙热如火的日子——杰迈玛小姐还没有带我回家,坟墓边的花就已经开始枯萎。我们一起来到石头门廊前,她在凉爽的阴影处站住,透过面纱向下凝视着我。'你会继续在这儿待一阵子,因为我不知道应该拿你怎么办。'她对我说,'但是,你会明白,现在这里是我的房子了。我会告诉你母亲,你让自己成为一个多坏的孩子,也许她会让我把你送进学校,那里的人知道该怎么对待像你这样固执和不知感恩的人。但我想,如果听说是你的邪恶行径让那个可怜仁慈的身体进了那边的坟墓,她会很遗憾。现在,小姐,今天的最好时光已经过去，你得到卧室去吃涂黄油的面包和牛奶了，并请仔细想一想我对你说的话。'"

"我想，奶奶，"苏珊叫道，并突然跪下来，"那个杰迈玛小姐是我听说过的最可怕的人。"

"噢，亲爱的，"奶奶说，"我已经活了这么多年了，我相信更明智的做法是，不仅要努力弄明白事物的原因，而且要弄明白人做事的原因。如果我不是那样恨她，你觉得她会对我那么严厉吗？现在她同样已经躺在那里，我也从来没有得到她的宽恕。"

苏珊把头转向一边，越过面前的乡村旷野向北眺望，望着那些漫游的马消失的地方，望着暮色渐渐退去，夜色渐渐降临的地方。

"那您仔细想了杰迈玛小姐说的话了吗，奶奶？"她低声问。

"我做的第一件事，就是把涂了黄油的面包丢到窗外，我看着鸟儿争抢吞咽着它，脑子里什么也没想。在房子那边的阴影下会比较凉爽。在这么热的天这么伤心地走到教堂又走了回来，我的头已经很痛。我离开窗户，脱掉黑色连衣裙，我记得自己只穿着衬裙坐在床沿，不知道接下来该干什么。然后，苏珊，我确定，在杰迈玛的房子里多待一天，我都无法忍受了。

"我那时仅仅能意识到，如果要逃跑，就必须加倍小心不被抓回来。我变得非常兴奋，脑子里只记得她对我说过的话，丝毫没有想到自己有多懦弱多愚蠢，竟然无法耐心等待母亲的下一封信的到来——可能只需几天或几星期。我从卧室里的一本书中撕下一页——一本祈祷手册——给母亲草草地涂写了几个字，告诉她我有多悲惨和多令人讨厌，我有多么渴望见到她。这是一件很奇怪的事，苏珊，但当我写着这些话的时候，我很同情自己，并想到母亲读这些话时该有多伤心，无论母亲对杰迈玛小姐说什么，她都是罪有应得。但是，至于我到哪里去，我一个字也没有在信里透露。"

"您并不知道要到哪里去，奶奶，"苏珊低声说着，又往奶奶身边靠靠，"是吗？我的意思是，您那时候不知道。"

"是不知道，但我有个模糊的想法要到谁那儿去；因为，我从童话故事里得知并相信，人类的孩子可以被带到一个完全不同的世界去———一个迷人的地方。我记得自己还读过关于两个从那里回来并忘记了英语的孩子的故事。"

"我知道两首关于这个故事的诗。"苏珊说，"一首是关于'真实的托马斯'——'诗人托马斯'，您知道，奶奶，他跟仙境女王一起待了整整七年；另一首是关于……我很想知道——但是，请吧，请继续。"

"好吧，我把信藏在护墙板的一个裂缝里，还缝了一块布上去，以便需要时可以再拉出来。第二天，我很早就起来，穿好衣服，在早饭前蹑手蹑脚地走出房子，朝教堂走去。我自欺欺人地想，杰迈玛小姐一定会发现我走了，如果有一两个早晨她曾经发现我安安静静地坐在教堂墓地里，下一次她也许就会认为，我又安然无恙地待在那里了。计划，苏珊，是很纠结的东西，它有时可能会倒过来纠缠计划制定者。

"管理教堂的老人弗莱彻先生，因为拿着钥匙怕麻烦，总是把它藏在钟塔下面的一块大石头下。我曾看见他把钥匙放在那里。我记得，那天空气清新，阳光灿烂，天上飘着一两片薄薄的银色云朵——我总是称它们为天使——那一刻，当我在明媚的阳光下沿着沾着露珠的篱笆蹦蹦跳跳向前时，全然忘记了心中的烦恼。

"我的第一个想法是弄清楚教堂墓地中奇怪的生命，第二个想法就是计划逃跑的方式。我摘了一束雏菊，来到钟塔前，从石头底下拿出钥匙,打开了门,悄悄进入空无一人、阴凉安静的教堂。我还得出结论,苏珊——虽然我还很小——如果小精灵或仙女或不管是什么真的来到教堂,来到我面前,那就证明跟她在一起是不会受伤害的,虽然我内心知道,自己正处在某种神秘的危险之中。

"在那个小教堂里,有一些旧栎树长椅,上面雕刻着一些头像,一两条长椅可以从底下朝侧廊拉出一些侧座来。我坐到一个侧座上,以便一边专心做着雏菊花环——就是为了表示我在那里有事情要做——一边可以用眼角看见我进来的那扇开着的门。我不能等很久。

"在野鸟隐隐约约的鸣叫中,我窥见她悄悄从投射在教堂的石头墙上的光线中出来。我的心脏几乎停止了跳动,我的头也一动不动,我的眼睛很快疼起来,因为它们几乎是乜斜着的。如果你能想象——即使现在我都无法告诉你她到底有多高——一个看似由彩虹的光构成的身影,而在她亚麻色的脸上,每一部分都清晰像是石头雕刻的天使一样;如果你能想象一个传进你耳朵的声音,却说不出来它来自哪里——这就是我在七十五年前的那个早晨,在下面那灰色的屋顶下看见和听见的。我用眼角窥视她越久,就越确信,她正千方百计地吸引我的注意力,她甚至对我的愚蠢感到不耐烦,然而,她不能或不敢跨过门槛。因此,我就那样坐着,看着她,同时胡乱摸着正变得软弱无力的雏菊梗。想必就这样过去了奇怪的很多分钟。

"但是,最后,我好像听见了脚步声,仿佛从梦中惊醒似的,突然扭转头。她也听见了,并比雪上的阴影还要安静地站着,朝里凝视着我。我觉得你无法想象,思想显露到脸上的速度会有多快。我一方面很害怕,另一方面又渴望走近她。我希望她能意识到我渴望同她在一起,但同时也能意识到危险正在向她靠近,因为我很清楚自己听到的是谁的脚步声。当我看着她时,她的脸上露出严厉的神情,一种冷漠不近人情的表情——不是害怕,而是几乎像仇恨的表情——然后,她消失了。我更加专心地俯身做起雏菊花环。在一片寂静中,隐隐约约传来好像是非常遥远的口哨声。

"接着,一个影子落在了门廊上,那是杰迈玛小姐。这很奇怪,苏珊,杰迈玛小姐也没有走进教堂。她站在那里叫我,声音几乎可以说甜蜜悦耳:'吃早饭了,苏珊。'"

"我可以确切地想象她是怎么说的,奶奶,"小女孩说,"因为我的名字也叫苏珊。"

"是的,亲爱的,"老妇人紧握着手说,"是你亲爱的妈妈把它从我这儿传给你的,就是因为它是我的名字。我希望你永远都是这个我现在拥有的苏珊。"旁边一只云雀突然腾空飞起,冲入蓝色的夜幕中。老妇人听了一会儿,然后又继续她的故事。

"嗯,"她又开始说道,"我收拾起围裙,沿着侧廊向杰迈玛小姐走去。突然,传来了一阵轻轻的隆隆声,我不明白是怎么回事。接着是哗啦一声响,就在杰迈玛小姐的脚边,在阳光下,我看到了一块大约像小葡萄干布丁那么大的石头。杰迈玛小姐发出一声轻轻的尖叫,本来惨白的脸变得煞白;当我向她靠近时,她盯着我看,又盯着石头看,然后又盯着我。

"'你刚才在那里面跟某个人说话——在上帝的教堂里。'她轻轻而严厉地说,并向我俯下身,'跟谁?'

"我摇摇头,浑身颤抖地站着,并凝视着那块石头。

"'看着我的脸,你这淘气的孩子。'她轻轻地说,'你在里面跟谁说话?'

"我最后抬起头来。'什么也没有。'我说。

"'一看你的眼睛就知道是在撒谎!'杰迈玛小姐叫道,'你这个

孩子，竟然到一个神圣的地方来编织雏菊花环！把头转过去。听到了吗，小姐？你这个悲惨的小女巫！'

"这个词似乎在我的头脑里燃烧起来，就好像用火写在烟雾上似的；我还是盯着那块石头。我感觉到但看不到杰迈玛小姐转着头环顾四周。

"'只要再近几英寸，'她低声补充道，'你就杀了我了。'

"'我！'我愤怒地叫道，'这跟我有什么关系，杰迈玛小姐？'

"'啊！'她说，'当你告诉我，你在这个可怜的叔叔可能希望安息的地方找到了什么样的同伴，我们就会知道怎么回事了。'

"坦白是一件很可怕的事，苏珊。但一直到那个时刻，那个早晨，我都没有想我的叔叔，虽然想起他，我曾一次又一次地独自哭泣，虽然心里经常为他而流泪。

"'也许，'杰迈玛小姐补充说，'面包、水和独处会让你开口。'

"我再也没说什么，跟着她穿过田野。过了几分钟，我又一个人待在了卧室里，只有一块变味的干面包片和一杯水跟我做伴。

"我觉得，如果那天早晨我愤怒的泪水掉进水里，那水都会变咸了。但是，我哭得很轻，甚至连老鼠都听不到。这时我的脑子里没有别的任何想法——因为我甚至不敢对自己说那石头的事——而只想永远逃离这所房子。但有一件事我却无法忘记，那就是'女巫'这个词。它让我说不出来的害怕。无论我有多淘气，我幼小的心清楚地知道，杰迈玛小姐待我很恶毒，我也很害怕地知道，那块石头有可能不是偶然掉下来的。我看到过仙女脸上的表情，而且……"这时，老妇人突然停止述说她的故事，担心地看看四周，"亲爱的，我们必须马上走；开始下露水了，空气已经冷下来了。"

"噢，奶奶，"孩子说，"我真希望可以再待——再待一小会儿！"

"嗯，亲爱的，我也是。因为我老了，我不会再见到这个地方了。它给了我很多回忆。谁知道会发生什么呢？如果——"

"但是，奶奶，"孩子急急打断她，从草地上捡起阳伞，"请在回去的路上直接、直接、直接告诉我剩下的故事。"在苏珊看来，奶奶的脸在这一刻是那么痴迷，而眼睛又是那么迷茫——她不可能听见她说的话。那双小小的老花眼又一次仔细看着下面的景色。有一会儿，她闭上眼睛，仿佛想就此回忆得更完整一些。然后，两个人又开始慢慢地爬山，故事也继续下去。

"那个漫长的上午，没有人打搅我。"老人平静的声音继续道，"但是，到了下午，门打开了。是杰迈玛小姐打开了门，领着牧师威尔莫特先生进来，他每隔一周的礼拜天都会在教堂里布道。他是个仁慈和蔼的老人，但是，他觉得在教堂墓地，除了鸟儿、墓碑，偶然还有一只迷路的动物外，不可能有任何其他生命和事物。关于这一切，他只是笑笑，也没有问我杰迈玛小姐问过的问题。

"他瘦削的大手握住我的手，请求我做个好女孩。我看见他说话时露出的笑脸。'不仅为了你的母亲，'他说，'也为了"善良"。'

"'我确信，亲爱的，'他继续说，'杰迈玛小姐是出于好心，我们所要做的一切都是与人为善。'

"我吞下喉咙里的一块面包，说：'但您不认为女巫是个很恶毒的词吗？'

"他站起来，握住我的两只手。'但是，我可怜的小羊羔，'他说道，'我不是胡说八道的人，杰迈玛小姐也不是巫女！'说着，他俯下身，在我的额头上亲了一下，然后就走出了房间。

"过了一两分钟，他的脚步声又回来了。他把门推开一英寸，往里看。'噢，我们的小姑娘好些了。'他从眼镜上方对我笑着。然后他手端一只放着一片果酱面包的盘子和一杯牛奶走了进来。'你看,'他说,'那里没有巫女,是吗?现在你要做个温柔的乖孩子,想想妈妈看见你会多高兴啊!'"

"我觉得,"苏珊坚定地说,"那个威尔莫特先生是我知道的最和蔼的人之一。"

她祖母朝下看着她,脸上露出奇怪的微笑。"他那么和蔼,苏珊,我都从来没有告诉他,涂在面包上的黑刺莓果酱根本不是我喜欢的。在他的脚步声消失后,我又听到了上门锁的声音。你知道当他离开后,我对自己说什么吗?我苦恼地看着盘子,然后望向窗外,我相信,苏珊,我做着人们有时在故事书里描述的事——我拧着双手,反复对自己说:'他不理解。不!不!他不理解。'

"过了一两个小时,杰迈玛小姐打开门走进来。她观察了一下坐着的我,然后看一眼那片没有碰过的果酱面包。

"'唉,'她说,'像威尔莫特先生这么好的人并不知道一颗固执的心有多硬。我不想对你不好,苏珊,但我要对你的母亲和可怜的已故叔叔负责任。等到你为早晨的无礼道歉后,你才能走出这个房间。还有,你得告诉我,在教堂里,你在跟谁说话。'

"我想到了撒谎——'但是我没有对谁说话,杰迈玛小姐。'——但话到嘴边又打住了。我只是沉默地看着她。

"'你脸皮真厚,苏珊。'她说,'如果你像现在这样长大,那你就会成为一个很邪恶的女人。'"

"我觉得,"苏珊说,"她这样说太可怕了,奶奶。"

"时代在变化,亲爱的,"老妇人说,"现在——嗯,幸亏没剩多少要说的了,因为这座山已经让我喘不过气来了。"

这时,两个人已经站在了山顶上。天上的光线开始渐渐变暗,脚下广袤平川的洼地里,薄雾渐渐变成了乳白色。在她们对面,在那遥远的天际,一轮略带红色的明月正在升起。远处传来一只狗的吠叫声——它可能来自已故杰迈玛小姐的农家场院。被矮墙围着的小教堂似乎缩小得离它散乱的石头更近了。

"噢,亲爱的奶奶,"苏珊轻轻地说,一只手轻轻塞进奶奶靠近她的那只戴着棉手套的手里,"然后怎么样了?"

"然后,"祖母回答道,"门又被锁上了。愤怒和仇恨充满了那个坐在卧室里的愚蠢的小小身体。到了傍晚,我睡着了。我一定是做了一个可怕的梦,虽然醒来时,我没有记住那个梦——只记住了恐怖。我因为独处而很害怕,而且从越来越暗的窗口知道,那时一定是至少九点或十点了。想到夜晚已经降临,我几乎不能呼吸。盘子旁又放了一杯牛奶,但我甚至无法劝说自己喝一点。

"过了一会儿,我听到杰迈玛小姐的脚步声经过我的房间。我知道她没有在那里停住脚步,很快她就上床睡觉了,甚至都没有看看可怜的囚犯。她的强硬态度更让我下定了决心。

"我一直等到确定她睡着了,才蹑手蹑脚地走到门前,双手轻轻地旋转门把手。门还锁着。然后我走到窗前,就好像仙女用魔法变出来似的,我发现了一辆巨大的四轮运货马车,上面装着半车干草,马车的辕杆高高地竖在空中,它就停在离我的窗口几英尺远的地方。要跳过去看起来有点危险,但实际上对我这么大的孩子来说并不太难。我相信,如果没有大车,我也应该会去尝试一下。我的一个疯狂想法就是逃走。任何地方——只要杰迈玛小姐没有机会找到我。你有可能梦见过这样一个小傻瓜吗,苏珊?

"但是,即使在那个兴奋愚蠢的时刻,我仍然还有足够的理智——在我跳出窗口前——从五斗橱里拿了一件暖和的羊毛衫,并用一条披肩包起钱盒,以免它发出丁零当啷的声音。我从护墙板的缝隙里拉出那封信,把它放在粉色的梳妆台上。那一刻,在半明半暗的光线下,我看见了镜子里的自己。我几乎都要认不出那张脸了,它看上去几乎像我现在这么老,苏珊。"

"是,亲爱的奶奶。"苏珊说。

"然后,我纵身跳出去——丝毫没有伤害到自己。我匆匆地落到院子里,紧贴着房子,悄悄地走过狗房,当我经过那只老牧羊犬身边时,它仅仅用巨大的尾巴摇摇它的链条。然后,一到了高高的石头门柱外面,我就跑了起来,跑过晒谷场,跑过牲口棚,沿着乡村小道拼命地跑。"

"不,"苏珊几乎在宁静的空气中大声喊叫,"不是到教堂墓地去,奶奶。我想那是最棒的事情。"

"不是很棒,亲爱的,你还记得她在看见了杰迈玛小姐靠近教堂时脸上露出的邪恶和仇恨的神情吗?那以后,其实我已很害怕那个仙女了。你知道,我内心有一个东西从来没有停止过对我的劝告:不要被她欺骗,她对你不好。对此我无法解释,但事实就是这样。然而,我一直都渴望着她指向哪里我就走向哪里。我不知道为什么她希望带走一个孩子,但我很快就确信,她确实需要我。

"如果你朝这把阳伞尖指的方向看,苏珊,就能看见农场远处倾斜而上的大牧场。但我想即使你锐利的眼睛也看不见那一圈灰色的旧石头。它们被叫做**舞者**,虽然我非常害怕在黑暗中从它们旁边走过,但那是唯一的路。渐渐地,我在向它们靠近,我的心脏在肋骨下像鼓一样跳着,直到我靠近它们。

"就在那里,在最大的**舞者**下面,正对着我走的路,她就那样坐着,比以往任何时候都更美丽,在黑暗中闪耀着,仿佛她自身就在发光。但这次,我知道她不是独自一人。我渴望继续朝前走,但想到这点就一阵剧痛,我无法描述心里有什么感觉。我不敢朝她看,我想不起来我怎样找到了勇气。也许在害怕和惊恐几乎到了无法忍受的程度时,勇气就来了。

"我把钱盒放到草地上;披肩已经被露水沾湿。我慢慢地穿上黑色外套,扣上扣子。然后,眼睛转向别处,我继续沿着小路在舞者中间走,朝着它们中间一块叫做**小提琴手**的石头走去。夜晚的空气阴冷而静谧。但当我靠近那块石头时,好像空气里充满了各种声音,急速的轻拍声、振翅声和乐器声。它使我害怕和迷惑,我已经无法思考。

"我就一直说:'啊,求求您,上帝!啊,求求您,上帝!'并继续走着。但我终于来到了石头前,整个世界似乎突然变得漆黑、冰冷和死寂。然后!除了这块几百年来就这样从绿色的草皮中凸出来的古老石头外,没有任何东西或任何人的踪影,没有丝毫的痕迹,苏珊。"

"我想我能看见那块石头,奶奶,但我想我不敢一个人待在黑暗中,无论如何不敢——无论如何……我猜想这就是你说的让仙女走的原因。然后怎么样了,奶奶?"

"然后,苏珊,我的心脏好像跳出来了。我继续跑,跌跌撞撞盲目地跑了一段路,然后被草丛或鼹鼠土堆绊了一下,完全失去了平衡,脸朝下趴倒在地。还有荨麻!我躺在草中祈祷着,但不记得都说了些什么。

"可即使这样,我也没有回头。我最后站起来,脚步虽比原来放慢,却继续往前跑,头也不回地一直穿过田野。田野的门通向一条小路,但它是锁着的。我爬上门顶,正好看见地面稍微拱起的上方,因为这条小路就在一座小山的下面。

"一辆马车亮着灯沿着车道朝我驶来。我爬下去,蜷缩在篱笆旁,过了一会儿,马车灯又出现在斜坡顶上,马沉重缓慢地走下山坡。这是一个奇妙的夏夜,天空布满暗淡的星星。如果天很冷或下起大雨,那会发生什么呢?我无法想象。但是,因为天很暖和,空气几乎像牛奶一样混浊,马车的篷盖放了下来。

"当马车轮沿着篱笆吱嘎吱嘎地向前滚动时,我透过朦胧的星光,看见了坐在马车上的人。马和马车夫都没有看见我。我跳起来,飞快地追着马车,扯着喉咙尖叫:'妈妈,妈妈!'

"也许车轮的吱吱嘎嘎声、含有燧石的尘土和重重的马蹄声盖住了我的喊叫。我一边喊,一边仍然紧紧地握着钱盒,虽然它被披肩包着,但我每踏出一步,它就发出沉闷的声响,就像赶鸟的稻草人一样。一定是这种声音最后引起了我母亲的注意。她转过头,一眼看见了我,不禁张大嘴巴——现在我又看见她了——并立刻跳起来,拉了下马车夫的衣服后摆。马车停了下来……"

老妇人转头最后看了一眼周围的乡村景色,说:"故事讲完了,苏珊。"

苏珊最后长长叹了口气。"我无法想象,当您安全地坐上马车后,奶奶,"她说,"您有什么感觉。而且,我无法——"但这时,她开始轻轻地对自己笑起来,然后突然站住不动。"我也无法想象,"她继续说,"当您和曾祖母敲门时,杰迈玛小姐会怎么想。您有一次告诉过我,她听到敲门声,打开了卧室的窗户,穿着睡衣朝外看。我猜想她几乎跟您站在**舞者**中间时一样害怕。"

这时,两个人在农场和教堂的另一边走下山。她们不仅看到了下面的马车,而且也看到了夜晚的星星。不会再有比这更宁静的景色了——在她们周围,长满小小的叶子的银色白桦静静地伫立在深邃灰白的夜空下，一些兔子在荆豆和杜松中玩耍。

"哎呀，夫人，"老出租马车车夫打开马车车门，说，"我刚开始想您和这位小姐一定是跟着仙女跑了。"

苏珊扑哧一声笑起来。"您不觉得，奶奶，"她说，"这是非常非常奇怪的巧合吗？"

魔幻夹克

在那个五朔节①的早晨，朗博尔德上将手里拿着一个棕色牛皮纸包裹，在蓓尔美尔街角下了四轮出租马车。他几乎不知道自己为什么不让看上去甚至比拉车的马更老的出租马车车夫——弓着身子坐在车夫座上——载他到他想去的具体地点。他给老人付了钱，并多给了六便士。"谢谢你。"他匆匆地点头说道，然后转身继续赶路。朗博尔德上将不是一个强壮的男人，但他身穿海军蓝的服装，整洁的靴子，头戴棕色的圆顶硬礼帽，看上去相当结实。在他白色的衬衣领和蓝白相间的丝绸水手领结上，一张宽阔的脸庞几乎像西红柿一样闪着红光。他腋下紧紧夹着干净的小牛皮纸包裹，沿着蓓尔美尔街轻快地向前走着。

他既不朝右看，也不朝左看，一双被海风吹蚀的蓝眼睛死死盯着前方。当他看见一位老朋友从一辆双轮双座出租马车的顶棚下朝他挥舞着银头手杖时，也没有任何表示。在这个特殊的早晨——街边的房子和商店在春天的阳光下显得色彩绚丽，生机盎然——朗博尔德上将希望独处。他一直朝前走，眼睛盯着前方，嘴巴紧闭，几乎就像在睡梦中行走。

他一个急转弯走到圣詹姆斯街，走过橱窗内陈列着轻便鸭舌帽和

---

① 每年5月1日的五朔节，是中古时代和现代欧洲的传统节日。这一天，人们为春天到来而举行庆祝活动。

夹克的马具商店，走过装有凸肚窗的小烟草制品商店，然后来到国王街。他从国王街又转到公爵街，然后到了圣安大街。在离开了熙熙攘攘的车水马龙后，宁静的阳光和圣安大街远处的小圣安街的阴影就像暴风雨过后的港湾。

从小圣安街拐角处的帽子店走过去几步，在一堵高高的旧砖墙下，是一段扁平铺路石铺就的宽阔而平坦的路面。就在这个地方，一位街头画家或是路面艺术家在展示着自己的才华；也是在这个地方，朗博尔德上将站在阳光下，环顾着四周。

街道很安静，而且，时间还这么早，这里几乎是冷清的。他像岩石般一动不动地继续站了一会儿。但是，因为没有看到他想寻找的人，他开始有点茫然地俯视着脚边用粉笔画在石头上的图画。

第一幅画是一艘船，竖着光光的桅杆和细长的圆杆，在深蓝色的大海中颠簸飘荡，海浪汹涌，水花四溅。旁边的另一幅图，是一片艳丽的乡村绿野中的一座风车房，风车操作工就像闪①、含和雅弗一样，笔挺地站在宽宽的木梯子上方那小小的圆门前。接着一幅是一对大张着嘴、看上去无精打采但色彩缤纷的鲭鱼。接下来一幅，是一块面包，一片奶酪，一只干净的长尾巴小老鼠在吃晚餐。最后一幅——也是最好的一幅——画的是一幢乡村宅第，它孤零零地伫立在冬天的树木中，一轮满月的皎洁光芒倾洒在它的墙上。在这幅画的下面，草草地写着一个花体字："hornted"。

对于这些画，朗博尔德上将在头天晚上就看了很久，它们在早晨的阳光中显得更加生动。然而，他回来不是要再看一眼这些画，而是想跟这个年轻的艺术家谈谈。他在户外散步中注意到，远小于四十岁

---

① 闪、含和雅弗分别是基督教《圣经》故事中诺亚的长子、次子和第三子，被认为是闪米特人、非洲种族及玛代人和希腊人的祖先。

的粉笔画画家极少，现在他脑中想着的画家，是一个不可能超过十四岁的少年。上将第一次看到他就喜欢上了他，后来他经常看着他作画，朝那只通常放在画旁的（似乎大张着嘴巴的）旧棉帽中扔进了无数个两便士铜币。现在，他希望跟他谈谈。

对于一个像上将这样脾气急躁的老绅士来说，发现自己想见这个男孩却又不见他的踪影，是件很不愉快的事。另外，他急着想处理掉腋下的牛皮纸包裹。他不喜欢拿着任何东西——甚至一把伞也太大太重，看上去会像一根印第安人用作武器的粗棍棒。另一方面，他又是一个一旦下了决心就不会改变的人。

他穿过街道，并在接下来的几分钟里，严肃地来回走着，一会儿看看街道上的栏杆，一会儿看看街对面房子的楼上窗户，目的是假装自己并不是在等待。每次他急急地向后转，都要先瞪眼顺着街道看过去，又顺着街道看回来，然后望一眼深蓝色的浩渺天空。

最终，他的耐心得到了回报：上将等待的人终于出现了。他慢吞吞地走近一条相邻小巷的栏杆，即使走这么一点路，他的鞋看上去还是太大因而不会很舒服。他身上那件大了至少两号的外套，松松垮垮地挂在瘦削的肩膀上。但他把袖口卷了起来，那双爪子一样的手从里面伸了出来。

他奇怪而几乎可以说难看的脸苍白且不太干净，棕色的头发稀疏蓬乱。但是，正如上将之前注意到的，头发下面的那颗脑袋是坚果形的，很结实，额头明亮光洁，一直到后脑勺都很宽，看上去似乎与里面某样珍贵的东西相吻合。此外，男孩子消瘦的脸上，那双从额骨下面看出来的眼睛，让人一见就难以忘怀。

朗博尔德上将看见他，就从雕刻成贝壳状的门廊溜进了旁边的一幢房子。在那里，他可以看见他而不被他发现。

男孩子看了一眼地上的帽子，然后拿起来，把它翻转过来，摇一摇，又放回路面上。然后，他从口袋里拉出一大块褪色的破布，这可能曾经是一件男衬衫或是女人的裙子的袋盖。他两只手在画的上方来回舞动着这块布，以此吹走上面的灰尘和稻草。然后，他又把破布放回口袋，凝神看着画，仿佛从来也没见过它们，拿不定主意是否要给自己一个便士。然后，他叹了口气——在这宁静的早晨，这声叹息可以听得很清楚。这时，朗博尔德上将走出他藏身的地方，穿过马路，走过去跟他说话。

"早上好，孩子。"他问候道，"生意怎么样？"

那孩子抬头看着老绅士红彤彤的圆脸，以及脸上的小鹰钩鼻和天蓝色的眼睛，摇摇头，脸上露出胆怯的微笑。

"不怎么样！"朗博尔德直率地说，"没有什么，嗯？今天早晨起了点东风，也许人们会出来活动的。或者也许……噢，没关系！早饭吃了吗？没有？好！我想跟你谈谈。附近有什么地方我们可以坐下来谈的吗？"

那孩子的脸唰地红了，他迅速朝左右看看，然后告诉上将，附近有一家咖啡馆，他有时候会自己一个人去。然后，他又抬头看了一下上将，脸越发红了，就停下来不再说话。

"那就赶快走吧。"他的朋友说，"你在前面带路。"

男孩子扣上衣服，两人一起出发；过了一两分钟，两个人来到相邻小巷中部的一家餐馆，面对面地坐在了用木头分隔的小间里的桌子两边，两条凳子好像旧式教堂中的长椅子。上将问男孩子想要点什么，他说要一杯浓的。

上将一只明亮的蓝眼睛的眼梢略微抬起，问他是否要来点什么跟它一起吃。男孩犹豫了一下，说要一片厚面包片。

魔幻夹克

"嗯!"上将说,"来点甜点吗?"

男孩子说他想要猫儿眼。朗博尔德上将轻轻地敲敲桌子,一个黑发油腻、围裙肮脏、面色发黑的男人从柜台后面的小房间里走出来。

"早上好。"上将说,"两杯浓的,一片厚面包,一份猫儿眼。"他说着这些名称,就好像他这一生对它们已经很习惯,确切知道它们是什么。

两杯"浓的"结果是可可;厚面包片上涂了一点黄油;猫儿眼是一个很大的黄色小圆糕点,顶上嵌着一颗烤焦的葡萄干。当他们喝着可可,男孩子咀嚼着厚面包片时,朗博尔德上将解释了他想要的东西。

但他先问了男孩子一些他本人和他的工作情况,得知,男孩子在这个世界上只身一人。他的父亲原来是马车画家,在他六岁时就去世了。他的生意在晴天还不错,但是,在行人太多和太少的地方都很难找到作画场所。"还有警察。"男孩子说。夏天比冬天好,但是,直到上星期或两个星期前,雨下得太多,无法工作。

"啊,啊,"上将说,一边喝着可可,一边从杯子上方看着男孩子,"一个好天气的生意,我明白了。"然后他问他叫什么名字,他说叫麦克。

"好,麦克,"上将最后说,"我观察你已有一段时间了。在更长的时间里,我一直想观察一个像你这个年纪和长得像你这样子的人。我喜欢你的画;事实上,我很欣赏它们。如果我在那堵墙下坐下来,用你所有的粉笔,画出我最好的水平,不管是否下雨,我保证我的收入不会是一个月四便士。这是你需要的技能。这是你拥有的技能,孩子。

"请注意,"他继续道,"不是因为我不仅喜欢画,而且更加懂画。我不会不懂装懂。但是,我已经在这个世上生活了很多年了,我相

信，生活的每次旅程都是从攀登陡峭的第一步开始的。当我还是个男孩时——我们现在不关心我的旅程会把我领向哪里——我也得面对我的旅程。在这个包裹里——嗯，就是帮助我攀登的东西。"

"这里。"上将重复道，然后就不再说什么。因为他把宽阔结实的大手放到杯子旁的包裹上时，发出了重重的响声，那位系着围裙的男人急忙走过来，问还需要点什么。

"我要——"上将迅速地说，"再来一杯浓的，再要两片厚面包，并请多夹一两片牛肉和培根。"

这次拿来的三明治中的肉片几乎和面包一样多，当三明治递给麦克时，他的眼睛湿润了。

"在这个包裹里，如我所说，"上将继续说道，"是我刚才告诉你的*故事*。你会觉得是奇闻逸事。告诉我，你能*阅读*吗？"麦克用力点点头，嘴巴塞得满满的。

"很好！"上将说，"我希望你做的，就是读这个故事——是关于一件夹克的故事——可以称它为我早年生活的一个片段，就像那里面的培根，也许是那只猪的早年生活的一个片段。不着急，"他看了一眼钟，然后看一下自己的金表，"现在是十点十七分半。静静地坐在这里，尽量多读一点。读完后，就来找我。十一点整，我会在作画场地附近。注意，"他一边站起来，一边结束道，"在这个包裹里，没有任何必须的暗示。我也不会保证任何所写的内容以外的东西——我是在最新式的机器上打印出来的，以便清楚易读。静静地读；我不在时，尽管点你要的东西；我们半个小时后再见。"

他在桌子上放了半克朗作为厚面包等的钱款，手在麦克的肩上放了一会儿，友善地凝视着他的眼睛。接着他猛地打开咖啡馆的双开式弹簧门，走到大街上。

从面部表情看,此时这位老绅士对自己非常满意。他回到那些画前,非常小心地在街上来回走着,以此度过那半个小时。每当他经过那些画,就停下来看它们,扔一两个铜币到帽子里,然后继续走。看到他这样,一些好奇的路人也会停下来,浏览麦克的画廊。他也许会跟着上将扔一个便士到帽子里,也许不会。

这时,咖啡馆里只留下了麦克一个客人。他从杯子里喝一大口可可,津津有味地咀嚼一口三明治,然后开始阅读上将的故事。下面就是这个故事:

让我们马上进入正题。差不多在七十年前,我出生在什罗普郡一个叫做P——的镇子里。我父亲是个杂货零售商。他的商店从外面看不怎么样,但在他的货架上,顾客很少找不到自己想要的东西。

我来到这个世界上时,父亲已经四十岁左右了,我母亲比他年轻得多;他们非常高兴有了我。这是毫无疑问的。他们在给我洗礼时为我取名安德鲁,但叫我桑迪——我父亲这边有苏格兰血统。如果努力工作和坚持不懈是成功的捷径,那我父亲就是这样做的。

起初,我父亲和母亲对住在商店楼上很满足——一共三个房间,不包括那个叫做儿童室的比圆筒形纸板盒大不了多少的房间。我六岁时,因为生意做得很好,他们决定把商店上面的房间租出去,自己搬到一个离镇子约半英里,不大但很舒适的半独立式高房子里。在那里,我们有一个狭长的花园——种着一些苹果和李子树,一些茶藨子和醋栗灌木,以及一些乡村花卉。

我母亲很珍爱那个花园,在做完其他家务后,所有的空余时间都待在花园里,身边带着我,或者挖掘一小块土地,长三码宽一码,边缘是一圈扇贝贝壳,让我在里面喜欢做什么就做什么。那是我的花园,她称它为沙地。我种的植物有伞形屈曲花,弗吉尼亚紫罗兰和美国石竹。

我记得,我母亲——上帝保佑她——很健谈。我不是说她说话太多,或者对谁都说,或者从不听别人说。我的意思是,她对我很能谈,虽然对父亲说的话不多。在我们早上一起出去购物时,或当我帮助她铺床时,她说的话都可以写成一本书了。她知晓天下所有的事。

我不知道母亲身上到底具备什么东西——棕色的眼睛,棕色的头发,等等。在我们的起居室的钢琴上面,挂着一幅母亲十八岁左右的画像,如果我是一个头上长着眼睛的年轻男人,看一眼就会爱上她。但吸引人的不是她的外貌,而是她的仪态。我不知道该怎么说,但除了对我之外,她似乎总是在对身后的某个人说话。

我从来也没有遇到过——而且我已经活得够长的了——这样喜欢鸟、花、树、云、星星、苔藓、蝴蝶这些东西的人。她把它们都记在心里。你可能会觉得她擅长做跟它们有关的事。文字不是我的擅长,我必须尽量直接地把事情写下来。但是,这是做事的方式。看见她看着一个有色彩明亮的菌褶的伞菌,或者窥视着一个鸲鹆或苍头燕雀的窝巢,或站着观察一群在我们的老苹果树上一起叽叽喳喳一两分钟然后再飞到其他人的苹果树上的长尾山雀,就像——我不知道这不像什么,除了只像我的母亲外。年龄对她来说根本不是事。我们可以是一对兄弟或姐妹——你可能会说老朋友。我们几乎分不清彼此——除了父亲在身边时。

现在，我不会说任何不利于他的东西。在我比后来经常爬的梯子的四分之一高不了多少的时候，他就去世了。他对我做到了最好；如果不是因为我自己固执地干涉，他可能会比我对我自己还要好。说不清；不知道。我想要的就是能按自己的方式行事，最后我做到了。你的方式不是别人的方式。人的自我——唐突地说，是他的内在——才是最重要的，而不是他胳膊上的军士标志，或是他的相貌，或是他在银行的存款，或者他所做的。

够了。事实是，也许因为常常单独跟母亲待在一起，而且有她做伴感到很满足，至少在最初的那些年，就像蝴蝶跟花一样，我变成了一个受控制的孩子。她不太喜欢外出，对任何在大街上有两条腿走路的年轻人都没有好的印象，除了她自己带到这个世界上的那个人外。因此，她只允许我跟同一个街区的小汤姆、小迪克或小哈里一起玩，除非她从厨房的窗户能够看到我。而这对于一个要了解未知世界的健康的年轻人来说，并不是理想的活动场所。

安静地单独跟她在一起时，我不需要任何别的东西，而且可以像蚱蜢一样一直唧唧叫个不停。离开她，我通常只是个沉默寡言的傻瓜，听到陌生人说一个字都会满脸通红，又害羞又胆怯，甚至不敢对一只鹅嘘一声——甚至对镜子里的鹅也不敢！然而，傻人做傻事；正如装了木头腿的老船员所说，当你所得到的是一对假肢，除了嗵嗵嗵地走之外没有什么可做。

我父亲看不下去了。他开始想，我是故意装傻。在这个郡里，没有一个比他更精明的商人，但也没有一个比他更老实的商人。他随时可以发挥他的智慧。他的记忆力就像一部词典，他知道每样东西在哪里或应该在哪里。他第一眼就能知道某个交易是否划算，顾客没开口就看得出他（她）是好是坏。他有生之年在开了第一家小商店后，又开了三家品质商店——平板玻璃窗，耀眼的金色油漆，三辆漂亮的厢式送货车，约一打头发光亮、围裙洁白的售货员。他还在那些橱窗中陈列了比镇子里其他杂货店都多的商品：茶叶箱、塔塘、果酱罐以及酸辣泡菜罐。我欠他的比他留给我的那一丁点财富多得多。

但是，作为一个食品杂货商，他对别的任何东西都没有耐心，尤其是对我，他自己的孩子。现在我理解了他。那时候，我一看见他露在篱笆上的黑帽子，或听见他钥匙开锁的声音，就会像一只吓坏的兔子一样急忙逃走。如果我们两个人单独在一起，我会像一只冷葡萄干布丁一样死气沉沉——而且葡萄干一颗也没有了！如果他问我一个问题，每个词都会从我脑中飞走，就像扑棱扑棱飞走的秃鼻乌鸦。这种时候，只要看着我——笨嘴拙舌，结结巴巴——他就会生气。他越生气，我就越沉默寡言，越笨手笨脚，而这会让我母亲哭起来。我还从来没有遇到过一个父亲，会很高兴地被告知他不理解他的儿子。不是因为他有一丁点地不爱我，绝对不是。但是，爱就像煤，孩子。你可以燃烧它，用它的光和热取暖，让自己舒适。否则，你可以把它放在地窖里。我父亲就把他的爱放在了地窖里——正是我，帮助他把它堆积起来。

跟母亲在一起，如我已经说过的，一切都不一样。我们可以一直闲聊几个小时。当她不跟我在一起时，我会自言自语。在卧室里，我有很多书——母亲那些死在海上的兄弟的书。我如饥似渴地读着这些书。在那些日子里，当我打开一本书，它就像是为我写的一样——旅行、航海，诸如此类的内容——就像是探索另一个世界。我从来不喜欢奇幻故事——除了到月球上或地球中间去旅行,以及类似的书——甚至我母亲也无法说服我喜欢诗歌。

也许是这种喜欢读书和没人一起玩的孤独,使我开始有了独处时自言自语的奇怪习惯。正是这种自言自语,导致了一个重大的发现。我记得那是一个晚上,我正在阅读弗朗西斯·德雷克①先生的一则故事:他请发起反对他的叛乱的高级船员吃晚餐,但第二天早上就把他吊死了。当我听着我自己像那个高级船员一样说话,想到早上可能很难吃的早饭而噘起嘴时,我突然发现,我不是一个人,而可以说,是有两个人。我发现了所谓的第二个自我——虽然他一定是一直都在那里。为了把事情说得清楚有条理一点,让我们把第一个自我叫做桑迪一号,把第二个自我叫做桑迪二号。

桑迪一号首先是我父亲的儿子,跟他的母亲一起待在一幢像高高的长方形盒子的房子里,跟邻居一起排成一排高高地站在小山上。这是那个紧张、胆小、结结巴巴的桑迪,那个不知道自己的舌头在哪里的桑迪,一个躲藏者,父亲忘了制作头和尾巴的笨蛋。接着是那个独处时多多少少做些自己喜欢的事情,到他喜欢去的地方的桑迪——荒芜的岛屿、北美印第安人、狮子、老虎、被社会排斥的人、食人生番、预兆——所有诸如此类的东西。啊,还有全世界。他渴望自由,他想做而且敢做事。他想吃蛋糕,然后冒险吃不新鲜的面包。这个无忧无虑的、没有头脑的、鲁莽大胆的关闭在我身体内的人,就是桑迪二号。如我所说,我们叫他桑迪二号,而且,祝他好运!因为他需要它!

---

① 英国航海家,第一个环球航行的英国船长。

现在，你觉得我母亲对两个桑迪都有所了解吧，虽然对桑迪一号了解得更多。我父亲连做梦都没想到过二号，也很少见到一号。最大胆的桑迪二号，就在我的脑子里，为我自己和我的书而存在。

现在该说到上学的事了。

麦克慢慢地看了"上学"这个词好一会儿，然后才继续读下去。他已读得有点累了，想马上就读到夹克部分。然而，他向老绅士保证过，他会努力读它，而这个老绅士似乎希望他不会食言，而且，他的早餐又格外丰盛。所以，他又喝了一大口温热的可可，咬了一大口厚面包，然后又吃力地读下去。

现在该说到上学读书的事了。嗯，我像多数同龄人一样上了学校。它是所私人学校，校长名叫斯迈尔斯①；他的微笑从他的名字开始，也从他的名字结束，有名无实。从父亲把我领到他闷热的后屋那一刻起，这个斯迈尔斯先生就把我当作一个笨蛋。只要看一眼我局促不安花不棱登的脸——桑迪一号的脸——就足够了。他一直像对一个笨蛋一样对我，直到我们分开。笨蛋是他给我的主要待遇，而且从头至尾如此——还有大量的笞杖伺候。

我恨学校，我恨学习。因为父母让我课一结束就直接回家，其他男孩从来不喜欢我。他们把我当作娇生惯养的男孩，叫我油脂糖。当然，桑迪一号确实如此。有相当一段时间他们从来没看见过桑迪二号。他是后来才出现的。当然，每当桑迪一号在争吵

---

① 英语单词是 smiles，意为"微笑"。

打架时兴奋得把桑迪二号带进来,最后一个停下来的就不是另一个家伙了!

好,现在我们长话短说。如我之前所说的,我父亲一心放在杂货生意上。你可以相信我的话,至少有一件事比腌菜迅速盈利要糟糕,那就是纯损。他的生意越做越好;他走到哪里,都做好自己的本分;他很快成了市长。因为只有一个儿子,他希望并且是认真的,这个儿子也做杂货生意,而且也许有一天,让财富增长一倍,拥有马车,成为市长阁下。他想他的儿子出人头地。哪个父亲不想啊?

因此,在过去,就为了提高我的智力,他会问我一些问题,如什么是葡萄干,或者加仑子是哪里来的,或为什么说果皮是蜜饯;然后——他眼睛一闪——谁发现了通心面树,或一磅咸黄油有多少是新鲜的,或土著居民在哪里挖掘肉豆蔻,或辣椒的温度是多少,或以二又四分之三便士一盎司的单价,一大桶糖浆要多少钱。关键的是,我甚至从来也不想知道这些。更糟糕的是,甚至听了这些不会笑!

如果我父亲问我,在月球表面的环形山上你会见到什么鸟在轻快地飞翔,或切罗基人作战时的呐喊习惯是怎么样的,或亚比米勒①有多少兄弟骑白驴,我相信,桑迪二号会同意回答。但是,桑迪二号(除了太妃糖外)对德梅拉拉蔗糖或巴巴多斯蔗糖丝毫不感兴趣;桑迪一号对于任何问题都只不过是个傻瓜,除了母亲问他或者他独自一人以外。

一个星期天的早晨,在我第一次说我无法回答,然后拒绝试

---

① 《圣经》中耶路巴力之子,十大恶人之一,有七十个同父异母的兄弟。

着回答这样一些问题后，我抬起头来告诉父亲，我恨杂货店。我说，在所有商店中，我最恨杂货店。我说我不喜欢学校，这个世界上我唯一想做的事，是逃到大海中去。然后我哇地哭起来。这时，母亲进来了，所以我没有挨我实在应该挨的一顿痛打。

但是，我父亲一定是仔细思考过了；因为从那以后，斯迈尔斯博士特别注意食品杂货业方面的历史、地理、算数和听写，甚至法语："你邻居的园丁有从雅法来的橘子、从巴西来的木薯和给他阿姨做咖啡的菊苣根吗？"——诸如此类的问题。

一天晚上，我无意中听到母亲和父亲的谈话。那是在九点半时，桑迪二号偷偷地下楼，想看看能在食物柜里找到点什么。起居室的门半开着，我听到父亲说："他不仅是弱智，而且像布娃娃一样软弱无生气——还有，秃头胖子校长斯迈尔斯也这样说。然而你……"听到这些话，桑迪一号马上逃回床上——带着桑迪二号一起。第二天我醒来时，清楚地记得父亲说的话，它们就好像刺在了我的皮肤上。那以后一连几天，桑迪二号都没有在这幢房子里露面。

一天下午，在从学校回家的路上，我大着胆子走到一条破旧的小路上，因为在路的那一头，我听到了"潘趣和朱迪"滑稽戏的声音。我听到孩子们大声地哄笑，听到潘趣先生的尖叫声、重击声和喔喔鸡叫声。桑迪二号告诉桑迪一号，他想去看看，所以就去了。

在回家的路上，我们经过以前从来没有注意到过的一家昏暗的小商店，我们停下来浏览橱窗。在绿色的门面上，印着几个白色的字：**航海商店**。在橱窗后面，有一些奇怪的废旧物品：旧鞋、旧披肩和旧帽子，一艘装在瓶子里的船，一根绿色的玻璃擀面杖，一副想必是属于挪亚的望远镜，一个船用罗盘仪，一架铜制的大炮，一只暖床炉，一幅用蜂鸟的羽毛作的画——这类被人们叫做古玩的东西。它们看上去好像待在那里几百年了——上面都是铜绿、霉斑、绒毛和灰尘。它们多数都用纸条标出价格："便宜货，三先令六便士"等等。

在窗户一角几乎看不见的地方，挂着一件我叫不出名字的衣服，上面贴着一张纸条，潦草地写着：**魔幻夹克**。就这些字，没有别的。但是，这就足够了。看着望远镜、船和铜制的炮，我已经心满意足了。但是，**魔幻夹克**这几个字让我惊美得透不过气来。它好像长柄汤勺一样把我搅得兴奋不已——我本人，桑迪二号，甚至桑迪一号。最后，我再也忍不住了。

我推开那扇油漆斑驳的小门——甚至现在我还能听见它上了锈的铃声——走了进去。这个地方闻上去像一个旧地窖，像洞穴一样悄无声息。因为似乎过了好几个小时什么都没发生，只是听到了远处一只金丝雀的啼鸣，桑迪一号开始害怕了，我蹑手蹑脚地朝门口走去。

就在我要推开门，冲到马路上时，一个鼻子上架着一副厚厚的眼镜，蓄着山羊胡的老人，拖着脚步从商店后部慢吞吞地走出来，并问我想要什么。

我问他能否告诉我铜炮的价格——虽然我已经知道了。然后，我说我想看看那艘船。最后，等到身体里几乎没有气息了，我终于指向了那件夹克。

"那个，"他先看看夹克衫，然后看着我，说，"那个是十先令。"

我脸红得像雄火鸡，咳嗽着转身打开门。

"喂！喂，先生！"他在我身后叫道，"你为什么跑啊？回来看一下它。回来，看一下它——摸一下。不碍事的！"他已经爬上了一张凳子。然后他把头伸进窗户里的那些废旧物品中，把夹克衫拿了下来，放在柜台上。我得说，靠近看，其实没有什么异样。

它看上去像是用某种深色的中国料子做的，有淡淡的波浪花纹，扣子是扁平石头做的，上面绕着一圈绿色的鳄鱼。领口和袖口上的镶边磨损了。我盯着它使劲看，但没有去碰它。然后我脱口问道："这是谁做的？"

"谁做的？"老人急促地说，"这是件魔幻夹克。它来自北京、马达加斯加和塞林伽巴丹，还有别的我不知道的地方。你一旦进到它里面，就不再想要出来了。"

我咽了口唾沫，问道："你穿过吗？"

"我？"他几乎对我吼叫起来，"我！周围挂着这么多旧衣服！如果我把它们都穿在身上，我该待在哪里？买卖怎么办？"

这时，我比这个世界上过去、现在或将来的任何东西都更想要这件扣子上有鳄鱼的夹克。但是，我口袋里只有二先令九便士——这对我来说，已经是财富了。为了保险起见，我告诉了老人。他透过生锈的眼镜盯着我。

"喂，听我说！"他说，似乎发很大的脾气，从柜台底下嗖地拿出一张报纸，"听我说，抓住机会！"他飞快地包好夹克，"把你所有的钱都给我，其余的回头再付。从你的眼睛中我可以看出来，年轻人，你不会骗人。"

然后我知道，老人至少向我要两倍的价钱。但我还是给了他那两先令九便士，然后走出商店。他门上的铃声还没有停止，我就把包裹塞到了背心里面，然后离开。我把自己的欲望藏起来，因为我不希望有人问我问题。

我安全到家后，就悄悄地走上楼，把包裹塞进抽屉里，那天晚上它就在那里。我不敢乱动它，一方面因为怕发生什么事，但更多的是怕没有事发生！

第二天，整整一个上午我都很苦恼。我怕母亲会发现那件夹克——然后把它送给某个流浪工人，换一棵蕨类植物或一罐老鹳草花。每当我想起它，都几乎无法呼吸，而且这对我的学校作业没有什么好处。放学后我被关在了学校。回家后，我告诉母亲，我头疼——这是真的——但最后说服她走出去，让我自己一个人待在家里。然后，我偷偷上楼到卧室里，关上门，打开抽屉，心跳到嗓子眼上，伸手摸包裹。一切安全！一切安全！我把它拿出来，解开绳子，打开报纸，夹克就在眼前——波浪花纹，鳄鱼扣子，磨损的镶边，一切的一切。

我激动地最后看一眼窗外，脱下身上的衣服，穿上夹克。什么也没发生，什么也没有。我是说，乍一看。突然，我注意到房间里充满了阳光，在花园外侧的一棵梨树上，一只歌鸫在鸣唱。我注意到了，是因为它唱得那么清晰那么尖声，就好像是直接对着我唱的。如果你能把声音变成视觉，就仿佛我是通过一个望远镜在听它。我也可以看见它，它胸口的斑纹，它的喙一张一合——像天使般鸣唱。

当听着鸟的歌声时，在窗口射进来的阳光下，我注意到我那褪色的玫瑰图案的地毯和一只靴子的色彩。这听起来很傻，但我从来也没有见过一只旧靴子看上去是那样的。我不想拐弯抹角，但也许那时我没有意识到，但是，事实是，那只在地毯上的旧靴子看上去漂亮极了——照在旧皮革上的光，突出来的鞋舌，闪光的金属圆孔眼。一个诈骗者的词——漂亮——但是,这是事实,我没说错。

我很快开始对所有这一切有点不耐烦——一种新的生活似乎已经渐渐进入一些事物中,或者说至少进入了我的身体。非常奇怪的生活。因此,为了恢复常识,我开始桑迪一号的体育锻炼。锻炼!哎呀,好像我突然之间变成了一团电线和肠线。我似乎失去了理智。我尝试过去连做梦都没有想到过的把戏——在床侧栏杆上跳跃;倒立,先是在床柱上,然后在水罐上;在椅背上平衡身体,先是两只手,然后是一只手。无论我让自己做什么,只要是合理的,或差不多合理,我都做——而且是轻而易举地,例如歌鸫啼鸣。这也许不算什么,但对我来说是新的。请注意,我不是父亲所想的帆鳍鲻。桑迪二号没有无所事事,无论身体还是智力。但是一点自信,虽然不是很多,是你需要的。过了一段时间,我开始为夹克的效果感到害怕。可以说,我开始怀疑自己的伙伴!

于是,我又热又气喘地坐在平常做作业的桌子边,开始我的"写作"。主题是**特拉法尔加海战**[①]。我写了大约十四页关于**特拉法尔加海战**的事,却还没有写完!我描述了**胜利号**如何到了海上,纳尔逊勋爵是什么感觉——最后一天来临,为什么他一直戴着勋章——还有关于哈代船长。我还写了天气,也没有忘记法国的老维尔纳夫——一个英勇的船员,但结局很惨。当我从第十四页纸上抬起头来时,眼睛几乎看不见了。仿佛我是从神圣的耶路撒冷[②]出来!然后,几乎就在那一刻,我听到了楼下母亲走进来

---

① 1805年英国海军中将纳尔逊率领的英国舰队和法国海军中将维尔纳夫率领的法兰西联合舰队在西班牙特拉法加海域展开的战役,也是英国海军史上的一次最大胜利。
② 西南亚巴勒斯坦地区的著名古城,伊斯兰教、犹太教和基督教的圣地。

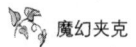

的声音,然后前门关上了。

我感觉自己像一小桶被彻底搅拌的水银。我飞快地脱掉衣服,翻滚上床,把中国夹克偷偷塞到被子里。

毫无疑问,当我母亲进来说晚安时,我看上去头很痛。她摸摸我的额头,额头热得烫手。她低声地嘀咕了一句蓖麻油之类的。提到蓖麻油,甚至桑迪一号也会坚决抵制!但这次我丝毫没有紧张。我说:"好的,妈妈。请把杯子热一热,多放点柠檬汁。"我大口把它喝了下去,并咂咂嘴。然后,我开始说话——说得那么快,中间还夹杂了很多胡说八道,我母亲都要去请医生了。一听说要请医生,我又冷静下来。

第二天,一切安好,但我没有上学。第三天,我又一切如常了,虽然没有穿魔幻夹克。但是,我剪下来一颗淡绿色的鳄鱼纽扣,放在背心口袋里,当作护身符。我因为没有做法语作业而挨答杖,算术作业做了也挨答杖。校长斯迈尔斯先生当堂亲自读了我的**特拉法尔加海战**。他又把我拉到教室前面,问我得到了什么帮助。我说没有。他对我瞪着眼:"你肯定吗,先生?甚至没有在拼写上得到帮助?"

我说:"没有,先生。没有,先生。"奇怪的是,他相信了我说的话。

然而,他还是跟我谈了一两次关于大海和海军的事。我也问了他问题,因为当我想着这些事情时,我并不怕他。此外,回想起来,他并不比我更加喜欢杂货生意。无论如何,他给了我的**特拉法尔加海战**满分加,但提醒我,下一次,我不能再那样无限制地"展开"。

我回家后感觉就像一只雄火鸡,直接上了楼,坐在开着的窗户面前，然后又穿上那件夹克。但是，我刚把手臂伸进袖子里，就听到母亲在叫我。我急忙在外面套上自己的夹克——这并不难，因为中国夹克非常紧身，尤其在腋下——然后到楼梯底部过道去见母亲。她的脸像纸一样白，几乎无法说话。她说我父亲想马上见我，他和一个叫特纳先生的朋友在一起。

"噢，亲爱的，"她恳求我，"请一定努力回答父亲的问题。注意听，桑迪。那样，也许你就会听见。如果特纳先生对你说话，你也要跟他说。就把他想成是我。不要害怕，不要绷着脸。没有人会吃了你。想象一下，只是你和我在谈话。为了我，桑迪。"

我说："好的，妈妈！"然后，几乎在她还没来得及抬脚跟上我，我就顺着栏杆滑下三段楼梯。来到餐厅门前，我鼓起勇气走了进去。

我父亲坐在没有点火的壁炉那一头，和一个陌生人在谈话。我喜欢这个陌生人的样子。他又矮又胖，脸被太阳晒得黝黑，头上一圈略红的头发，穿着一双厚底鞋。"他来了。"父亲对陌生人说，然后转向我，"这位绅士是特纳先生，安德鲁。如果你想了解大海，他会告诉你。"我伸出手。

"我听说你对干货不感兴趣，"特纳先生说，他眼睛盯着我看，但神情友善，"渴望海水，嗯？"

"是的，"我说，"海军。"我从眼角瞄过去，看见父亲很吃惊。他以前从来也没听到过我回答这么直接的问题时不结结巴巴或不脸红，或不像一条熏鲱一样，张着嘴巴瞪大眼睛。

"你对大海了解多少？"特纳先生问，牢牢地看着我，"它很深呢！"

我也牢牢地看着他。我越来越喜欢他，我想我要试着跟他讲我那十四页长的**特拉法尔加海战**的几个精彩片段。当我讲完时，现场一阵很奇怪的沉默。我意识到母亲在那一刻已经在门口听完，悄悄地离开了。至于我父亲，他惊讶地坐在椅子上不出声。他闭了一会儿眼睛，然后开始解释，我也许在某些事上没有那么迟钝。但是，除了只是书本知识外，特纳先生会觉得我有强壮的骨骼、非凡的勇气和健康的身体过户外生活吗？"你看，他母亲……"

"他看起来有点苍白，"特纳先生说，仍然安静地对我露齿而笑，"但你不能总是看皮肤来判断。你手臂的那些肌肉怎么样，年轻人？"

我伸出手臂，他用力捏住手肘上方，也许没有注意到我穿了两件夹克。他说："很好。在学校经常操练吗？还是什么也不做，只是读书？"我点点头，说："操练；在家还有一些事要做。"

"你在家都做些什么？"他问。

这整个过程，我感觉就像是一瓶软木塞即将砰的一声打开的姜啤。因此，可以说，当他一问我，我就举起脚后跟，手掌着地快速穿过房间。

"精彩！"特纳先生说，"到桌子上试试。"

那是一张结实的老式红木圆桌，在维多利亚女王还是个女孩子时制作的，我像猫一样敏捷地用手指环绕了一圈。但是，这时我情绪高涨。为了给我空间，一对平底玻璃杯，一瓶水，一瓶威士忌被推到桌子中间。我用一只手使身体保持平衡，另一只手把一些水——因为我不太敢倒威士忌——倒到一只平底玻璃杯里，唱着"纳尔逊，万古千秋"，喝干了它。然后，水喷溅出来，我有点被噎住了，便从桌子上下来，最后看着父亲。

他脸色白得发青，看上去像晕船似的。他说："你母亲看到过你做这些吗？"我摇摇头。但是特纳先生却笑起来。而且，他还没有结束对我的测试。

"你有一根粗绳子之类的东西吗，威廉——比如，十来英寻①长的？"他问我父亲。我父亲没有的东西很少。我们走到花园里，特纳先生干净利索地把一个绳圈扔到一棵茂密成荫的西克莫无花果树的上部树枝上，这棵树紧挨着房子，夏天它的树叶刮擦着窗户。

"试一下，年轻人。"父亲的朋友特纳先生拉紧绳子，然后说。

要归因于藏在桑迪二号里的家伙还是魔幻夹克，我不知道，反正我像一只猴子爬上棕榈树似的爬上那根没有打结的绳子。当我到了绳子的顶端，我就匍匐着向前挪，一直爬到树枝的末梢。然后，我在上面以来回一臂远的距离摇荡起来——荡过来，荡过去，就像一只在弹簧上的猴子。当摆动到有足够的冲力时，我放开树枝，然后我像射豆玩具枪一样，飞快地穿过开着的窗户，落在楼梯平台上，而这个窗台离地面约有十二英尺。

当我又来到花园时，我父亲和特纳先生正在那棵西克莫无花果树下一起认真地交谈。父亲看着我，就好像我刚刚从印度的安达曼群岛回来一样。

我说："这还行吗，爸爸？"

但他没有回答，只是拍拍我的肩膀，头转向别处。从那一

---

① 长度单位，一英寻约1.8288米，主要用于测量水深和锚链的长度。

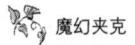

刻开始,我们成了最好的朋友,一直是,我和父亲;虽然他丝毫也没有想到,是什么使桑迪二号——注意,他从来也没有注意到他——那样迅速地成长的。

但这就是事情的来龙去脉。然后——长话短说——我千方百计地,迂回曲折地,终于永远摆脱了杂货生意,其过程要用白纸黑字写下来,就太冗长了。第二年春天,我到海上试航。然后,虽然很不容易,我加入了海军。

现在,我在这里了,又永久地回到了陆地上。我差不多是个老人了,但感谢上帝,仍然健壮,希望有能力和自愿地为一个需要的朋友做一件好事。这就是,孩子,我选择你的原因。

事实是,我观察你在小圣安街的场地上用粉笔涂鸦很多天了,只是你不知道而已。我从中得出两个结论。第一,你的画作证明你能干出很好的活。第二,你还可以干得更好。你在让自己止步不前,你发现了吗?这就是桑迪一号和桑迪二号的老故事。你没有信心,没有劲头,没有勇气(总而言之)迎着困难,加速前进。

这就是我说的。我看到你早晨像传说中年轻的鸡身蛇尾怪物一样开始工作,但很快就开始动摇,变得懈怠和心灰意懒。一个最小的灾难——一支折断的粉笔,一些走在画上的蠢人,甚至一朵漂浮在太阳上方的云——就会动摇你的勇气。这种时候,你看上去甚至不确定自己想干什么,更不要说怎么干了。你一会儿这样,一会儿那样地挑剔着你的画,最后绝望放弃,热情消失了,想象力也消失了,**精神**也消失了——我称它为内在。当有陌生人跟你说话,或扔一个铜币到你的帽子里时,你就脸红,低垂着头,没精打采,默不作声,表面上一副老实样。

第一，孩子，不要介意我说的话。这是为你好。除了只是希望为你尽绵薄之力外，我并无他意。请记住，在你之前，我就经历过这一切——而且当结局到来时，可能还会经历它。我体会到，自己身体内的骨头在融化，身体像水母一样颤抖，自己的脸像一个石膏面具，自己的脑袋像沙滩上的废船一样空洞，都是什么滋味。用两个词，我知道做**桑迪一号**是怎么样的。因此，你看，正因为我非常确信在你身体内有一个桑迪二号——也许这个原因胜于任何我能想见的原因——我才写了这篇东西。

我喜欢你的品性，喜欢你虽然沮丧忧郁却仍然坚持不懈的态度。那天我看到，因为那个肥胖的屠夫的儿子在你的**老博尼**上吐唾沫，你就在他脸上涂鸦。我想在你感兴趣的事上助你一臂之力，觉得除了借给你那件北京旧夹克外没有别的更好的办法。你觉得怎么样？

也许，它不会起作用。也许它的魔力已经消失。也许我记得的其实是我想象的。但是，我可以说——最后一次穿上它，是我承当能够活着出来的最艰巨的任务之前，我觉得至少在敌人的船只像往常那样沉入海底之前两小时，它就摧毁了她。注意，我不是经常使用它。当我像你这么大时，穿一到两个小时就会感到非常疲劳，下一周就只能穿半个小时到一个小时了。穿一天或两天可能需要整整一个月的时间才能恢复。此外，如果你笼统而直接地看这件事，你会发现它并不适合。可以说，从长远看，我们得相信我们身上所拥有的那种延绵不断的自然力，而且还要辛勤工作。只有在困境中，我们才需要额外的激情和狂热。那个时候，也许**命运女神**会觉得该伸出援助之手了。

因此，我所说的就是，试一下那件夹克。它几乎可以容纳两个你——因此，如果你不想引起人们的注意，那就穿在你自己的外套里面，看看情况会怎么样。最后，请记住，孩子：无论发生什么，我还会关注你。正如我亲爱的母亲所说的："回家的路可能不止一条，桑迪，但是，需要的是不畏艰难地行走。"祝你好运！上帝保佑你！就此结束。

这是朗波尔德上将的"奇闻逸事"的最后一页。麦克翻过这一页，看着背面，咳嗽几声，喝下剩下来的冷可可。他用手背擦擦嘴巴，并抬头看看挂在对面墙上的黄色圆钟。似乎就在那一刻，它开始滴答滴答走起来，长指针指着正点差两分的地方。这位老绅士一定是在等他了——就在这分钟。他的意思是让他就在此时此地打开包裹，穿上里面的那件夹克吗？他的脸红了，然后又变白——他下不了决心。他的头脑很乱，心脏在肋骨下怦怦地跳；他突然浑身又热又湿。

当他还在纠结该做什么时，却注意到那个拿给他食物的男人——菜色长脸，灰白色眼睛——正茫然却一动不动地看着他。麦克急忙站起来，把剩下的最后一点牛肉培根厚面包塞进口袋，匆匆忙忙抓起上将的手稿和牛皮纸包裹，离开了餐馆。

在转过那个能让他看见自己的工作场地的拐角之前，他偷偷看了看四周，想知道老绅士是否在哪个看得见的地方。他当然在那里了。就在这个时候，他离开麦克向前走——宽阔结实的肩膀，戴一顶棕色的圆顶硬礼帽，迈着稳健流畅的步伐。当再一次回到画作前时，他停了下来，一幅一幅地仔细看过去，扔了点东西到帽子里，然后又继续向前走。不到一分钟，他又走回来，看了第二遍，又付了钱。

似乎朗博尔德上将在咖啡馆离开麦克后，一直就这样来回走着看着；毫无疑问，他以这样的方式吸引了行人效仿他，去看地上的画。

确实，许多人只是看了一眼，然后径直走过去；但也有一些人付了铜币。这时，老绅士正接近麦克藏身的街角，因此，麦克羞怯地走了出来，跟他会面。

"啊哈！"朗博尔德上将叫道，"原来你在这里！很好！很准时。你读完了吗？很好！你穿起来了吗？"

麦克的脸一下红了，然后又变白。他说："我读了，每一页，先生，但夹克还包在纸里，因为——"

"该死的'因为'！"上将叫道，"走两步到那边的小巷里，我们很快就能解决这个问题。"

因此，他们一起走到附近一条小巷的庇荫处，在嵌着玻璃瓶的墙的上方，可以看见一棵悬铃木的绿叶；麦克脱掉自己宽松的旧外套，像鳗鱼一样轻而易举地滑进那件中国夹克，然后，外面又套上自己的外套。朗博尔德上将把包装纸揉成一个球，把绳子绕在上面，轻松地把它扔过墙。"祝你走运！"他说。

"好了。"他又说，并看着麦克，然后停下来。男孩子一动不动地站着，仿佛被冻住了，但身体却在发抖。他的嘴蠕动着，似乎想说点什么，却又不知道说什么。当他最后抬起头向上看时，老上将看到他苍白的脸上深蓝色的眼睛，非常吃惊。这是深海中那种炫目的深蓝色。上将记不起来他一生中在哪里看到过像它们一样的眼睛。它们不像一个男孩子或男人或孩子或女人的眼睛，但是，他在某个地方看见过这样的眼睛。麦克微笑着。

"这些绿色的鳄鱼，先生，"他说，用手指指着一只纽扣，"多数都比半便士大不了多少，但是，你可以触摸到突起的棱角，甚至它们头上凸出的眼睛。"

"啊，啊，"上将说，"那是中国人的作品。他们就是这样做的，

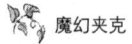

至少在过去。但你感觉怎么样?感觉怎么样,小伙子?"

麦克凝视了一下他的老朋友,然后他的目光转向头顶的淡绿色五边形悬铃木树叶和它们上方明朗晴空中的那片蔚蓝。一阵西北向的微风吹来,一朵巨大的云彩漂浮到正午的上空。

"我想,"他用嘶哑的声音回答道,"我想回到工作场地去,先生。"

"啊,啊!"上将叫道。然后又叫道:"啊,啊!让我们回去吧。"因此,两人一起出发。

虽然从外表看,这位脸红得像灯笼椒的老绅士非常冷静,但当他跟他年轻的伙伴一起踩着沉重的脚步向前走时,却异常兴奋。这时,麦克在前面带路,上将只是跟在后面。那孩子好像完全变了,好像脱胎换骨了。他走起路来看上去有一种像铃声般的虎虎生气,似乎*他的明亮炽热的太阳突然在像花岗岩一样冰冷的乌云间放射出光芒,照亮了天空*。接下来会发生什么呢?

首先,麦克拿起他的帽子,连看也不看一眼里面装的东西,就一股脑倒进上衣口袋里。然后,他慢慢地从一幅画走向另一幅画,直到把所有七幅画都审视了一遍。他从装着剩余的厚面包的那只口袋里拉出那块多用破布,匆匆走到大约二十码以外的一个滴着水,上面有一个豹头的直立水管前,一遍又一遍地把破布浸湿。他回到画前,一会儿工夫,就把所有的画都擦掉了。铺路石上只剩下模模糊糊的粉色和黄色,显示出它们曾经失去原有的灰色,三分钟后,这点粉色和黄色也被洗掉了。

当他做完了这一销毁工作,上午温暖的空气又把石头烘干以后,他跪下来开始画画。他好像忘记了老上将,忘记了中国夹克,忘记了这个上午发生的一切。他似乎完全意识不到过往行人,斑驳的阳光,街上的喧哗和骚动,甚至意识不到他是谁,他在哪里,他是干什么的。

瘦小的他，全神贯注地蹲在那里，蜷缩在墙角下，不停地工作着。

朗博尔德上将看着他，看见在空白的铺路石上，画中的人与物如此迅速地成形，不由得惊叹不已。仿佛施了魔法似的，就在他眼前，出现了一艘像一只天鹅般漂浮在蓝色水面上的全帆装备船，它顶部成锥形的桅杆直插天空，船帆像雪花飘落般鼓起；从舷窗伸出那些他经常听到却很少毫无缘由吠叫的狗的金属嘴巴。

他嘴里不停地嘟哝着："天哪，天哪！"不是因为这幅画很像在真实的蓝天下真实的海上的一艘真实的船，而是因为它外表下所蕴含的某种鲜活、可爱、永不泯灭的精神，他无法给它一个名字，但它让他想起那双几分钟前在悬铃木树叶下向上仰望的眼睛。是的，它还使他想起很久以前的那个夜晚，他用拇指支撑着身体，在母亲的那张红木餐桌上绕圈的情景。

这时，又有一些行人开始聚拢来，看这位年轻的街头艺术家工作。他忘记了把帽子放回原来的地方，但这似乎没关系。事实上，帽子戴在他的头上。奇怪的是，虽然每个人似乎都对男孩子的作画速度和技巧感到惊异，但当这些行人转身走时，都似乎急着想离开，而且没有一个人给他半个便士。

朗博尔德上将再也无法忍受下去了。他坚决地在那堆彩色粉笔旁放了一个二先令六便士硬币，大声咳嗽，停顿了一会儿，然后，发现麦克没有注意他，就悄悄地走开，让他继续工作。

上将最焦虑的时候已经过去。毫无疑问，自从六十年前他本人迅速穿上这件魔幻夹克以来，它丝毫没有丧失其功力。唯一让他不安的是，在最后一刻钟里，人们连一个法寻都没有给这个年轻的艺术家。然而，他知道为什么。

"他们一定被震慑了！"他对自己嘟哝道，"他们不知道该怎么对待它。他们觉得这是一个奇迹——是他们无法理解的。他们不喜欢这种感觉，认为这很危险。他们只是观看，诧异，然后悄悄离开。好吧，亲爱的朗博尔德，为什么不呢？耐心一点，不要介意，等着瞧！"

第二天早晨，他身上装满铜币，一大早就回到圣安大街后面的狭窄街道上。昨晚没有下雨，只下了一点露水；而且也没有风，一轮明月高挂。因此，这一个夜晚，麦克在路面上没有完成的那排画一定在月光下隐约显现，现在一定还像刚刚画下时那般鲜艳。朗博尔德上将格外早地出来，就是想独自偷偷看一眼这些画，但没想到麦克比他起得还早。

他就在那里——又是那样跪着——似乎对外面的世界一概听而不闻，视而不见，只是专心画他的画。他的老朋友没有打搅他，直接走到他的俱乐部里吃了一点早餐。当他回来时，男孩子消失了。除了平常的七幅画外，另外又完成了五幅。

上将一直盯着它们看，又是惊诧，又是说不出来的欣喜，又是失望。其中两幅画——"胜利号"船和新的"Hornted"——比他可以想象的还要生动和令人惊异。其他一些画却令他不安，因为他无法理解，他甚至无法弄明白它们到底是什么。

一幅叫做"夕阳下的菩提树"。它使他想起沙得拉、米煞和亚伯尼歌①走在熊熊燃烧的炉火中的情景。另一幅叫做"盲人"；画中有一把椅子，一张桌子，上面放着一瓶花和一盘水果，还有一扇开着的窗，它好像宝石一样在闪闪发光。但在上将眼里，那把椅子是扭曲成一团的，花看上去很奇怪——半似人类。他有生以来都没有见过画中的椅子是那样的。此外，画中见不到一点人的踪迹，更不要说一个盲

---

① 沙得拉、米煞和亚伯尼歌为基督教《圣经》中人物，他们被 Nebuchadnezzar 俘获，但在烈火燃烧的炉中走出来而未受伤。

人了。他离开那幅画,咳嗽了几声,然后叹一口气,看一眼那顶破帽子。现在已经是十点差一刻了;帽子里装了一个法国便士,一个英国半便士,一个中间有个洞的三便士银币。上将从口袋里拿出一把铜币,加到那几个硬币中。一整天,他就那样断断续续地看着年轻的街头艺术家。最后,他确定了两件事:第一,麦克仍然穿着那件夹克;第二,他没有赚到任何钱(除了他赞助的以外)。因为你不能在贫民窟里拾起彩色粉笔,或者用空气缝补旧裤子的膝盖!这男孩子几乎拿不到一个六便士的硬币。

当他仔细想一想这个恶劣的事实,朗博尔德上将开始有点焦虑,但决定不去干涉。第二天,他很早就敲响了麦克的工作场地对面寄宿舍的门。

"早上好。"门一开,他就打招呼,"如果可以的话,我想再用一下那个窗户。它空着吗?"

"当然可以,先生。"开门的女人说,"我很高兴,你欣赏窗口的景色,先生。只是很遗憾,有这么多的墙。"

"不是那些砖的问题,太太,而是行人。"上将一边跟着女人走上一段楼梯,进入一个俯视大街的房间,一边回答道。

在那里——在布鲁塞尔窗帘后面,坐在一把笨重的扶手椅上——上将大半个上午的时间都在看下面街道上发生的一切,尤其关注着男孩子。他有一次得出两个结论:第一,麦克现在没有穿那件夹克;第二,他得到的钱比头一天的还要少。生命似乎离开了他的身体。他弓着身子坐在粉笔和空帽子旁——他瘦削的脸像烟灰一样灰。当有人停下来看他的画时,他几乎不敢抬起眼睛。但是,他会不时焦急地来回扫视一下街道,好像在找什么人。

"他在找我,"上将对自己嘟哝道,"他想还那件夹克。天哪!然

而，坚持就行，坚持就行。"

下午一早他就回到那个窗口前。男孩子看上去更悲惨更沮丧了，但是，他开始修补他的"胜利号"。这次，上将带了野外双筒望远镜，用它可以拉近距离观察他年轻的朋友工作，以致想象可以听见他的呼吸。确实，他甚至可以看见一只圆头的蚂蚁在两块铺路石的缝隙间爬行，细细的粉笔碎很像彩色岩石。

麦克继续埋头工作，一会儿擦掉，一会儿添上一笔，上将可以看见每一抹色彩，每一条线，每一个笔画。最后——虽然似乎并不满意——男孩子站起来，检查画好的画。当他看见它时，似乎变得沮丧和萎缩。难怪他。上将几乎都要哭出声来了。画被毁了：船还在那里，还有大海和天空，但是，漂亮的光线、活泼的风格、罗曼蒂克、奇迹都到哪里去了？*画到哪里去了？*

朗博尔德上将完全不知所措。这一天在慢慢地过去。他开始觉得，自己的好意永远地毁了这个男孩子。他坐回到椅子上，全然不知下一步该怎么办。有一点可以肯定，他必须赶快去和那男孩子谈谈——鼓励他，让他振作起来。他必须请他好好地吃一顿，给他的胃里装一些牛肉，并且——也许——拿回那件夹克。它只是一种欺骗，一次失败的尝试。他必须拿回那件夹克，然后把事情好好考虑一下。

他倾身从椅子上站起来，一边最后看一眼街道的对面。接着他愣住了。天上还是很晴朗，夜晚的色彩开始蔓延到伦敦的天空——报春花茎，融化的金色，以及隐隐的绯红色照亮了房子的墙壁，照亮了街道。麦克现在不是独自一人！他还是盘腿蹲坐在墙根下，一动不动，就像一尊乌木雕刻。但是，约在一步以外，站着一位样子奇怪的老绅士，他身穿一件咖喱色的乌尔斯特大衣，蓄着胡子，戴着一顶高高的圆锥形宽边黑帽，手臂下夹着一把伞。这把伞没有上将那把干净但大得更加惊人。

他不仅仅是看着,而是全神贯注,"迷失"在这些画中。他一幅幅地俯身审视着它们,每一幅至少花两三分钟,除了"胜利号"只看了一眼就走过去外。

当他发现自己走到了尽头,就转身又把它们仔细看了一遍。朗博尔德上将屏住呼吸看着他的这些动作。穿着乌尔斯特大衣的老人这时转向了麦克,麦克慌忙站起来,把粉笔、帽子和一小张报纸扔在路面上。两个人很快在明净的夜色下交谈起来,几乎就像父与子。他们也谈这些画;因为麦克的新相识不时地用伞柄指着其中的一幅画,勾勒一条线,或悬停在一块色彩的上方。同时,他的胡子转向麦克,看上去像在赞扬他或批评他,或解释,或提问。有一次,他俯身捡起一支粉笔,在路面上画了几条线,似乎向男孩子解释他的确切意思。"就这样!"上将听到他结束了他的讲解,并擦擦手指。

毫无疑问,这位戴着宽边黑帽的古怪老绅士不仅对这些画感兴趣,而且对麦克也感兴趣。他看上去似乎兴奋得可以一直谈到半夜。不,就在此刻,他似乎在给男孩子提什么建议。他把手放在男孩子的肩膀上,似乎是鼓励他。麦克犹豫不决,然后深深地看了一眼天空,似乎在察看天气。之后,他似乎下定了决心。他很快拿起帽子、粉笔盒和包裹,跟老人一起沿小圣安街走去。

看到这里,朗博尔德没有再停留。他抓起圆顶硬礼帽、双筒望远镜和马六甲白藤手杖,哒哒哒哒地走下楼梯,来到大街上。他远远地跟在麦克和老绅士后面,走出小圣安街,进入阿什利短街,又穿过短街,进入杰明街。在街角,他因为专心追着他们,差点被一辆两匹马驮拉的食品杂货车撞倒。

这时,上将已经可以清楚地看到麦克和老绅士了,因此有时间停下来跟一个警察说话。

"晚上好,警察先生。"他说,"请问您知道那位戴着帽子走在那小伙子身边的老绅士的名字吗?"

警察看着那两个人。

"噢,说实话,先生,"他最后说,"我见过他,虽然我一时说不出在哪里。我甚至还听说了他是谁。但是,哎呀,要是我能说出他的名字多好啊。我真希望我能,先生。他看起来似乎值得。"朗博尔德上将谢了警察,急忙继续朝前走。

当他又看见两个人时,一个身穿一件宽松的深色斗篷的长发年轻人正巧从他们身边走过。这个年轻人也戴着一顶宽边黑帽。出于礼貌,他在离开他们一段距离后才站住,并专注地看着他们,直到朗博尔德上将来到他面前。上将上下打量了他一番。

"请原谅,先生,"他说,"如果我没有弄错的话,您跟我一样,对那边的那位老绅士很感兴趣。一个给人深刻印象的人!您能告诉我他的名字吗?"

"他的名字,先生!"年轻人叫道,"天哪!哎呀,那是老B——那是'戴帽子的老B'!——不列颠群岛上最古怪最疯狂的人。千真万确,先生。那个老家伙对绘画艺术和绘画作品无所不知,无所不晓。他是位大师。等着吧,等他死了,整个世界都会为之摇动。"

"真的吗?"上将叫道,"一位大师!绘画大师!——呢?万分感激——万分感激。您觉得他如果看中了那个小伙子——发现他有前途,我的意思是——嗯——是那个小伙子走运了吗?"

"觉得?"年轻人回答,"天哪,先生,是我知道。"

上将不再耽搁他。他向他致意,然后继续走路。他再没有什么可说的。他很满意,一切都很好。魔幻夹克没有欺骗他,麦克的"向上攀登之路"开始了。他发现自己来到了杰明街,夹杂在去往干草市场的人流中。身穿乌尔斯特大衣的老人消失了。噢,不,他在那里——老 B——在街道对面的不远处,在一家书画刻印作品商店的窗口。他正和身边的男孩子说着话——手指指点点,打着各种手势,浓密的胡子摆动着。麦克在倾听,眼睛盯着里面,听得非常入迷。朗博尔德上将转身离去。他从来没有自称很懂绘画。那他现在为什么突然感到沮丧和抑郁呢?他也累了,而且非常口渴。他几乎像是在思念他的夹克。

鱼　王

很久很久以前，在威尔特郡图索克村，住着一位名叫约翰·科布勒①的年轻人。既然他姓科布勒，想必他的家族一定曾经从事过制鞋行业。但是，约翰一生中都没有做过鞋生意，至少在人们的记忆中没有。要说修补，约翰没有修补过别的，只修补过自己和母亲的旧鞋。尽管如此，他却是个心灵手巧的年轻人。只要他稍微改变一下自己，他本来是可以轻而易举地养活母子二人，而且可以活得很好。但他很懒。不过，不管他是否懒，母亲都非常爱他。自他是个嗷嗷待哺的婴儿开始，母亲就很宠爱他。那时，他主要的快乐就是吸吮自己的大拇指，瞪着一双又圆又大的蓝眼睛，看着不知道叫什么的东西。甚至在他是个心灵手巧的年轻人时，也没有改掉他的习惯。他可以编织各种篮子；他是养蜜蜂能手；如果给他焊料，能找到铁，他可以修补厨房的锅碗瓢盆；他会种白菜，锄土豆，建鸡舍，或粉刷猪圈。但他只是这些行当的杂家，却没有一样精通。他很少能完成一件事，不像他的同名人**巨人杀手约翰尼**②那样可以击败他的强大对手。他做事总是虎头蛇尾。如果不是母亲设法给村里一些体面人家做些洗洗熨熨、修修补补、打扫烧饭、编结缝纫的活，他们就会经常无米下锅，活不下去。

---

① 科布勒是 Cobbler 的音译，意为"制鞋匠，补鞋匠"。
② 法国动画片《巨人杀手约翰尼》的主人翁，约翰尼为约翰的昵称。

不过，即使约翰天生懒惰，爱做白日梦，但只要他可以放弃一个小小的乐趣和消遣，母亲对他的将来就远不会那么担心；他不仅有可能挣到不菲的工钱，而且也可能赢得财富——即使为了更快地达到目的，他必须得离开图索克村。这就是，他对水的迷恋。或更确切地说，不是因为他真的那么爱水，而是因为他对钓鱼的热衷。只要他看见一个水坑，或者因暴雨涌来的雨水，或半夜听见水从一个漏水的龙头滴滴答答地滴进水池，当风缓缓地从东方吹向南方一英寸或两英寸，所有其他的想法就都烟消云散。他所要的就是一根钓竿一根渔线一个钓钩一根蚯蚓一个软木浮标，加上一个水池或一条小溪或一条河——或深深的蓝色大海。而且，他渴望的不是鱼，而仅仅是垂钓。

退一步说，如果他能把握做事的分寸，即使他如此渴望这件事，也并无大碍。但是，他做不到，他从早到晚都在钓鱼。因为持续地盯着一个浮标，他的眼睛几乎圆得像并成了一只，他走路时手肘像鱼鳍一样凸出来。奇怪的是，他的血竟然没有变成水。虽然有各种各样味道鲜美的英国鱼，但他母亲最后变得对每顿饭中有任何一种鱼都非常厌倦。正如一首古老的诗歌所吟诵的：

> 周五吃鱼人人都可期盼，
> 主要食品是牛肉和芥子酱。
> 只有贪吃之人才会以冷羊肉为生，
> 未熏制的培根不是太瘦就是太胖。
> 但一个聪明的食者会想，
> 鱼的味道还不如这三样！

而且，钓一条很小的鱼，甚至一条斜齿鳊，跟钓一条已经长好的大鱼所花的时间是一样的,烹饪时间几乎也一样;而且它们的鱼刺也一样多。尽管他如此痴迷钓鱼,尽管他钓上来这么多的鱼,他母亲还是一样继续疼爱他。她希望,有一天,他自己会厌倦它们。或者他这么钟爱水有不为她所知的秘密?也许有一天,他会钓上来一个真正有价值的东西——可以保存的东西?也许是一小桶红宝石和钻石,或满满一箱子琥珀和金子?然后他们所有的困难和烦恼就会结束了。

但是,约翰丝毫没有勤快一点或厌倦钓鱼的样子,虽然他已经不满足于在同一些地方钓鱼。为了找到自己从没见过的水塘、水池或湖泊,或对他很陌生的溪流,他会走一英里又一英里。只要他听说哪里有一天内能找到的水,他就会出发去寻找。有时候,他会在旅途中干一份活,不仅给母亲带回一个便士,而且还会带给她一个小礼物——一条丝带,或一个针线盒,一袋杂物或特硬球形薄荷糖,或一只喝下午茶时食用的鸭蛋;任何她可能喜欢的东西。有时候,他从远处的水域中钓来的鱼比家门口钓来的鱼要更新鲜,更美味,更浓郁,更多汁;有时候它们会更难吃——干巴巴,劣质,腐烂,充满泥腥味。这一方面取决于鱼的品种,一方面取决于把鱼带回家所花的时间,另外还取决于母亲当时的感觉。

约翰·科布勒听说过一条溪流,但很久都没有找到它。因为每当他去找它——他知道,它离开图索克村足足有十四英里或更远——他总是被一座燧石高墙所阻挡。这是他见过的最高的墙。像中国的长城一样,它一直延伸数英里。更奇怪的是,虽然他一直沿着这道墙往前走数小时,却从来看不见一个大门或小门,或任何可进入的通道。

当他碰巧看见一个陌生人,问他是否知道这座神秘的墙的另一边是什么,在他听说的那条溪流中有没有鱼,如果有,又是什么品种,什么形状,多大,味道如何等等时,他们每一个人的回答都不一样。

一些说，墙里面是座城堡，离开墙整整一里格，城堡里住着一个男巫，他的一座塔楼上有许多镜子，通过这些镜子，他可以看见任何接近城墙的陌生人。另一些人说，一位海之老人在一个水和紫杉树迷宫中给自己建了一幢陆地豪宅；这个变成了食人生番的海之老人，总是把那些擅自闯进豪宅的人淹死，然后再吞食了他们。又有一些人说，一些水巫住在那里。那里曾经有一座王子的宫殿，在宫殿的残垣断壁旁，有一个由那条溪流形成的大湖，这些水巫就住在里面。但所有人都说，这是一个危险的地方，无论是白天还是黑夜，他们都不敢为了一袋几尼而冒险翻过墙。他们说，在夏季的夜晚，你可以听见墙里面传出来的声音，而且是非常奇怪的声音；你还会看见天上的闪光。有一些人还断言，在月亮升起时分，他们听到过捕猎的号角声。至于鱼，他们都认为一定是怪物。

到底墙的那一面有什么，约翰听到的就有无数种说法。他是一个简单的年轻人，因此，每一种说法他都相信。但所有的故事都不能消除他对翻过墙去，到那条溪流里去钓鱼的渴望。既然这么多人和物都被挡在了墙的外面，墙里面一定藏着值得拥有的东西。既然在其他所有地方钓鱼都已经变得平淡而乏味了，他唯一的希望就是发现这堵恢宏、布满苔藓、野草丛生、遥无尽头的灰色高墙后面的秘密。只是为了母亲的缘故，他没有继续朝这个方向走下去。

但是，出于这个原因，他可能会在家里待两三天，但第四天，他又会重新出发，如饥似渴地探索这个未知的水域。

约翰不仅整天想着这道墙，而且在夜晚也梦见它，梦见可能在墙后面的东西。如果风在窗口呼啸，他就会梦见洒满月光的湖泊和水；如果一只野鸭在星光下嘎嘎叫，他枕着枕头的脑袋里就会出现千万只野鸭和野生天鹅，还有无数只说不出名字的水鸟。有时候，他会梦见庞大的鲸鱼游过来。他还会听见美人鱼在她们的凹形壳体中吹奏，并一边梳着头发一边唱着歌。

因为这种极度的渴望，他开始变得消瘦；他的眼睛不再清澈，不再炯炯有神；他的肋骨突了出来。虽然自从他放弃了钓鱼，母亲见到他的机会多得多了，但最后她也开始越来越想念已经习惯了的东西，也就是鱼——煮的，烤的，煎炸的，或者是用荷兰烘箱烘的。她如此渴望着餐桌上的鱼，终于在一次晚饭时，她把刀叉放在吃了一半的腌猪肉旁，说道："哎呀，约翰，我多想再享用一口丁鲷啊！你还记得你在艾伯特水池钓上来的丁鲷吗？或是一条多汁的小鲑鱼，约翰！或一些蒸鳗鱼！甚或一些来自老格兰其的护城河的斜齿鳊，即使它们多数都是泥浆！有趣的是，约翰，当我们可以得到的时候，海鱼从来都没有让我满足过；而我现在对肉一点食欲都没有了。另外，我发现奶酪会让你做噩梦。但是鱼呢？从来不会！"

对约翰来说，这就足够了。一连好几个星期，他都在做激烈的思想斗争，就是那一点点的偏向，让他断然做了决定。并不是害怕或恐慌，不是那些关于巨人、巫术和过去的王子的故事阻止他翻越那堵恢宏的墙，以及面对墙那边的危险。根本不是这些，而只是他心里的一种感觉：如果他一旦到了墙的那边，他可能永远不再是原来的那个人了。早上起床，可能照进窗口的还是往常的阳光，鸟儿还像原来那样欢唱，但你却确信，未来的几个小时里，将会发生什么事——以前从没有发生过的事。所以，约翰·科布勒心里有这种预感。就在他母亲把刀叉放在吃了一半的腌猪肉旁，说"哎呀，约翰，我多想再享用一口丁鲷啊！……或是一条多汁的小鲑鱼，约翰！"时，他就下了决心。

"噢，当然，亲爱的妈妈，"他对她说，但声音止不住发抖，"我看看明天能为您做点什么。"他即刻点起蜡烛，一想到这，就高兴得几乎无法呼吸。他咚咚咚地爬上楼梯,来到阁楼,找出他最好的钓竿,准备好了渔具。

第二天早晨,当曙光初照,东方呈现淡淡的蓝色,像一泓浅水中银色的鱼群的小片云朵静悄悄地漂浮着——即在火焰般的太阳升起之前,约翰带着钓竿、渔具、磨损的旧鱼篓、一大块包在一条带点子的红色手帕里的奶酪面包,快速走出图索克村。路上见不到一个人影,所有窗子都拉着窗帘,烟囱没有冒烟,整个村庄还在沉睡中。他边走边吹着口哨,并不时地抬头看看天空。他想,天上渐渐消散的轻轻漂浮着的银色鱼群可能预示着今天会刮风,而且刮的是南风。他慢慢地向前走着,除了一个赶着羊群和牧羊犬的羊倌和一个赶着几头牛的淘气鬼以外,没有遇见一个行人——因为这些地方很偏僻——当他到达那道墙前时,仍然还是早晨,英格兰特有的清新而满目绿色的早晨。

约翰不仅仅朝着墙走去,而且是朝墙里面的某个地方走去。在不久前的一个夜幕降临时分,他注意到了一棵树高处仍在抽叶发芽的树枝,被大风刮倒在墙顶上,通向沿墙走的一条杂草覆盖的狭窄小道。似乎很少有人到这边来,但是,这里有很多兔子,它们的窝做在多沙的灌木树篱中。傍晚还有欧夜鹰,在暮色中咕咕地叫。约翰还注意到,这里还是蝙蝠喜欢的栖息地。

约翰很快上下看了看这条小道,看清四下里无人,便站到了悬挂着的树枝下——就像寓言里想吃葡萄的狐狸——他跳了一下,又跳一下。但无论他跳得多高,就是够不到最低的树枝。他歇了一会儿,环顾四周,发现了一块半埋在灌木树篱中的大石头。他奋力把石头推到树底下,第三次纵身一跃,终于成功地跳到了树枝上。他从树枝上爬过去,轻轻地跳落到墙的另一边。他到来的消息几乎立刻在这里的野生动物之间传了开来。乌鸫与乌鸫之间传开了警报,树叶和蕨丛间响起一阵阵急促的奔跑和蹦跳声,一群秃鼻乌鸦呱呱地叫着飞向天空。然后所有声音戛然而止。约翰偷偷看看周围;他从来也没有感到这么孤独过,甚至在梦里也没有到过这么陌生的地方。毛地黄以及小山坡和小山坳里的欧洲蕨青翠碧绿,早晨的阳光照到森林中的大树上,它们一棵棵枝繁叶茂,大部分只有在粗树枝下才能分享到翠绿色的曙光。周围一片死一样的寂静。

约翰继续走了一小会儿,边走边圆睁着眼睛。他到处听到松鸦在互相尖叫,斑尾林鸽噼里啪啦地钻出树林,朝着太阳飞去。寂静中,时不时地响起啄木鸟吧嗒吧嗒的轻叩声,或它回荡在森林中的狂野笑声。有一次,当他慢慢地沿着林中一条小道向前行走时,正巧看见一群鹿在他面前飞奔而过。它们看见了人,闻到了人的气味,悄无声息地穿过林中空地,隐入丛林。约翰继续往前走,不断仰起鼻子用力吸吮空气;因为他那渔夫的本能告诉他,水就在附近。

最后,他来到一个缓缓的山坡,山坡上长满高及腰部透着香味的欧洲蕨。在山坡顶上,他看见了下面的幽谷中,有一条在长满苔藓的两岸中间缓缓流淌的很深的小溪流。"啊哈!"约翰大声叫道。他的声音这么奇怪地在空中回响,似乎是另有他人在说话。他猛地转身,凝视着周围。但是,周围既见不到一个人影,也见不到一只鸟和野兽。一切又恢复了寂静。因此,他小心翼翼地走下山坡,走到溪流边,开始钓鱼。

过了一个多小时,他什么也没有钓上来。溪流很深,水的颜色很暗,它缓慢地流淌着。溪流的对岸,树木更加茂密。虽然他一条鱼也看不见,甚至没有一条鱼欺骗性地来咬一下鱼饵,但他内心深知,溪流里游动着无数的鱼。约翰经常会遇到钓半天鱼而没有鱼来咬一下鱼饵的日子,但只要水静悄悄地在他脚下流淌,只要他能看见树枝和飘动的蓝天在这面深色的镜子中的倒影,他就很开心很安心。突然,似乎是在取笑他,一条他从没见过的,背部有绿色花斑,腹部银白色的鱼,整个跃出了水面,离他的浮标约有三码远;它似乎用没有眼睑的眼睛凝视了他一会儿,立刻又跳回水中。不知仅仅是它的击水声,还是确实从它张开的嘴中发出来的话语,在它消失前,他确实好像听到了一个奇怪的声音叫道:"嗨!约翰!……试着再往下走一点!"

他对着自己笑起来,然后听了一下。停留了一会儿,他又更紧地握住钓竿,更加小心地观看周边,沿着溪流向下走,并不时地停下来,把钓竿抛出去。但仍然没有一条鱼来咬他的鱼饵(甚至嗤笑一下都没有),而那些他够不到的跃出水面的鱼,却张着嘴巴,似乎发出同他听见过的一样沉闷而湿漉漉的声音:"嗨,约翰!嗨!嗨,你,约翰·科比勒,你瞧!试着再往下走一点!"这些鱼这么像着了魔,约翰开始后悔自己没有坚持在原来那些老地方钓鱼,而冒险越过了墙;他希望自己至少告诉了母亲要到哪里去。假如他永远也回不去了呢?她会到哪里去找他呢?哪里?哪里?而她所想要的,也许就是为了他的缘故,只是一顿有鱼的晚餐。

这里,溪水流得快起来,形成了一股像玻璃一样绿的急流。突然,他惊诧地发现自己正凝视着一幢高高的房子,它陡峭地伸向天空的石头墙表面只有两个狭窄的窗户。他的心狂跳起来。他很害怕。在这道墙远处的右手方,可以看见一些较小的房子的石头屋顶,以及一些盖满苔藓的果树。许多秃鼻乌鸦和寒鸦忙碌地在屋顶上来回飞着,它们喋喋不休的叫声听上去甚至盖过溪水的响声。这时,就在他脚下,溪流在墙中的一个圆拱下变窄,它喷涌而过,没入远处的寂静和黑暗。

约翰凝视着这幢奇怪孤立的房子,脑中立刻出现两个想法。第一，这幢房子一定是被施了魔法的；第二，除了上面的鸟和溪流中的鱼以外，它是被弃置而空无一物的。他把钓竿放在翠绿的岸上，悄悄地从一根树干跳到另一根树干，以便看得清楚一些。他决定，如果有时间，他就绕着他看得见的花园的围墙走，但不会冒险走到房子另一边的开阔地里。

在斑驳的阳光下，这里显得出奇地安静，约翰决定休息一会儿，再继续他的冒险活动。他坐在一棵树下，打开手帕，发现里面不仅有自己准备的一大块面包和奶酪，而且还有一根肥肥的香肠和一些皱巴巴的苹果，想必是母亲后来放进去的。他饿极了，疲倦地从头顶的树叶下看着两个黑暗的窗户，嘴里不断地咀嚼着。他一边咀嚼，一边听寒鸦们继续叫着，它们黑色的翅膀被阳光染成银色；鱼儿继续无声地跃出水面又跳下去，它们的眼睛呆滞地盯着他；集聚一起的溪水继续在墙下黑暗的圆形隧道下涌流。

约翰聆听着、观看着，觉得在这些交织在一起的柔美的和声之上，还听到了远处隐隐约约的歌声——声音很甜美。但是，如他很久以前就知道的那样，水对耳朵具有奇怪的欺骗性。有时候，当你听它时，就像鼓和扬琴在它的深处敲响；有时候，又似乎像手指叩击竖琴的弦，或像看不见的嘴在叫喊。约翰停止咀嚼，更仔细地聆听。

很快，他脑子里不再有疑问，他听到的肯定不只是水声，同时也有人的歌唱声，而且离他不远。声音好像从房子里面传出来，但他听不出歌词。它从一个音符滑向另一个音符，犹如一只不知名的鸟，在从非洲航行到英格兰海岸后，在四月最初的冷风中尖声鸣唱；虽然他自己没有意识到，但在聆听时，他皱起了脸，就像变成了小孩子，马上要哭出来一样。

他听说过无情的半人半鸟的女海妖的故事，也听说过海中女仙的故事，她们如何在海岛的岩石中歌唱，或躺在阳光明媚的岛屿的海滩上，而巨大的海鱼则在咸海水中嬉戏：鼠海豚和海豚，穿过像玻璃一样清澈、像宝石一样碧绿湛蓝的波涛。他母亲也在他小时候告诉过他——而且像辛普尔·西蒙①一样，他开始在她的桶里钓鱼——聆听这些声音会有什么危险；甚至海员如何用蜡塞住耳朵，以免被音乐引诱到女海妖的岛上，永远不能航行回家。但是，虽然约翰记得这个警告，他还是继续听着，并产生一个强烈的渴望，想发现谁是这个秘密的歌者，她藏在哪里。他心想，自己也许可以通过某种栅格或黑暗的墙中的裂缝窥视，而不被发现。

但虽然他继续悄悄往前走，一会儿在阴影中，一会儿在阳光下，不断推开杂乱地纠缠在一起的刺藤和多刺木质茎植物丛，以及长在墙脚下的欧洲蕨和泻根属植物丛，他却没有发现——至少在这一边——可以朝里看的门或窗，甚至也没有砖石结构中的狭缝。最后，他又热又渴又累地返回他放钓竿的溪畔。

甚至当他跪在水边喝水时，沉默了一会儿的声音又开始唱起来，它听上去又甜美又悲伤；在离他低着的头不到一臂之遥处，一条大鱼跃出水面，它的尾巴几乎弯曲成两段，凸出的眼睛盯着他，有着像钩子一样的牙齿的嘴巴叫道："呃呼呋！欧欧咕噜咔哇！"至少对约翰来说，它似乎是这样说的。传递了它的信息后，它又跳回黑暗的水中，消失在一个大漩涡里。约翰被这突如其来的声音吓了一大跳，很快向后退，同时挖出岸上一块长满绿色苔藓的石头，咕咚咕咚滚到溪流里；歌声又立刻停住了。这时已到中午时分。他向后看一眼高墙和空窗户，在又一次降临的寂静中，他听到了像来自猫头鹰的哀叫声，一

---

① 源出童谣中一个人物，寓意"傻瓜"。

股恐惧的寒气传遍全身。他一下跳起来，抓住钓竿和鱼篓，急急忙忙把剩下的午饭包到红点手帕里，立刻出发回家。他没有回头看一眼，直到房子在身后消失。心里的恐惧消失后，他开始为自己感到羞耻。

既然这时他看见了溪流的又一道月牙形河湾，他决定，无论花多长时间，他都要在那里钓鱼，直到钓上来一点什么为止——即使只是一条刺鱼——这样，他就不会让母亲因没有吃到她渴望的晚餐而失望。他用来当钓饵的涂抹着猪骨髓的米诺鱼已经干了。然而，他把它抛到水里，几乎就在浮标碰到水之前，一团漩涡涟漪从河对岸迅速蔓延过来，一条贪婪的银灰色狗鱼——至少有两英尺长——转眼间吞下了鱼饵和鱼钩。约翰几乎无法相信自己的眼睛。仿佛它就是躺在那里等待被捉似的。他俯身看着它一动不动的奇怪眼睛，而它就那样躺在草地上，躺在他脚边。它也闷闷不乐地凝视着他，似乎即使只能再活一两分钟了，它还在努力传递给他一个信息，然而他却并不懂。

他满心欢喜，一刻也不再待下去。但是，在回家途中，他每走完一英里，想回到那幢房子去的欲望就增加一分，即使只是去再次聆听从黑暗的墙里传出来的忧伤歌声。但是，他没有跟母亲说起他的冒险经历，两人坐下来，美美地享受了一顿鱼宴。

因为他们都很饿了，所以很少讲话。"我觉得奇怪的是，约翰，"母亲最后说，"虽然这只是一条狗鱼，我也只是像往常一样烧，如采一点百里香和墨角兰，用一点黄油，挤一点柠檬汁，切几段青葱，但它身上远远不止这些。它有一种香味和甜味，好像它是被很讲究地喂大的。你在哪里捉住它的，约翰？"

听到这个问题，约翰不禁一阵咳嗽——仿佛喉咙里被鱼刺卡住了——看上去好像随时会被噎住。母亲便给他敲背，等她停住时，却已经忘记了自己的问题。当她又满满地塞了一口鱼肉时，已经开始想别的事了。幸亏她有一排整洁坚硬的牙齿，否则，她这样嘎吱嘎吱地咀嚼，非咬断两三颗牙不可。

"请原谅，约翰。"她说，然后从嘴里拉出一个细小而坚硬闪亮的东西。她把它放在厨房水槽里洗了一下，发现是一把钥匙。钥匙上面刻满鸟、野兽和鱼的图案，约翰想，这也许只是装饰，也许是秘密的文字，这时他的脸红得像甜菜。

"我从来也没有见过这样的东西！黄铜的！"母亲说，眼睛盯着手掌中的钥匙。

"我也没有。"约翰说，"我马上把它拿到铁匠那儿，妈妈，看看他是否认得它。"

她还没来得及说行还是不行，约翰就不见了。过了半个小时，他又回来了。

"妈妈，他说，"他说道，"这是把钥匙，妈妈；不是黄铜的，而是纯金的。一把金钥匙！谁的呢？而且是在鱼的肚子里！"

"噢，约翰，"母亲说，吃了这么丰盛的一顿晚餐，她有点儿瞌睡了，"我从来没有——注意——发现，除了鱼以外，钓鱼还有什么好处。但如果那条狗鱼来的地方还能有更多金钥匙的话，那我们明天就早点起床吧。我们很快会变成富翁的。"

约翰不需要吩咐就知道怎么做。第二天早晨，太阳还远远没有把牧场的露珠染成金色，他就出发了。在离中午还有整整三个小时时，他就带着钓竿、鱼篓和钓饵来到了那道有魔力的墙脚下。天上没有一丝云彩，小溪像融化的玻璃一样静静地流淌，映照出高高耸立的树木，黑暗的石头墙，沿岸纹丝不动的花卉和草叶片。约翰站在那里，对着水凝视了一会儿，似乎今天只是昨日的重复。然后，他在岸边坐下来，开始做起白日梦，他的钓竿就扔在身边。他脑中既没有鱼，也没有钥匙,没有早晨的清新空气,没有任何希望和思想,只有再次聆听那秘密的声音的欲望。他周围的阴影已经悄然缩小到不足一英寸,浩瀚的天空下,一只杜鹃在森林的绿色小谷地中咕咕叫了三次,突然,那些不管是醒着还是在睡梦中都时时在他脑中萦绕的音符,宛转滑入天空。它们在一片寂静中轻柔地绵绵不断地奏响着,像在天堂静静的长廊中的小天使一样清晰,约翰心里知道,唱歌的她,不再害怕他的陪伴,而是在恳求他帮助她摆脱孤独。

他站起来,又一次用目光搜索着头顶上高大阴森的墙壁。在烟囱之间,没有别的,只有呱呱叫着的红嘴山鸦和寒鸦,还有一只沿着黑暗的石头振翅飞翔的硫黄色蝴蝶。那些发出回声的墙壁让他感到害怕;然而,音乐声仍在哀婉继续着。最后,他把目光转向黑暗的圆拱,汇聚到一起的大股水流在它下面汹涌而入。确实没有进去的路!但是,水可以进去的地方,难道他不可以吗?

他没有停留片刻来考虑在墙下黑暗的水中他可能面临的危险,就脱掉衣服鞋子,一头扎到水里。他沿着溪流游着,一直游到开着大口的圆拱的近处;然后,他深吸一口气,猛地潜下去,直到憋不住时,才钻出水面——正是时候。但当他浮向水面时,不知抓住了什么东西,一抬头,却发现,在暗淡的光线中,自己正在一段狭窄的石阶下——一条生锈的链子悬挂在它的中部。他用力钻出水面,坐下来平复一下呼吸,然后走上台阶。在台阶顶上,他来到一条低矮的石头走廊,并又停住了脚步。

在这里,那声音听得更清楚了。他很快走过走廊,最后来到一个高高的窄房间,房间里洒满了从俯视着森林的窗户照进来的阳光。在窗口,约翰看见了一张苍白的脸,这张脸上和编着辫子的紫铜色头发上闪烁着一种暗淡的绿光,乍一看,约翰以为斜倚在窗户上的是条美人鱼;因为她长着一个人的头和人的身体,下面却是一条鱼尾巴。约翰一动不动地站着,眼睛凝视着她,而她也凝视着他,但他想不出来该说点什么。他只是张着嘴巴,以便想到什么就说出来,而水珠从他的衣服和头发上滴下来,落到他周围的石板上。当这个奇怪的生物,她那小脸上的嘴巴开始对他说话时,他几乎不明白说的是什么。确实,她已经被独自关在这幢旧房子里很久了,而那个给她安上鱼尾巴以防她离开这幢房子的巫师,已经离开很多年,而且永远也不会回来了。她现在几乎忘记了自己的母语。但是,她的声音中有一种音乐,对于听得懂的人来说,它比词典里的任何词都有用得多。过了没多久,约翰就发现,这个可怜的有鱼尾巴的生物非常不开心,她没有别的,只能从她自己悲伤的声音中得到安慰。她所希望的,就是去掉身上这根冰冷的鱼尾巴,从而重新获得亮光和阳光,摆脱把她关在这些石头墙里的男巫的魔咒。

约翰坐到桌子旁边一只旧木头凳子上,聆听着她的声音,并不时地深深叹一口气,或者点点头。他得知——虽然非常慢——她的唯一伙伴,就是一个耳聋的老管家,他每天分别在早上和晚上给她送两次食物和水,而在其他时间,他则把自己关在房子另一头的一个塔楼里,向外看着荒芜的花园和果园,这些园子里原来长满了桃子、榅桲、杏子和大马士革的所有玫瑰。除此以外,她叹了口气说,她总是独自一人。约翰也尽自己最大的努力,告诉她有关自己和母亲的事。"她会尽最大的努力帮你逃离这里的——我知道,如果她可以。唯一的问题是,怎样逃脱?你看,首先对母亲来说,要来这里,路途很遥远,而且没有什么好的办法越过墙;第二,即使她想法做到了,用尾巴走路也是很困难的。我的意思是,小姐,你得用尾巴走路。"说完,他嘴巴仍然张着,眼睛朝别处看,因为担心自己可能伤害了她的感情。与此同时,他想起了那把钥匙,如果不是他差点噎住了,他母亲就误把它当鱼吞下去了。他把钥匙从裤袋里掏出来,举到窗口,让光线在上面闪烁。一看见它,可怜的有鱼尾巴的女子突然显得悲喜交集,她把头埋在手上,大声哭起来。

这对可怜的约翰没有多大帮助。因为他的无所事事,只喜欢钓鱼,有时候他让母亲很烦恼。但是,虽然她看上去很瘦小,却像狮子一样勇敢,即使哭也是偷偷地哭。这也许是很遗憾的事,因为如果以前看见过母亲哭泣,即使是一次,他现在可能就知道该怎么做了。他所做的,只是让自己看上去非常忧愁,并把眼睛转向别处。当它们慢慢地环顾四周的空墙时,他发现石头上有个像小门一样的开口,它旁边有一个小小的钥匙孔。他最渴望做的一件事,就是安慰这个可怜的有鱼尾巴的少女,劝说她擦干眼泪,对他微笑。但是,他能想起来说的话都毫无帮助,他蹑手蹑脚地穿过房间,更仔细地观察墙壁。在钥匙孔上方,刻着四个字母——C.A.V.E.!约翰不明白它们是什么意思,除了"洞穴"是空洞的东西外——而且通常是空无一物的。然而,既然这里有把锁,而约翰有把钥匙,他很自然地就用他笨拙的手把钥匙插进锁孔,看看它们是否相配。他轻轻地转动钥匙,天哪,有微弱的咔嗒声。他用力拉了一下,把石头顺着铰链拉了出来。然后他朝里看。

他不知道自己期待看见什么。在这个窄窄的石头橱柜里,只有一个小小的绿色罐子,它旁边是一片看上去像羊皮纸的东西,但其实是一张猴子的皮。约翰从来没有好好读过书,他是个笨蛋。小时候,他喜欢看天上的云彩,看蝴蝶和小鸟飞来飞去,看绿叶在阳光下闪闪发光,觉得青蛙、水螈、刺鱼和米诺鱼是更好的伙伴,而不是印在纸上的文字。尽管如此,他还是设法学会了所有的字母,甚至学会阅读,虽然他读得非常慢，以致有时候还没有把一个很长的词的最后一个字母拼出来，就已经忘记了前面的字母。他把那张猴子皮放到亮处，紧紧地握在手中，一个音节接着一个音节地低声咕哝出上面的文字——把长一些的词放到最后。

这时，斜靠在窗口脸色苍白的女子停止了哭泣，正含着眼泪从紫铜色发辫之间看着他。约翰读出来的是一首诗：

你若敢，
为这个女人摆脱鱼身而翻山越洋，
逃出我复仇的手掌，
用鱼的脂肪涂抹你的心脏，
证明你自己是内行！

然后长出尾巴和鳍，
投身到水中！
你一定会实现你的愿望。

看到这个魁梧精明的鱼王！
赶快吞下他的鱼饵，
因为他是驾驭一切巫术的大腕。
如果他有点绅士，
他会告诉你到哪里去寻找和找到，
给这位少女安上鱼尾巴的魔膏罐。

但小心，

> 不要长久待在，
> 这个魁梧的鱼王掌控的地方；
> 当你伴着调味酱，
> 成为他的盘中餐，
> 再来哀叹你的命运，
> 那就已经为时过晚！

约翰读了一次这首打油诗，又读第二遍，在读了三遍之后，虽然不能全读懂，却也弄明白了不少。他没有发现但却看起来是最重要的事是，如果他按照诗歌里所说的去做——把鱼的脂肪涂在心脏上——他会怎么样。

约翰想，为什么不马上行动呢？虽然除了当他钓到一条鱼时，他做事很少这么迅速。他把猴子皮折叠得小小的，放进裤袋，然后模仿着走下阶梯和潜入水中的动作。他向少女保证，他会尽早回来，并恳求她，在他回来以前，不要再唱歌了。"因为……"他开始说，但却说不下去。这时，可怜的人，她又哭了起来，约翰看见她这样，非常伤心，就更加急着想离开。因此，他从石头橱柜里拿出那只小罐子，尽量微笑着向她安慰似的点点头，作为告别，就匆匆穿过狭窄的长走廊，走下陡峭的石阶，来到水边。

他首先非常小心地用手指尖摸一下自己跳动的心脏的确切位置，然后用手指挖一点绿色的软膏，涂抹在自己的肋骨上。马上，他的眼前一片可怕的黑暗，他感到头晕目眩，感觉自己的身体在收缩，在变窄变短变小。他的骨头在皮肤里收拢到一块；最后，他的手臂和腿不能再挥舞和跑动，他的眼睛似乎陷到了头里面。紧接着，他的整个身体猛烈地扭动一下，就突然落入水中。他吓得一动不动地在水里躺了一会儿,然后又开始扭动起来。在过了可怕黑暗的几分钟后,他发现自己飞快地向前游着,然后第三次从圆拱下钻出来,进入暮色中绿莹莹的溪流。他以前从来没有在水中这样轻松地移动过。这也难怪!

他转动身体,想看看自己到底怎么样了,却看见了一幅奇特的景象。在曾经是手臂的地方,现在长出了又小又硬的鳍,嘴巴两边挂着似软骨的小胡子或触须。他矮胖的身体是带点绿的棕色,他不再拥有人腿,而只有一条有沟槽的摆动的尾巴。如果他年纪轻轻的没有那么游手好闲,他可能会发现自己是一条有花纹的鲑鳟鱼、鲃、鲻鱼或一条生龙活虎的鳗鱼,或者他很可能会成为一个水手。但是,不会,他是个十足的渔夫,一眼就能认出自己———一条普通的丁鲷,还不是一条非常漂亮的丁鲷!约翰判断,只是一条普通的鱼。虽然那首打油诗应该警告过他,但发现了这么可怕的情景后,他脊背上不禁一阵寒流通过。他盲目地在水中往前冲,就好像发了疯似的。他能躲藏到哪里呢?该怎么逃走呢?他的母亲会对他说什么呢?啊呀,那罐软膏怎么了?"噢,天哪,噢,天哪!"他的内心呻吟着,虽然他尖瘦的嘴并没有发出一丁点的声音。这真是一个"上算"的交易!

他越潜越深,最终,他用迟钝的鱼嘴轻轻地挨擦着多沙的河床,把头藏到水底的两块卵石之间。他纹丝不动地在一团交错盘结的鲜绿色水草下躺了一会儿,又忧伤地想起母亲,想到如果她再也见不到他,会有多伤心——或者看到他现在这个样子!真希望自己听了母亲的劝告,从来也没有这样一心沉迷于钓竿或鱼钩或鱼线或浮标或水。他把自己年轻的日子浪费在了钓鱼上,现在要永远做一条鱼了。

但是,随着在水里的时间飞快地流逝,这种悲伤和沮丧开始变淡,对狡猾和残忍的巫师的记忆开始恢复。无论他的外表看上去怎么样,约翰内心开始恢复自我。勇气,甚至一缕微弱的希望之光复现在他迟钝的鱼脑袋中。他抖动了一下尾巴,从两块卵石之间阴暗的缝隙里退出来,很快在离水面只有几英寸的地方欢快地游动起来。太阳照在他的鳞片上,闪耀着金灿灿的光,冰冷的血液流遍他全身,而他心里却只有一个欲望。

这种兴奋几乎毁灭了他。因为在这一刻,一条因饥饿而潜行的狗鱼窥见了这条胖乎乎的年幼丁鲷,像离弦的箭一般猛冲过来,约翰离它尖利的牙齿不到一英寸,险些被它咬住。在陆地上时,他总认为丁鲷是鱼的医生,完全不会遭到贪食者的袭击!在有了这种令人头晕目眩的经历后,他游得更加小心了,以致在石头和水草之间玩起了一种捉迷藏的游戏,不时地咬一咬对自己口味的东西。上面那个他在几小时前用两条人腿走过的世界,绿树成荫,天空蔚蓝,从微波粼粼的水下看过去,是那样奇怪。

当夜幕降临时,他找到了看上去可以安全过夜的藏身处,想必很快就会进入属于鱼的长长而安宁的睡梦中——而且是很奇怪的睡眠,因为没有眼睑,他的两只眼睛都会睁着,而即使一只野兔,也会闭上一只眼睛!

第二天早晨,约翰又醒过来了。他想象,一定是起南风了,因为水特别温暖和富有生气,他以一种几乎无法满足的热切和饥渴咬着每一点顺水流过来的美味食物。可怜的约翰,他做梦也没曾想过,一只淹死的蝴蝶或蜜蜂或幼虫或毛虫,甚或水草,都可以吃起来这么香甜。不过,那时候他从来没有试着发现它。突然,他瞥见头顶上方一两英尺处蠕动着一条看上去特别多汁美味的红色软体虫。

如前所述,虽然约翰小时候不吃毛虫或甲虫或蜗牛,他有一次——在母亲的花园里做泥巴饼时——咬过一条小蚯蚓。但是,他没有咬很多。也许只是出于这个原因,他停在那里看着头顶上这一点蠕动着的珊瑚色美味佳肴。记忆告诉他,像这样在水里蠕动并不是一般软体虫的习惯。虽然看见它,让他在轻轻地抖动着鱼鳍的同时,变得越来越饥饿,他还是理智地望了一眼水外面。在那里——在上面的岸上,瘦瘦长长的——他看见了他见过的人类中最奇怪的身形。这个瘦骨嶙峋的老人几乎没有肩膀,他呆滞的灰色眼睛在扁平的鼻子上凸出来,像豆荚的下巴上蓄着一撮胡子,抓着钓鱼竿的手只剩皮包骨。

"现在,"约翰从水中看着他,心里想道,"如果那个老东西不是打油诗中说到的鱼王,我就吃掉自己的下巴。"要让这条饥饿的鱼脑袋做出决定,去咬那条虫,碰碰之后的运气,并不是一件容易的事。他多渴望自己又回到了家,多渴望又恢复自己的身体——但是,如果(变成鱼的约翰似乎比还是人时更加固执),如果那位美丽的姑娘能够去掉尾巴该有多好啊。如果他放弃了这个可以与鱼王会面,找到那罐打油诗里所说的"药膏"的机会,这些事情怎么会有希望?另外那一种软膏在他身上起效就很快!

如果没有东西来打搅这些思考,约翰可能会想很久。但是,这时候,一条眼快的金鲈游到了约翰的地盘,看见了那条不停地在清澈的水里蠕动着的美味幼虫。约翰第一眼看见它就不再犹豫。他大张着嘴,猛地摆动一下鱼尾巴,跳起来咬住那条虫。一阵痛楚传遍全身。他被旋转着拽出水面,拽到空中,似乎就要窒息了。紧接着,他喘着气,在水边鲜嫩的绿草中挣扎起来。但是,捉住他的老垂钓者比约翰·科比勒更精通垂钓。约翰几乎还没来得及再一次低声呜咽,鱼钩就已经脱离了他的嘴巴。他被从头到尾用清凉的绿色苔藓包起来,一个套索套住了尾巴,可怜的约翰,被倒挂在渔夫细长的手指上,正被拖拽到不知道什么地方。在这凄凉的旅途中,他张着嘴喘着气,脑袋中只有很少的模糊而阴郁的想法。

捉他的鱼王住在一幢低矮的石头房子里，房子三面环湖，离开男巫——他的主人的房子不远。在它发出回声的各个房间里都射出喷泉，水击打着周边的墙壁。这里面，甚至听不到狐狸的叫声或孔雀的尖叫或任何鸟的声音；这里日夜不停地响着飒飒风声和淙淙流水声。但是，可怜的约翰被倒挂着，没有机会欣赏或注意这奇观美景。他仍然被裹在厚厚的绿色苔藓里，不久就发现自己被倒挂在了鱼王的食品间的一个钩子上。食品间或是储藏室，是个阴冷并积满灰尘的长房间，只有一个窗户，更确切地说，它其实只是墙壁上部的一个洞。这个食品间也是石头砌的，除了一些像约翰一样不幸被大张着嘴挂在钩子上的鱼以外，很多比他肥胖比他重的鱼则僵硬冰冷地躺在他周围的厚石板架子上。确实，相比之下，他是这么差的一条鱼，如果可以，他可能会让自己的头挂得稍微低一点。

鱼王有一个小女仆，她是食品间的看管者。第二天一早，她走了进来，开始一天的工作。约翰一直看着她。她的脸那么像鱼，从她的灰绿色的辫子之间看，他猜不出她有多大年纪。他想，她也许十二岁；如果年龄没有让她有什么变化的话，她也许六十岁。但是，他猜测，她应该是十七岁左右。在人类的眼里，她并不漂亮——她窄窄的肩膀那么尖，手脚又那么瘦小。

她先用一把长柄扫帚扫一遍食品间，然后用一桶桶水把它冲洗干净。接着，用一只陶制洒水壶，将约翰和其他鱼裹着的苔藓和野草——喷洒一遍。约翰很快发现，鱼王是吃生鱼的，因此喜欢新鲜的。当其中一条，尤其是架子上的那些，看上去太阴沉太僵硬，她就把它浸到食品间门外的自流水浅水槽里。约翰整天都听到流水声——而他自己却几乎不能拍动一下鳍。女仆一天要干两次这样的活。每天早晨，她会挑出一两条甚至三条最漂亮的鱼，然后带走。约翰知道——

恐惧地——它们的结局。

但是,两件事情让他在这个可怕的地方有了决心和勇气。第一,在来过两次后,这个女仆对他特别和蔼。也许从他的脸上能看出他与其他鱼的不同。因为当她走近时,他凸出的眼睛会挑逗地注视着她,他可怜的脸会尽力扭曲成像微笑的样子,而且——虽然只是微微地——会摆动尾巴,仿佛是在问候。无论这些会做到什么程度,毫无疑问,她是喜欢他的。她不仅给他更多的鱼食,让他肥起来,而且还给他特别的美味食物。她给他洒水时,比其他鱼要慢,以便他更能享受这种舒爽清凉。一天早晨,她很快向后看了一眼,就给他换了位置,将他独自挂在一个黑暗的角落里。没错,这一定意味着她想让他尽量久地待在这里,而不被送到鱼王的餐桌上。约翰尽最大的努力,用低沉嘶哑的声音向她表达谢意,但不确定女仆有没有听见。

这是第一件令他高兴的事。另一件开心事是,几乎就在他发现自己安全地待在那个角落里时,他看到,在与他的头一样高的地方,有一个架子,架子上放着一些广口瓶、陶罐和玻璃罐。有的装着一些根,有的装着看上去像一团团草的东西,另一些装着有黑色纹理的百合花球茎,或一段段嫩枝,或干枯的花蕾和像茶一样的树叶。约翰猜测,它们想必是女厨为鱼王准备的用来浸鱼的调味品,不知道轮到他时,哪个是属于自己的。但是,离开其他瓶瓶罐罐不远的地方,即离他的鼻子不到十八英寸处,放着另一只小玻璃罐子,里面是一些略带绿色的东西。在试了很多次后,而且经常因为眼睛太干而无法阅读,他终于读出了标签上这些稀奇古怪的字:*unguemtum ad pisces hominibus transmogrificandos*。他一次又一次地读着它们,直到背出来为止。

约翰很早就辍学了。他七岁就去田里赶鸟,九岁养猪,十二岁用锄头给芜菁除草——虽然哪一样他都没有干长久。但是，即使约翰能在学校学到成人，都永远不会学到拉丁语——一点都不会，甚至不正规的拉丁语也不会——因为管图索克村校的老女校长自己也不懂拉丁语。只要你愿意，她可以随意使用放在橱柜里的苔杖，但这对约翰从来也没有什么好处，而且她不懂拉丁语。

即使在背下了这些词以后，约翰唯一能肯定的就是，它们不是纯正的英语单词。然而，他有自己特殊的理解力。他记得在那张猴子皮上的诗的顶部，就有类似的红色文字，现在它一定是在他的裤袋里——虽然它们到底在哪里，他没有任何印象。但是，他知道 *unguent* 这个词，就和自己的名字一样熟悉；它的意思是药膏。没有几个月之前，他还为一位住在村中心的公共草地上一幢高高的房子里的夫人修补过一把椅子——她也是一位古怪的夫人，虽然她还是那一带一位侯爵最小的女儿。修补那把椅子没有花约翰很长时间，而她对他的工作非常满意。当他把椅子拿回去，并放在窗口的明亮处时，她说："谢谢，约翰。谢谢，约翰，多么令人惊奇的 *transmogrification* 啊！"约翰满脸通红，朝她咧着嘴笑，猜测她的意思是椅子变好了。

在他小时候，母亲经常跟他讲 piskies 的故事。"Piskies, *pisces*。"约翰对自己喃喃自语。即使在他的耳朵听起来，这也是很糟糕的拼写，但却有用。而 *hominibus* 这个词，如果把第一个音节念成重音 o，听起来特别像 *home*（家）。因此，约翰最后想，鱼王标在玻璃罐上这种奇怪难懂的语言，一定是玻璃罐里装着加了某种秘密的物质或施了所谓的巫术的药膏，而且把它擦在离开家的任何人或任何东西的身上，都会使他（它）变好。没有人会称那个关着被施了魔法、有一条鱼尾巴的少女的石头地窖为家，而约翰自己此刻也离开母亲很多英里远！

此外，这个玻璃罐里的东西特别像他从另外一只罐子里拿出来，抹在自己肋骨上的软膏。经过这么一番思考后，约翰聪明地得出结论：一种药膏是让人变成鱼的，而他身边的这种药膏是让鱼又变回人的。想到这里，他平平的眼睛真的鼓了出来，虽然有苔藓包着，他的鱼鳍也像编结针一样凸出来。他喘着气——就像一条出了水面的丁鲷。当他还在想着自己的发现时，女仆用她的铁钥匙打开了食品间的门，开始了她早晨的工作。

"嗳！"她轻轻地叫道，并急匆匆地走到他面前。现在，她的第一件事从来都是先看他。"嗳，你怎么啦？有什么不舒服吗？"她一边说，一边用瘦瘦的手指抚摸他的头顶，看见他的突然变化，她狭窄瘦削的脸因担忧而扭曲起来。她没有意识到，这不仅仅是变化，而是transmogrification！她用冰冷的水给他喷洒了两次，接着又喷了第三次，然后用她细小的手指尖，从盆子里挑起一口又一口的牛奶糊，塞进他的嘴巴里，直到他吞咽不下去。他气喘吁吁地用靠近的那只眼睛盯住装着药膏或软膏的罐子，又很快凝视着瘦小的女仆，然后又盯着罐子。

这个女仆是鱼王的曾侄女，学过一点巫术。"啊哈！"她轻轻地说道，并温柔地微笑着，向他摇摇手指，"因此这就是你想要的吧，丁鲷大师？这是你想要的，你这个狡猾的严肃持重的大师。哎呀，你把我吓坏了！"

她的话像哨子一样尖声，约翰周围用苔藓、杂草和灯芯草裹着放在盘子里或用钩子挂着的鱼，听到这个声音，都吓得颤抖。食品间里充满了咬舌声，轻轻的嘎嘎声，微弱的尖叫声和呻吟声。约翰以前听到过这些弱小的声音，认为是鱼在说话；虽然他尝试过模仿它们，但却从来也不知道怎么回答。他所能做的就是他之前做过的——他先用玻璃球似的圆眼睛盯住玻璃罐,然后盯住瘦小的女仆,并尽量做出温柔讨好和喜爱的样子。就像他小时候坐在母亲的膝盖上,哄诱她给他一块布丁或一勺子果酱一样。

"我不知道,"女仆好像自言自语地轻轻说道,"你是这一种还是另一种。如果你是另一种,我金绿色的小淘气,我该把罐子打开吗?"

听了她的话,约翰拼命扭动起来,使劲咧开嘴,看上去似乎随时都可能唱起歌来。

"啊,"女仆叫道,高兴地看着他,"他听得懂!他听得懂!但是,如果我做了,宝贝,那我的主人鱼王会对我说什么呢?我会怎么样呢,嗯?恐怕你只是想到了自己,丁鲷大师。"

听她这样说,约翰叹了口气,好像又伤心又生气又自责似的瘫软下来。女仆又看了他一会儿,然后迅速干起早晨的活,瘦削的脸上显得很紧张,平直的绿灰色头发垂下来。在希望与恐惧之间,约翰几乎不知道该怎么控制住自己。当她继续工作着,洒水,喂食,擦洗,浸润,她像马夫对马,看护对婴儿,或主人对狗说话一样,对她管理的这些鱼说着话。最后,她干完了活,匆匆地走出食品间,关上门。

每周的星期二、星期四和星期六,鱼王都习惯要巡视食品间,看看那里的一切,胖乎乎的鱼或瘦小的鱼,旧的或新的,病弱的或活蹦乱跳的;有时候,他会轻轻地用手指戳戳苔藓下面,看看它们会成为他怎样的盘中餐。这天是星期四。女仆当然很快就匆匆返回,走近约翰,轻轻地对他说:"嘿,他来了!鱼王!又生气又饿。小心!不要声张,宝贝。要显得没精打采,软弱无力,阴郁沉闷。如果鱼王选择了你,那就太迟了,一切就都完了。最重要的是,千万不要瞪着眼睛看那只玻璃罐!"

她像一只做窝的燕子一样又走了出去,很快,外面就传来拖沓地刮擦着石板的脚步声，鱼王走了进来，女仆跟在他身后。约翰想，他看上去不像主人；无论如何，不是侯爵。他穿着一件绷得很紧的灰褐色外套，看上去像鱼贩子手里的一条郁闷的鳕鱼一样愁眉不展，郁郁寡欢。约翰几乎不敢呼吸，只是那样悬挂着——嘴巴张着，眼睛呆滞——尽量显得疲软松垮、毫无生气地挂在天花板的钩子上。

"嗨，嗨，嗨，"当最后来到约翰待的角落里，鱼王咕哝道，"这是个笨蛋。这就是一堆皮包骨头。这就是沙子中的一个软骨陷阱。这就是一条死鱼，毫无用处！唉，亲爱的，你不可能看见它的。不是这条。你一定是错过它了，就那样挂在阴影里。要有敏锐的目光，亲爱的，善于观察的敏锐的目光！它只是一条肮脏懒惰的丁鲷，千真万确。但是，噢，对了，我们可以改善它！它需要活力，需要锻炼，需要悉心照料，饲养，*喂胖*。然后——然后，他就会变成能够满足七鲟主教大人的一盘鱼了。"瘦小的女仆则一手握着一个拖把，另一只手装作害羞地按着嘴巴，镇定地点了点头。

"啊，主人，"她说，"它是被挂在了阴影里，是的，在黑暗中。它沉默不语，闷闷不乐。它吃食物，但没有好好吃。它需要在水槽里洗一洗，晒晒太阳。相信我，我会很快让它活泛起来。请下周六来吧！"

"行，行，行。"鱼王说。在巡视了一番约翰的同伴后，他最后非常满意地退出了食品间。他聪明的女仆很快朝约翰安慰地点点头，就跟着他走了出去。一直到星期六，约翰都是安全的。

鱼王拖沓的脚步声刚刚消失，小女仆就回来了，她开心地拧着双手，笑得几乎无法说话。"啊，丁鲷大师，你听到了吗？'挂在阴影里，这是个笨蛋，这就是一堆皮包骨头，这就是一个软骨陷阱，需要悉心照料，饲养，喂胖。'他没有上当吗？我狡猾吗？我诡诈吗？这

老鱼王咬了我的鱼饵了吗,丁鲷大师?他没有吗?噢,我可怜的漂亮的鱼;'喂胖',没错!"接着,她又轻轻地抚摸约翰的嘴巴,"老鱼王的问题是吃得太多,睡得太久。来吧,让我们不要再在这上面费心思了。"

她从旁边拖过来一张凳子,屏住呼吸,用双手小心翼翼地把那罐绿色的油脂或润滑油或药膏捧下来。然后,她把约翰从钩子上解下来,轻轻地放在身边的厚石板上,同时吩咐他不要害怕可能发生的事。她剥掉他身上那层碧绿的苔藓,然后,用手指蘸了软膏,涂抹在他身上,从他的颈背一直顺着脊背抹到尾巴尖。

有一会儿,约翰感觉自己像个软木浮子,在顺着缓缓流淌的河水轻轻地漂浮一阵后,突然被卷入湍急的漩涡。他感觉像一个所有的火花都喷射出来的小爆竹,即将爆炸。然后,他眼睛上的迷雾和耳中的噪声都渐渐消逝,看哪,他发现自己又安然无恙地恢复了自己的皮肤、身形和样子。他站在鱼王的食品间里,对着只有他的手肘那么高的女仆欢快地咧嘴笑着。

"啊,"她叫道,水汪汪的小眼睛仰视着他,对这一彻底的蜕变有点茫然和惊奇,"因此你是另一种,丁鲷大师!"食品间女仆伤心温柔地看着他,可怜的约翰满脸通红,把头转向别处。"现在,"她继续道,"你所需要的,我想,就是离开这里。因此,我恳求你赶快走,否则,我就要受皮肉之苦了。"

约翰从来就笨嘴拙舌,但他还是尽自己所能感谢了食品间女仆为他所做的一切。他从小手指上摘下一枚父亲传给他的银戒指,放在食品间女仆的手中;当他变成鱼时,他所有的衣服以及身上的一切东西都变成了鱼的一部分,所以,现在他变回了人,他所有的东西又都回到了原来的位置,甚至他裤袋里的那张猴子皮。这似乎是魔法的规则。他恳求她，如果有一天她到了这堵巨大的墙的另一边，就去找图索克村，到了图索克村，就打听科布勒太太。

"那是我的母亲，"约翰说，"科布勒太太。她会非常高兴见到你，我保证。我也会很高兴。"

食品间女仆看着约翰。然后，她用拇指和食指拿起那枚戒指，叹了口气，把它藏到了石板之间的夹缝里。"待在那儿，"她悄悄地对戒指说，"我马上就会回来。"

约翰知道，为了食品间女仆，他不能拿走罐子，但他手头没有别的东西，就从裤子的表袋里掏出一只大银表，他祖父的遗物。现在，这只是个表壳，因为有一天，他把里面的机件拿了出来，希望修理一下，让它走得更好，结果因为太懒，没有把它们放回去。他把罐子里的药膏抹在表壳上，直到把表壳装得满满的。

"现在，丁鲷大师，请从这边走。"食品间女仆转身朝向约翰，说道，"你必须走了，永远不要再回来。沿着那道墙走，有多远走多远，然后穿过鱼王种草药的花园。你会闻到草药的气味。翻过墙，继续朝前走，一直走到河边。游过河，朝着上午的太阳走。鱼王的鼻子像母狼一样灵，即使隔着一片豆田，他都能闻出你来。马上走，不要再跟他纠缠了。啊，我知道，当你安全回家后，就不会再想起我了。"

约翰不知道还能做什么，就跪下来，亲吻了一下这个瘦小的自以为无所不知的人的纤细冰凉的手指，最后无助忧郁地看了一眼食品间四周挂着和放在石板上的鱼，他觉得没有一条跟他的情形一样，就匆匆走了出去。

他一路走得很顺利。鱼王的墙壁和水渠都是石头砌的，非常结实，它们可能是罗马人建的，虽然其实它们主要跟魔法有关，而跟时间没关系。约翰在早晨的阳光照耀下匆匆赶路，最后来到了溪流边。

为了安全起见，他用牙齿咬住银表，游到了对岸。这里蓬乱地长着很高而多刺的芦苇和杂草，有的甚至有七到九英尺高。他不顾它们的刮擦，推开它们向前走，而且走得很及时。因为，正当他安全地躲到它们远处的低矮灌木丛中时，就看见一个人手里拿着渔竿，手肘上挎着鱼篓，在河对岸走近来。那不是别人，正是鱼王本人——他瘦长的脸仰着，鼻子吸着早晨的空气，似乎里面塞满了阿拉伯调味剂。食品间女仆说的是真话。因为，鱼王在河对岸正对着他藏身的地方一动不动地站了至少一个小时，也至少向周围窥视了一个小时，鼻子一直不停地吸着。虽然苍蝇嗡嗡地飞来飞去，荨麻刺痛了他，但约翰一动也不敢动。最后，甚至鱼王也厌倦了观察和等待，约翰看到他完全消失在眼前，才继续赶路……

故事后来怎么样了呢？那个长了鱼尾巴的少女悲伤地等待着他，在少女的记忆中，自己从来没有这么悲伤过。因为，自从她向他做了保证，她甚至就没有能唱着歌来排解孤独过。但是，在他消失十七天后，约翰又投入石头圆拱下的水中，爬上陡峭的石阶，来到她的寝室。他没有花时间去想要说而说不出来的话，就打开表壳，跪在她身边，说：“现在请吧，小姐。如果你能保持不动，我会很快的。如果我能代替你忍受痛苦，我愿意忍受三次，但我向你保证，这很快就会过去的。"然后，他用手指轻轻地把魔膏涂抹在少女的尾巴上，一直涂到最尖上。

生活真是充满了奇闻怪事，虽然在前一刻，约翰的话对这个被施了魔法的少女来说，简直莫名其妙，无法理解，她只能根据他打的手势来听从他的吩咐，而在下一刻，他们就在一起快乐地聊天了，快乐得似乎一生中就没有做过其他的事。但他们没有谈多久，因为他们听到了船桨声。过了一会儿，一只瘦骨嶙峋的手从窗口伸进来，把她每日的面包、水果和水放在了窗台上。鱼王把篮子放到船上时发出的"嘿"声又让约翰全身颤抖了一下。他等着船桨的拍击声和嘎吱声渐渐远去。然后，他搀起少女的手，一起走下石阶。他们纵身投入黑暗的水中，一会儿就气喘吁吁但很幸福地一起坐在了野草青青的河岸上，沐浴在午后暖融融的阳光中。在他们的头上，传来秃鼻乌鸦和寒鸦的呱呱叫声，仿佛对他们的到来表示感谢。约翰抖开十七天前放在树下的外套，刷掉霉菌，放在太阳底下晒干，然后披到少女的肩上。

当他们来到图索克村时，天早就黑了，村里和公共草地上都不见一个人影。约翰从窗口看着母亲，她独自一人坐在壁炉边，凝视着炉火，似乎永远也不能暖和起来了。当约翰走进屋子后，她一把抓住他的肩膀，先是觉得自己要晕倒，然后开始哭起来，并第一次那么伤心地责备他。约翰擦去她的眼泪，并让她停止了责备。他对她说了一些自己的遭遇，然后把少女带了进来。母亲先向她行了屈膝礼，然后亲吻了她，欢迎她的到来。睡觉前，她又从头到尾听了一遍约翰的故事——而那天晚上，约翰的床只不过是一张旧扶手椅。

在图索克村教堂的钟声敲响前——教堂又小又旧——人们听到了一阵长长的为约翰和鱼美人的婚礼敲响的钟声。那天，他像以往一样，一大早就出发去翻越那道墙了。在他们匆匆离开男巫的房子时，她忘了带走自己的财物，她告诉约翰，最重要的是一只铅盒子或是小箱子，上面印着一个大大的 A 字——代表阿尔玛娜拉，那是她的名字。

约翰又小心翼翼地脱掉衣服，悄悄地潜入水里，从石头圆拱下游过去。瞧！他又安然无恙地来到那个囚禁她、装满她的悲伤的房间，那只小箱就在对面那个角落里。但是，当他俯下身去提它时，麻烦出现了。箱子太重了，带着它游水，即使把它扛在肩膀上，也会沉入水底！他坐下来想了一会儿，最后爬上刻着奇形怪状的花、鸟和鱼的石头窗户，向外看。底下的护城河中漂浮着百合花，但他不知道水有多深。幸运的是，窗台的一个钩子上系着一根绳子，垂挂下去——一定是鱼王在船上用的。约翰把绳子拉进来，一头系在小箱的环扣上，一头系到一张小木凳上。最后，他又拉又推地折腾了很久，才把箱子搬到了窗台上。他把它推下去——就像一头小猪一样生龙活虎——紧接着凳子也掉了下去。约翰又爬上窗子，又向外看看。凳子左右摆动着浮在水面上。在箱子入水发出的溅水声后，又是一片寂静。在把箱子拉到护城河岸上后，约翰又继续冒险，在大房子的墙壁远处搜寻鱼王的食品间。他很想再一次谢谢食品间女仆。最后终于找到了它，但门关着。他爬到窗户上向里看，却很快又跳下来，挂在里面的每条鱼都已经死了，就像羊肉一样挂着。瘦小的食品间女仆走了。但是，她是先把魔膏用在了鱼王本人身上，然后对接下来发生的事感到惊恐而逃跑了，还是她把它用在了他们两人的身上，然后发生了约翰猜测不到的事，他永远不得而知，永远无法发现。他因为不能再见到她感到伤心，总是会想起她的善良。

他走走歇歇，歇歇走走，虽然在只剩最后两英里时，设法借到了一辆独轮车，他还是整整花了三天，才把小箱子运回家里。但这一切都是值得的。当他最后想办法撬开了箱子的盖子，就好像一块块冻住的彩虹突然洒满了厨房，这小箱子装满了各种宝石。婚礼以后，阿尔玛娜拉在她大大的 A 字后面，又凿了一个大大的 J——因为现在它已经属于他们两人。

虽然约翰现在结了婚，而且不仅不再那么游手好闲，幸福得像一只翠鸟，但当甜丝丝的南风吹来，树上的叶子都绿了，鸟儿不停地鸣唱时，他还是忍不住对水的思念。因此，有时候，他会自己准备一点面团，或挖几条蚯蚓，出发去钓鱼。但是，他给自己定了两条规矩：第一，每当他钓起一条鱼时——尤其是丁鲷，他就要从祖父的银表表壳里挖一点药膏，把它涂在鱼的头上；第二，确定了他钓上来的只是一条鱼，完全是一条鱼，而不是别的，他就会把它放回水中。至于男巫的大房子，他向阿尔玛娜拉和母亲发过誓，他绝不会到那里去钓鱼。他也确实再也没有去过。

邦普斯先生和他的猴子

从前有个名叫约翰·邦普斯的水手，他有一双炯炯有神的蓝眼睛，耳朵上戴着金耳环。虽然在故事的开头，邦普斯先生还很年轻，但他已经有三个孩子——托普西、伊曼纽尔和凯特——他们和母亲一起住在朴茨茅斯一座有方形窗户的漂亮小房子里，他自己则经常在世界各地游历。他在各种天气下航行，曾到过全世界多数港口；几乎没有一个美丽或奇异岛屿的名称他不能扳着黑黑的手指报出来。

有一天，快到雨季的时候，他又来到了非洲的西海岸。他的船，**雄狮号**——他是它的二副——沿着这个大海岸向南航行，经过加那利群岛和绿岛，又经过象牙海岸、黄金海岸和奴隶海岸，来到巴纳纳和壮观的刚果河；不久，邦普斯先生就上岸了。他划船渡过深绿色的匡泽河，经过栋多市，去拜访一位老朋友。在一个黑人的村落里，他用两条绿红相间的珠子项链和一把大折刀换来了一只猴子。

邦普斯先生还买过其他一些猴子，他知道，在这个国家的这个地区，这样的价格是高的。但是，他那身上戴着珠子和象牙，披着两条毯子的胖墩墩的朋友，姆朗勾-尼朗勾部落的酋长，向他保证，这是一只非同寻常的猴子。

当告诉邦普斯先生这个情况时，酋长圆乎乎的黑脸上堆满笑容，两排牙齿亮闪闪的。"不是一只普通的猴子，不是，"他说，因为他经常跟英国人做生意，"一只——"但他没有把话说完，而是闭上眼睛，把一只黑色的手放到头顶，虽然邦普斯先生不明白他到底是什么意思。但是，第一眼看见这只猴子，邦普斯先生就马上知道，无论酋长说什么好话，都会是真的。此外，酋长是他的老朋友了，不会对他撒谎。

但是，因为这个毛茸茸的小家伙比这类猴子的一般高度要矮一英寸左右，所以，它并不高大，其他方面也没有什么与其他猴子不同的——那时候没有。它身穿一件深红色的长裙子，那是酋长的一个太太用皇家的布匹做成的。邦普斯先生把它抱在怀里，感觉比他的小女儿凯特轻多了。而凯特本身就比同龄人长得小得多。

但是，它有一个很干净漂亮的头，纤细的手，长长的拇指，当它严肃的黄褐色眼睛转向邦普斯先生时，他突然感觉非常想家。他不止一次转了大半个世界而没有这种感觉了。他说："当你必须等待时，这种渴望并不是什么好事情。"

接着，发生了一件邦普斯先生预料不到的事情。前面已经提到，他的蓝眼睛特别炯炯有神；当他的蓝色目光与猴子的黄褐色目光相遇时，猴子在他的怀里动了起来，它张开嘴巴，说了一句话。邦普斯先生从来没有注意过外国语，因此听不懂它说的话。然而，他知道它的含义。他确信，从这张小嘴巴里发出来的短小湿润的音节，传达的是朋友之间的一条信息。

他开心地跟酋长告别，向给他的小屋带来这只猴子的黑皮肤太太做了个飞吻，然后又出发过河去了。他带了很多坚果、香蕉以及别的水果到**雄狮号**上；那天傍晚，他回头看着在夕阳中闪闪发光的海岸——这时**雄狮号**已经驶出大海好几英里了——对猴子说道："你觉得贾斯珀这个名字怎么样，小家伙？"

猴子轻轻地转向他，似乎想回答，却什么也没说。

因此,它就叫贾斯珀了,虽然这其实是邦普斯先生的一个错误导致的。在他站在船尾的栏杆前,向后看着非洲海岸时,脑子里出现了他母亲最喜爱的诗歌的前两行句子:

  从格陵兰冰封的高山,
  到印度的珊瑚海滩。

但是,在他自言自语地说着这两句诗时,他把倒数第二个词说错了。他默念道:

  从格陵兰冰封的高山,
  到印度的贾斯珀海滩。

然而,他想,贾斯珀这个名字比珊瑚这个名字好,因此,贾斯珀就这样定下来了。

从来没有别的猴子学得像贾斯珀这么快,也没有猴子像它这么认真学习,这么安静和令人愉悦。邦普斯先生只能猜测它有多大,他猜:"也许五岁。"既然著名的约翰·伊芙林①的小儿子甚至在这个年龄之前就能说希腊语、拉丁语和希伯来语,那么,贾斯珀很快就学会了一些英语单词听起来就不那么令人惊奇了。但是,在此很久之前,它就学会了坐在餐桌前,做饭前祷告(用它自己的母语);学会用刀、叉和装饮料的杯子;学会在有人对它说话时鞠躬;学会摆动自己的吊床,还有类似的一些小事。

---

① 英国乡绅和著作家、皇家学会创始人之一,他的《日记》(1641—1706)是六十余年英国的政治、社会、文化和宗教生活的见证。

他还会悄悄爬近去观察掌舵的人或在轮船的厨房间做饭的厨师；它会一连好几分钟凝视罗盘和罗经座上的灯；每次在舰桥上看见船长，它都会向他敬礼。它知道每个水手的教名，以及他们每个人在水手舱的哪个位置睡觉；它可以连接绳子，知道平结和老奶奶结、环和渔人结的不同！尽管它穿着红色的哥萨克长袍，却能快速沿索具爬到货车上，或爬上主桅杆，速度比船上的任何男服务员都要快一倍，当然，男服务员都没有尾巴可帮助他们。

除了这些以外，邦普斯先生还教了贾斯珀很多别的东西。但邦普斯先生并没有命令它坐下来学习。除了邦普斯先生对这种教与学感到很有趣外，贾斯珀自己也很享受这件事。这还是一次很长的航海旅行。因为无风，雄狮号慢慢地停了下来，时间对他们来说是很充足的。

随着日子一天天、一周周地过去，贾斯珀已经很悠闲自在地跟它的朋友邦普斯先生一起待在**雄狮号**上，就好像它是在海上出生的一样。就因为它毛发浓密，脸小鼻子塌，说话时牙齿露出来，起初水手们会取笑和讥笑它，把它只看作一个宠物或玩具。但是，当它一开始说标准英语时，他们就不再取笑它了。它说的话他们都记得。

邦普斯先生几乎不知道，当他安全到达自己在朴茨茅斯的小房子时，会拿贾斯珀怎么办。他确信，他的妻子埃玛会很高兴见到他的新朋友，而且，托普西、伊曼纽尔和凯特也毫无疑问会很高兴。但是，现在他怎么舍得与它分开？但若不分开，又能期待它怎样过这种海上的生活呢？不过，眼下还不需要做什么决定；与此同时，他几乎溺爱地照顾着它——为它挑选美味的食物，不舒服时给它吃药——就像邦普斯太太照顾他们的小女儿凯特一样。

最后，**雄狮号**驶进了英吉利海峡，这时，邦普斯先生也早就决定自己永远也不会与贾斯珀分手。船快要到家了。十一月一个雾蒙蒙的下午，它慢慢地行驶在泰晤士河上，最后停泊在伦敦桥下。天气寒冷刺骨，然而，这个大城市的上空，笼罩着一层紫铜色的雾霾，圣保罗教堂的圆穹顶像一个巨大的蜂巢，高高耸立在阴沉的天空中。

邦普斯先生第二天一早就上了岸，他怀里抱着戴着风帽的猴子，包里装着给妻子和孩子的一些礼物，快步朝火车站走去。他离开英格兰已经有很多个月了，脑子里想的第一件事，就是尽快到达朴茨茅斯。但头一天笼罩着这座城市上空的雾霾，现在已经落到了大街上，邦普斯先生只能摸索着穿过越来越浓的雾气，朝着纪念碑和布丁巷的方向走去。

最后，他发现自己迷失了方向。过了一会儿，当他来到一家窗户闪着昏暗的光，名叫"三只天鹅"的酒吧时，决定走进去问一下路。但是，不知为什么，他不喜欢让贾斯珀也进去。他看一眼风帽下那张小脸，发现它看上去又冷又忧郁。但他担心，"三只天鹅"浓浓的烟草味、啤酒味和烈酒味会让它不舒服。

"在这儿坐一会儿，贾斯珀，"他说，然后把它放在了灯柱旁，并把自己的包放在它旁边，"坐着不要动，等我回来。"

但是，哎呀，邦普斯先生在"三只天鹅"里面待的时间比他预料的要长得多，当他走出来时，那只包还在，但贾斯珀不见了。

事实上，贾斯珀在浓雾中的昏暗灯光下耐心地等了不到五分钟，就有一个头戴黑帽子，蓄着黑胡子，身穿一件几乎长及脚跟的外衣的陌生人走了过来。如果这时猴子没有动，一切可能就平安无事了。但是，在这条陌生寒冷的伦敦大街上听到这些脚步声，这个孤独的家伙就抬起头，伸出手，因为它在船上交了很多朋友，已经习惯了。陌生人俯下身看着它。

碰巧的是，很难说这是幸运还是厄运，这个蓄着黑胡子的人是个动物销售商。他在离泰晤士河不远的一条窄巷里有一家商店，从那里走回去至少有四十步远，中间还时不时地要向上走两三步台阶。商店从这一边到另一边排满了各种鸟和小动物的笼子，还有各种鱼缸和养着罕见的蛇和蜥蜴的槽，甚至还有放在一排排架子上罩着网纱的蝴蝶笼子。大一些的动物却养在铺着石板盖了遮雨棚的院子里。

他俯下身，在朦胧的雾色中久久地盯着贾斯珀的脸，褪了色的黑色外套擦着地上的石板。然后，他握住猴子窄窄的小手，轻轻地摇了摇。

"你好。"他说，甜言蜜语似的声音从鼻腔里发出来，"非常高兴认识你，我确信。"

贾斯珀没有感觉到他有什么危险，像往常一样温柔地看着他的脸，发出了一个特别像海洋英语的音。

陌生人贼溜溜地向身后飞快地看了一眼，解开宽大外衣的一个纽扣，小心地把贾斯珀从地上抱起来，放进外衣里面，大步地离开。

不到傍晚时分，贾斯珀发现自己独自蹲在了一只笼子里，面前放着一些坚果和一罐水，周围摆满别的笼子，笼子里关着汪汪吠叫的狗，爬来爬去的幼狗，还有许多白兔、老鼠、猫——马恩岛猫、斑猫和暹罗猫——松鼠、雪貂、白鼬、乌龟、猫头鹰、情侣鹦鹉、金丝雀、长尾小鹦鹉、金刚鹦鹉；而且，它在自己的西非森林里或在海上的暴风雨中从来也没有听到过如此震耳欲聋的嘈杂声和尖叫声。他身裹长袍，坐着瑟瑟发抖，最后把头钻进毛茸茸的风帽里，用细小哀伤的猴子口音对自己嘟哝着："邦普斯先生，邦普斯先生，噢，邦普斯先生！"

但是，邦普斯先生因丢失自己的朋友而极度悲伤，早就顶着浓雾上了火车，踏上了返回他在朴茨茅斯有方形窗户的房子的行程，回到埃玛、托普西、伊曼纽尔和凯特的身边。

贾斯珀在莫斯先生的商店里没待很久，只待了九天九夜。但是，在最后的日子里，他已经开始憔悴和忧郁，几乎不能吃东西，很少睁开眼睛。它想念它的水手朋友，他的照顾和体贴；虽然每当莫斯先生本人或商店里那个尖鼻子、菜色脸的年轻帮手看着笼子里的它，并对它说话，它都阴郁地看着他们，既没有露出牙齿，也没有发泄情绪。当食物从铁丝网门塞进来时，它从不去拿，甚至没有试着发出声音来回答他们说的话。它坐在那里，手叠放在长袍里，像一个失去了自己王国的长毛小国王。莫斯先生和他年轻的助手从来没有见过像它这样的猴子，甚至在这么短的时间里，他们就发现，他们无法击败这个小东西凝视的目光。

但是，虽然贾斯珀多数时间就这样一动不动安安静静地坐在笼子里，乍一看，它好像在酣睡，甚或是被做成了标本，它的耳朵和脑子（有时候包括眼睛）却整天都在忙碌。它会一连几个小时关注比利时金丝雀，莫斯先生为了使它们的羽毛光鲜亮丽，给他们喂食特殊的种子和辣椒粉。还有一条巨大的蟒蛇盘在不远的草堆里，有很长时间，猴子几乎不敢看它，但是，最后它也去看它了；它从来也没有停止聆听莫斯先生和他的菜色脸助手之间以及和那些来到商店的怪人之间的对话。它也聆听同它一起被关在笼子里的伙伴们的奇怪的谈话。

想到它是偷来的，莫斯先生的心就从来没有安下来过，虽然如果贾斯珀像其他普通猴子，他可能就会很快忘了这一点。奇怪的是，商店里开始发生不幸的事情。莫斯先生自己打翻了一只满是骷髅天蛾的玻璃盒。这使他害怕——他的皮肤上沾着它们细小的脚，它们阴森森的翅膀拍动着。一天晚上，蟒蛇爬出了关它的槽，一口吞下了一只鸭子，并逃进了伦敦城。一天早晨，当助手一起床就被放在商店地上的扫帚绊倒，摔断了左腿时，主人开始想，最好是尽快把贾斯珀处理掉。

一天下午，一个曾在马戏团做过演出主持人和驯兽师的熟人来到店里，询问买贾斯珀需要多少钱，他就出了一个很便宜的价，那位朋友马上付了钱，带走了猴子。同样，当他第一眼看见贾斯珀时，就开始想家了，想到圆形表演场的灯，想到马戏团，想到金属箔，想到缓慢行走的马。他决定再重新开始。

"它叫什么名字？"他问莫斯先生。

"名字？哎呀，他天天叫自己贾斯珀，甚至在睡梦中也这样叫。"

"啊，贾斯珀？"朋友重复道。

这是个黝黑的男人，脸颊凹陷瘦削，头发盖过耳朵。他名叫 J. 史密斯先生，但在演出海报和节目单上，他叫赛诺·多尔赛脱·安东尼奥。他一点也不像干他这一行的某些个黑心恶棍，他信奉仁慈和常识。

"像你和我这样的人，艾米，"他会对妻子说，"有五样东西是生活所必需的：食物，住处，睡眠，同伴，自由。"他给了他的动物几乎所有它们所希望的东西——除了最后一样。

离开了莫斯先生阴冷、喧闹、恶臭难闻和黑暗的商店，贾斯珀很快就开始恢复正常。胃口好起来了，眼睛明亮有神了，看上去油亮光鲜，聪明灵巧。在失去知心朋友邦普斯先生又远离家乡的情况下，它能这样已经是好得不能再好了。

为了给予它所有可能的照顾，赛诺·安东尼奥把它带回自己和妻子一起居住的家，在伦敦索霍区的一幢房子里。这幢房子的一部分是商店，出售葡萄酒、油、咖啡、通心面、橄榄、香肠，以及其他外国的肉类和饮料。房子的其他部分,从二楼到屋顶,是史密斯先生和太太居住的地方。他们把贾斯珀尽可能舒适地安顿在小起居室的炉火旁——单独一个小屋。

每天上午有两个小时,赛诺·安东尼奥会跟贾斯珀说话,教它一些把戏。当他外出办事时,史密斯太太虽然忙着烧饭和干家务活,也会抽出时间跟它说话。史密斯太太非常健壮,比姆朗勾-尼朗勾部落的酋长健壮得多。像姆朗勾-尼朗勾部落的酋长,她也非常幽默诙谐,并有一副好心肠。她特别喜欢孩子和动物;在动物园,她不仅会对小鸟唧唧地叫,抚摸瞪羚,而且还会对猩猩和河马点头和微笑。她就像对一个丢失已久的儿子一样对待贾斯珀。

她的丈夫很快发现,贾斯珀是只与众不同的猴子。它与其他猴子的区别,就像粉笔跟奶酪的区别一样。它很乐意并轻而易举就学会教给它的东西,很快就能跟朋友聊个不停,几乎就像生来就懂英语一样。如果说它看上去像五岁,它确实能像两岁半的孩子一样说话。但是,虽然它很容易教,性情温和,而且有礼貌懂规矩,可它身上的某种东西却一直让史密斯先生很烦恼。

在上完课,贾斯珀安静地坐在椅子上,等待中午的食物时,他尤其能感到这一点。这种时候,它露出的神态,就好像是在思考某件史密斯先生毫无所知的事情似的。它看上去那么出神,史密斯先生甚至从来不敢问它在想什么,或把它唤回到黑暗的索霍区来。

只要看看贾斯珀,就会让你感到很舒服。虽然史密斯先生脾气温和,但他就像一只手柄太长的深平底锅一样,笨手笨脚的。史密斯太太的脾气比丈夫还要好,她非常亲切地坐着跟它说话。但是,贾斯珀甚至在它难得转动小小的身体的时候,如转转头,动动手,动动脚,都安静得像缓缓流动的水,娇嫩得像水边的花。当它触摸时,就像蓟种子冠毛落到了手指尖一样；当它伸出手拿苹果时，就像影子在空中移动一样。它会沿着史密斯太太的帷幔杆轻轻地走而不挪动一个木头套环；如果她在身边，会允许它跟着到屋顶，她有时会不顾煤烟坐在那里，一边缝着衣服的折边，一边看着伦敦城。贾斯珀会穿着长袍，稳稳地站在最高的红色烟囱管帽边缘，滑向北，滑向南，滑向东，滑向西，而不需要一个手指着地来平衡自己！

如果它的外表是这样的，那它秘密的脑袋中又是怎样的呢——装着所有的记忆，梦和安静的思考，河流和森林，广袤非洲的恐惧、危险和欢乐，或更确切地说，它自己特有的黑暗的绿色角落？

"我对我们的朋友的感觉是，"有一天，当贾斯珀坐在椅子上睡着时，史密斯先生对太太说，"我的感觉是，它可以教我很多重要的东西，比我可以教它的要多，亲爱的。它那么神秘但又有礼貌，你都不知道自己在哪里。我还觉得，让一群乌合之众付那么几个先令和便士来盯着它看，实在有点可耻。它跟我们说话，但是，上帝保佑，它只对我们说那些它觉得我们能懂的话。它不跟我们说它的秘密，从来也不说。事实是，它不应该被带离它原来的地方，虽然谁也不知道那是什么地方。莫斯家的人没理由知道这样一个谜，永远也没有。听我说，它的过去非同寻常。"

虽然史密斯太太内心也同意丈夫的说法，但她觉得这样说不明智。

"不要发愁，吉姆，"她回答道，"它有足够的东西吃，而且很忙。担心！不必担心它！看看它，睡得像婴儿一样安详，就好像这个世界上没有小人或坏人似的，它非常快乐。"

"小人！"她丈夫说，但是他没有被说服。

最后，一天早晨，史密斯太太脑子里有了一个令人高兴的想法。

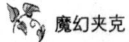

"事情总是会很公平的,吉姆,"她一边在镜子前梳着头发,一边说,"事情总是会恰到好处的,你让贾斯珀创造的财富,你会得到一半,它会得到另一半。一旦它开始赚钱,我们就可以教它钱是什么东西。毕竟,吉姆,这只是获得面包、奶酪、餐桌、椅子、衣服和房子的捷径——除了获得它们所花的时间以外;它很快就会学会的。它可能喜欢像一个独立的绅士一样开始,银行里有点存款。根据我的经验,它的智慧是其他猴子的两倍,而且丝毫没有恶习;我看不到任何相反的证据。"

史密斯先生吃惊地看着太太。不是仅仅因为她说话时嘴巴里满是发卡,而是因为她一连好几天都会听不进他的任何话,然后突然之间就会产生一个让一切都变得简单明了的念头。在贾斯珀的事情上就是这样。

在把贾斯珀带回家大约九个月后,史密斯先生变得非常确信,他没有别的可以教给贾斯珀了。贾斯珀能够演讲,能够唱歌,能够用一盒彩色粉笔画森林和船只。它能在黑板上写下精确到小数的算术题,并给出答案。它很清楚什么场合该穿什么衣服,而且注意到每个细节。在工作日里,它穿猩红色裤子和绿色上衣,扣子是象牙的。在星期天,它脖子上围一条上过浆的轻薄轮状皱领,身穿长及脚跟的长袍,脚上是精致的鞋。到户外时,它有两三件不一样的斗篷。不是因为史密斯先生一定要让它穿人的服装,或举止像人一样,贾斯珀自己也觉得必须习惯穿它们。每当它不想穿衣服时,它就裸体出去;如果它愿意,它可以一个星期穿两套星期天的衣服。但这种情况很少发生。

它知道很多简单的诗歌。史密斯先生为它做了一把小竖琴——非常粗糙但很悦耳。它会伴随着竖琴的音乐,颂唱这些诗歌,还有其他一些乐曲，有的乐曲还很奇怪，它们的意思只有它自己知道。史密斯先生不止一次因为听到贾斯珀在隔壁房间弹奏竖琴而很早醒来。虽然曲子和歌词似乎都是它自己作的或记忆中的，但它们抑扬顿挫的节奏却几乎让他哭起来。幸运的是，史密斯太太比他睡得深沉得多。

无论如何，如果赛诺·安东尼奥和贾斯珀医生——在演出海报里，他们这样称呼自己——会变富，那现在就是开始的时间了，这是毫无疑问的。史密斯先生早就见过他存钱的银行经理，安排给贾斯珀医生开了一个账户。之后，他每周把收入中贾斯珀的份额存进它的账户里，账户上的数目迅速增大。

"你看，"他开始向经理解释，"可能要过一段时间，我的年轻朋友才能够自己前来存钱。但我希望一切都是公开的。当他开业后，很快了，他会拿收入的一半，我拿一半。当他认为我们已经赚够了时，他将自己选择接下去该怎么办。"

经理约翰逊到那时才看到过几张贾斯珀医生的照片，照片也不太清楚，他对这样的安排只是笑了笑。但毫无疑问，一切都是公开的，他依从了史密斯先生的愿望。

贾斯珀医生第一次登台表演是在十二月，在伦敦。那个圣诞节下着雨夹雪，当赛诺·安东尼奥和史密斯太太一起乘着一辆四轮出租马车出发，前往著名的剧院"命运"时，伦敦灯光明亮的街头刮起了刺骨的冷风。这个剧院是以伊丽莎白一世和《温莎的风流娘儿们》[①]时期的旧"命运"命名的。"在它建成二十几年后，"史密斯先生告诉贾斯珀，"就被烧毁了——在两个小时内。"

[①] 莎士比亚喜剧之一。

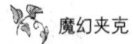

"两个小时内！"贾斯珀说。

而史密斯太太这时静静地斜倚在马车的紫色丝绒上，背对着马，面对着贾斯珀，身边坐着丈夫，就好像是那些风流娘儿们之一再世！

在凌厉的北风中，飘落下来的小雪花消失在黑色的空气中，纷繁的人流裹着毛皮围脖和各色围巾，穿着厚厚的冬装，脸露喜色，伦敦看上去就像西洋镜一样明亮。

贾斯珀从马车的玻璃窗往外看着行人，身子微微颤抖，但不是因为冷。史密斯先生和史密斯太太欢快地说着话，给它提劲，有时候，他们会因为那些打扮得很夸张的太太和绅士们而开起有趣的玩笑。他们可以从马车里看见这些太太和绅士们，而自己却不被发现。他们的心脏也跳得很快。但贾斯珀躲在温暖的黑暗角落里，什么也不说。马车驶过查令十字街，进入特拉法尔加广场。史密斯先生让马车夫这样绕道去剧场，目的是想让贾斯珀看看狮子们。

"瞧，贾斯珀，"看她丈夫手指着它们，史密斯太太说道，"在那上面是伟大的纳尔逊①将军；他戴着三角帽，一定冷极了——只有一只眼睛，一条胳膊，可怜的小伙子——雨夹雪都落在了那些星星中间。"

贾斯珀默默地抬起脸，但只能模糊地看见巨大的花岗岩雕塑高高地矗立在空中。

"大海，"他嘟哝道，"水手。"但奇怪的是，通常很快就明白它说的话的史密斯太太，却以为它的意思是看见（see）而不是大海（sea），担心它如果又回到了刚刚开始学英语时的带孩子气的说话方

---

① 英国海军统帅，因作战负伤，右眼失明，失去右臂，后任地中海舰队司令，在特拉法尔加海战中打败法国-西班牙联合舰队，受重伤后阵亡。

式——看见……人①——一定是对面前的东西感到非常紧张。但贾斯珀其实想的是别的东西。

马车沿着斯特兰德大街继续向前行驶，街道上积满了正在融化的雨夹雪，铁轮子从上面轧过，几乎没有声音。马车继续走着，经过灯火通明的商店和匆匆赶路的行人；过了一会儿，它停在了一条偏僻的街道上。旁边人行道的上方，悬挂着一盏铁制的灯，正好照亮剧场的后门。

史密斯先生下了马车，付了车费，并（为了马车夫的好运，也为了自己的好运）多给了一枚二先令六便士的硬币。他让马车夫十一点到此等他们。"十一点整。"他说。

然后，他伸出手扶太太下了车，就走上那三级台阶，推开门，三人都进入剧院，门在他们身后嘭地又关上了，直把贾斯珀吓了一跳。

"晚上好，萨姆。"史密斯先生对坐在门旁一个小间窗户后面的壮汉打着招呼。

"晚上好。"他回答，但他湿润的灰色眼睛没有看史密斯先生，而是盯着贾斯珀。他转过头，碰了一下他朋友的手，表示希望登记一下。然后，他们一个接着一个——史密斯先生、贾斯珀、史密斯太太——登上石阶，走进剧院经理为他们安排的化妆间。在那里，史密斯先生帮助贾斯珀读出用醒目的大写字母印在节目单上的关于它的描述，这份节目单被钉在了墙上：**学识渊博的著名医生贾斯珀首次登场**。他读得很慢，每读一个字，贾斯珀都要点一下头：**猴子王国微型猴的奇迹，人类的模仿大师**！

---

① 贾斯珀说的是一个词 seaman（水手），而史密斯太太却理解成两个词，即 sea（看见）和 man（人）。

"你瞧,"史密斯先生说,"这就是你,贾斯珀!你觉得怎么样?"但贾斯珀没有回答。这时候,它微微地颤抖着,盯着那些大字下自己的画像。这又把它直接带回了家——虽然画家无疑尽了最大的努力,但还是把它画得很像一只小猩猩!

当史密斯太太用肥胖但灵巧的手给贾斯珀最后化完妆,她的丈夫也准备好了,他们三人又走下石阶,朝舞台的侧面走去。他们在黑暗中默默地等待。很快就会轮到贾斯珀了。舞台布景色彩鲜艳——有红艳艳的花朵,翠绿的树木,还有翩翩起舞的蝴蝶——布景框架一直延伸到上方灯火辉煌处,贾斯珀在布景旁的僻静处窥视着周围。这是圣诞节后的第一个夜晚,剧院上上下下挤满了人,男女老少,各个年龄都有,但更多的是孩子。

贾斯珀踮着脚尖,从画布的一个小孔中偷偷向外看。他看见一排比一排高的陌生面孔,他们的眼睛都盯着台上围着驯兽师坐成一圈的高价雇用的特别优雅的埃塞俄比亚狮子。看见这些面孔,贾斯珀不禁一声叹息,浑身寒战。它转过头去——向外看那些大象。

这些庞大的动物中,有四只戴着槲寄生小枝花环,打扮成靓丽的绿色和银色。另一只,也是最小的一只,则打扮成小丑,脸涂成白色,一只眼睛旁缀着一颗红色的钻石。它们坐在木桶里,卷着长鼻子,齐声问候驯兽师,它们的喊声甚至盖过了管乐队的声音。它们用后腿走路;它们从瓶子旁走过;它们转着手摇风琴的把手;两只年长些的大象跳起笨重的波尔卡舞,两只年纪较小的大象却坐着给自己扇扇子,而最小的那只则用一根彩色棒子打着拍子。

然后,这些睿智而可怕的动物闪着兴奋的小眼睛,粗壮的尾巴摇摆着,一只接一只地走下台。幕布拉了下来。贾斯珀该出场了。

很快,所有准备工作都做好了。一张放着书的桌子,一只空墨水台，一些大裁纸，一只饭铃，两把覆盖着鲜艳的蓝色缎子的镀金椅子，一张沙发，此外还有一个雨伞架，一张插在花盆里的棕榈叶，一条红绿相间的阿克斯明斯特绒头地毯。

音乐停了下来。幕布又慢慢地拉开。在舞台中央，站着赛诺·安东尼奥，他身穿黑色的燕尾服，打扮成男仆的样子，似乎正为了迎接主人回家而整理着房间。他一边整理着桌子上的书，用羽毛掸子最后掸一下干净的缎子椅和花盆里的棕榈叶，一边自言自语，但声音很响，每个人都能听见。他解释着自己是谁——伟大的西米斯托克尔斯·马默塞特·贾斯珀医生忠实的仆人，是史上最善良最聪明的优秀男仆，欧洲最著名的医科学生。"我说了是在欧洲吗？"他对自己喊道，用羽毛掸子拍打着自己的腿，"不，是全世界！"

"该你了，贾斯珀。"史密斯太太俯在她的小朋友的头上悄悄地说，"*世界*，贾斯珀，这是对你说的话，这是暗示你出场的尾白！走吧，祝你好运，贾斯珀！如果，可怜的小家伙，"她低声对自己说，"你的紧张程度只有我的一半，虽然我比你大，好吧……*上吧*，贾斯珀！"

贾斯珀抬头看看她，放开她的手，从暗处走到灯光下。

它身穿条纹裤子，浅灰色背心，长长的黑色晨衣，戴着金表链，上过浆的衣领笔挺，手里拿着一顶高帽子，轻轻地假装斯文地迈着小步向前走。它的漆皮皮鞋有点过长，但它还是能轻松地对付。

看见了主人，詹宁斯马上走上前。贾斯珀医生把帽子、手杖和淡黄色的手套递给他。"谢谢您，先生。很好，先生。"詹宁斯说。他把帽子挂在一个挂钉上，把手杖放在伞架上。

医生略抬起头，走到桌子前，手伸上去放在一本书上。"这是个晴朗的早晨，詹宁斯。"它说，"今天谁是我的第一个病人？"

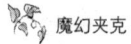魔幻夹克

当刚听到这些细小而尖锐刺耳的话,以及话中带有的柔软的嘶嘶音时,剧院里一时鸦雀无声,你不仅可以听到一枚针掉在地上的声音,甚至还可以断言是针头先落地还是针尖先落地!然后,一个高高坐在第一层楼厅的前排座位上的小女孩开始抽泣,但她很快被制止。詹宁斯开始向主人解释,他的第一个病人是克伦佩特伯爵夫人阁下:"我听说,她还是位非常端庄优雅的夫人,先生;是蒂凯克城堡穆芬大人的亲戚,先生。"

这时,主人从衣服口袋里掏出怀表,说:"现在是十点零五分,詹宁斯,恐怕夫人已经迟到了。"

"我去看一下,先生,"詹宁斯说,"她也许在候见室里。"然后,他退了下去。

"一切都很好,太太。一切都很好,"他悄悄对史密斯夫人说,并像影子一样悄无声息地快速走过去,"不要担心,它很安全。"

同时,当他离开后,贾斯珀搬一把椅子到装饰过的桌子前,从干墨水台里抽出一支长长的鹅毛笔,低下小小的头,扁平的鼻子几乎碰到了上面的纸,假装在上面写起来。

"这要三几尼。"它一边草草地写着,一边叹一口气,简直就像个吝啬鬼,"又是三几尼!"虽然它好像是在对自己说,但像史密斯先生一样,说得很响,剧院里每个人都能听见。然而,它说得那样严肃,竟没有人笑起来。

这时,赛诺·安东尼奥从舞台侧面又登上台。他戴了一顶女帽,穿了条镶着荷叶边的紫色裙子和衬垫,身后拖着长长的裙裾,手里拿着一把绿色条纹阳伞。当然,他现在是克伦佩特伯爵夫人。贾斯珀医生向伯爵夫人鞠躬,两人便坐了下来。贾斯珀医生对伯爵夫人说:"今天早晨天气晴朗。夫人,请您伸出舌头好吗?"

然后,医生站到椅子上,观察夫人的舌头,说:"啊!请原谅,夫人,您的舌苔很糟糕,很不好。"这时还是没有人笑。但是,当伯爵夫人一边假装笑着,一边从佩斯利涡旋纹花呢披肩下伸出戴着白布手套的男人的大手,让贾斯珀医生诊脉时,大家都笑了起来。这之后,除了贾斯珀医生一人在台上的时候,他们一直笑得几乎没有停下来喘口气。

就这样,表演继续着。贾斯珀说着台词,就像其他猩猩和猴子咬坚果和剥香蕉一样容易。但是,虽然对剧院中所有观众来说,它就像剧院经理所说的一样,是人类的模仿大师,但这并不真实。这只不过是人类看待它的方式而已。

它其实一直在演它自己,只是它自己——想着自己的思想,用它明亮、刺人、圆圆的、深邃的、现在几乎是黄褐色的眼睛,从耀眼炫目的脚灯上方凝视着远处的人们,看着披着披肩、戴着手套和女帽、穿着衬裙的赛诺·安东尼奥。虽然它说话时是微笑着的,甚至因为一个故意做出的错误——伯爵夫人没有坐到椅子上,而是坐到了地上——而咧嘴笑出声来,但如果你可以靠近它看,它私底下其实是很严肃的。

伦敦的天气对它来说太冷了——冬季的天;虽然它喜欢史密斯先生和史密斯太太,他们对它很好,虽然它以它自己的思维方式深知,大量的金钱意味着什么,它从来不喜欢剧院经理那张肥胖硕大的、留着黑色八字胡的脸,只是出于礼貌才同意跟他握手。它欣然接受一切,但却仍然怀念着一位失去已久的朋友,渴望着重新回到自己的家乡人身边。

当它表演结束,幕布拉了下来,当听到幕布后面人们爆发出的喧哗声,它的脸突然皱缩起来,似乎变成了一张面具,它的眼睛突然闭上了。幕布又拉开了——它和赛诺·安东尼奥站在舞台中央；幕布又一次拉下来，又一次拉开，拉下来，又拉开——站在台上的只有贾斯珀医生了；然后一次又一次地谢幕，这时，它跟经理和史密斯先生手拉手站在台上。看上去似乎观众要喊叫到声嘶力竭，把手拍掉为止！

终于，幕布落下来不再上去了。它有点头晕目眩摇摇晃晃地走下台，手拽着史密斯太太的裙子。"我的天哪，可怜的小家伙！"就是她所有能对它说的话。她的双眼含满泪水，一是因为高兴，一是因为同情，她抚摸着它冰冷的手指，就像它是个孩子似的。虽然它很小，甚至就它这类猴子来说它也偏小，但它取得了巨大的成功。经理黝黑油腻的脸上堆满了笑容，他又一次握住它的手，深深地鞠躬——虽然这几乎就是拙劣的表演，逢场作戏——道了晚安。

就这样，贾斯珀的份额源源不断地存入银行，直到它成为全世界最富有的猴子，虽然它也是唯一知道这一点的猴子。史密斯先生和史密斯太太跟它所有的交易都很诚实，当然，他们也很快富起来了。

一天，约翰·邦普斯又一次环球航行后回到了家。他以往已有很多次这样的航行了，而且从没有不开心的时候。虽然他住在远离伦敦的朴茨茅斯，在家还没待上两天，他就看到了用大字号印在报纸上的贾斯珀医生的名字，读到了它的故事。

"贾斯珀！"他自言自语地重复着，"哎呀，这很奇怪，真奇怪！贾斯珀！"他又读了一次，然后一拍大腿，"相同的名字，没错。"他对自己说，"天知道，不可能有两个贾斯珀，不是这样的！如果没有两个贾斯珀，那么，这个贾斯珀就一定是我的贾斯珀！"

因为他在出海航行后，口袋里还有很多钱，就当即决定，带邦普斯太太、托普西、伊曼纽尔和凯特到伦敦去，那样，他们就可以到

"命运"剧院,亲眼看看这个贾斯珀了。即使它不是他从姆朗勾-尼朗勾部落带来的老朋友,而只是一个巧合,这一趟也会很开心。当他出海回来时,邦普斯太太总是会款待一次家人。虽然他告诉了邦普斯太太,但对孩子们却一句话也没提老朋友贾斯珀的事,唯恐她们最后很失望。第二天是周六,他们一大早就锁了房门,穿着各自最漂亮的衣服,乘上早班火车出发了。

伊曼纽尔和凯特从没去过伦敦。她们各自坐在一个角落里,目不转睛地从窗口往外看着飞驰而过的田野、牧场、村庄、教堂、山峦和农场。当蒸汽火车驶进叫做沃特卢的车站那庞大的盖着玻璃顶的站台时,她们两个都才刚吃完邦普斯太太为她们准备的小圆面包。邦普斯先生解释,车站是以英国首相威灵顿公爵命名的,他又被称作铁公爵、大鼻子。

她们有整整一天的时间,当邦普斯先生款待她们时,从不浪费一分钟的时间。他马上让她们下车,坐上一辆公共汽车。他们先到威斯敏斯特教堂,然后到英国主要政府机关所在地怀特霍尔大街观看骑马的士兵,接着又来到圣保罗教堂。邦普斯先生带着她们经过安葬纳尔逊将军遗体的黄铜格栅,坟墓是用他自己从法国人手里缴获的大炮做成的。"他是个伟大的水手,是纳尔逊将军。"邦普斯先生说。

"您是说像您这样的水手吗,爸爸?"托普西大声问道。

"嘘!托普西!"邦普斯太太小声说,"你不能这样大声喊叫,这是教堂。"

他们来到教堂庭院,坐到一条露天凳子上——虽然天很冷,但阳光明媚——吃着邦普斯太太装在柳条篮里的午餐。午饭后,他们去看伦敦塔,两个小王子最后一次就是睡在这里的。接着,他们到一家茶室喝了下午茶。三个孩子每人一个煮鸡蛋,但邦普斯先生和太太喜欢水煮荷包蛋。他们又吃了些巴思圆面包和蛋糕。然后他们来到齐普赛街,邦普斯先生让她们浏览了一会儿商店的橱窗,尤其是一家有一棵像一把巨伞似的悬铃木遮阴的玩具商店。然后,他好像突然决定似的,把她们都塞进一辆出租马车,直奔"命运"剧院。

虽然邦普斯先生现在是**雄狮号**的大副,但他还不是一个富人,没有能力购买楼下的座位票,除了正厅后座的票以外。但他不买正厅后座的票,因为邦普斯太太说,在剧院里,她总是喜欢往下看。他们到得很早,很幸运,楼厅后座还有五张票,而且是在最前排的中间。在伦敦走了这么长时间后,他们很高兴能安静地坐在这些舒适的位置上休息或看看他人。他们才刚刚坐下,只有五岁的小凯特就累得在椅子上睡着了。

托普西和伊曼纽尔精神很好,嘴里吃着梨味硬糖(因为邦普斯太太认为,坐在这些位置上,买特硬球形薄荷糖就太贵了),低声地聊着天,关注着剧院里发生的一切。她们从来也没有见过这么多露着肩,头发上戴着钻石的优雅夫人,也没有见过这么多身穿黑色的长衣,衣领高高竖起的绅士。

管乐队队员一个个侧着身子,慢慢挤到舞台前的座位上,有些手里拿着乐器。他们开始调音,或者连续地轻轻吹着他们的双簧管和长号。打击乐手也轻轻地敲起鼓,但没有敲三角铁和钹。最后出来的是手拿象牙指挥棒的指挥。

"那是干什么用的?"伊曼纽尔问。

"那是,"邦普斯太太说,"奏音乐用的。"

指挥坐到丝绒小座椅上,等待着。

邦普斯先生掏出银表。"正点了,"他悄悄对邦普斯太太说,"不知道在等什么。"

突然，随着一个信号，指挥戴着白手套的手举起指挥棒，音乐骤然而起，几乎吓坏了可怜的小凯特。大家都站了起来，乐队奏起了国歌。过了一会儿，英国国王、王后、他们的儿子威尔士王子以及一个披着黑色长卷发，手拿一把小扇子的外国小公主，依次走进舞台旁的一个大包间，包间边缘装饰着冬青枝和槲寄生小枝。他们后面跟着一些漂亮但庄严的夫人和绅士；在国歌进行中，国王站在包间前面正中的位置。

"那是国王。"邦普斯先生轻轻对伊曼纽尔说。

"那是王后。"邦普斯太太说，"看那里，托普西、曼尼、基蒂，那是威尔士王子！"

凯特睡得太沉，过了很长时间，她才能看清楚。当最后一个音符停了下来，她们五人都大声喝起彩来，剧院里其他人也一样。国王鞠了个躬。人们又一阵欢呼。然后他坐了下去；然后沉重的幕布慢慢地静静地升起来，表演开始。

首先上台的是穿着缀满亮片的紧身衣的杂技演员。然后是玩手技杂耍的父女二人。他们玩的球、环和盘子看上去都像活的一样。杂耍结束后，上来一位唱着"比斯开湾"的男人，而其实邦普斯先生对比斯开湾的了解比他多得多。在他之后，那五只埃塞俄比亚大象排着队默不作声地走上舞台。

看见大象，三个孩子大张着嘴巴，并用手拍打得生疼为止，而邦普斯先生却几乎透不过气来。当然，他不是因为从来没有见过大象，绝对不是。他见过很多大象——无论是无拘无束却又安宁地行走在非洲的黑人沼泽地上的，还是浑身结着泥块、躺在热带灼热的太阳下的，或是一天快要结束时，让瀑布晶莹的水冲洗身体的。虽然这五只大象玩着聪明的游戏，他在它们自己的家乡看过其他大象玩更实用的把戏。不是因为他看不起这些大象,他只是已经习惯了它们。

不是这些原因;邦普斯先生是在等待贾斯珀医生,并已几乎无法忍受这样拖延下去。他在等待贾斯珀医生的"壮观的全新表演"——如海报所说的,这是一个"专门为八月皇家娱乐节而创作的,由波斯[①]的沙[②]、阿比西尼亚[③]的皇帝以及其他有无上权力的君主资助的"节目。他知道,他不用数到五十,节目就会开始。

这五头庞大笨重的野兽,穿着绿色或银色的衣服,向观众鞠躬,跪下来,表达对掌声的感谢,然后拖着笨重的脚走到舞台后部。当灯光变暗后,它们站成一排,鼻子高高扬起。停顿了一下,接着一束珠灰色的灯光从高处射向舞台两侧。大象的喉咙突然发出喇叭的叫声,声音响得足以盖过二十支管弦乐队的乐曲声。

这时,贾斯珀出现在灯柱下,只见它身披拖地的深红色丝绒斗篷,肩上缀着真金花边,头戴一顶插着羽毛、前面别着一枚钻石的高高的貂皮帽,右手握着一根小小的镀金银节杖,迈着轻捷的步伐走上前来,灯光追随着它。这次它不是为克伦佩特伯爵夫人开药方的时尚医生,而是埃塞俄比亚至高无上的皇帝,非凡的阿曼纳比·纳那·达。

跟在它后面的是两个矮小的俾格米黑人,他们戴着毛茸茸的假发和鸵鸟羽毛,身穿黄色和朱红色的丝绸长袍。他们一个举着皇帝的华盖,另一个拿着他的镀金御座。他们后面又跟着赛诺·安东尼奥(史密斯先生),他不再是一个男仆,也不是伯爵夫人,而是皇帝最高最瘦的妻子。

---

① 伊朗的旧称。
② 旧时伊朗的国王。
③ 埃塞俄比亚的旧称。

当大象的喇叭声停止，钹和鼓声不再响起时，剧院里的观众发出震天的呼喊声，以致方圆半英里之内都能听见。甚至微笑着坐在皇室包间里的英国国王都不记得自己曾经接受过更大的欢呼声。接着，就好像由这个巨大的呼喊声引起的一样，剧院里突然陷入一片寂静。皇帝提起深红色斗篷的下摆，头顶撑着像一只巨大的蘑菇似的猩红色华盖，坐到了御座上，他的脚下铺着皇家豹皮。

他坐了一会儿——瘦小但笔直——纹丝不动，看着他们所有人。剧院里听不到一声叹气声或咳嗽声，没有人说话。唯一的动静是小凯特发出的，但没有人注意它。她从来也没有见过这样的阵势，忽地低下头，把脸埋在了妈妈腿上。

皇帝贾斯珀环顾四周，它已经习惯了舞台上耀眼的强光和舞台下无数的脸，以及阵阵喝彩声和笑声。它知道自己在哪里，它也知道——虽然只有它自己知道——它是*谁*，是*干什么的*。也许由于这个原因，当它光彩照人地凝视着前方时，那些看着它的人感到一股奇怪的寒气传遍全身。

他们不仅似乎在它面前感到不安——一动不动的小头，专注的眼神——而且似乎害怕。甚至王后也不安地斜视着国王，但国王却看着台上的皇帝。这时，皇帝轻轻地举起它纤小的左手，张嘴说话了……

也许如果邦普斯先生把这一切仔细想一想，就会继续安静地跟家人一起坐在楼厅后座上，什么也不说。他会等到表演结束，然后绕道走到舞台门口，把自己在被任命为雄狮号的大副时印的名片送进去给经理。名片上写着：约翰·邦普斯先生，**雄狮号**大副，特兰索姆斯街7号，朴茨茅斯。这应该是正确的做法。但是，邦普斯是个海员，当要做需要做的事情时，他会抑制不住自己，无法细想和等待。

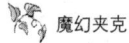魔幻夹克

皇帝刚刚张嘴说"我们",就听到他大声地叫喊:"贾斯珀……"顿时,所有人的脸,甚至在皇室包间的人,都齐刷刷转向了他。而且,舞台上身着华丽服装的瘦小的皇帝,在说了"我们"之后就没有再吐一个字,也朝他看过去。一切都从它脑中消失了,剩下的只有狂喜。眨眼之间,没说一个字,没发出一点声音,没有点一下头,它就从御座上站起来,轻轻地朝脚灯快速跑去,更准确地说,是朝脚灯旁皇室包间对面跑去。

舞台被围在一个用雕花木头和油漆石膏做成的闪闪发光的拱门里。拱门上装饰着各种球形水果、鲜花、小丘比特画像、缎带、海豚和小鸟,金光灿灿,五彩缤纷。幕布就是在这个拱门后面放下来的。"命运"是伦敦最漂亮的剧院之一。

在一片寂静中,贾斯珀不慌不忙地爬上那个拱门,皇袍在身后晃荡。皇袍很重,因为上面缀满了金花边,所以,它爬得很慢但很稳健。它不停地爬着,不停地往上,人们目不转睛地看着它,直到它到达邦普斯先生所在的楼座的前头。为了防止人们从楼座上摔下来,这里有一道木头矮墙。那些坐在第一排的人,弯曲着膝盖,从这道墙的上方看着舞台,而且——为了让他们的手肘能舒服地放在上面,也为了美观——矮墙顶部垫了马毛,马毛上面又覆盖了褐紫红色的长毛绒。

贾斯珀的五趾小脚没有发出任何声响,就沿着这道墙走来——这时加快了速度——坐在那里的观众的脸被舞台脚灯映照得像纸一样白。它默默地踮着脚尖沿着这条令人头晕目眩的小道向前走,最后来到邦普斯先生坐的地方。它停了下来,看着邦普斯先生,低头鞠躬。然后,它说了一些很少人能听见、没有人能理解的话。它把手伸给邦普斯先生。两个朋友重新回到了对方身边。

在这整个过程中,所有人都坐着纹丝不动,默默地看着。但是,当他们见证了所发生的一切——还有在那里的两个朋友,贾斯珀和邦普斯先生——虽然他们不知道该说什么或想什么,但都开始说话,有些还喊叫起来,甚至发出嘘声。他们很生气。他们认为受骗了。他们付了钱不是来看这个的!可怜的邦普斯太太甚至听见了旁边的人说的话。她感到越来越热,越来越窘迫。"噢,约翰!噢,约翰!"她不停地重复着。

这时,随着一夜一夜的演出,贾斯珀越来越不喜欢的那个经理出现了。他急匆匆地跑到台上,先向国王鞠躬,然后向王后鞠躬,再向威尔士王子鞠躬。他大声说,他为发生的事感到非常抱歉。他说,他付了很多很多钱,让贾斯珀来为大家表演,但现在坐在那里的这个男人却诱惑他离开。他声嘶力竭地叫道:"皇帝贾斯珀,皇帝贾斯珀,下来,先生!"

接着,剧院后部有些人叫起来:"把他赶出去!"然后,剧院里一片喧闹声,有这样说的,有那样说的。又胖又黑又无助的经理独自站在舞台中央,哄劝贾斯珀回去,但没有效果。至于史密斯先生,因为打扮成皇帝的妻子,而且天生是个演员,觉得这不是他说话的地方,尤其是在皇室面前。他涂黑的脸上,眼睛骨碌碌地转了转,什么也没说。

与此同时,又安全地回到邦普斯先生身边的贾斯珀,丝毫没有显出听到经理喊叫的迹象。这时,很多人在叫:"把它送回去!"而且声音越来越响。有些却叫嚷着:"让它留下来!"剧院里的喧闹声越来越大,越来越嘈杂。

最后,皇室包间里的国王站了起来,并举起手。剧院里马上安静下来。所有人都默不作声。国王说:"这只奇异的猴子是谁的?"

他皱起眉头，朝下看着剧院经理。经理没有回答。然后，国王的目光转向邦普斯先生。他说："让那个人站起来。"邦普斯先生随即站了起来。

"你是谁？"国王问。

"我叫约翰·邦普斯，尊敬的国王陛下，"邦普斯先生简单地说，"是**雄狮号**的大副，现住在朴茨茅斯。"

"你现在在这里干什么？"国王问。

"我来，国王陛下——我身边的是邦普斯太太，还有孩子们——我来是想再见到一个老朋友。"

"谁？"国王问。

邦普斯太太紧紧地抓住丈夫藏在木头墙后面的手。他的声音有点颤抖。他用另一只手去碰一下贾斯珀的貂皮帽。

"就是它，陛下。"他说。

"你的意思是，"国王笑着说，"尊贵的阁下，非凡的阿曼纳比·纳那·达？恳求阁下站起来。"

国王的幽默让在场的所有人都很高兴。这时，每只眼睛都盯着邦普斯先生。

"哎，贾斯珀，"他轻轻地说，"英国国王在跟你说话。"

贾斯珀朝他的老朋友眨了下眼睛，按了下紧紧握着的手指，然后站在盖着长毛绒的矮墙上，站在大家面前。

国王的眼睛闪闪发亮，说："卿，您是希望跟您忠实的臣民邦普斯先生待在一起，还是——"他的手指向剧院经理和舞台脚灯。接着一阵沉默。

"这是丝邦普斯丝先生丝，阁下，"贾斯珀尖声说道，他从来也说不好 S 音，"这是丝邦普斯丝先生丝，阁下，是丝我的第一个朋友，史密斯丝先生丝是丝我另一个朋友。我的第一个朋友是丝……"但后面的话几乎被从千万个喉咙发出的欢叫声淹没,这欢叫声就像山崩地裂一样冲破剧院的房顶。幸好剧院经理这时已经离开舞台,走到了剧院的后部。

邦普斯先生、邦普斯太太和三个孩子,以及贾斯珀被领到皇室包间,觐见国王。国王、王后、威尔士王子和外国小公主先后同贾斯珀握手,它则跟他们说话。国王摘下自己手上的一枚戒指,戴到埃塞俄比亚皇帝的脖子上。你可以说,他们是平等相见。

但是,邦普斯先生是个水手,是一个诚实的人。当剧院里的人都走光,灯光熄灭时,他跟经理以及史密斯夫妇一起坐在舞台后面的一个小房间里,而邦普斯太太和孩子们则等在贾斯珀的化妆间。四个人在小房间里一边喝着一瓶波尔图葡萄酒,一边协商着如何让剧院经理不至于损失太多的钱。商定的协议是这样的:在接下去的三天里,除了吃饭喝茶的时间外,贾斯珀都要身穿金色和深红色的戏服,脖子上戴着国王的戒指,头戴貂皮帽,坐在"命运"的舞台上。所有希望并付得起票价来看他的男人、女人或孩子,都会从他的御座前走过——从一扇门进来,另一扇门出去。票款可以在门口收。他们一致同意,经理拿收入的一半,史密斯先生拿四分之一,贾斯珀拿四分之一。邦普斯先生什么也不拿。在这三天里,剧院经理得到的钱比之前一个月的收入都要多!

三天过去后,邦普斯先生的假期也结束了,他们都回到朴茨茅斯。好心的**雄狮号**船长同意让贾斯珀上船——这是他的愿望——回到非洲。如果它选择的话,它可以待在英国,在一个豪华住宅里度过余生。它的名声像野火一样,传遍了整个英国,而且远播国外。电报从巴黎、罗马、维也纳、布达佩斯以及美洲各地发过来,邀请它前去访问。

除了电报以外,邮差还每天给贾斯珀拿来一小袋信件——分别来自希望领养它的老夫人,希望分享它的智慧的牛津大学和剑桥大学的教授,想利用它赚钱的狡猾的家伙,以及想请它在他们的生日书上签名的各类成人和孩子。国王也没有忘记它。但除了在生日书上签名外,贾斯珀拒绝了所有的要求。它一心只盼望着回家。

与此同时,它自己送给了所有朋友很多礼物,尤其是给小凯特,而且都是它觉得他们最喜欢的东西。剩下来的钱——在它跟约翰逊先生告别后——都在银行的地下室里装进二十八只小箱子或小柜子里。这些箱子和柜子都堆放到**雄狮号**为它准备的船舱里。它们堆得好高啊。

此外,经船长准许,贾斯珀和邦普斯夫妇还买了各种小装饰物、玩具、亚麻布、丝绸、美味食品和饮料,它们都必须是能够经受任何气候和长途航海的颠簸,不会生锈或失去光泽或变味的。贾斯珀考虑到了它在东多的同乡喜欢和欣赏的所有东西。国王命令,在这次航行中,**雄狮号**不能挂红色的上船旗,而要在主旗杆上挂上王旗。

人们蜂拥集聚在码头,还有的在就近的房顶和窗口,纷纷为贾斯珀送别。因为太拥挤,一些在前排的人竟掉进了水里。除了一个人外,其他的都只是浸透了水,被划艇救了上来。但不幸的是,剧院经理为了看得清楚一点,推开一些小男孩往前挤,最后却落水淹死了。

朴茨茅斯最好的铜管乐队奏起了《大不列颠颂》,伴随着《格兰德河》的音乐,**雄狮号**的水手们起锚开航。

噢,你曾经到过格兰德河吗?
走吧,到格兰德河去!

在那里百川冲刷下金色的沙子,

我们正朝格兰德河驶去。

走吧,到格兰德河去!

走吧,到格兰德河去!

让我们歌唱吧。

再见了,我年轻漂亮的姑娘,

我们正朝格兰德河驶去!

雄狮号抖动了一下,开始移动。在湛蓝的天空和闪烁的海水之间,一股微风徐徐吹来,鼓起船帆。它缓缓离开了码头,驶过诺曼斯兰德城堡,城堡鸣枪向它致意,然后变得越来越小。当邦普斯太太和三个孩子坐下来喝下午茶时,它已经看不见陆地了。

随着日子一天天过去,邦普斯先生在贾斯珀的船舱里跟它进行了很多静静的私密的谈话。这艘船从来也没有碰到过这么好的天气。两个朋友现在很伤心,因为邦普斯先生知道,他无法劝阻贾斯珀回到自己的家乡。贾斯珀让他确信,这是它的一个愿望,邦普斯先生也就没有别的话可说了。

邦普斯先生的朋友,姆朗勾-尼朗勾部落的酋长居住的首领村离匡泽河岸一英里余,位于一片长满红树的沼泽地上方,沼泽地里还有无数的鳄鱼,虽然两角犀牛从不离开那条河。在河与沼泽之间是一片沙和绿地。

这里看不见河,但树木却触手可及。姆朗勾-尼朗勾部落的酋长借给邦普斯先生一些黑人,帮助他搬运贾斯珀那一箱箱、一桶桶、一盒盒罕见的坚果、水果、水果露、饼干、小珠子、好看但廉价的装饰品,等等,还有装满金币、银币的钱箱子。因为无论邦普斯先生、约翰逊先生或史密斯夫妇说什么,都无法说服它,所有它的这些钱就是钱而已,不会有别的东西,也许除了漂亮以外,对它那些生活在树梢的朋友来说,就跟坚果壳或鹅卵石一样,毫无用处。它坚持说,这是因为它所做的事而付给它的,所以,它想全部都带回给它的家乡人——当然,除了用于购买送给邦普斯先生以及其他朋友的礼物的钱以外。

既然无论他们争论多久,贾斯珀仍然希望带走这些钱,邦普斯先生当然就说,那就这样吧。这跟国王说的话是一样的。

贾斯珀选择在那条看不见的河流和森林之间的开阔地上宿营,当它的所有财产堆放在那里,并在旁边支起一个钟形小帐篷之后,已经到了晚上了。当邦普斯先生跟他的朋友道晚安时,耳边响起各种动物和鸟的奇怪声音。

"我希望,贾斯珀,"他说,"啊,不只是希望,你在那里的亲戚朋友会很高兴见到你。我希望是这样。但他们非常平静。"他小心翼翼地说着这些话,并对身穿金色和深红色相间的长袍,头戴貂皮帽的朋友微笑着。但是,因为邦普斯先生保证明天早上会回来,这还不是告别,而只是道晚安。

第二天早晨,邦普斯先生真的回来了,贾斯珀伤心地迎接他。虽然夜里它听到了模糊的说话声和脚步声,但它过去认识的朋友一个也没有到它身边来。因此,在邦普斯先生的建议下,他们打开了一些盒子和柳条箱,拿出那些闻上去最香甜、味道最浓的美味食品,很诱人地散落在离开贾斯珀的帐篷一段路,但更靠近森林的地方。

第二天早晨,这些食物都消失了,但贾斯珀还是孤独一人,整个晚上都没有来拜访的客人。它一夜都没有合眼。它告诉邦普斯先生,没关系,它的朋友肯定是害羞胆怯了。它确信,他们会很高兴见到它，渴望着跟它说话，欢迎它回来。

但一个又一个早晨过去，堆着的东西越来越少，食物已经没有了，玩具和小装饰物都散落掉了。剩下来的只是金币和银币了，它们是那些猴子闻过和摸过以后认为没有用的东西。贾斯珀最后想，一定是它身上的王袍，它脚上的羚羊皮拖鞋，它头上的貂皮帽和它的色彩让它的乡亲们认不出它来了。它微笑着对它的朋友邦普斯先生说着这些，但好像自己也不太相信。

那天晚上，当他们分手时，非洲上方的天空阴沉沉的，压得很低，无声的闪电不断划过远处的森林上方，他们可以听见从姆朗勾-尼朗勾部落的人跳舞的地方传来的手鼓声。贾斯珀脱下了华丽的服装，赤身站在帐篷旁——跟以前一样，只是一只小猴子。邦普斯握着它的手。

"晚安，老朋友，"他说，"祝你好运。"

昌西小姐的猫

昌西小姐的猫叫萨姆,很多年来,她一直没有发现它有什么异样和令人不安的行为。像多数只跟一两个人住在同一屋檐下的猫一样,它比那些住在普通人家的猫更有灵性。它学到了昌西小姐的习性。也就是说,它表现得就像一个穿着毛茸茸的外衣的小人儿。它就是那种"有灵性的"猫。但虽然它从昌西小姐那儿学到了很多,我敢肯定,昌西小姐从萨姆身上却没有学到什么。她是一位善良宽容的女主人;她会针线活、会烧饭、会用钩针编织、会铺床、会读书写字,还懂一点算术。当她还是个姑娘时,还经常弹着钢琴唱《凯思琳宝贝》。当然,萨姆对这些事一窍不通。

但是,就像她不可能是罗马主教一样,她也无法用她的五个手指抓住和杀死一只老鼠或一只乌鸦。她也不能砌起六英尺高的砖墙,或从起居室壁炉前的地毯跳到烟囱架上,而不碰到一点装饰品,甚至不会让玻璃枝形吊灯互相碰得叮当响。她不像萨姆,她会在黑暗中找不到路,也不能靠鼻子闻气味找到路,还不能靠啃花园里的青草获得健康的身体。而且,如果她小心翼翼地用双脚和双手撑着离地两三英尺,然后掉下来,就会立刻重重地仰面摔在地上;而萨姆只有三个月大时,就可以在离地十二英寸的空中旋转,然后落到地上,四只脚像桌子一样稳稳地站住。

虽然萨姆从昌西小姐身上学到很多东西,昌西小姐却什么也没有从萨姆身上学到。即使她很愿意学,而萨姆也愿意教,她是否会是一个有指望的学生,还真令人怀疑。而且,萨姆对它的女主人很了解,昌西小姐对它的了解却要少得多——至少,直到那天下午,当她在镜子前梳着头发时。那时候,她几乎不能相信自己的眼睛。那一刻,完全改变了她对萨姆的看法,而且,在那之后,一切都变了……

萨姆一直是一只健壮的动物,它的毛发乌黑油亮,眼睛闪着金子般柔和明亮的光,即使在太阳底下也一样,而到夜晚,它们则像微绿色的黄宝石。它现在已经满五岁了,喵喵地叫得特别响亮有劲。因为只有它同昌西小姐一起住在叫做"驿馆"的房子里,自然它也就成了她常年不离身的伙伴。"驿馆"是一处偏僻的独栋房,几乎位于哈格兹登高沼的正中间,正好是两条蜿蜒的偏僻小路像半合的剪刀一样交汇的地方。

她离最近的邻居、邮递员卡林斯先生一英里多,而离开村民散落的老村庄哈格斯登则有两英里多。"驿馆"周围的道路极其古旧,在罗马人来到英国之前,只是一些羊肠小道;后来罗马人以各海滨为界,修成了一段又一段的道路。但是,多年来,很少有游客骑马或步行来到昌西住的地方,甚至羊倌也很少赶着羊群来这里。你可以一连几天从她的窗口盯着外面,却看不到一辆修补匠的手推车或一辆吉普赛人的大篷车。

"驿馆"也许是有史以来最丑陋的房子了。它的四个角直直地矗立在高沼上,就像动物繁殖场的一堆砖头。天气晴朗时,站在平平的屋顶上,可以看见高沼远处好几英里的地方,但看不见卡林斯先生的小屋,因为它坐落在一片洼地里。"驿馆"属于昌西的几代可敬的祖先,许多哈格斯登人把它叫做"昌西老宅",虽然当狂风大作时,它就会噼里啪啦地响得像一架风琴,而在冬天,它又会冷得像牲口棚。

昌西家族的另一支早在七十年代就移居到了怀特岛，昌西小姐却仍然坚守着这栋老屋。事实上，她爱这栋丑陋的旧房子，她从小就住在这里，那时候，她穿着裙子和灯笼裤，肩上打着淡蓝色的玫瑰花结。

这一事实，使萨姆的举止行为更受指责，因为从来也没有一只猫有这么善良的女主人。昌西小姐现在已经六十岁了，死板得就像枪的通条。在工作日，她穿黑色的羊驼呢料衣服，在周日，则穿波纹丝绸。她又圆又大的钢框眼镜架在高高的鼻梁上，让她看上去又冷漠又精明。但其实她两样都不是。因为即使像卡林斯先生这么愚蠢的人，也可以在一个包裹的运费上做手脚——就凭他看上去很累，或当他看见毛发蓬乱膝外翻的母马时叹了一口气。在她僵硬的紧身衣下，有一颗最温暖的心。

因为"驿馆"离开村子太远，买牛奶和奶油都有点困难。但是，昌西小姐给萨姆的东西一样也不会少——这是合乎情理的。她每周付给一个叫苏珊·阿德的小姑娘整整六便士，她会从最近的农场拿这些精美食品给她。这些确实是精美食品，因为哈格斯登高沼的草是深绿色的，吃这些草的奶牛产出的奶醇香浓郁，因而萨姆吃得膘肥体壮。卡林斯先生每周来一次，根据长年不变的订单给她带来一些西鲱或新鲜的鲱类海鱼，或任何应季的美味可口的鱼。如果买不到其他更便宜而健康的鱼，昌西小姐甚至舍得花钱买银鱼。卡林斯先生会看着萨姆对他的车轮摇尾巴，或心满意足地看着自己的餐盘，然后说："它是个奇怪的动物，夫人，没错；它是个棒极了的奇怪动物，它是的。"

然而，昌西小姐自己却吃得很少，虽然她很喜欢喝茶。她还自己做面包和饼干。在周六，屠夫的雇员会系着条纹围裙，给她送来周日的大块肉；但是，她并不爱吃肉。她的食品柜里装满自制的果酱、瓶装的水果和干的芳草——所有类似的东西，因为"驿馆"后面有一个四周围着高高的黄色旧砖墙的长花园。

当然,萨姆很小就知道自己的用餐时间——怎么告诉自己的只有它自己知道,因为它似乎从来也不去看一眼楼梯间的落地式大摆钟。它很准时,大小便通畅,睡觉很香。在所有窗户关闭的那几个月里,它喜欢出去,因此它就学会了把后门的门闩拉下来。确实,它似乎更喜欢门闩。它从来都不睡在昌西小姐的百纳被上,除非上面铺了它自己的被子。它的习惯非常挑剔,几乎到了矫揉造作的地步,但它从来不偷窃。它的一种"喵"声表示想吃东西了;高半个音或两个音的"喵"表示想喝水了;还有一种"喵"——温柔而持续的——是想跟女主人说话了。

当然,它并不讲英语。它喜欢坐在炉边的一把椅子上,尤其是在厨房——因为它不是天生待在起居室的猫——看着昌西小姐闪闪发光的眼镜片,然后再看一会儿炉火火焰,一边把爪子缩进去又伸出来,并发出呼噜呼噜的声音,几乎就像在布道或朗诵诗歌。

但这都是在那些一切似乎正常的快乐日子里才有的,也就是在昌西小姐的脑海中没有产生怀疑的日子里。

就像其他猫一样,年轻的萨姆还喜欢躺在窗户上,悠闲地看着苹果树上的鸟——如山雀、歌鸫、乌鸫、红腹灰雀——或蜷缩在一个老鼠洞上方,一连几个小时一动不动。这就是它在房子里的乐事(它从不吃老鼠)。昌西小姐则戴着帽子,拿着扫把、掸子和洗碟布,做着家务活。但它还会观察一般猫不感兴趣的事物。有一天下午,它以自己的方式告诉了昌西小姐,起居室的地毯里有衣蛾:它高高地翘起尾巴,来来回回不停地走着,直到她注意到它。又有一次,当看到一块炽热的煤烧着了厨房里的护垫时,它像亚马逊河流域的猴子一样叫起来,这当然是在警示她。

在中午之前，它会胡子朝北坐着或躺着，而之后胡子就朝南了。总的来说，它的举止风度是完美的。但是，有时候，当昌西小姐叫它时，它的脸看上去会皱缩成一团——无论如何，是一副低沉忧郁的表情，似乎在说："你为什么要在我有事做的时候打搅我啊，夫人？"昌西小姐觉得，它有时会故意躲藏起来或偷偷地走出"驿馆"。

昌西小姐有时还会发现它从一个房间跑到另一个房间，就好像是在视察。在它的第二个生日，她坐在炉火边织毛衣，它拖了一只硕大的老鼠进来，把它放到她那闪亮的靴子外包头上。跟往常一样，她微笑着向它点点头，但是，这一次，它专注地看着她，然后有意识地摇摇头。自那以后，它就再也没有理会过老鼠或老鼠洞或老鼠成群的地方，昌西小姐不得不买来一个用奶酪做诱饵的捕鼠器，否则，她的房子里就要鼠患成灾了。

几乎所有的家猫都可能做这类事情，这只是萨姆作为家猫具有的特点。因为它同昌西小姐共用一栋房子，就像任何住在一起的两个生物一样，它一定会保持某些特定的外表。正如俗话所说，它在迁就她。然而，当它"自己独处"时，它就不再是昌西小姐的萨姆了，也不只是"驿馆"的猫了，而是*它自己*。也就是说，它回到了自己自由独立的生活，回到了自己私人的习惯。

那么，它漫游的高沼就是它自己的领土，而高沼上的"人类"和他们的房子对于私密野性的那个它，只不过就像我们眼中的鼹鼠洞或獾的土或养兔场一样。当然，关于它这一面的生活，女主人实际上一无所知。她没有想到这一点。她以为，萨姆同其他猫没有区别，虽然显而易见，它有时候走得很远，因为它不时地会带回来一只小交趾母鸡，而最近的交趾鸡是在教区牧师住所，整整四英里以外。有时候，昌西小姐傍晚出去散步时，还会看见它———个飞快移动的黑点——

远远地走在路上,急匆匆地往家赶。它的步态看上去比卡林斯先生甚或郊区牧师的目的性还要强。

当它到了喵喵的叫声能被听见的位置时,观察它如何改变姿态也是件乐事。它会立刻变成一只**家猫**,而不只是一只猫。它同时不再是一只**探险猫,哈格斯登高沼的夜间攫食者和游魂者(虽然昌西小姐不会这样说)**,而仅仅是被女主人宠坏了的宠物萨姆。她非常爱它。但是,因为人类很习惯一起居住,她不太多想到它。那么,在事先没有心理准备的情况下,当那天晚上昌西小姐发现萨姆竟然在欺骗她时,她就不能不震惊了。

那天傍晚,她在镜子前梳着面前稀少的棕色头发,它就像一块漂亮面纱一样松松地盖在脸上。因为她经常在梳头发时想别的事情,这时她有点心不在焉。当她在幻想中从头发后面抬起眼睛时,却发现不仅镜子里有萨姆的映像,而且一件神秘的事情正在发生。萨姆坐在那里就像是在乞讨。这也没什么,自从它几个月大以来,它就习惯这样做了。然而,既然没有人在旁边,它又在乞讨什么呢?

这时,挂着印度印花布短帷幔的梳妆台右边的窗户是开着的。在窗外,天开始变黑了。整个哈格斯登高沼静谧无声地笼罩在越来越浓的夜色中。除了没有东西可乞讨的乞讨外,可以说,萨姆似乎在用爪子做着动作。也就是说,它好像在打手势,就好像空中有人或有东西从窗口朝它看——这是不可能的。它脸上的表情当然是昌西小姐从来没有看见过的。

她举着梳子呆了一会儿,细长的手臂跟头形成了一个角度。看见她这样,萨姆立刻停止了这些动作。它又四肢落地站好,好像是静下心来再打个盹。不,这也是假装的;因为过了一会儿,她看着它焦躁不安地转过身子,让胡子又朝向了南面。它的身体后部朝着窗户,它的脸显得很不友善，双眼死死盯着前面。对于一个从出生就跟她住在一起的动物来说，这实在是太不友善了。

　　萨姆似乎读懂了她的想法，这时抬起头看着自己的女主人；她的眼睛只是在关键时刻看了一下镜子，当她停止梳妆时，却发现它又坐在了那里——看上去那么安详，那么像猫咪，又变得那么普通，昌西小姐几乎不能相信有什么不对的地方。是她的眼睛欺骗了自己吗？萨姆前爪奇怪的动作（几乎像在编织），还有它那样兴奋地大瞪着眼睛，只是因为它在抓一只她看不见的苍蝇吗？

　　昌西小姐把她的"窗帘"——她高高的额头两边油亮光鲜的卷发——梳理整齐后，又看了一眼窗外。那里什么也没有，只有宁静的高沼；那里什么也没有，只有随着夜幕的加深而闪烁的淡淡星光。

　　像往常一样，萨姆晚餐的奶油放在起居室壁炉前的地毯上。灯点亮了，红色的窗帘拉了下来，壁炉里的火噼啪作响。他们两个坐在那里；浩瀚的星空像碟子般悬在高沼的茫茫夜色中，而十字路口旁这栋四边形房子像一个巨大的长方形盒子，矗立在这只巨大的碟子下。

　　昌西小姐就那样坐着——跟萨姆一起，它似乎在酣睡——脑子在思考。傍晚在卧室里发生的事情，让她想起另一些奇怪的往事。那是些琐碎的小事，她几乎没有在意，但现在都清晰地浮现在脑中。例如，在过去，就在这个时刻，有多少次萨姆像现在这样收拢爪子坐着，就像睡熟了一样，看上去非常像一个晚餐后的强壮郡长。然后，它会毫无预示地突然跳起来，直接跑到外面，就好像听到了远处的呼唤。然后在房子的某个地方——门半掩着，窗户大开——它会找到出口，上去，离开，消失在夜色中。这是经常发生的事！

　　还有一次，昌西小姐发现它后腿撑着蹲在一个很多年前就完全废弃了的小房间的窗台上，那时她才八岁，表妹米莉正好待在"驿馆"。

她看见它后大叫起来:"你这个傻瓜萨姆!快进来,先生!等一下你就要摔到窗下去了!"她记得很清楚,虽然听到她的话,它马上小心翼翼地从令人眩晕的高处下来,但却没有看她,而是悄无声息地从她身边走过。这一切就像刚发生在昨天一样。

还有,在月光皎洁的夜晚——哎呀,你从来都不清楚它到底在*哪里*!你从来也无法确定它办了什么事*回来*。真的,她知道它每晚都在哪里吗?她越想,心里的怀疑和担忧就越深。无论如何,今天晚上,昌西小姐决定要一直监视它,但这样做她并不开心。她憎恨所有监视之类的事。她和萨姆是老伙伴了;没有它在这偏僻阴冷的"驿馆",她会感到孤独凄凉。她非常爱萨姆。然而,那天傍晚看到的事已深深地印在了她脑中。更明智的做法,就是了解所有需要了解的事,即使只是为了萨姆的缘故。

昌西小姐睡觉时总是半开着门,这是她从小就养成的习惯。她小时候非常胆小,喜欢在那些恍恍惚惚的时候听见楼下大人的声音和勺子、叉子的叮当碰撞声。至于萨姆,它总是睡在放在壁炉旁的篮子里。早晨它一般都会在那里,虽然有时候,昌西小姐轻轻睁开眼睛后,会发现自己正直视着萨姆淡绿色的眼睛,它后爪着地站着,而前爪却放在她的床边,正看着她的脸。"该吃早饭了吧,萨姆?"女主人会嘟哝道。萨姆会喵喵地叫,声音听上去很遥远,几乎像在高空飞翔的海鸥的叫声。

但是,这个晚上,昌西小姐只是假装睡着。但要保持完全清醒很困难。她几乎打起了瞌睡,突然听见她的房门铰链发出轻轻的嘎吱声,她意识到,萨姆出去了。等了一小会儿,她划亮一根火柴。没错,黑暗的房间里躺着它空空的篮子。这时,从远处——从哈格斯登村教堂的尖塔上——传来时钟的正点敲击声。昌西小姐把火柴头放在蜡烛架的碟子里,这时,她想她听见了窗口微弱的*呼呼声*,好像是突然而起的一阵风,或者是在快速飞翔的大雁的拍翅声。这甚至使昌西小姐想起了几乎要忘记了的盖伊·福克斯的年代,想起火箭在空中落下来时发出的声音——当它绿色和深红色的火光在浩瀚的上空渐渐熄灭时。昌西小姐曲起两条长腿,起了床,穿上总是挂在床侧栏杆上的蓝色法兰绒晨衣,把窗帘向后拉了一两英寸,向窗外看去。

这是一个星光璀璨的夜晚;屋顶上方一片明亮的天空似乎证明,房子后面一定悬挂着一轮月亮。甚至就在她看着窗外的时候,一道淡银色的光带从遥远的天空中迅速滑落,并逐渐变小,最后消失在黑暗中。这是一颗流星。就在那个时刻,昌西小姐好像又听到了空中那遥远而逐渐变小的*呼呼声*。那也是流星的声音吗?她有可能受骗了吗?她是否在所有事上都受骗了?她不禁向后缩回身子。

接着,仿佛是有意和挑衅地回答她,从远处,好像是从她的长花园的最那端传来了拖长的似乎带点神秘的猫的夜号声,声音非常低沉——可以说像男中音:嗷——呜,嗷——呜!

老天保佑不是的!*那是萨姆的声音吗?*夜号声停住了。然而,昌西小姐还是忍不住一阵颤抖。她很早以前就熟悉萨姆的声音了。但肯定不是这样的!肯定不是!

虽然在这么寂静的夜晚在这样一个荒凉偏僻的地方大声喊叫显得既奇怪又不合礼仪,但她还是立刻打开窗户,呼唤萨姆。但没有回答。花园里的树和灌木纹丝不动;它们投射在地上的模糊阴影显示了月亮在天上有多么小,它悬挂得有多么低。隐隐约约连绵起伏的高沼一直向远处延伸。除了天空的亮光以外,看不到一点灯光。然而昌西小姐又叫了起来:"萨姆,萨姆!回来吧!回来吧,先生,你这个坏家伙!"但没有任何声音。连青草的叶片都没有动一动。

在折腾了这么一个晚上后,昌西小姐第二天早晨醒来时稍迟了一些。当她从床上坐起来时,第一眼看见的是萨姆——跟往常一样蜷缩在篮子里。这是一个谜,而且是令人不安的谜。在吃完了早餐后,它安稳地一直睡到中午。这一天正好是昌西小姐做面包的日子。她一直不停地用指关节揉压着面团,并不时朝纹丝不动的猫看一眼。她手指上沾满面块,弯着腰在它身边站了一会儿,然后仔细地观察起它。

它缩成一团躺在那里,胡须朝着炉火。她觉得自己似乎从来没有注意到过它脸上隐约可见的奇怪的笑容。"萨姆!"她尖声叫道。一只眼睛马上睁开了,睁得很大很可怕,仿佛是听到了老鼠的吱吱叫声。它盯着她看了一会儿,然后眼皮松弛了下来。目光离开了一会儿,萨姆开始呼噜作响。

事实是,所有这一切使昌西小姐很不开心。那天下午,卡林斯先生拎着一篮子新鲜的小西鲱来到"驿馆"。"它们会吵醒殿下的,它们一个个都精神饱满。"他说,"哎呀,那牲畜真有帝王相啊!"

"猫是很奇怪的动物,卡林斯先生。"昌西小姐若有所思地回答道,觉得卡林斯先生漏掉了一个h,他是要说英雄,而不是帝王。萨姆尾巴翘得高高的,好像与昌西小姐有同感,轻轻地用头摩擦着她的靴子。

卡林斯先生仔细看看它。"哎呀,是的,它们是很奇怪。"他说,"我说的是,它们一旦离开你,就会忘了你。猫就像水泵一样,是不会感激,不懂爱的。虽然就水泵而言,要感激的应该是我们。我曾经听说过,有一家的猫把它们的女主人赶出了家门,让她失去了家。"

"但是,你不会把猫只当宠物的吧?"昌西小姐含糊地说,不敢问这件奇怪的事的更多细节。

"呃,不,不,"邮差说,"上帝是那样创造了它们。但是,我敢肯定,如果它们头上长了人的舌头,它们就会讲很错综复杂的故事。"

萨姆停止了摩擦女主人的脚,目不转睛地看着卡林斯先生,它脖子上和肩上的毛发有点乱。邮差也看着它。

"不,嗯。如果它们有它的*四倍大*的话,我们不会养它们。"他最后说,"或者,不会养很久。"

看着卡林斯先生的马车很快驶向了远处,昌西小姐回到了屋子里,心里更加惴惴不安。当萨姆甚至拒绝闻一下给它吃的西鲱时,也没有让她的不安减弱一点。它爬到了厨房的一张矮桌子底下,桌子前面是一个放引火柴的旧柜子。她好像听见猫的爪子在不时拨弄着木柴,它似乎在用那些对动物没有同情心的粗俗人所说的"诅咒"表达自己的真实情感。

她怎么安抚地叫着它"萨姆,萨姆"都丝毫不起作用。它的回答只是很像"啐唾沫"的打喷嚏。昌西小姐的感情已经被伤害了,现在受苦受难的是她的心。邮差说的话,或他说话的方式,或当他回视萨姆的凝视时她在他脸上注意到的那种奇怪的眼神,久久地萦绕在她脑中。她已不再年轻,难道她变得喜欢想象了吗?或者,她应该得出结论,在过去的几周里,萨姆一直在跟她使心计,或在隐瞒它在漫游的事实,隐瞒它的兴趣?简直是胡说八道。更糟糕的是:她现在难道这么轻信以致认为萨姆实际上是在发信号——而且是秘密地,在她背后——给想必是在天上或在月球中的某个同谋者发信号?

不管怎么样,昌西小姐决定密切监视它。他们的未来遇到危险了。她至少要确定它那个晚上没有出去。但是,为什么不呢?她问自己。为什么它不能选择自己的时间和季节?猫就像猫头鹰一样,在黑暗中看得最清楚。它们最能在黑暗中捉老鼠了,可能更喜欢在黑暗中进行私密的、社交的甚至公共的活动。"驿馆"毕竟只离开哈克斯登村两英里多，而那里有很多猫。可怜的家伙，她默默的陪伴有时肯定很枯燥乏味。

这就是昌西小姐的反思；好像是为了安慰她，萨姆这时平静地走进房间，跳上放在她的茶几边的空椅子。又好像要证明它已经反思过，决定不再发坏脾气了，或想迂回地说明它和卡林斯先生之间没有什么不快的事情发生，它正有滋有味地舔着自己的嘴巴。昌西小姐闻到了一股鱼的气味，显然它已经吃了盘子里的鱼。

"所以你改变主意了，我的孩子？"昌西小姐想，但她没有说出来。然而，当她看着它那双猫眼目不转睛地凝视着她时，她意识到，要识透这双眼睛背后的灵性是多么困难。你可以说，萨姆只不过是一只猫，它的目光里根本没有任何含义。但是，昌西小姐并不这样认为。如果这样的眼睛是从一个人的身体上朝她看过来的，那含义可能就很深。

不幸的是，几乎就像萨姆听到了女主人关于它可能在村子里有猫友的猜测，这时，从开着的窗户下传来一声微弱的"喵——"刹那间，萨姆离开了椅子，翻过窗台，昌西小姐站起来，正好看到它愤怒地追赶着一只细长的毛色油亮的花斑家猫。这只猫到"驿馆"来，显然是希望受到更友好的接待的，现在却完全为了保命而仓皇逃跑。

萨姆精神抖擞地跑回来，昌西小姐很恐惧地发现——夹在它右前脚的爪子间——一束或两束花斑猫的毛发。它让自己平静下来，靠在炉火边，迅速舔掉爪子间的毛发。

傍晚，昌西小姐一边仍然思考着这些令人不安的事件，一边照常在花园里散步。伞形屈曲花和弗吉尼亚紫罗兰沿着两边铺着贝壳的小道盛开，晚开的玫瑰已经开始在高高的砖墙上绽放，这道高墙正好把她狭长的土地与广袤的高沼隔了开来。来到小道的尽头后，昌西小姐不同以往地继续朝前走了一段,来到杂草更加茂密的地方。在她仅有的几棵苹果树下,莽撞的野草昂首矗立着。继续往前——因为她的花园虽然狭窄,但却很长——是一些黑刺李灌木和多刺的英国山楂。早在"驿馆"高高地竖起烟囱管帽之前,它们就已经在高沼的寒冷春季里开花了。这里还很旺盛地长着一团令人蹙眉的荨麻——它们的臭味熏染着空气。

就是在这个荒凉的地方——就像鲁滨孙·克鲁索一样——昌西小姐突然停住了脚步,她在地上看到的不可能是别的,应该是一个脚印。但不仅如此,离开几英寸处,出现了好像是手杖甚或某种更结实更重的东西留下的痕迹——T字形拐杖。她可能被欺骗了吗?这个脚印的样子真的很奇怪。"一只很奇怪的鞋!"昌西小姐想。这么相像可能是偶然的吗?这是一个脚印吗?

昌西小姐偷偷越过灌木朝房子看了一眼。在高沼的暮色中,影影绰绰的它显得荒凉而令人生畏。虽然傍晚的光线可能欺骗了她,但她感觉自己能看见萨姆蜷缩着身体,正从厨房的窗口看着她。被监视!她自己被窥视——被监视!

当然,萨姆总是在注视她。这有什么奇怪的?它的西鲱能从别的地方来吗?还有它的奶油,它的牛奶,它的新鲜井水呢?然而,昌西小姐回到起居室时,心里很乱。

这是一个特别宁静的夜晚,当她从一个房间走到另一个房间,一扇一扇地关闭着窗户时,注意到月亮已经悬挂在天空中。她担忧地看着它。终于到了就寝的时间;当萨姆像往常一样,安静地躺到了篮子里,昌西小姐几乎挑战似的拿着钥匙,故意锁上了自己的房门。

当她第二天早晨醒来时,萨姆像往常一样还在睡觉,白天它寸步不离房子。周三和周四也一样。直到周五,她因为需要,来到楼上一个没有壁炉的卧室,萨姆照常跟着她。她发现房间里有一种淡淡难闻的煤烟的味道。没有烟囱,却有煤烟味!她迅速转向她的伙伴,但它已经离开房间了。

那天下午,当她发现自己的百纳被上有一道黑色的油污时,意识到不仅她的怀疑得到了证实,而且萨姆第一次在她不在的时候躺在了上面。对于这个充满敌意的举动,她不再感到那么地受伤害,而是极其愤怒。毫无疑问,现在萨姆在公开敌视她。没有两个同伴可以在这样的关系下共住一栋房子的。必须教训它一顿。

那天晚上,昌西小姐当着萨姆的面锁住了自己的卧室门,把一大块做床垫用的棉布塞进烟囱口,然后拉下调风口的挡板。看着昌西小姐做了这一切之后,萨姆从篮子里站起来,轻松地一跃,跳上了梳妆台。窗户外面,高沼几乎像白天一样明亮。萨姆不理昌西小姐,顾自蜷缩在那里,眼睛一直郁郁寡欢地盯着寂寥的天空,因为从它坐的地方,可以看见很大的一片。

昌西小姐继续梳妆打扮,试图假装对萨姆做的事完全不感兴趣,但却没有做到。它喉咙里持续地发出一个微弱的声音——不完全像喵声或低沉的吼声,而是一种压在喉咙里的低沉的夜号,几乎听不见。但是,这些声音意味着什么,只有萨姆自己听得出来。窗口或外面的世界没有任何活动的迹象。然后,昌西小姐快速地拉下窗帘。萨姆立刻抬起爪子,似乎准备抗议,然后,显然又改变了主意,装出一副只是准备开始夜晚的梳洗的样子。

蜡烛熄灭后很长时间,昌西小姐还躺着聆听。在寂静的黑暗中,每一丁点响动都很容易听清楚。首先是壁炉的调风口边响起偷偷摸摸的脚步声和敲击声,昌西小姐完全可以想象得到,萨姆正站在壁炉底部的石板上,用后腿撑着挺直身体,试着把调风口的挡板推回去,但没有成功。

因为第一次努力没有成功，它似乎又四脚落地站住了。然后声音停止了。它打消念头了吗？不：现在它到了门口，用爪子轻轻地抓挠，然后朝着门闩跳起来——但只跳了一次——门是锁着的。它从门口退回来，又一次轻松地一跃跳上梳妆台。它在干什么呢？她偷偷地从枕头上抬起头，看见它正伸出爪子，轻轻地把窗帘从洒满月光的窗台往后拉。甚至在她一边听一边看着的时候，她又听到了——又一次——微弱的呼呼声，就好像一只野天鹅在空中飞过；然后可能是一只鸟的夜鸣声，但在昌西小姐听起来，它像一阵尖尖的咯咯笑声。听到这个声音，萨姆急忙离开窗口，毫不掩饰地径直从梳妆台跳到她的床栏杆上。

这种没有礼貌的举动再也不能视而不见了。可怜的昌西小姐从床上坐起来，把睡帽往耳朵上拉了拉，手伸向床边的椅子，划亮一根火柴，重新点亮蜡烛。她费了好大劲慢慢转过头，面向她的伙伴。它身上的毛发直竖着，仿佛被电击了似的。它的胡须僵硬地翘着，跟下巴形成一个角度。它看上去至少比平常大了一倍，它的眼睛冒着火花，它转脸避开她的注视，突然发出低沉持续的嗷呜嗷呜的叫声。

"我说你不能这样！"昌西小姐对它叫道。听到她的声音，它慢慢转过身面对她。好像直到这个时候，昌西小姐都从来没有真正看到过萨姆的真实面容。与其说它长得像老虎，看似咧嘴笑着，不如说它看上去有一种乖僻的自信，它需要的东西和想得到的东西都能得到。

现在想睡觉是不可能的了。昌西小姐也可以很固执。这只猫似乎对房间里的空气施加了影响，她几乎无法抵制。她从床上起来，套上拖鞋，朝窗户走去。这时，窗栏杆那边又响起压在喉咙里的叫声。她撩起窗帘，月光倾泻而入。当她转过身来准备对她的宠物的忘恩负义，对它所有这些不得体的做法和对它的欺骗手段表示抗议时，它看上去那么气势汹汹，那么顽固，那么凶恶，昌西小姐不再犹豫了。

"好吧，请你听好了！"她颤抖着声音叫道，"你别想从门口出去。但是，如果你喜欢煤烟，那就去吃煤烟吧。"

说完，她用拨火棒推开调风口的挡板，然后用火钳夹出那团棉布。煤烟呛得她一阵咳嗽，但她还没有停止咳嗽，那个黑色的身影就轻巧地从床栏杆上跳起来，爬进壁炉炉床，翻过炉条，爬上烟囱，离开了屋子。

昌西小姐气得浑身颤抖。她坐到身边一把藤条摇椅上，想想下一步该怎么办。呼嘘！呼嘘！窗口又响起那神秘的声音；但这次是激动不安的沙沙声，就像火箭带着熊熊燃烧的尾火飞射上天时的声音，而不是助推器坠落时的声音。在紧接着的一片寂静中，花园尽头处又传来像胜利的呼喊般的夜号声，这声音如此尖利，如此响亮，足以唤醒哈格斯登鸡窝里以及方圆几英里每只酣睡的公鸡。远处雄鸡的尖叫划破了夜空；过了一刻，又从教堂的尖塔传来午夜缓慢的钟声。然后又是一片寂静，万籁俱寂。昌西小姐回到床上，但那一晚再也不能入睡。

她的脑子里满是不愉快的念头。她失去了对萨姆的信任。更糟糕的是，她不再信任自己对萨姆的喜爱。它被浪费了！相比之下，所有的西鲱，所有大海里的银鱼都不值一提。毫无疑问，萨姆终于厌烦了她的陪伴。想到这对她意味着什么就让她感到羞耻——只不过是一只动物！但她知道失去了什么，知道日复一日将会变得多么枯燥乏味和沉闷——起床，做家务，吃饭，下午的化妆打扮，晚上的拖鞋、书或编织，一杯茶，蜡烛，祈祷，睡觉。如此不断循环往复。她的猫咪萨姆现在都有怎样的放荡伙伴呢？她自己拒绝回答这个可怕的问

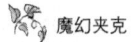

题,她似乎听到了一扇巨大的铁门被重重地关上,发出一声沉闷的哐当声。

第二天早晨——她仍在翻来覆去地想着这些奇怪的事件,为了自己跟多年来无比信赖的伙伴之间的可怕裂痕而伤心,还因为当她决定不让萨姆在夜里出去时,它却我行我素而感到羞耻——昌西小姐又冒险走到花园的最尽头,仿佛只是略微锻炼一下。在污黑的地上有一个像脚印的模糊印痕(就如她头天晚上看到的一样)并没多大意义。但是现在——在英国山楂和悬钩子灌木那边的那片被忽略的地上——毫无疑问是在这个世界上——出现了很多印痕。它们肯定不是猫爪印!对一只猫来说,一根拐杖或一根T字形拐杖到底有什么用呢?从地上留下的痕迹判断,是一根至少有扫帚柄那么粗的拐杖或T字形拐杖。

这个神秘的新发现使昌西小姐更加不安和恐惧。她抬头朝后看一眼沐浴在晨曦下轮廓分明的烟囱管帽,意识到,即使像萨姆这样步履稳健的动物,在快速爬出烟囱,投身到黑夜中时,会面临什么样的危险。就这样令人震惊地到达烟囱边缘——头顶是闪耀的星星,脚下和周围是蛮荒高沼——它一定是从烟囱管帽跳到不到三英寸宽的壁架上,然后又跳到屋顶最高处,再跳到成陡峭斜坡的石板瓦上,再到铅灰色的檐沟上。

然后呢?茂密的常春藤爬在房子的墙壁上,几乎刚到墙的中部。萨姆真的可以从檐沟跳到常春藤上吗?想到它要面临的危险,昌西小姐又朝房子走去,焦急地想让自己确信它仍然活在世上。

真怪,当走到半路时,她听到了从高沼上方传来的一连串的狂叫声。她急忙在墙边放了一个花盆,踮着脚尖站上去,朝前面看。即使在这个时候,她竟然看见,在高沼最近的一段斜坡上,萨姆正被哈格斯登的一大群猫疯狂地追赶着,而不是它在追赶一个愚蠢轻信的来访者。虽然它看上去已精疲力竭，但还是跟它们保持着一段距离。只有几只瘦长的花斑猫紧跟在后面，它们看上去像灰黄色的马恩岛猫（除非是被砍去尾巴的普通猫）。

"萨姆！萨姆！"昌西小姐叫道，然后又喊一声，"萨姆！"但是，因为兴奋和着急，她的脚在花盆上滑了一下，瞬间就看不到猫互相追逐的景象了。她又振作起来，抓起一把靠在墙上的长柄扫帚或花园用扫帚，冲到她认为萨姆会进入花园的地方。她没有错，也很及时，它一下跳起来，翻了过来，三秒钟后，那一大群猫跟了上来，疯狂地追赶着。

之后发生了什么，昌西小姐从来也记不清楚。她只记得自己在这一大群混乱的动物中间拼命挥舞着扫帚，而萨姆则不再逃跑，而是转向它的敌人，勇敢地与它们搏斗。然而，这不是很容易就能取得胜利的。要不是哈格斯登的屠夫那条肥胖的狗——它早就开始追逐这群敌人——它就不会最终战胜它们，这次争斗也就很可能以悲剧结束。但是，萨姆的敌人听到狗的吠叫声，继而看到它后，想爬上墙却没有成功，而是被它的牙齿凶狠地猛咬，便转身四散溃逃。昌西小姐感到浑身乏力，心脏怦怦地跳得很快，便扔掉扫帚，靠在一棵树上歇了一会儿。

最后，她重新睁开眼睛。"喂，萨姆，"她终于喃喃地说道，"那么，我们战胜它们了？"

让她吃惊的是，她发现自己是在跟空气说着这些友好的话，她的猫已不见踪影。但是，白天它的奶油消失了，根据偶然听到的刺耳的刮擦声，昌西小姐知道，它又躲在了放置引火柴的柜子后面，那是块昏暗的地方，它常待在那里。她没有去打搅它。

直到第二天下午茶时间，萨姆才又出现。然后——在处理了它的伤痛以后——只是脸朝炉火坐着,像一条懒洋洋的狗,郁郁寡欢,默不作声。昌西小姐想,她不适宜做出主动和解的姿态。除了给它的伤口涂上一些猪油以外,她不去理会它。但是,她很高兴地发现,接下来的几天它一直待在"驿馆"里,只是在第三个晚上听到从黑刺李灌木丛传来比以往任何时候都更加凄厉的哀叫和号哭时,她又惊恐万分,即使萨姆坐在炉火边一动不动。它的耳朵抽搐着,它的毛发竖起来,它打一下喷嚏或啐一口唾沫,但除此以外,它还是一动不动。

当卡林斯先生又来时,萨姆马上躲到煤窖里,但它对昌西小姐的举止态度渐渐地开始恢复到原来的平和文雅。在满月后的两周内,他们两个几乎恢复了原来友好的伙伴关系。它的伤痊愈了,毛发油亮,自信且守时。再没有从哈格斯登来的它的同类入侵者出现。晚上的吵闹声停止了。"驿馆"从外表看——除了它奇怪的丑陋形象——就像英国其他任何偏僻的住宅一样,平和而宁静。

但是,哎呀,哎呀,随着第一弯新月从天上升起,萨姆的情绪和习惯又开始改变了。它睁着一只狡猾而鬼鬼祟祟的眼睛到处闲荡。当要讨好女主人时,它就呼噜作响,用爪子抓挠,它的样子完全就是一幅欺骗的画像。如果昌西小姐碰巧进到它坐着的房间里,它会马上从一直坐着的窗户上跳下来,似乎想证明它没有朝外面看。有一次,快到晚上了,虽然她不是间谍,但还是忍不住在起居室的门口停了下来。因为门是半开着的,她朝里窥视,发现萨姆就坐在一把旧祈祷椅又尖又硬的椅背上。这把椅子是她那虔诚的姨婆米兰达的。毫无疑问,它正在拼命地用前爪对外面的某个观察者发信号。昌西小姐伤心地转身离开。

从那时候开始,萨姆越来越无视和蔑视它的女主人,公开地傲慢无礼，胆大妄为。卡林斯先生给了她一些帮助。"如果我有只猫，嗯，我对它这么仁慈，每周喂它新鲜的鱼，还有奶油，它却那样对待我，我就——我就把它送人了。"

"送给谁呢？"可怜的昌西小姐问。

"噢，"邮差说，"我不知道我是否介意送给谁。乞丐是没有选择的，嗯。"

"它好像在村子里没有朋友。"昌西小姐说，尽量让自己显得很轻松。

"当它们也那么可恶的时候，眼睛会睁得又圆又大，谁知道呢？"卡林斯先生说，"哈格斯登村尾住着一个老妇，她养的那只猫可能跟你的萨姆正好是一对。"

"不行，它有兽疥癣。"昌西小姐说，对她的猫忠诚不变。邮差耸耸肩，爬上他的大车，快速驶过高沼。昌西小姐回到屋子里，把一大盘银色的西鲱放在桌子上，自己坐下来，眼泪不禁夺眶而出。

非常幸运的是，第二天早晨——也就是说，离下一个满月还有五天——她收到了嫂子从怀特岛的香克林寄来的信，邀请她去长住一段时间。信中写道：

亲爱的艾玛：

你把自己关在那栋远离邻居的牢笼似的房子里，有时一定感到很孤独。我们经常想念你，尤其在过去的几天里。你有萨姆做伴是不错，但正如乔治说的，宠物毕竟只是宠物。我们都觉得你该跟我们一起度个假了。我现在正朝窗外看，大海风平浪静，碧水连天，渔船扬着棕色的风帆驶进来。对我们来说，这是一年中最好的季节，因为旅游季节即将结束，令人讨厌的游客少了，也没有大群的人流蜂拥而入。乔治说你一定要来。他让我代为问候你，如果玛丽不是出去采购，也会一起问候你。我们会一起乘双轮轻便马车去车站接你。我们都期待着几天后能见到你。埃米已经不咳嗽了——只是想起来时偶然咳两声，而且从不呕吐。

爱你的
格特鲁德·昌西

面对这样的盛情，加上心里的种种焦虑，昌西小姐几乎崩溃了。当一两个小时后，屠夫赶着马车来到时，她让他带一份电报到村子里。星期一，她的箱子就整理好了，剩下来就是把萨姆放进篮子里，准备出行。但是，我敢肯定，要完成这件事，不仅仅是说服它的老保护者那么简单。确实，卡林斯先生不得不戴着手套，用力压住猫，昌西小姐则压住盖子，把棒子穿过去，把它扣紧。"干就要干得彻底。"邮差说，一边抓了一撮泥擦在刮痕上，"我是说，最好一劳永逸。记住我的话，嗯！"

昌西小姐从她的大皮夹里拿出一个先令，但没有回答他。

确实，他们干的这些活，结果都是白费力气。到了离开哈格斯登三十英里远的布莱克高沼枢纽站，昌西小姐得换车。她把箱子和萨姆的篮子一起放在月台上，旁边是半打空牛奶罐和一些装在板条箱里的家禽，然后走去询问站长，她应该在哪个月台上车。

这些家禽愤怒而恐慌的咯咯叫声，让她急急忙忙地赶回放行李的地方，不料却发现，萨姆想方设法把扣住篮子的棒子推出了藤条环。柳条盖大开着——篮子空了。一只可怜的母鸡正喘着气，它无助的身体已经毫无生机，这足以证明萨姆不仅勇猛而且非常无情和凶残。

几天以后，昌西小姐坐在了嫂子在信里描述的房间里，看着英吉利海峡平静的海面，阳光和煦温馨。这时，她收到了卡林斯先生的信。信是用铅笔写在一个面包袋的背面的。

亲爱的夫人：

  我冒昧地给您写信，是想告诉您，那只我帮忙放进篮子里的动物在星期天深夜又从铁路回来了。我非常恐惧地看见它蹲在起居室窗户上，向外盯着我；楼上的窗户灯光闪亮，耳边传来我希望永远也不要再听见的叫声和刮擦声。我还看见那个哈格斯登村尾的老妇坐在门口。我感觉这不是一个好地方，这只畜生着魔了。屠夫弗林特先生同意我的想法，现在唯一有用的办法就是我之前告诉过您的，把它送人。如果考虑到哈格斯登周围这些地方的坏名声，租金低廉合理，我愿意租这栋房子。等候您的吩咐。谢谢。

您真诚的
威廉·卡林斯

  看看昌西小姐，你可能会以为她是一个刚强的女人，你可能会以为，像这样不礼貌地提到她的家宅的坏名声，会使她羞愧难当。无论如何，她不但没有给嫂子看这封信，而且很多天都没有想写回信。她坐在海滨，遥望着大海，在温暖、带咸味但温和宜人的空气中想啊想的。这是个令人苦恼的问题。但是，"不，它必须自行其是，"最后她叹了口气，"我已经为它做了一切。"

  而且，昌西小姐再也没有回到"驿馆"。她最后以可怜的价钱把它卖给了邮差卡林斯先生——房子连带花园。那时候，萨姆已经消失了，从此再也没有人见到过它。它走了自己的路。它离开了。

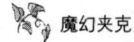

并不是昌西小姐的记忆靠不住。每当一只海鸥在头顶上空飞过，它的翅膀发出轻微的沙沙声；或者供游客观赏的火箭升空时发出的噼里啪啦的声音，打破了大海上方的天空的宁静；甚至每当她星期天从在香克林海滨租用的整洁小屋出发去教堂时，感到身上的波纹丝绸裙子发出的沙沙声——每当注意到这一切，她都会立刻想象在"驿馆"的旧卧室，想象看见那只奇怪爱欺骗的动物，她曾经的萨姆，蹲在她的床上，或用后腿笔直地站着，前爪仿佛在编织。

爱丽丝的教母

虽然爱丽丝一直从火车车厢的小四方玻璃窗往外看,其实,她并没有真正看见火车哐当哐当驶过的绿野茵茵山峦起伏的乡村景色。附近的一切——复苏的树篱,吃草的牛群,飞奔的小鹿,树林,农场,以及泛着泡沫的多石的小溪——都急速地一掠而过,你只来得及飞快地瞥上一眼;远处的一切——山峦、树木和尖塔——都似乎在悄悄地向前滚动,好像要拦截噗嗤噗嗤转动的引擎,阻止它到达她的旅途终点。

"如果它能该多好啊!"爱丽丝叹了一口气,"那样的话,我该有多幸福啊!"她一边想象,一边睁圆蓝色的眼睛。然后,她又焦虑地皱起眉头,但没有发出声来。她继续在角落里坐着,轻轻地握着母亲的手,沮丧地想着几个小时后将会发生在她身上的事。

爱丽丝和母亲以自己是"两个安静的普通人"引以为豪,对能彼此相依相伴感到很幸福,平时很少外出或走访和旅游。在到达弗雷欣乡村小站后,爱丽丝将独自一人进行这次拜访。正是这件事让她很害怕。那封字迹潦草的邀请信是只发给她本人的。因此,虽然母亲现在陪着她,她们很快就得分手。爱丽丝时不时地轻轻捏一捏母亲的手,以求自我安慰。她害怕说再见——虽然分开只有几个小时。

但是,她们的计划是经过一次又一次的仔细商讨,最后才定下来的。当然,爱丽丝必须从火车站乘上出租马车——无论要多少花费。

上车以前,她要先告诉马车夫,什么时候还需要他的车,然后才能上车。而她母亲则会在村子的客栈里等她,直到她傍晚拜访结束回来。这样,一切就安然无恙地结束了。想象着看见所有这些田野和树林朝相反的方向飞掠而过时的喜悦心情,爱丽丝简直要病倒了。

这么紧张实在是太荒唐,爱丽丝无数次对自己这样说。但是,这丝毫不起作用。想到曾曾曾曾曾曾曾曾祖母,她的心中充满不祥的预感。如果自己稍微意志坚强一点该多好啊;如果这个老老妇人,也是她的教母,邀请她母亲跟她一起去该多好啊;要是自己的心脏没有跳得这么快好了;要是机车的一个轮子掉了就好了!

但是,毕竟爱丽丝从来没有见过教母。即使现在她也不能确定她在"祖母"前面加的"曾"字的数字是否对。她想,即使意志坚强的人也不会经常被三百四十九岁的亲戚突然邀请去喝茶的。不仅仅是那样;而且这一天——这一个星期六——还是她教母的生日:她的三百五十岁生日!

每当爱丽丝想起这一点,脸上就会悄悄露出一丝淡淡的微笑。十七岁的生日是个大"事件"。生命在奔驰,你就像豆茎一样抽枝发芽,迅速成长。你的头发被"盘上去"(或说至少当爱丽丝是个小姑娘的时候),你的裙子被"放下来",你很快就"在社交界抛头露面"了。换句话说,你开始真正"长大成人"了。但是,三百五十岁!到那个时候一定……甚至要把这个总数算对都一定很困难。到那时一定不可能有任何变化!一定不会!

然而,爱丽丝想,也许这个数字的名称才是最重要的。她自己就知道,当她不知不觉到了十岁的时候,是那么地震惊,并能猜测到,当她到二十岁时,会怎样地惊吓得直打寒战。但是,即使只是数字的名称——哎呀,到了三个世纪的末尾,你一定开始习惯生日了。

有点奇怪,她的教母以前从来没有让她去见她。几年前,教母给她寄过一只内里镀金的大肚杯子———一只教母自己在十岁时喝啤酒用的杯子,那还是伊丽莎白女王在位的时候。还有一本装帧漂亮的羊皮祈祷书,那还是查理一世送给她的。另外还有一些精致的小金饰品。但收到礼物和真正去见这个神秘的送礼者并与她交谈是两回事。首先,你要想象你不知道的东西;另外,你要面对一切。她的教母会是什么样子?她又可能是什么样子呢?爱丽丝毫无概念。八十岁及其以上的老妇人很平常;但是,你不能简单地把八十乘以四,就好像变老只是一个算术总和似的。

也许,爱丽丝想,当你真的很老的时候,你就不想坐下来让人画像或拍照了。即使在年轻的时候,这也是一件呆板无趣的事。当你——嗯,真的非常老时,你可能更喜欢——噢,一个人独自待着。她会的。

"亲爱的妈妈,"她突然在硬邦邦的座位上扭转身,她系着缎带的浅黄色直发滑落到肩膀前,"亲爱的妈妈,我现在也想不出来,当我走进房间时应该做什么。您觉得那里会有什么人吗?我要握手吗?我想她不会吻我的吧?我就是想不起来该做什么。我真不想离开您——我是说,您离开我。"

她用手指用力抚摸着握在手中的母亲的手,当她在不断加剧的焦虑中凝视着母亲的脸时,她知道,母亲脸上的微笑只是像一块遮在窗户上的漂亮窗帘,母亲自己对这次的拜访几乎也像她一样感到不安。

"亲爱的,无论如何,它越来越近了,是吗?"母亲轻轻说道,"因此,这很快就会结束。"这时,坐在那边角落里的胖老农又咕哝了一声。他睡得很香。"我想,"母亲继续柔声说,"要是我,就会先问女仆,她身体是否好——我是说你的教母,亲爱的。如:'你觉得切尼小姐身体不错,可以见我吗?'她知道你应该做什么。我甚至不能肯定这可怜的老妇人是否能说话,虽然她的字很漂亮。"

"但是,亲爱的妈咪,我们怎么知道会有一个女仆呢?在教母的时代,不是总有'服务多年的老仆人'的吗?想象一下大厅里站着几排仆人的情景!我应该在什么时候站起来告别?如果她又聋又瞎又哑,我真不知道该怎么做!"

在过去几天里,她至少提了十几个类似的问题,但并没有得到回答。虽然配上淡色的头发,爱丽丝的脸颊透着那种自然的白,但随着老式的火车慢慢地向前行驶,她母亲看见它越来越苍白。

"每当我遇到困难时,亲爱的,"她对着女儿的耳朵轻轻说,"我总是会做祈祷。"

"是的,是的,最最亲爱的。"爱丽丝说,眼睛盯着那个酣睡的胖老农,"但是,如果我不是一个人去该多好!您知道,我觉得她不会是一个很好的教母;她在信里一句话也没提要得到我的确认。她已经够老了,不应该这么做的。"她脸上又出现了隐隐约约的笑容。但是,她把母亲的手握得更紧了。整齐的树篱和碧绿的草地继续在眼前飞驰而过。

她们在马车里告别,以致看不见客栈和马车夫。

"我期待着,亲爱的,"母亲在两人长长的拥抱中低声细语地说,"我们很快就会一想起曾经有过的这些担忧就像两只斑鸠一样觉得好笑。我们无法知道她可能不在想什么事情,是吗?不要忘了,我会在'红狮子'等你——你看,亲爱的,那里有个牌子。如果有时间,也许我们自己可以在那里吃点晚饭———点汤,如果他们有的话;或者,无论如何,有一只鸡蛋。我想你的下午茶不会很丰盛的,在这种情况下不会的。但是,如果她不是真的想见你,你的教母是不会让你去见她的。我们不应该忘记这一点,亲爱的。"

爱丽丝的脖子一直伸出窗外,直到母亲消失在树篱后。马车沿着尘土飞扬的小路朝格兰奇庄园的方向慢慢驶去。走啊走,最后爱丽丝想,我们一定走了很多英里了。想到这,她跳起来,把头伸出窗外,对马车夫叫道:"您知道,是到格兰奇庄园。"

"是的,小姐,这就是格兰奇庄园。"他也叫道,并挥舞一下马鞭,"我不能把你拉到庭院里,小姐。这是不允许的。"

"哎呀!"爱丽丝坐回到有霉味的蓝色坐垫上,叹了口气,"假如有好几英里的林荫大道,前门又在它后面的话怎么办?"

这是一个很舒适的阳光明媚的下午。齐整的灌木树篱刚抽绿芽;春天初开的鲜花——报春花、紫罗兰、葱芥,还有繁缕属植物——像繁星点点,装饰着河边的斜坡。爱丽丝的小银表才刚到三点半,她应该到得正是时候。过了几分钟,马车停在了几扇巨大的锈迹斑斑的铁门旁,铁门下是四根石柱子,柱子上面刻着大鸟,它们都张着翅膀低头盘旋。

"你肯定会在六点钟回来接我吗?"爱丽丝恳求马车夫,虽然她努力让自己的声音显得自然和正式,"请在六点整来,一分钟也不要迟。在这里一直等我到来。"

马车夫低下头,碰一下帽子,拉起辕杆让马调头离开,把爱丽丝一个人留在了那里。

爱丽丝渴望地最后看一眼这条陌生但舒坦的乡村小道——看不见一栋房子——然后推开两扇大门旁边的小门,小门的铰链慢慢转动起来,发出轻轻的嘎吱声。门里面栽着一道至少二十英尺高的树篱,在一个隐蔽处有一幢方方正正的小屋,屋子的百叶窗关闭着,古老的门廊上散落着许多枯死的树叶。爱丽丝站住了。这是她和母亲都没有预

见到的问题。她应该敲门还是继续往前走？这房子就像蝙蝠一样不见光。她向后退了一步，抬头看上面的烟囱。房子后面黝黑的冬青树叶上看不见一缕青烟，一只看不见的鸟惊叫着飞进阴影里。

这小屋一定是空的。不过，还是应该有礼貌地确认一下。因此，她走上门廊，敲一下门——但没有反应。停了片刻，又扫一眼毫无生气的窗户，在偶然被远处的一只啄木鸟的笑声打破的寂静中，爱丽丝下定决心继续往前走。

这条窄窄的小路的砾石上结满一簇簇厚厚的苔藓，走在上面，听不到一点脚步声。路两旁的大树投射下巨大的阴影，让她觉得夜晚已经来临，而实际上现在还是午后不久。庞大的山毛榉的粗树枝直插入空中，年久的树干上的黑洞大得足以放下一个完整家庭的住房。爱丽丝可以从它们的枝杈之间看见远处巨大的雪松以及更远处的其他树木，树下是一群像鹿的动物在吃草，但因为离得太远，很难确定到底是什么。

一些野生动物早就看见她了，它们温顺得令人难以置信。它们没有逃跑，而是站到一边，看着她走过去；鸟儿跳到她伸手够不到的地方，但继续做着自己的事。完全出于好奇，爱丽丝试着尽量靠近一只在栅栏的一根断杆下啃着草的大牡兔，它竟然允许她抓挠它毛茸茸的头，抚摸它耷拉着的长耳朵。

"嗯，"她叹一口气站直身体，想道，"如果兔子都这么温顺，那曾曾曾曾曾曾曾曾祖母的房子里就没有什么可以害怕的了。再见，"她对它轻轻地说，"希望很快就能再见到你。"然后她继续朝前走。

一路上，她不时地看见一棵弓着身的山楂树，或是一棵冬青树。爱丽丝很久以前就听说，冬青树很聪明，在没有动物能够啃吃它们的树叶而伤害它们的地方，它们不长刺。这些冬青好像没有刺，而山楂树的皮是翠绿的，上面布满密密麻麻的叶芽，七扭八歪地几乎不成样子，仿佛还是幼树的时候就被一些顽皮的小男孩打了结。但是，这宁静的空气多清新啊。这条两边大树林立的小路和头顶的蔚蓝天空，使她心情宁静，几乎忘记了教母。突然，在一个没有树的地段，一辆四轮大马车映入眼帘。

也许不是真正的四轮大马车，而是一辆褪色的红黄两色马车，两匹奶油色的马拉着它——驭者座上是一个穿着深紫红色号衣的马车夫，他身边是一个男仆。奇怪的是，这辆马车悄无声息地绕着一条铺满青苔和杂草的小路行驶，在绿草的掩映下，几乎看不见。爱丽丝忍不住看着它一点点地驶近——她紧挨着一棵枝叶冠顶、树皮皱皱巴巴的橡树站着。这想必是教母的马车，她一定是在隐蔽地例行每日的马车兜风。但不是：它驶近了，里面空无一人。只有马车夫和仆人的背面露在被太阳晒得褪了色的面板上方——他们那扑了粉的头发，打着花结的帽子。

看到这一不寻常的奇观，爱丽丝的所有担忧害怕都烟消云散。她蹑手蹑脚地走出藏身的地方，又匆匆往前走。她现在唯一希望的就是到达旅途的终点。过了一会儿，房子真的出现在眼前。修剪过的草皮缓缓地顺着斜坡一直伸向黑暗的矮墙和灰色的烟囱。房子的右边有一个水池，平坦的水面如一面巨大的镜子，四周围着一排树木。房子后面是一片光滑青翠的山坡。

爱丽丝又在另一棵粗大的灰色树干后面停了下来，想趁自己还不会被人从窗口看见，再仔细地观察一下这栋房子。它看上去像一直就在那里，似乎经历了一个世纪又一个世纪后，它巨大的石头本身的重量让它不易觉察地沉陷到地底下。附近没有一丛开花的灌木，没有一朵花——除了一些雏菊的碎末和一些黄色的蒲公英之外。

只有绿色的草皮和树木,还有她脚下的这条古老的小路,徐缓地伸向门廊低矮的入口。"好吧,"她叹了口气,"我很感激自己没有住在那里——即使我是第一千零一个!"她挺直身体,看一眼自己的鞋子,轻轻推一下系着缎带的草帽,尽量显出端庄的样子,继续朝前走。

她轻轻地拉一下挂在门廊的铁拉环,过了整整一秒钟,一个粗哑的铃声响了起来。它"唉,唉!"地叫了一下,然后安静下来。爱丽丝看着门上大大的门环,但是不敢用。

最后,门终于悄无声息地打开了。正如她所害怕的,站在面前的不是一个和善的戴着洗得很干净的帽子的客厅女仆,而是一个身穿黑色燕尾服的老男人。他浅灰色的眼睛看着她,就好像她是一只放在玻璃柜里的标本鸟。也许他的身体在短时间内缩小了,否则他一定是穿了别人的衣服,它们松松垮垮地挂在他肩膀上。

"我是爱丽丝·切尼小姐——爱丽丝·切尼小姐。"她说,"我想我的曾曾……切尼小姐在等着我——也就是说,当然,如果她身体健朗的话。"这几句话她是一口气说出来的,教母的老管家仍然盯着她,直到这些话一点一点地进入他的脑子。

"请进。"他终于说,"切尼小姐让我转告你,请你不要拘束,就像在家里一样。她希望立刻就跟你会面。"他在前面带路,爱丽丝跟着他——穿过一个大厅,大厅里一些低矮的浅绿色石条直棂窗敞开着,光线从这些窗户照进来。在大厅两边,放着几副铮亮的盔甲,它们的面罩向上翻着。但是,在它们早已去世的主人明亮的双眼曾经闪烁的地方,现在只是一个黑暗的空洞。爱丽丝飞快地向两边瞥了一两眼,又把目光停留在矮小的老管家隆起的背上。上了三段光亮的台阶后,他继续带着她在一条挂毯下往前走,最后,在一条长廊的尽头,把她引进她认为像教母的起居室的房间。然后他向她鞠一下躬,随即离开房间。爱丽丝长长地叹一口气，然后，把一只灰色的丝绸手套的扣子解开，又扣上，在靠近门口的一把椅子的边缘坐下来。

这是一个低矮的房间，很长但不太宽，天花板用平顶镶板装饰，墙面也嵌着镶板，爱丽丝从来也没有见过这样的家具。尽管她又害怕又羞怯，但想到母亲那用粉红色的麦斯林纱装饰的小起居室，再跟这里一比较，她几乎笑出声来。

不要拘束，就像在家里一样！哎呀，这里的任何一只箱子都可以把她永远藏起来，就像《槲寄生树枝》中可怜又可爱的失踪者一样。至于挂在那些褪了色的大相框里的画像，虽然她立刻猜测它们一定是那些"大师们"的杰作，因此尽量严肃地看着他们，但她从来没有想过一个人可以看上去这么古怪这么不友好。不是因为他们的衣服——他们的胃托，他们开衩的紧身上衣和大大的丝绒帽——而是他们的脸。女士们的额头又高又光，手指尖细，拇指上戴着戒指，男士们充满敌意，闷闷不乐，怒目而视。

"啊哈，无名小姐！"他们好像在说，"请问，你在这里干什么？"

唯一不同的是一个跟她差不多大的女孩的画像。一顶有帽边的小巧精致的帽子几乎遮住了她的黄色头发；一条项链垂挂在胸前；一件长及腰部的淡黄色紧身马甲，勾勒出女孩姣好的身材。这幅画的线条那么细腻优美，彩色粉笔是那么淡雅，它们几乎没有玷污画纸。但是，那双穿过这个低矮的房间，凝视着爱丽丝的眼睛熠熠生辉，目光深处露出一种半嘲弄半严肃的微笑。它好像在暗示，你看，我很可爱，但消失得有多快！即使爱丽丝从没见过这么迷人的脸，她也不得不承认，她跟自己有一丝相像。她说不清楚为什么这使她恢复了一点自信。然而，她故意对着画像微笑，好像是说："好吧，亲爱的，无论发生什么事，你都会站在我身边。"

时间慢慢地一分一秒过去,这座大房子里听不到一点声音,连脚步声也没有。不知过了多久,房间那头的一扇门终于轻轻地打开来,爱丽丝知道,出现在从深深的直棂窗照进来的淡绿色光线下的就是**她**。

她微微地靠在那个引导爱丽丝进来的管家的手臂上。他们像影子一样悄无声息地走进来,然后停了一会儿,等着另一个男仆为女主人放好椅子。同时,老妇人的目光在搜寻着她的客人。她想必曾经跟爱丽丝一样高,但时间使她萎缩到像一个孩子的雕像那么矮小了。虽然她小小的头牢牢地立在窄窄的肩膀上,但她的肩膀却弯曲得很像大门前那呆板的石雕鸟的翅膀。

"喂,是你吗,亲爱的?"一个声音叫道。但那声音听上去那么细,爱丽丝突然浑身发热,唯恐自己只是在想象。

"我说,是你吗,亲爱的?"声音又响起来,这次没听错。爱丽丝大着胆子朝前迈一步,站到亮光下,但两腿瑟瑟发抖。老妇人摸索着伸出一只手——皱缩的手指互相紧贴着,就像鸟儿冰冷的爪子。

爱丽丝犹豫了一下:可怕的时刻来了。然后她走向前,向老妇人行屈膝礼,把老妇人冰冷的手放到唇边。

"我能说的是,"当她又跟母亲会面时,向她吐露,"我能说的是,妈妈,如果那是教皇,我想我应该吻他的脚的。真的,我宁愿那样。"

但是,爱丽丝的教母显然对这个动作并没有生气。确实,爱丽丝觉得,在她那张皱纹密布的脸上可能露着皱起的微笑。那个橡子形的头上,高高地系着一条网眼饰带,戴着一顶像身上穿的裙子一样的银色帽子;丝绸手套遮住了她的手腕。她那么矮小,爱丽丝弯着身子才能够到她的手指。当她坐在椅子上时,就好像是一个大玩具娃娃坐在上面——但是一个了不起的玩具娃娃,她有超乎任何人类技师的想象的声音、思想、感官和行动。在这张干瘪的脸上的眼睛——比最淡的勿忘我的颜色还要浅的蓝色———直看着爱丽丝,而管家和男仆则侧着头看着他们的女主人。接着,好像看见了秘密的信号似的,他们两人都弯了弯腰,然后退了下去。

"请坐下来,亲爱的,"当他们离开后,丁零当啷的声音又响了起来,然后令人恐惧地停顿了一下。爱丽丝凝视着老妇人,而老妇人老迈的眼睛就像半透明的玻璃一样继续盯着她,像鸟爪似的手优雅地交叠着放在细细的腿上的花边方手帕上。爱丽丝浑身感到越来越热。"这是一座多么漂亮的老房子啊,曾祖母,"她突然脱口而出,"还有那些漂亮的树!"

切尼小姐没有露出一丝表情说明听见了她说的话。但爱丽丝忍不住想,她听见了她的话,而且出于某种原因,她不赞同她的话。

"过来,"尖细的声音说道,"过来,告诉我这么长的时间里你都在做什么。你母亲怎么样?我模模糊糊地记得,我在她嫁给你父亲詹姆斯·比顿先生后不久见过她,亲爱的。"

"我想,比顿先生是我的曾祖父,曾祖母,"爱丽丝轻声说道,"您知道,我父亲叫约翰——约翰·切尼。"

"啊,你的曾祖父,没错,"老妇人说,"我从来不太注意日期。最近有什么事发生吗?"

"正在发生吗,曾祖母?"爱丽丝回答道。

"更远一些?"老妇人说,"在这个世界上。"

可怜的爱丽丝!她非常清楚,在历史考试时咬着笔对着无法回答的问题时,是什么滋味,但这个问题比她所遇到过的任何问题都糟糕多了。

"噢,你看!"教母继续说,"我听说他们在做令人惊叹的事情,但当我问一个简单的问题时,却没人能说出什么来。你乘蒸汽机火车旅行过吗?机车?"

"我今天下午就是坐蒸汽机火车来的,曾祖母。"

"嗯,我想你看上去脸有点红,煤烟肯定很不舒服。"

爱丽丝笑笑。"没有,谢谢您。"她和蔼地说。

"维多利亚女王怎么样?"老妇人说,"她还在世吗?"

"噢,是的,曾祖母。当然,这就是正在发生的事,今年是她的钻石周年纪念——六十周年——您知道。"

"嗯,"老妇人说,"六十周年。乔治三世统治六十三年。但是,他们都走得很及时。我记得,我亲爱的父亲在年轻的爱德华六世的葬礼后来到我的托儿所。他是宫廷的侍从官,你知道——也就是亨利八世当国王的时候。很英俊的年轻人——有一幅他的画像……在某个地方。"

有一会儿,爱丽丝脑子里乱七八糟地想起一些东西——模糊地想起她在历史书里读到过的东西。

但是,切尼小姐珠子般的声音几乎没有停顿:"你必须明白,我让你从那么远的地方乘坐那么可怕的新型蒸汽机车来,不就是来闲聊我的童年的。国王和女王登基以及去世就和其他所有的事情一样。虽然我见识了很多变化,但在我看来,似乎这个世界差不多都是一个样。我也不相信报纸是个有益的新事物。在我小时候,没有报纸,我们照样做得很好,甚至在艾迪生①先生的年代,每周两次,一次一小张就够了。但是,唉,抱怨毫无用处。你不能为这一切负责。在我小时候,也有变化——巨大的变化。那时候,这个世界没有这么拥挤。

---

① 英国散文作家、剧作家、诗人,英国期刊文学创始人之一。

那时候有高尚的思想，美好的事物。是的。"她的目光游离起来，最后落在身穿淡黄色裙子的年轻女子的画像上。"事实是，亲爱的，"她继续道，"我得告诉你一些东西，我希望你听我说。"

她又沉默了一会儿，抓起手帕。"我很想让你告诉我的是，"她最后说，在她的大椅子上偷偷地往前倾了倾身子，"我急着想让你告诉我的是，你希望自己能活多久？"

有一会儿，爱丽丝浑身寒冷僵硬地坐着，仿佛从北极直接过来的冷空气横扫过房间，恐怖地凝结了这里的空气。她的目光茫然地从一幅画像游离到另一幅画像，从一件古老的家具到另一件古老的家具——年代久远的，默默无声的，了无生气的——最后停留在一块钻石形窗玻璃外的一棵正在开花的野草上。

"我从来也没有想过这个问题，曾祖母，"她干燥的嘴轻声嘟哝道，"我想我不知道。"

"好吧，我不期望你少年老成。"老妇人回答道，"也许如果查尔斯国王认识到这一点——那么博学多才，那么慷慨大度，那么忠诚的君主——我怀疑那个粗俗的家伙奥利弗·克伦威尔是否会成功地推翻他。"

橡实形的下巴向下缩进花边里，就像蜗牛钻进甲壳里一样。直到这个时候，爱丽丝可能都只是在跟一个精致的塑像交谈，或者是一个自动玩具——闪闪发光的眼睛，弯曲的手指，遥远的声音。但是，这时似乎一个新的生命正在苏醒。细小但尖锐的声音几乎变成了低声耳语，脑袋偷偷地左右摇动，似乎要确信在听力所及范围之内没有窃听者。

"好吧，仔细听我说，孩子。我有个秘密。这个秘密我只想告诉你一个人。你会觉得，不是吗，这是我的三百五十周岁生日，"——听到这个,爱丽丝突然害怕地意识到,自己忘了祝教母"生日快乐,福寿无疆"了——"你可能以为,你会在这里碰到一大帮快乐的人——像你一样年轻快乐的人。但是不,不是这样的。当然,即使你亲爱的母亲也只是我的曾曾曾曾曾曾曾孙媳妇。我想,她是威尔莫特小姐。"

"是,伍德科特,曾祖母。"爱丽丝轻声说。

"哦,伍德科特,"老妇人说,"这没关系。确切地说,你,孩子,才是我选择的人。我对男人不感兴趣。不仅如此,而且你现在想必跟你在那边墙上看到的那幅画像中的我一样大。这是霍尔拜因①的学生的作品。我想,霍尔拜因那时已经过世了。天哪,孩子,我记得自己就是坐在这个房间里画像的——就好像是在昨天发生的事。这幅画像被沃尔特·罗利②爵士大为赞赏,你可能还记得,他的结局很惨。我记得那是在我七十多岁的时候。我父亲和他父亲是在德文郡一起的童年伙伴。"

爱丽丝不禁眨了眨眼——她的目光无法离开教母玩具娃娃似的脸,以及那双细小不动的手。

"现在请看一眼那幅画像。"老妇人吩咐她,一根纤细扭曲的食指指着那边的墙,"看见有什么相像的吗?"

爱丽丝久久地看着画像。但是,她既没有勇气也没有虚荣心否认,那个微笑着的娇美女孩至少有一点像她自己。"像谁,曾祖母?"爱丽丝低声问。

"像谁?哟,哟,哟!"老妇人回答道,声音听上去就像远处的一只银铃在摇响,"我明白,我明白……但是,不要介意。你从那条小

---

① 德国肖像画家和装饰艺术家,英王亨利八世御前画师。
② 英国探险家、作家,女王伊丽莎白一世的宠臣,因被指控阴谋推翻詹姆斯一世而被监禁在伦敦塔,后被处死。

路走过来时,也许看了一下这座房子了。"

"哦,是的,曾祖母——当然,您知道,我不能看得很仔细。"爱丽丝费力地说道。

"你喜欢它的样子吗?"

"我想我当时没想过这个问题。"爱丽丝说,"树木和庭院很漂亮。我从来也没见过这么——成熟的树木,曾祖母。但是,它们的叶子都在抽芽,有的完全开花了。这些树能在这个世上活这么久不是很棒吗?"

"我说的是房子。"老妇人说,"现在的春天跟以前不一样了。它们已经从我所认识的那个英国消失了。我记得有一个四月,在伦敦上方的山顶上我们看见了天使。现在这对我们不重要了,现在不重要了。房子怎么样?"

爱丽丝的目光又一次游离起来——最后盯住了在窗口摇曳的绿色野草。

"这房子非常非常安静。"她说。

孩子气的声音在厚厚的石头墙之间消逝,紧接着是一阵寂静,静得就像井里的水一样。与此同时,爱丽丝清楚地意识到,教母漠然但又专注的目光正探究地盯着她的脸。仿佛**时光**本身只是一个孩子,它用这张年老的脸做了一个外表奇特的秘密小人儿。

"现在请非常仔细地听我讲,"她最后继续道,"像你这样的一张脸——最不像那边那张画像的脸,一定拥有相当的智慧。我已经老了,孩子,希望不会被指控具有愚蠢的虚荣心。在我还是个姑娘的时候,很享受被赞赏和倾慕的感觉。我对你有个建议,它需要你所有的聪明才智。不要害怕,我非常信任你。但是,首先,我要你走到隔壁房间,那里有给你准备好的饭。我听说,现在的年轻人需要不断地吸收营养。不足为奇！既然他们忘记了我所知道的一个女士应有的礼仪风度，而且聚到一起时一刻也不能安静，这不足为奇。想想我听说的所有这些可怕的机器，想想那种对生活的不满足，那样无知和愚蠢，那样喧闹嘈杂、动荡不安和混乱不堪。我年轻的时候，穷人是穷人，卑微是卑微，孩子；大家都知道自己的位置。我年轻的时候，会对着一幅简单的绣制品心满意足地一直坐好几个小时。如果我需要，我母亲从来不会将就着不打我。但是，我不是就邀请你来听一个老妇人布道说教的。等你吃完有精神了，就稍微走一走，你爱走到哪里就走到哪里，好好看看四周，没有人会打搅你的。过一个小时后就回到我这里来。我现在下午都要稍微睡一下，到那个时候我会等着你……"

爱丽丝长长松了口气，站起来朝这个恍若遥远的纹丝不动的小小身影又行了屈膝礼，然后从黑暗的栎木门出去。

她发现自己来到的这个房间很小，但是个六边形，墙上镶着最深色的老橡木板。从饰有深色顶角线的天花板上挂下来一盏大枝形紫铜吊灯。从铅框窗玻璃上面看出去，可以看见庭院里的大树。令她惊愕的是，在教母出现时陪着管家走进房间的那个男仆站在餐桌前的椅子后面。爱丽丝从来没有觉得男仆适宜蓄着长长的灰胡子，也许除了花匠以外，但他就留着长长的灰胡子，眼睛斜视着。而她必须背朝他才能在餐桌前坐下来。她一点点地啃咬他用沉沉的银盘递过来的水果、面包、油腻的蛋糕和糖果，小口喝着甜饮料。但是这一餐吃得很匆忙很紧张，她什么味道也没有吃出来。

她一吃完，就走出男仆为她打开的门，开始了对这座荒凉的大房子的一番巡游探索。就好像只有自己的鬼魂在陪伴着自己，她从来也没有感到过这么孤独，从来也没有如此强烈地意识到一种似梦似醒的感觉。漫长的走廊，低矮变形的门，黑暗不平的地板，波斯地席，因常年的风吹日晒褪了色而看着更漂亮的提花装饰毯，和其他悬挂饰物，有转角的楼梯，笼罩着一个个空间的阴沉沉的空气，数不清的画像，笨重的大床，不计其数的箱子、长沙发和橱柜——所有这一切，几分钟里就让爱丽丝感到精疲力竭，甚至比从家里到这里的长途旅行还要让她疲惫不堪。上楼下楼，她不停地到处走着，就像旧儿歌里唱到的呆公鹅一样。

最后，她终于叹了口气看了一眼母亲作为生日礼物送给她的小银表，细小的指针告诉她，离回到曾曾曾曾曾曾曾曾祖母房间的时间还有整整一刻钟。

她现在走进去的好像是一个小图书馆。它的墙上从地板到天花板都陈列着旧皮革和羊皮对开本、四开本和低矮的十二开本，而它们之间还悬挂着一些大画像，还有数不清的可爱小画像和大勋章。她猜想，这些人应该是她的男祖先和女祖先，天知道是多少年代以前的。

从磨损的题词可以看出，有一两幅画是那些君主送给家族的礼物。他们穿着套装，戴着假发、无檐帽和各种华丽的装饰，看上去像是在一个盛大的化装舞会上。

幸福有谁来分享？
时间把阴影投在所有人身上。

房间的凸肚窗低矮的窗台上放着一块狭长的装饰花毯，铅条窗玻璃敞开着。太阳已经转向西面，阳光斜射在窗框上的镀金、乌木和象牙上。爱丽丝在窗前跪下，脑子恍恍惚惚地开始做起白日梦，她的目光从大橡树正在抽芽的金灿灿的顶部穿过去，凝视着远方。死气沉沉的黄昏,已经蔓延至静止不动的柏树叶上——也许是菲利普·锡德尼爵士从东方带回到他热爱的英国的那些柏树的后代。

一整天思绪纷乱的脑子渐渐地平静下来,她越来越深地陷入这座古老房子的寂静中。它的墙仿佛是沉入深不可测的时间海洋的大潜水钟钟壁。窗户外四月的清新空气无比静谧,她甚至可以听见扁角鹿吃草的声音,它们已经靠近这座房子的草坪。

爱丽丝神志恍惚地坐着,陷入无尽的遐想中。她察觉到有一个小动物——她从来没有见到过这种动物——悄悄地爬到了窗台上,离她只有一两步远,清澈的棕色眼睛一动不动地凝视着她。它的个头比鼹鼠大,它浓密的深色毛发像海狸一样柔软,短短的尾巴毛茸茸的。它的耳朵竖在脑袋上,下巴上的银色胡子下垂着。它直直地坐在那儿,就像一只家猫或一条想得到一点美味肉食的狗,爱丽丝可以看见它细小的象牙色爪子。哎呀,爱丽丝没有东西可以给这位不速之客,甚至连一颗樱桃核或一点面包屑也没有。

"喂,可爱的小家伙,"她低声说,"怎么啦?"

这小东西的胡子微微地动了一下,眼睛更加专注地盯着这位陌生来访者的脸。爱丽丝非常小心地伸出一根手指,令她吃惊的是,她发现自己在轻轻地抚摸它毛茸茸的鼻子。"我就好像到了仙境。"很久以后,她这样对母亲解释。鼻子的主人安静地不发一声,不动一动,似乎很享受这一小小的礼节。当她缩回手指后,它用更加探究的目光看着她,似乎恳求她注意。然后,它用它象牙白的爪子连续拍打着橡木窗框,又探究地看她一眼,然后它毛茸茸的头用力摇了三下,停下来,飞快地转身,爱丽丝还没来得及跟它说再见,就哒哒哒哒地跑走,躲到一只雕花的摩尔式大橱柜后面去了。

这一生中发生的一些小事件,虽然我们不明白它们确切的意义,但却往往看似意义重大。这个小动物和爱丽丝之间发生的事，就是这样的。好像——虽然她没有意识到——她一直在苦苦地思考一个代数问题或者是一个欧几里得①的命题，小动物从它的栖息地跑出来，告诉了她答案。一个多么奇妙的见解！——当爱丽丝既不知道问题也不知道答案的时候。

她又看了下手表，当她意识到已经比与教母约定的时间迟了十分钟时，她白皙的脸颊一下涨得绯红。她必须走了。然而，在她返回之前，她依然有时间跟这个巨大的梦幻公园道别。

但是，爱丽丝找不到回去的路了，她无可挽回地迷路了。因为这座房子是遍布欺骗性通道和走廊的迷宫，每一次寻找出路的尝试只是使她更加迷惑。然后，她突然发现自己正看着一个特别的房间，它跟她所见过的所有房间都截然不同。它低矮的墙壁是石头砌的，积满灰尘的窗户关闭着；里面除了一把椅子外，什么也没有。椅子上坐着一个跟真人一样大的塑像，是她在画像中看见过的那个微笑着的可爱女孩——她闭着眼睛，脸颊红红的像玫瑰，头发闪着金光，双手随意地放在腿上，一只手好像抓着一束干枯的玫瑰残片。她说不清在这个无害的塑像中有什么东西令她惊愕不已，但她恐惧地凝视了它一会儿，然后似乎被噩梦追赶一样跑了出去，跑过一条走廊，又跑上一条走廊，最后，幸运地发现自己又来到了刚才吃饭的房间。她站在那里，手放在胸口，好像永远也无法再恢复呼吸。她不再紧张，不再只是胆怯，而是害怕。"要是，要是我从来没有来过这座房子该多好啊！"她害怕地想道。

当她又来到切尼小姐面前时，发现她还在睡觉，不禁松了口气。

---

① 约公元前三世纪的古希腊数学家。

爱丽丝可以在那儿静静地看一会儿却不被别人发现。

她母亲的一个兄弟——也就是爱丽丝的一个舅舅——是个老单身汉，很乐于送生日礼物。因此，爱丽丝拥有的玩具娃娃比多数孩子都多：木头的，蜡的，瓷的，荷兰的，法国的，俄罗斯的，有一个甚至来自安达曼群岛。但是，没有一个像这个穿着有花边的服饰、戴着银色的帽子、披着披风文雅地斜靠着的娃娃一样，有一张如此宁静安详的脸。她的脸上没有任何表情，没有一丝微笑，没有皱眉。然而，遍布整张脸的细纹，甚至从眼睑上方的眉毛开始弯弯曲曲地下来，好似一张精细描绘的地图。

爱丽丝正像一个寻宝者研究他的神秘岛屿的地图一样仔细研究着这张脸，突然，那双小小的眼睛睁了开来，她的教母醒了，并露出急切的神情。

"啊，"她轻轻地说道，"我做了一次长途旅行，但听到你在叫。不知道发生了什么？"她的声音更低了，"当一个人大胆地走得很远，听不到这样的谣言时，发生了什么？回答我，好吗？不过没关系。先问一个更重要的问题。请告诉我，你觉得我的房子怎么样？"

爱丽丝湿润一下嘴唇。"那个，曾祖母，"她最后终于答道，"那要花很长时间。它很棒，但是，噢，实在太安静了。"

"应该有什么来打搅它吗？"老妇人问。

爱丽丝摇摇头。

"告诉我，"她的声音在空中丁零丁零响着，有一种奇怪的味道，"你喜欢这座房子成为你自己的吗？"

"这座房子——我自己的？"年轻姑娘低声细气地说。

"嗯，你自己的，而且是永久的——站在人的立场来说。"

"我不怎么明白。"爱丽丝说。

这颗小脑袋像一只好奇的小鸟的脑袋一样倾斜着。

"很自然,我的孩子。我不做进一步的解释,你是不会明白的。我现在送给你的这个礼物,是这个世界上很少人会觉得可能的。不仅是这座房子,我的孩子,还有这里面的一切东西——虽然可能很多。这就是生活。你必须明白,我父亲是个旅行家,而且是在你会经常面临危险的那个年代。就在这个房间里,在他旅行了几年后回来时,他告诉我有一个到处是悬崖峭壁和冰天雪地的山区——我想是在中国的西部。他就是从那里带回了他的秘密。由于一些令人悲伤的原因,他不能使用这个秘密。因而,我的孩子,我是他的唯一选择。你会意识到,总有一天,我脑子里继续活下去的欲望会消退。我承认,有时候,我会感到有点疲劳。但在我走之前,我有特权——有职责——把这个秘密传给另一个人。看着我!"声音高了一点,好像有一只鹡鸰在这个低矮的有回声的房间里尖声地鸣唱,"我把这个无价的利益赠给你。"

爱丽丝像飞镖一样笔直地坐在椅子上,眼睛一刻也不敢旁视。

"秘密吗,曾祖母?"

"是,"老妇人继续道,并闭上眼睛,"你听见我说的了。我现在就对着你的耳朵说出它。想象一下,我的孩子,永恒的奇迹!想象一下生活在这样的环境中,远离这世界所有的愚昧和烦恼——一种恐惧——所有恐惧中最可怕的一种——消失了,或说它很遥远,因此不会有后果。我说,想象一下。"

有一瞬间,爱丽丝的目光游离起来。她的双眼迅速地转向窗户,在那里,照进来的夕阳不断变换着色彩;在那里,野鸟在啼鸣,春天正在加快脚步到来。

"不着急,你慢慢来;不要怕我。我的条件很少,只要你发誓保持沉默，我告诉你的东西一个字也不要透露——甚至你的母亲也不能。其他的就都很容易了——相比之下很容易了，所有其他的东西。你要到这里来跟我一块住。房间已经给你准备好了——有书，音乐，马，伺候你的仆人，所有你需要的。到适当的时候，这座房子，这些珍贵、古老、美丽的东西，这个比你从我最高的窗户看到的还要延伸很多英里的庭院，都会属于你一个人。开始的一段时间，你可能会想念你的老朋友。我听说，与人告别是一件不开心的事。但没有什么事物是亘古不变的。随着时间的流逝，你会不再想你的伙伴。像我现在雇用的这种年纪的仆人不难找；他们做事谨慎，需要保持忠诚。我们会一起交谈很多次，我有很多东西要告诉你。我可爱的孩子，我有很多记忆想跟你分享，这些东西我从来也没对任何人透露过。这座房子的一些厢房你一定没有进去过，只是因为它们是用门闩锁住的。它们里面有很多东西可看：有很多东西值得你逗留，有很多东西可以让你惊叹。是的，我亲爱的孩子，你是我生命的延续——我们两个人的思想……两个生命。现在请告诉我，你觉得我的建议怎么样？请记住：即使大智者所罗门也不能赐予你我能给你的东西。"

老妇人的头点着——似乎是累了，痉挛的手指毫无目的地摸索着花边手帕。爱丽丝可怜的脑子又是一片混乱。房间在她眼前旋转起来，令她头晕目眩。她闭了一会儿眼睛，努力想冷静地思考一下这个遥远而非人类的声音对她说的话，但毫无结果。她就像在睡觉时挣扎着想挣脱夜梦的罗网，逃离噩梦的深渊。现在她能听见的，只有花园里鸟儿的啾唧和自己的鞋叩击地板的声音。她聆听着，然后回过神来。

"您的意思是，"她小声说，"一直一直活下去——像您一样，曾祖母？"

老妇人没有回答。

"那么，我可以，您认为，如果您允许，我可以花点时间仔细想一想吗？"

"仔细想想什么？"教母说，"你认为一个像你这样大的孩子，在对它毫无所知的情况下，就可以考虑整整三个世纪的事吗？"

"不能，"爱丽丝说，恢复了一点勇气，"我的意思是，我仔细想一想您说的话。您的话的意思很难理解。"

"这意味着，"老妇人说，"浩渺无垠的海洋，无边无际的空间，绵绵不断的时间；这意味着免除担心、忧虑和愚昧，这些是外面世界可怜的人们的命运——他们在粗野的愚昧中度过少得可怜的日子。你还年轻，但谁知道呢？这意味着，我的孩子，延迟拜访我们的一个老朋友——它的名字叫**死亡**。"

她轻轻地说出这个字，就好像听到它的声音有一种被嫉妒的快乐。爱丽丝不禁打了一个寒战，但这也使她做了新的决定。她从椅子上站起来。

"我知道，我又年轻又笨，曾祖母；为了——为了不伤害您的感情，我愿意做任何事情。当然，当然我知道，大多数人都过得很艰难，而且我们大多数都不是很聪明。但您说到**死亡**；我觉得，如果您能原谅我这样说，我宁愿去死——我是说，在我必须死的时候。您看，对我来说，如果在我母亲已经——我是说，如果她不能分享这个秘密，这将是一件很悲伤的事。甚至……为什么我们不能都来分享它呢？我明白，我确实明白，在这个世界上，要变聪明，时间实在太少。但是，当您想想那些人——"

"你来这里，我的孩子，"切尼小姐打断她，"是为了回答问题，而不是问问题。我不应该太累，那样我会睡不着觉。但是，你已经够大了,一定知道在一千个人里面,没有一个,不,在一万个人里面没有一个有希望变聪明的,即使他活到世界末日也不会。"

她向前挪了一下身子。"假设,我的孩子,你的拒绝意味着这个秘密会跟随——跟随我死亡呢?除非,"声音低得像嘟哝,"除非你同意分享它?嗯,怎么样?"

爱丽丝发现自己的眼睛像鸟儿的眼睛盯着一条蛇一样盯着老妇人,她唯一能给出的回答就是猛力地摇摇头。"噢,"她叫道,突然眼泪夺眶而出,"我简直无法告诉您,我对您的善意有多感激,而我说这样的话,在我自己看来有多悲惨。但是,求您了,切尼小姐,我现在可以走了吗?我觉得,如果我再待上一分钟,可怕的事就会发生。"

老妇人像是在椅子里挣扎着,仿佛想站起来一样;但她力气不够。她把戴着露指长筒手套,像爪子一样的手伸向空中。

"那么,请马上走,"她轻轻地说,"马上。即使我的耐心也是有限的。如果你哪天想起我的善意,但愿你希望你已经……唉,唉!……"脆弱的声音像蚊子一样变得很尖,然后停住了。听到声音,老管家急急忙忙从那边的门进来,然后爱丽丝从另一扇门悄悄溜了出去……

直到房子消失在森林中摇曳的树枝后面,她才放慢脚步,让自己喘口气。她一直在拼命地向前跑,既不敢停一下,也不敢朝后看一眼,仿佛她的守护天使在紧跟着她,给她的脚插上了翅膀,拯救她脱离危险似的。

那天晚上,她和母亲——坐在"红狮子"中挂着红色窗帘的舒适的咖啡室里——一起喝着店主盛满杯子的马德拉白葡萄酒。爱丽丝从来也没有什么事情对母亲保密过。但是,虽然她可以告诉母亲那天下午发生的大多数事情,但关于切尼小姐给她发这么一个不合时宜的邀请的目的，她说服不了自己向母亲透露一个字。当时不会说，以后也永远不会说。

"你真的是说，我最亲爱的，"当她们在这样一个凉爽的春夜，坐在小乡村火车站的旧煤油灯柱下，等待着她们的班车时，母亲压着手，重复问了几次，"你是说，她连一个纪念品也没有给你吗？没有从那座可怕的老房子里那么多宝贝中拿出一点送给你吗？"

"她问我，亲爱的妈妈，"爱丽丝说，并把头转向她们很快就要冒险进入的黑沉沉的隧道，"她问我，是否想活到像她那么老。我说，只要能跟您在一起，我宁愿就像现在这样做一个傻傻的未成熟的年轻人。"

这的确是一件奇怪的事——如果那个车站站长一直在看着她们——但是，无论有多奇怪，在这一刻，母女两人确实用手臂环绕着对方的脖子，互相亲吻着，心情是那么激动，就像是在长途旅行后初次重逢一样。

爱丽丝说教母没有给她任何礼物，这并不完全对。因为一两天以后，她收到了一个邮包；爱丽丝发现，用一张旧中国纸包着的，是那幅挂在墙上的似乎年代已久的画像——我是说，那幅由著名的霍尔拜因的学生画的画，画的是她在1564年妩媚动人的曾曾曾曾曾曾曾曾祖母，那时她刚十七岁。

玛利亚-苍蝇

那天早晨，小玛利亚——这是在很多很多年以前了——穿着一件黑白相间、镶着荷叶边的连衣裙，头发用一条白色缎带扎到后面。她坐在起居室一把低矮的垫着蓝色坐垫的扶手椅上，穿着长筒袜的腿垂在前面。起居室里只有她一个人。她是闲逛到房间里来的——身边没有任何人。她在里面走了一会儿，看看房间里的东西，闻闻那盆红色的锦缎玫瑰，然后就坐了下来。她看上去那么光洁油亮，那么娴静端庄，你几乎会以为她有伙伴在跟前，她在"故作姿态"。

但是，她没有；她只是在思考。这是一个宁静的早晨。这个房间很长，有两扇镶着四方玻璃的凸肚窗。温暖的阳光照进来，房间里静悄悄的，虽然除了她以外没有其他生物，整个房间看上去却充满了欢快的气氛。玛利亚开始思考——或更确切地说，不是就在思考，也不是就在做梦，而是（如果这是可能的）两样一起做；虽然她不可能告诉任何人，她在想什么，做什么梦。

她早饭吃了一碗泡在煮沸牛奶中的碎面包，半个苹果，两片果酱面包。她感觉很舒服。她已经在儿童室旁的旧房间里练完了钢琴，现在就她一个人了。但今天她跟往常不同，她似乎不仅两腿悬着坐在有蓝色坐垫的扶手椅上，而且可以看见自己坐在那里。当想到这一点，她有点吃惊。好像几乎就在那一刻，她已真正进入了梦境。为了弄清事实，她迅速抬起圆圆的脸，清澈的眼睛向上瞥了一眼。在门旁边的白色油漆处,不是很远,她看见了一只苍蝇。

那只是一只苍蝇。但是,就因为在那一刻一切都那么安静,也许还因为它不像她身边的椅子和桌子,它是活的,玛利亚的眼睛盯住了那只苍蝇。不过,它完全是一只普通的苍蝇——一只家蝇。它用六条毛糙的腿和爪子般的脚站在那里,它们细小的肉掌黏在光亮平滑的白色油漆上。但是,它虽然普通,却很惹人注目——就像一个穿着黑色衣服和硕大的靴子,戴着高高的帽子,站在炫目刺眼的白雪覆盖的大山上的男人一样惹人注目——而且,按照她跟苍蝇的距离,玛利亚看那只苍蝇,比你能想象的要清楚得多。

另外,那只苍蝇并不是站在那儿无事可做,就像玛利亚坐在那儿无所事事一样。例如,它不仅仅站在起居室的油漆上,看着对面站在起居室小门的白色油漆上比它小得多的另一只苍蝇,而是像所有苍蝇一样,在这阳光灿烂、温暖和煦的几个月里,忙忙碌碌地生活着。

玛利亚起床,自己穿好衣服已经有好几个小时了;但苍蝇们如果不是悄悄地飞到桌子上寻找食物,或在到处漫游,或吸着水,或像假苍蝇一样站着睡觉,或在枝形吊灯下或蝇形挂件下成群结队地来回飞着,就好像一直在穿衣,或至少一直在梳妆打扮。

并不是因为玛利亚喜欢苍蝇,当它们在她的牛奶冻或红醋栗树莓馅饼上方嗡嗡嗡地飞着,或停留在她裸露的手臂上,或在她的床单上来回地快速走着,她都会用调羹把它们嘘走。有一次,她还扯下了一只苍蝇的翅膀,并且从来都没有忘记,在她这样做了以后,自己感到有一种令人窒息的霉腐味和燥热。

如果说有什么事是让玛利亚无法忍受的,那就是一只苍蝇漂浮在她的浴盆里。令人惊奇的是,虽然它的尸体是那么小,但这时候你绝对看不见任何其他的东西。同样令人惊奇的是,在这一刻,浴盆里的水就好像是苍蝇的水。

她会让保姆把这个倒霉的家伙的尸体从浴盆里捞出来,放到窗台上,以防它没有真的死去,因而还可能会苏醒过来。

如果第二天她记得去看一下,也许它不在了,也许它还在那里——不过只是尸体。她还不止一次听见一只苍蝇因为被诱骗到蜘蛛网里,并看见蜘蛛从角落里圆圆的丝绸般的藏身处跳出来而发出凄凉感伤的嗡嗡叫声。这使她心里充满了恐惧、憎恨和痛苦的同情。但这没有让她只是为了苍蝇而更加喜欢苍蝇。但是,一个人对任何东西的感觉不会永远都一样。这取决于你在哪里,你当时的心情如何,以及另一个东西在哪里,那个东西的心情如何。

因此,就在这个早晨,出于某种原因,这只苍蝇是与众不同的;玛利亚非常关注地看着它。似乎正如玛利亚是一个特别的小女孩一样,这只苍蝇也是一只特别的苍蝇。一只独自待着的苍蝇,一只过着自己的生活的苍蝇;它自信、机敏,独自待在自己的苍蝇王国里。

从它孤独地、自在地、随心所欲地以及忙碌地度过时间的方式判断,可以认为,它拥有自己的整个世界。可以猜想,那是天狼星,而不是天上的其他星际。过了一会儿,玛利亚变得如此专注,好像她不仅仅是看着这只苍蝇,而是在做很多事情。她变得全神贯注起来。

她这时在椅子上弓着身子,几乎就像一个供插缝纫针用的针垫,而她的眼睛就是黑头的针。她看上去几乎成了这只苍蝇——玛利亚-苍蝇。也就是说,如果可能,她一次变成了两样东西,或者说,一样东西分成两瓣儿。这是一次奇怪的经历——在壁炉台上面的玻璃柜下,有一只小金钟,钟盘的两边是镀金的突眼鱼。从这只钟上可以看到,这至少持续了三分钟。也就是说,按照普通的时钟计算是三分钟。

因为当玛利亚回过神来时,她似乎已经离开至少三个世纪了——就好像歌谣里的陌生人,她举着蜡烛一直到了巴比伦;啊,又回来了:仿佛她离开的时候是玛利亚,而回来时变成了玛利亚-苍蝇,现在又刚刚变回了玛利亚。但是,当她回过神来时,一切都有所不同了。

她无法解释为什么,但是,她感到异常地快乐。在她的脑海中,似乎从很远的地方传来一阵歌声,一阵像音乐天使伊斯拉斐尔般甜美而嘹亮的歌声。她吃惊地看看周围,房间里的东西比任何时候都要安静,但她几乎觉得,就在前一刻,它们还是充满活力的,并在注视着她,而现在又假装安静不动了。

她看着花盆里的玫瑰:它们漂浮在那里,散发着芳香和美丽,就像露珠闪着晶莹的光那样。小钟两边的鱼看上去像是火焰做成的,而不是镀金的石膏做的。房间里有一束阳光——照在地毯和椅子上,正好勾勒出一个长方形。它看上去那么美好,你甚至无法用语言表达;它停留在那儿,似乎只是为了崇拜自己的美丽。玛利亚用她幼小的眼睛看见了这一切,弄不清自己发生了什么事。她很高兴自己是独自待着的。她以前从来也没有过这种感觉,就好像她已经完全不是穿着黑白相间的连衣裙的自己,而是变成了一个被紧紧绑着,上面标着"纯粹的幸福"和日期的包裹。

当她开始意识到房间里有多安静,几乎像一个秘密的地方——当然,所有安静的东西似乎都是有点警觉的——她感觉必须出去了,而且必须马上走出去。因此,她爬下椅子。她故意不再去看一眼她的朋友,那只苍蝇。她特别希望(虽然她不知道为什么)不要再见到它。因此,她走时稍稍斜着身子,头转到一边,这样,她的眼睛就一点也看不见那只苍蝇了,甚至碰巧也不会。

她走出房间，走过大厅，走下黑暗的台阶，进入厨房。铮亮的多眼炉灶里烧着火。窗口露出一棵绿树，一只装了半罐啤酒和黄蜂的玻璃罐在窗台上闪着光。厨师波尔顿太太正腰系围裙在面板上揉着一个生面团。在面板旁边，有一个像胡椒瓶的大大的滤粉器，一只皮毛像羊毛一样柔软、浅黄褐色和雪白色夹杂的野兔，躺在桌子的另一头。它长长的白牙像象牙一样在张着的嘴巴里闪烁。

"波尔顿太太，"玛利亚说，"我见到了一只苍蝇。"

"哦，是吗？"厨师说。这个"是"字就像峡谷或草地一样，斜斜地上去，斜斜地下来，上面铺满了野花。"那苍蝇看见你了吗？"

玛利亚没有想过这个问题。她皱起眉头。"它有很多种眼睛，您知道，"她说，"我的意思是，我看见了它。"

"这也是一件奇怪的事情。"厨师说，熟练地举起面团，在馅饼盘里饱满香甜的深色李子上打起软软的褶子，中间是一个倒置的蛋杯。她看了它一下，然后拿起厨房的刀，像理发师一样灵巧地挥舞着刀子，绕盘子一圈，切掉溢出来的面团。"你要个娃娃吗，亲爱的？"她说。

"不要，谢谢。"玛利亚说，显得一本正经的样子，不想改变话题，"我跟您说了苍蝇的事情，"她重复道，"您好像一点都不关心。"厨师举起切面团的刀，转过圆圆的脸，看着小女孩。她有一双敏锐的浅蓝色小眼睛，帽子下头发的颜色像新稻草一样浅。她的脸很饱满，但轮廓分明。"我可以问一下，你是什么意思吗？"她说，眼睛看着玛利亚。

"我的意思是，"玛利亚固执地说，"我看见了一只苍蝇。它在起居室门上的油漆上，它独自待在那里。"

"在哪里？"波尔顿太太说，试图想出一点别的话说。

"我说了,"玛利亚说,"在门上。"

"是啊;但在门的什么地方?"厨师坚持道。

"在边上切进来,插进另一部分的地方。"

"哦,在门框上。"波尔顿太太说。

"果酱!"玛利亚说,"门上怎么可能有果酱①?"

"哎呀,这一点我不太确定,偷换概念小姐,"厨师说,"但是,我的意思是门框,虽然它的拼写不一样——至少,我是这样想的。对了,那只苍蝇在干什么? ——恶心的东西。"

玛利亚看着她。"每个人都这样说。"她说,"我的苍蝇——没做什么。"这不完全是真的。对此感觉有点不安,玛利亚小声地说:"但我现在要走了,谢谢您。"

"好。"厨师说,"千万注意那些很陡的台阶,宝贝。"

玛利亚看一眼徘徊在瓶子上方的黄蜂,看一眼波尔顿太太,看一眼炉灶中的火,最后看一眼墙上的盘罩,然后,走出门去。

她像往常一样,小心地走上厨房又高又陡的台阶,虽然跟厨师这一番谈话后,有点愤愤不平。到了台阶顶上后,她继续走过有点滑的大厅,经过白色钟面蓝色指针的落地式大摆钟,经过放着盛开着粉色花朵的天竺葵的桌子,爬上宽宽的楼梯,一根接一根地抓住栏杆柱,尽量踩在有玫瑰花图案的楼梯垫毯中部。

爬到楼梯顶后,她来到一个房间门口。她知道,在那里她会看到一个住在自己家的客人。他叫吉特尔森先生;他是个牧师,这个周六的上午,他在写周日的布道词,内容是"想一想田野中的百合花……它们既不像男人一样辛勤耕耘,也不像女人一样纺纱织布"。

---

① 在英语里,门框是 jamb,而果酱是 jam,两个词发音一样。

摸了一会儿把手后,她推开门,朝里看。那位老绅士坐在一把圆圆的皮椅子上,银灰色的胡子垂在胸前,布道纸放在面前的一本沾着墨水渍的书上,旁边放着铜质墨水台。他一边写一边蠕动着嘴唇。但听到开门声,他停住笔,低下头,从金色眼镜的上方看着玛利亚。

"哟,哟,亲爱的,真高兴见到你,我能为你做点什么吗?"他说。他就是那种在写布道词时不介意被人打搅的特殊的老绅士。

"我,"玛利亚说,往房间里移了一下身体,"我刚刚看见了一只苍蝇!它独自待在——待在起居室的门框上。"

"在起居室?真的?"老绅士一边说,一边从金色眼镜的上方看着她。"它能有你做伴,真是一只非常幸运的苍蝇,亲爱的。你能来告诉我,我很感激。"

玛利亚听了老绅士有礼貌的回答几乎和听了厨师的话一样并不感到高兴。"是的,"她说,"但这不是一只普通的苍蝇,它独自待着,我看着它。"

老绅士漫不经心地向下看看自己的稿纸上清楚而倾斜的字。"是那样吗?"他说,"但是,亲爱的小玛利亚,没有一只苍蝇是普通的。如果你仔细看,它们都是很了不起的。尤其是通过显微镜看。书上怎么说的:'生得可怕又奇妙'?它们有叫做'吻部'的东西——就是能吸食的长嘴,你知道,就像大象的长鼻子一样。而且它们能够倒过来走。嗯?怎么样?"

这时,一只银色的衣蛾从阴暗的藏身处飞出来,从桌子上方的阳光中飞过。老绅士伸手去抓它,但它摇晃了一下,向上腾飞,逃出了他的手掌。

"厨师说,苍蝇是恶心的东西。"玛利亚说。

"哦,"老牧师说,"我确信她不让它们落在我们的食物中。但它们有它们的方式,可能会让我们不高兴,就像我们有我们的方式,可能会让某人不高兴一样。但是,即使是一只苍蝇,亲爱的,也享受自己小小的生活,做自己应该做的事。'繁忙饥渴的小苍蝇……'"他开始唱道,但是,像专心看着苍蝇时一样看着他的玛利亚马上打断了他。"这是一首很美的诗,"她说,并点点头,"我对它很熟,谢谢您。但这是我想说的。就是我看见它了——看见它了。我觉得我不能告诉您别的东西——因此,我的意思是,会向您解释它。"

老绅士手握着笔,像他一贯做的那样,继续和蔼小心地对着他的小客人微笑着,直到她悄悄地走出门,并把门紧紧关上。

在走廊上,玛利亚经过工作室的门口;门半开着,她偷偷朝里看。穿着黑色工作服的萨蒙小姐坐在放着一台缝纫机的桌子旁。这时候,她正在做着针线活。她总是闻上去很清爽,那种淡淡的味道——虽然也有樟脑味。她白皙的脸很长——额头很高,下巴尖尖的——眼睛突出,胳膊肘也突出。她和玛利亚是老朋友了。

"今天早上我可以为你做点什么吗,小姐?"她用像男人一样低沉的声音叫道。

"噢,我只是看看,夫人,想告诉您我看见了一只苍蝇。"

"如果你从针线篮里最小的针的眼孔看出去,就会看见天堂的大门。"萨蒙小姐一边说,一边又开始缝纫起来,咔嗒咔嗒的声音几乎就像有一个木匠在房间里干活。

"给我。"玛利亚说。

"啊哈!"萨蒙小姐喊道,"这样的东西是需要寻找的。"

"啊哈!"玛利亚尖声尖气地说,"那就是说,要整理篮子里所有东西了。"

"不寻找,就找不到东西,"萨蒙小姐叫道,"猫对刺鱼这样说,这比拉丁语棒多了，小姐。请问，加斯帕·苍蝇先生叫什么名字？如果你能让这位绅士到这边来，我会为他造一座有门闩的纸屋，我们会给他吃草莓和奶油。"

玛利亚的情绪似乎一落千丈。"它根本不是那样的苍蝇，"她说，"而且——而且我不想告诉你它的名字，非常感谢。"

"再见。"萨蒙小姐举起针，睁大眼睛说道，"不要忘了，关门时间是七点。"

想想她和萨蒙小姐是多么好的老朋友，而且在一起总会有那么一些开心的事，但玛利亚对刚才的谈话却感到非常沮丧，真是奇怪得很。玛利亚看着她身穿黑色的高领工作服，笔直地坐在那儿，头高高地抬着。

"再见，小姐。"萨蒙小姐说。

玛利亚退了出去。

在工作室对面的楼梯顶部过道上，挂着一幅镶嵌在一个大大的镀金框里的画像。玛利亚看着画框里身穿奇怪的服装，头上高高地裹着麦斯林纱的夫人，压低嗓子说："嗯，你不知道我看见了一只苍蝇。"然后，她又跑下楼梯，正巧碰到父亲手拿钓鱼竿最顶部的一节，从房间里出来。他身上穿着难看的棕色套装，脚上穿着厚底棕色鞋。

"爸爸，"她叫道，"我刚刚告诉他，我看见了一只苍蝇。"

"噢，是吗？"他说，"你这个衣衫褴褛的黑眼睛年轻人。我想知道，你这个时候偷偷地到他的房间去干什么了？说到苍蝇，黑白小姐，你对今天下午有什么建议，可以保证我能抓到某个肥肥的鲑鱼太太吗？"

"您看，爸爸，"玛利亚倔强地说，"您总是这样岔开话题。我要告诉您的是件很特殊的事。"

"来，看这里，"父亲说，并用钓鱼竿的尖轻轻敲打一下，"我们要做的是这个，我们要做的。你还是等晚上我过去跟你道晚安时再告诉我苍蝇的事吧。也许，到那个时候，你已经见过很多别的东西了。你以一个问题开头，每说一样东西，就会得到一个便士。苍蝇可是有很多的。"他补充道。

"我觉得我不会想看见许多别的东西，"玛利亚说，"不过，我会看看。"然后，她甚至比老维多利亚女王都更庄重地离开父亲，走进花园里。

到那个时候为止，这个早晨就像一面有蓝色边框的镜子。但这时，浩瀚的天空已蒙上了一层白云。在远处的家庭菜园里，她碰见了园丁普拉特先生。他正在给一棵独干蔷薇浇水，他的条纹衬衫的袖子卷到了胳膊肘上面。这天的太阳即使还能从云层后钻出来，放射出全部的光芒，也照不到蔷薇身上了。玛利亚看着他。

"您为什么给它浇水啊？"她说，"让我来！"

"别动，别动，亲爱的，"普拉特先生说，"这东西太大了，你拿不动。"但是，他还是把黄铜圆筒上还留着一小滴水的喷射器放到了她手里。"好，推！"他说，"用力。"

玛利亚用力推着喷射器，直到胖乎乎的手上的指关节都发白，脸涨得通红，却什么也没有推出来。因此，普拉特先生把自己厚实的棕色的手放在她的手上，抓住管子，两人一起推。一小股水像一小朵云一样从喷嘴射了出来。

"它出来了。"玛利亚得意地说，"如果我真正用力，是可以做到的。请问，您为什么要喷水？"

"哦，"普拉特先生说，"这是秘密。"

"哦，"玛利亚学他的语气，"我也有一个秘密。"

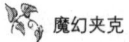

"是什么?"普拉特问。

她对他举起一个手指。"我——刚刚——看见了——一只——苍蝇。它有两只像你在水上面看到的油一样的翅膀,有一张红红的脸,一双直直的银色眼睛,它没有在嗡嗡叫,没有。但是,它把腿放到翅膀上刮擦,就像瓶塞钻一样擦着它们。然后,它摇晃着头,接着又开始了——但是,我不是指所有这一切。我是说,我看见了这只苍蝇——看见了,我是说。"

"噢,"普拉特先生说,棕色脸庞上的汗水亮晶晶的,蓝色的眼睛至少比博尔顿太太的要淡两度,似乎太阳和嫉妒的天空褪去了它们大部分颜色,"噢,"他说,"一只苍蝇?那也是可以见的东西。但是,那边那些漂亮的眼蝶怎么样?还有那只小苎麻赤蛱蝶——哟,别出声,看——那上面的锦葵!多美啊!看那边那些卷心菜上面的黄色枯叶。我们不会有很多绿叶菜,小姐,如果你能明白,如果它们随心所欲的话。"

玛利亚完全能明白。但是,她恨绿叶菜。她恨得就好像在另外一个世界里吃过它们的冷盘。很奇怪,关于那只苍蝇,没有人有一丁点意识到她想说什么。没有人。这多愚蠢。但是,她还是看看那只小苎麻赤蛱蝶。它无精打采地停留在像纸一样苍白的锦葵花上,它的触须尖上是个球形,它正拼命采着秘密的花蜜,就像女王在起居室里享受着涂了蜂蜜的厚厚的面包。接着,太阳又悄悄地出现在天空中,阳光像一块淡淡的金色面纱覆盖在闪着金光的花园上。小苎麻赤蛱蝶有着黄、黑、白三色花斑的翅膀,它们在温暖的阳光下微微颤动着,似乎有种无法表达的幸福和欲望。

但是,虽然玛利亚很欣赏这只美得耀眼的蝴蝶,它毕竟不是她的苍蝇——至少,它不是玛利亚-苍蝇。它只不过是一只蝴蝶——像光一样可爱，像漂浮着的彩色蒸汽一样可爱。它赏心悦目地颤动着，弯曲的腿抓着下面又轻又薄的平台，支撑着轻轻地平衡在这个摇摇晃晃的支座上的羽毛似的脆弱身体，就好像它知道的这个世界像大理石一样坚实牢固，而且不会有任何变化，即使现在它看上去就像梦幻一样轻飘飘的。

玛利亚看着这只蝴蝶，甚至没有思考，除了在心里对自己说，她现在不想再走进起居室了；她不想再见到她的苍蝇；她不想长大；大人永远都不会明白你真正想说的东西；只要他们不是努力地微笑和耐心，就好像热乎乎的气息可能会把你吹走，你就可能证明你也是大人，而且比他们老多了——即使你得吃绿叶菜，做他们让你做的事，也不去打搅正在写布道词的老绅士，还必须等待睡觉的时间到来——不，她并没有真的在想这些事情。但是，当她又抬头看了一眼普拉特先生时，不禁长长地叹了口气，小小的胸脯一起一伏。

他又开始卖力地浇水，因为阳光照耀在她和喷出来的水蒸汽之间，它在空中形成了一道令人惊叹的小彩虹，几乎是圆形的，其中的绿色生动得就像无数有生命的珠子般的蚜虫聚集在玫瑰花芽的梗茎上。

"我跟您说了，"她伤心得声音有点颤抖，虽然她努力想跟平常一样说话，"我跟您说了一些事，但是，您一点都不在意。"

"好，好，好。"园丁说。但是，他还没说完，玛利亚就已经昂首阔步地走上小路，过了一会儿，就消失在了温室的拐角处。

过了一刻，她在那儿碰到了园丁的儿子乔布。乔布看上去很笨，头发又短又密又乱，鼻子又短又平，还往上翘，嘴巴生得傻乎乎的。他差不多就像村民们所说的弱智或白痴。你对他说什么，他都会笑，即使你对他皱紧眉头。但是，没有一个园丁的儿子像他；花的根在他手里就像想在他笨拙的手指上结成网一样，对待蜜蜂他就是一个"真正的魔术师"。他跪在那里，旁边放着三只钢制的鼹鼠捕捉器，正用一个硬毛刷洗刷一只花盆。当玛利亚走到他面前时，他抬起一张像愉快的南瓜似的脸，露出满嘴的牙对她笑。

"早上好，小姐。"他说。

"早上好，乔布。"玛利亚说。她站住看着他，看着他愉快的大脸庞上像猪一样的小眼睛，犹豫了一下。然后，她俯下身子，几乎耳语似的对他说："你看见过苍蝇吗？"

"噢，小姐，看见过一只苍蝇？"他张嘴回答，"噢，小姐，我看见过苍蝇。"

"但是，你有没有，"玛利亚几乎把所有的力气都用在了这六个字上，"但是，乔布，你有没有看见过那只唯一的小小小小的苍蝇——你的苍蝇？"

乔布抓抓头，看上去那么严肃，玛利亚都害怕他会哭起来。"噢，小姐，"他突然一阵狂笑，大声喊起来，"我看见过，我还没抓住它，它就消失了，飞到那边的红巷子去了。我和你，一只苍蝇。"

玛利亚一下笑起来——他们齐声大笑；然后，她发现眼睛里含了眼泪，突然就不做声了，感到有点忧伤。"现在，"她说，"你最好继续刷你的花盆。"

她转身离开，她的小脑袋似乎装着一首很古老的曲子，就像无人问津的海岸的潮水声一样悲伤。不远处有个小小的旧凉亭，它闻上去总是有一股潮气，甚至在连续几周的晴热天气后也一样——虽然那时闻上去会是一种干干的潮湿。

玛利亚走到亭子里，在那儿站了一会儿。她不知道自己为什么会走进去。里面很安静，但却是一种发霉的、闷人的、阴郁的宁静——

跟阳光融融、色彩斑斓的起居室里的宁静很不同。外面的空气里有一种嗡嗡声。无数细小的声音形成和声，就像拨动了一把巨大的六弦提琴的弦。一只鸟跳到亭子的顶上，她可以听见它的爪子在刮擦木头的声音。鸟的这一活动使一小团尘土掉了下来，落入她脚边甚至更微小的尘土中。亭子的角落里悬挂着花彩似的蜘蛛网。

　　玛利亚又深深地叹了口气，然后抬头看看周围，似乎希望看到别的人，她可以把自己的秘密告诉他——关于苍蝇的秘密——关于玛利亚-苍蝇。她停了下来——瞪大眼睛。然后，仿佛得到了信号，她突然跳下亭子，几乎跟两腿纤细的小鸟一样轻盈，飞奔着穿过翠绿的青草，冲到灼热欢快的阳光下，但不知道为什么，也不知道要到哪里去。

不速之客

汤姆·内维斯在这个世界上要想的最后一件事情之一，就是他在大约十岁时看到的一个情景。那个三月的早晨之后，过了一年又一年；最后，汤姆远离家乡和英国，来到了阳光灼人、高温如火的热带。但是，这一遥远的记忆，就像一颗在远山的白雪之上静静闪烁着银光的行星，浮现在他的想象中，宁静而不可思议地停留在他的脑子里。它就那样一直待在他静谧的大脑深处——就像被困在一块块琥珀中的小小昆虫，它们的翅膀在飞遍它们所拥有的那个世界之后，依然久久地闪耀着光芒。

大多数人很少有像汤姆那样的经历，它们更多地会发生在孤独的人身上——那些享受独处，喜欢做白日梦的人。如果它们发生在其他时间，可能就不会留下什么印象，因为也许你当时正在谈话或大笑或在忙这忙那，做着必须做的事，或许你在阅读或思考。因此，还没有引起你的注意它们就悄然过去了。

但是，汤姆一直是一个有趣的孤独者。当还是个孩子的时候，他就很享受独处。他会一次持续一个小时坐在大门上或台阶上，无所事事地盯着田野，目光跟随着悄悄掠过绿野的云彩阴影而移动，或跟随着来回飘荡、轻抚着高高的野草的风而移动。甚至就看着一头牛在毛茛属植物中静静地吃草也是一种乐趣。它们会不时地摆动着尾巴，偶尔用柔软的鼻子擦擦浅红褐色的肩。这种时候，在汤姆看来，世界似乎只是装在他的脑子里,近乎一个梦境。

当月明星稀的时候,汤姆特别喜欢看窗外——不管是在地上白雪覆盖,霜冻凝重的冬季,还是在五月和夏天,当月光像一块银色的薄纱静静地洒在树上和草上之时。而且月亮一直在变化着:有时是银光纤纤的弦月——在太阳西下的晚霞中像一个银环或铜环;有时却仅仅是它自己的魂灵,徘徊在早晨的蓝天上,就像聚会结束很久之后,为给人们带来欢乐而继续在燃烧的灯笼。

汤姆比大多数男孩更可能被独自撇下,因为他在三岁的时候摔了一跤。那时,他有一个保姆,名叫爱丽丝·詹金斯。一天早晨,在儿童室里,她像往常一样,让他紧挨着餐桌坐在自己的面包和牛奶前;然后她听到窗口有什么声音,就转过身去。就在那一刻,也许想看看她在看什么,他在椅子上跳了起来,挡在面前的横杆滑了出去,结果他四肢撑开重重地摔在地板上。

他的左胳膊受了伤。虽然医生做了各种努力,但他们再也没有办法让他的左胳膊像右臂一样生长。它瘦小萎缩,几乎失去了原有的功能,而左手手指则被轻度拉伤,因此只能做一些简单容易的事情。这一跤的结果是,他很不会玩游戏,也很少见到其他同龄男孩。在这悲惨的事件之后,爱丽丝哭了半夜;但是,这以后,他们两人却更加爱对方了。即使现在,爱丽丝已经出嫁,在邻镇开了一家小蔬菜水果店,每当有可能,汤姆就会去看她,并在阳光下边咬着她的苹果和梨子,边和她天南海北闲聊。

这个事故发生在那么久以前,他几乎已经忘记自己曾经启用过左臂的所有功能。就像一个人会习惯于自己弯曲的鼻子、招风耳或斜视眼一样,他也渐渐习惯了左臂软塌塌地悬挂在自己的肩膀上。虽然他知道,这使他不能做类似爬树或其他孩子能轻松完成的游戏等事情,虽然这使他成为某种竖在田里吓鸟的稻草人，但就因为这个原因，他比多数男孩子有更多独处和自我发展的机会。虽然他从来没有对自己承认这一点，当然更不会向别人承认，但他确实非常享受一人独处的时光。这一点也不像——如很有可能的那样——在一座空房子里，而是像在一座魔幻屋里；在里面，什么都有可能在下一刻发生，即使一切都那么安宁恬静——窗口的阳光，走廊中暗淡的阴影，碧绿的鱼池中的水，果园里交错缠结的树枝。

由于这个原因，汤姆除了身体很奇怪以外——比实际年龄小，窄窄的肩膀，瘦削的脸，淡灰蓝色的眼睛，僵硬蓬乱的黄头发竖在高高的头上——脑子也有点怪。他不断地编撰故事，即使没有人会来听它们。因为他那黑眉毛的姐姐很少有时间讲故事，而在爱丽丝出嫁后，他的第二个保姆不太有耐心做这样的事。但是，他几乎一直喜欢给自己讲故事。当他的姐姐艾米丽死后，他似乎越发习惯出神呆视或做白日梦了。

他还有其他一些小小的怪习惯。每当他从卧室走下楼——除非他非常着急或父亲叫他了——他总会在一级窄窄的楼梯上坐一会儿，从楼梯平台的一扇高高的窗户往外看着花园。在他看来，似乎在这样的时刻，你从来都无法知道，有什么是你不可能看见的；虽然实际上他从来也没有看见过什么不寻常的东西：就是草和草坪，还有茶藨子灌木和智利南美杉；也许有一只猫轻手轻脚地走着去办自己的事，还有常见的歌鸫、紫色鹩哥、山雀和旅鸫，以及照在红砖墙上的阳光。你看不见的东西就无法罗列了。

他的另一个喜好是，每当他经过旧牧师寓所下面的一个地窖时，他都会蹲下来，从钥匙孔看出去。他可能正好看见一个烟囱，因为从钥匙孔看，光线更加少。地窖里除了一些废弃不用的旧家具，一些葡萄酒，几只空食盒，一匹破旧的木马和诸如此类的东西外，就没有别的了。然而，每当从它的门前走过，汤姆几乎都要跪下来，闭上一只眼睛，用另一只眼睛从钥匙孔窥视，并闻着它的霉味。

他这种古怪、荒谬可笑的事是无休无止的。例如，很久以前，他就规定了在某些日子去做某些事。例如，他在早年就跟多数男孩一样，不喜欢梳洗，但即使周六是"洗浴夜"，他总是在周五做一次"彻底的清洗"。他在某些傍晚，做某些步行，即下过雨后的傍晚，或者可能是某种花刚刚开，某棵树刚抽枝发芽时。他总是一个月去看一次姐姐艾米丽的坟墓。

艾米丽是四月十二日去世的；除了她的生日以外，他总是按月记她的忌日——一年当中所有的十二日。如果可以，如果有时间，他会带上一束花，选择那些艾米丽最喜欢的，或他自己最喜欢的，或两者都有。如果不绕道的话，教堂墓地并不远。但是，他的另一个奇怪的习惯是，不走直线到那里去——仿佛那样会太容易似的——而是绕道走一条草地小路，这至少比从村子的小路走要远四分之三英里。

除了在太阳刚刚下山的傍晚，他碰巧独自一人待着，在每月的这些旅行中，汤姆总是感觉比任何时候都要孤独。每次他都会在教堂墓地的紫杉树下，坐在一张旧凳子上，能待多久就尽量待多久。起初，他去墓地的时候，都会极度地难受和悲伤。当艾米丽去世时，整个牧师寓所以及他的父亲、妹妹和女佣的身上似乎罩上了一层冰冷的浓雾。房子里所有熟悉的东西，突然都变得很陌生和喧闹。它们似乎在提醒他们，某样东西已经逝去，永远也不会再回来了。虽然其他人都没有忘记所发生的事，虽然他经常注意到，父亲欲说又止，就是因为他无法忍受提到艾米丽的名字时的悲伤，但随着时间的流逝，一切又慢慢开始恢复如常。

早先时候,汤姆的黑发姐姐埃斯特有时会跟他一起去教堂墓地;但是,很快她就因为有太多的事要想,有太多的自娱自乐的事,就很少有时间跟他待在一起了。此外,他们意见从来不一致,多数时间都在争辩吵架。所以,无数个月,汤姆都是自己一个人去的。他就像了解自己的衣服或世上任何别的东西一样,了解他每月的这次特殊旅行。他每次出发,都希望可以再见到姐姐艾米丽,每次回到牧师寓所,他都要想,自己无法让她回来也许更好。因为他相信,无论她的身体在哪里,她都非常快乐,而且,事实上,会永远年轻。有时候,当他坐在凳子上看着墓碑时,似乎她的幽灵对着他的耳朵轻轻地告诉他这一点。有时候他会想,不知道多久以后他也会死。但是,汤姆的小脑袋几乎有点发疯。

这是汤姆的另一件怪事。他喜欢苦思冥想每一件进入脑海的事情,而多数人是不会允许艰涩或不悦的想法在脑子里逗留很久的。他们会像把一只陌生的狗赶出花园,或把黄蜂赶出一个阳光明媚的房间一样,把这些想法从脑海中驱除出去。但是,汤姆却会用最实用的方法思考它们。例如,他在十岁时对挖掘坟墓的了解就能跟老教堂司事在六十岁时的经验相媲美了。想到草皮下的骨头丝毫也不会令他害怕。他想,假设你觉得这是真的,那确实就没有什么可以比它们更加丑陋了。但如果它确实是真的,好啊,那它就是。

不是因为他不享受活在这个世界上的感觉,但他有时确实会感到很痛苦,那种掺杂着几分快乐的痛苦。他曾经跟爱丽丝说过这件事,也同艾米丽谈过,那时,他们要么坐在翠绿的田埂上,要么坐在草田里,或者坐在树林里秘密的水池边,阳光暖暖地照在身上。他还喜欢思考将来可能发生在他身上的事;虽然那时他丝毫没有想到自己会去旅行,会在年轻时离开英国,而且是永远离开,永远不再回来。直到一天下午，他在保姆爱丽丝的丈夫的商店里跟她谈话。那次谈话以后，他知道，自己生来就是个旅行者，尽管他有一条残疾的胳膊，身体瘦小羸弱。这次谈话的起因，是那个三月的早晨，当他从教堂墓地回来时发生的一件事。

当时正吹着一股微弱但寒冷刺骨的东风。除了南方有一朵淡淡的银白色云峰以外，天空一片湛蓝。阳光灿烂得仿佛有一个巨大透明的反射镜，把光束从天穹反射到地球上。田野里一些黄水仙已经盛开，欧洲毛茛也已经长出铲子形的光滑油亮的叶子；树篱开始复苏，从远处看，好像有一层绿色的薄雾悬附在它们上面。经过冬季的休眠，禾草已经在生长，乡间的鸟儿也忙碌地飞来飞去，时间似乎融化在了太阳里。汤姆没有像往常一样，从去墓地的路上返回家里，而是拐弯穿过一道边门，进入一片白桦和榛树蔓生的树林，然后来到紧挨着**老农场**的一大片草地的拐角处。

上一周下了大雨，汤姆——像往常一样心不在焉地——沿着草地的小路慢慢向前走。他抬起双眼，吃惊地发现下面绿油油的凹陷处有一池水，而以前是没有的。那里的积水显然是过去几天下雨留下的。灰白色的水池波光粼粼，映照出天空，映照出不远处正在抽芽的树木。然后，他看见两只奇怪的鸟浮游在那泓天然水上。他以前从没见过类似的鸟，虽然他猜测它们可能是迷了路的海鸟。它们像雪一样白，正在这个偶然形成的水池里嬉戏，仿佛像是在一个避难所，或者是一个它们一钻出蛋壳就在寻找的会面地点。

汤姆目不转睛地看着它们，害怕几乎眨一眨眼就会打搅它们快乐的游戏。但是，最后他还是鼓起勇气，悄悄地，一英寸一英寸地靠过去，直到看得见它们的眼睛在头上闪闪发光，看见它们令人惊叹的雪白的翅膀，看见它们映在被微风吹动的浅水里的珊瑚色的喙。它们看

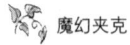

上去像终身伴侣。它们用嘴整理着羽毛,似乎很高兴地发出轻轻的叫声,好像在互相交流彼此的秘密。不时地,它们会停止整理羽毛,在银色的阳光下,一起静静地在水面上漂浮。汤姆仍然充满渴望地凝视着它们,他的凝视竟然没有把这些野生鸟吓跑,真是个奇迹。汤姆觉得自己似乎已经在这三月的浩瀚天宇下看了它们很久很久。他每一刻都在担心,它们会拍翅飞走。那样就好像他内心深处的某样东西丢失了一样。

他压低嗓子轻轻自语,似乎在劝说它们永远待在那里,不要有任何变化。确实,它们可能是人类,它们那样自然和快乐地相依相伴着浮在水面上。汤姆又一次感觉到,整个世界以及他自己的微小生命都变得虚无缥缈,如梦似幻。似乎他已经站在那里,观察着它们的举动,欣赏着它们的美丽长达几百年了,就如同几百年来高高矗立在农场上方的大橡树,抽枝吐叶,开花结果,过了一春又一春,一秋又一秋,不断循环往复,直到这个早晨。

奇怪的是,两只奇怪的鸟似乎不再害怕他的存在,即使这草地中亮闪闪的浅水潭只不过十一步宽。它们明亮的眼睛好奇地看着他,几乎就像要跟他分享自己的秘密,一个它们在夜间出发,从遥远的栖息地带过来的秘密;仿佛这是它们的旅程终点。它们用嘴巴抛洒在雪白的羽毛上的水珠,虽然没有它们的眼睛明亮,但却像会变色的小球一样忽而银光闪烁,忽而晶莹剔透。它们红红的蹼足,在清澈的水下显得鲜明生动。它们从喉咙里而不是从张着的嘴巴里发出的轻柔的叫声,并不像红嘴鸥或朱顶雀啾唧那样甜美和尖锐,而是令人惊叹的委婉和温柔。

一股轻微但刺骨的东风从云层中吹来,它穿过草地和红砖墙农场的屋顶和烟囱;汤姆就站在那里,奇异的脑子又一次陷入深深的白日梦之中——身穿一件扣得整整齐齐的夹克,富有弹性的短头发上戴着一顶帽子……午夜里,他醒了过来,突然得就像有个声音在叫他。在他的想象中,那场景仍然清晰如新,就像是他在晨曦中又一次看着它在眼前展现。

之后有很多天汤姆都没有再去草地,这正像荒唐的他所做的事。有一两次,他都已经出发朝那个方向去了,但还没看到农场,就又转身回了头。当他终于又在傍晚时分回去时,眼前的情景已经不同。身边吹过的不再是东风,而是南风;云彩高悬在湛蓝的天空,宛如白雪覆盖的山峰;空气中透着春的清新;树篱上布满的深色嫩芽已经初绽成浅绿色的叶子;歌鸫在榆树顶部的枝蔓中鸣唱。但是,那个下雨积成的水潭不见了,它已经被风和太阳带到了天空,只留下一个凹坑和更绿更生机勃勃的青草。鸟儿已经飞走……

在接下来七月里的一天,汤姆动身去探望他的老保姆爱丽丝·哈伯德。她在婚后变得强壮多了,汤姆跟她一起坐在商店后面狭窄的客厅里,眼睛越过一箱箱的嫩豌豆、土豆、胡萝卜、芫菁、生菜、卷心菜和薄荷,一篮篮的醋栗、葡萄、草莓和末季樱桃,望着大街。爱丽丝在为他挑拣一碟草莓,汤姆则跟她讲述自己的情况:他都做了些什么,想了些什么,还有关于新女佣和牧师寓所的事。她正在挑拣的手指会停下来,说"上帝,汤姆少爷!"或"是吗,哦,汤姆少爷!"或"瞧,汤姆少爷!"突然,那个水潭和两只奇怪的鸟又浮现在脑中,他一下子沉默起来。爱丽丝把那碟草莓放在他面前,旁边放一个蓝白色的小罐,里面装着奶油,她有点好奇地看着他又窄又丑的脸。

"不知道你现在在想什么?"她说。

一个头戴一顶黑帽,身上披着黑色披肩的老妇人,在紧挨着外窗的人行道上看了一会儿里面的水果,这时走进了店里,爱丽丝走过去招呼她。汤姆看着她们俩，看着爱丽丝称土豆，并把一小枝薄荷扔到秤盘上，看着一匹花斑大马拉着满满一车砖头走过去，马车顶的一只麻袋上坐着黄褐色的马车夫。然后，爱丽丝又回到小客厅，他跟她说起那个水潭和两只鸟的事。

"上帝啊，这真奇怪，汤姆少爷，"爱丽丝说，"你那天早晨到哪里去了？"

汤姆告诉她，自己到教堂墓地去了。

"你知道，亲爱的，"她的声音压得很低，好像怕有人会偷听似的，"你知道，你不应该经常到那里去的，那对你不好。你已经想得太多了。乔说——你不会相信我住在这个小小的店里有多幸福，汤姆少爷，虽然我从来也不会忘记老牧师寓所和你亲爱的母亲的仁慈和体贴——但是，乔说，一个人不应该老是想这类事情。他是说，不能老想。他说，如果我们所有人都整天高高地漂浮在云端，那这个世界会怎么运转呢？我看你似乎比以前更加消瘦了，虽然也许你在长个——长高了不少。"

"但那鸟儿不是很有趣吗？"汤姆说。

"哦，"爱丽丝说，"怎么有趣啦？"

"噢，"汤姆说，"它们不是普通的鸟。我不确定它们甚至是否是活的鸟——我是说，真的鸟，虽然它们可能来自大海。当我靠近时，它们为什么不飞走呢？它们很清楚地看见我。您觉得我为什么一直在想它们呢？"

"我的天哪！"爱丽丝说，"瞧你问的问题！都是为什么！你一点也没有变，汤姆少爷。"

"是的，但为什么？"汤姆坚持道，手里拿着调羹，从那碟草莓和奶油的上方看着她。

爱丽丝站在桌子的另一边，一只手的指关节抵着桌面，当她通过商店往外看时，蓝色的眼睛前出现了一片空白，似乎像汤姆一样，她有时也会陷入白日梦。"嗯，我想——我想，"最后她用低沉而恍惚的声音说道，"你老是想它们，是因为你无法把它们赶出你的脑袋。"

"噢，没错，"汤姆有点不耐烦地说，"但我想知道它们为什么待在那儿。"

"好吧，"爱丽丝说，"有些东西是这样的。我也能看见那两只鸟。它们当然是真的，汤姆少爷。它们当然是真的，否则——"她轻轻地笑一下，"否则，为什么你和我会谈论古怪的鸟呢？我的意思是，即使它们是真的，也不一定说明它们不意味着别的什么。我不是肯定地说，这样的东西就是意味着别的什么，但是，可以说，只是看*上去*它们意味着别的什么。我想，在某种意义上，这都取决于对我们来说，它们是什么，汤姆少爷。哎呀，有时候，当我站在这个店里，看着外面大街上的人，并看见有顾客进来——甚至在招呼他们的时候——我有时候会怀疑，这整个事情是否不可能意味着别的什么。我怎么知道，我会嫁给我的乔，并开一家蔬菜水果店呢？然而，相信我，汤姆少爷，现在这看上去很平常很自然，好像从婴儿开始，我就注定要这样做的。"

汤姆好奇地看着她。"那么，您觉得那些鸟意味着什么？"他又问道。爱丽丝思索着这个老问题，蓝色的眼睛微微眯起，被柔软的眼睑和淡淡的睫毛遮盖住。"呃，"她轻轻地说，仿佛是在睡梦中，"如果你问我，那就是，它们意味着你要去旅行了。这就是我的想法。但我不知道到哪里。"

突然，她又回过神来——可以说，是从暂时的白日梦中惊醒过来，敏锐的目光看着他，仿佛他可能遇到危险。她皱着眉，好像被吓坏似的。"你知道，汤姆少爷，"她严肃地说，"是我让你的胳膊受伤致残，我永远、永远都不会原谅自己。哎呀，你现在可能……但是你瞧！生活是个谜，不是吗？我想，从某种意义上说——虽然乔会说我们不应该想这个问题——生活本身就是一种旅行，它也在继续往前。"

"继续走到哪里？"汤姆说。

"噢，这个我们无法准确地说，"爱丽丝微笑着对他说，"但我觉得，如果你说的那两只鸟能够找到自己的路，飞越大海，来到这里，那人类就没有什么特殊的原因无法找到自己的路。"

"你是说艾米丽找到了她的路？"汤姆说。

爱丽丝点了两三下头。"是的。"她说。

"嗯，我能说的就是，"汤姆说，"希望它们能回来，还有水潭。它们比——比——哎，我不知道是*什么*，比我一生中见到的任何东西都重要。"

"而且那个东西也很大！"爱丽丝说着，又对他笑了笑。然后他们长久而静静地看着对方。

她提到的有关他要去旅行的事后来真的应验了。在二十岁刚出头时，汤姆登上舷梯，进入船舱，跨洋越海到了一个遥远的国度，从此再也没有回来。虽然在记忆中，嫩豌豆、薄荷以及末季樱桃可能不像看见两只奇怪的鸟那样神秘——它们竟然在三月里一个寒冷的早晨远离它们的天然栖息地，在一池雨水中嬉戏——但每年这些东西上市时，也总能让爱丽丝想起那次跟汤姆的谈话。她确实非常爱他，因为汤姆就像——尤其是在那次事故之后——一个养子。当听说他出国时，她还想起了那两只鸟。

萨姆博和雪山

萨姆博的曾祖父是一位国王,虽然他们的国家很小。萨姆博的祖父被一个传教士带到了白人区,传教士姓格林布尔,全称是塞拉斯·梅克皮斯·格林布尔教士,出生在阿伯丁。萨姆博的父亲曾经是格林布尔先生的长子的贴身男仆和马车夫,后来自己开了家理发店,当上了理发师。但是,虽然他很开心地竭尽全力打理生意,光顾的客人却不多,无论是来剪发的,烫发梢的,洗发的还是刮胡子的。有时候,他会一连几个小时坐在空荡荡的店铺的洗脸盆旁,眼睛盯着阳光明媚的大马路。因此,最后他被迫拉下遮帘,关闭百叶窗,拆下旋转灯标柱,停止营业;不久,他就去世了,并被安葬在他的爱妻黛娜旁边。

父亲死后,就留下了萨姆博孤身一人。萨姆博是格林布尔医生的小听差——格林布尔医生是塞拉斯教士的侄孙。医生住在一栋高高的棕色木头房子里,房子面前有三棵钻天杨树,门廊上方还栽着杜鹃花。萨姆博的职责很多。他的紧身短上衣前面有二十一颗小银扣,衣服后面略微凸起,下身是一条紧身裤。他总是为主人的病人开门,然后把他们引进候诊室。候诊室虽小,但很敞亮,窗户装着纱窗,地板上铺着黑白两色的油地毡,壁炉上方挂着一幅画,画下面垂挂着漂亮的彩色马毛。整个夏天,马毛都遮住难看的炉条,因此,萨姆博不用给炉条涂石墨。

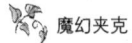魔幻夹克

萨姆博还帮助医生配药。如果医生把药放进瓶子里,他就给它加水;当医生做出药丸时,他就把它们放到药丸盒里。在把药瓶和药盒包起来后,他就用一大条红色的蜂蜡和一点点蓝色的煤气火焰封住包装纸。跟清洗药瓶相比——在一个铅灰色的四方小水槽里和一个小小的铜龙头下洗——他对用蜂蜡封口这项工作感兴趣得多。

所有这些都是在午后不久干的。当瓶子都整整齐齐地包好,编了号后,萨姆博就会把它们放进篮子里,送到主人的病人手里。有时候他得走一英里,有时候三英里,最远时甚至走五英里——而且都是乡间道路。来回所花的时间,要看他在路上碰到多少糖果店、其他男侍、表演的动物、街头音乐家、打架的狗以及其他有趣的事或危险的事。只要他在六点以前回到主人的房子里,一切就都没有问题。到了晚上,他伺候主人吃晚饭,医生吃得很快。九点左右,萨姆博给医生拿去格洛格酒,然后,他就上床睡觉了。

总的来说,萨姆博一直都很开心,但直到他变得不开心的那一天,他都没有怎么注意这一点。虽然听到主人叫他,他就会心怦怦跳地急跑,但他敬仰医生额头上像一道墙一样竖着的淡红色头发,他的金丝眼镜和漂亮的表链。他吃得饱,有大把可以懒懒散散的时间,还有一个小储藏室,房间里有张装着脚轮的矮床,床上有一只毛屑枕头。只有一件事对他不利,那就是,他是黑人。他跟所有祖先一样黑。他黑得像一大包黑丝绒,一个没有窗的地窖,一根沾满煤烟的烟囱。

如果那些镇子里的白脸男孩不是老提醒他,他自己可能不会怎么注意到这一点——尤其是一个叫威廉的小捣蛋鬼,他是一个牙医的小听差,那个牙医有个很古怪的名字:图思[①],图思先生。每次遇见萨姆

[①] 英文 tooth,意为"牙齿"。

博,这个家伙都要叫喊:"哎哟,黑人!哎哟,柏油脸!哎哟!你这个像猴子一样畏缩的罗圈腿贱骨头!从街上滚出去!街道是属于白人的!"——那是因为妒忌萨姆博的银纽扣,甚至还妒忌他有一只双层盖的篮子,但主要是因为无知不懂事。

听到他的叫声,萨姆博会假装没听见,立刻穿过马路。他告诉自己,无论是白色还是黑色或是咖啡色,与一个牙医的小听差打架,有损他的尊严。但他心里知道,自己害怕威廉,所以他会穿过马路。然而,让萨姆博心事重重的,主要是自己的黑皮肤。现在,它让他很不安,不仅因为他的敌人,那些街头男孩,而且也因为自己的缘故。他毕竟知道,他的其他部分,也就是他的内在,甚至跟主人也没有什么不同。即使他的皮肤也不是他的过错。但是,他越仔细地在卧室的那块破镜片前注视自己年轻的脸,它就显得越黑。

如果在自己的国家,事情就不会这样。在那里,黑是天赐之福。据他所知,他的曾祖父曾经是那个国家的国王,在那里,白皮肤的男孩才会被耻笑。确实,当塞拉斯·格林布尔教士第一次出现在普久布的时候,黑皮肤的女人和孩子老是在他们自己中间嘲笑他的高帽子、白脸庞和银灰色胡子——以为他的衣服是他的身体的一部分,就像斑点是豹的一部分一样——最后,他们都对他很友好。他们喜欢他,是因为他看上去很有趣。但是,即使他们也不会当着他的面笑他——即使黑人小孩也不会。那不是他们的风格。那么,如果牙医的男仆威廉乘船到普久布,看到国王宝座上的萨姆博,大街上站在面包果树下的男孩们也会对着他叫"哎哟"——但不会很大声。

萨姆博对这一切很清楚,独自待着时会苦思冥想,结果是不仅会不开心,而且还会想家。但他并非只渴望成为白皮肤的男孩。他认识一些白人男孩,即使用大千世界的任何东西交换,他都不会渴望成为

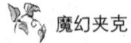

他们那样的人。不,他只是因为得一直这样黑下去而越来越伤心。他希望全身是白的,但还是做他自己。这种悲伤的感觉以奇怪的方式折磨着他。

例如,在早晨起床时,他又会想起来——如果光线够亮能够看见自己——自己在被窝里看上去会有多黑。或者,当他吹灭蜡烛——格林格尔医生每次只给他一英寸蜡烛,以免他睡眠不足——准备上床睡觉时,他会意识到,如果不穿睡衣,他在黑暗中不会被看见。这两个事实本身没有什么可伤心或害怕的——确实没有——但它们一直萦绕在萨姆博的心头。它们就像幽灵出没于矮林一样,纠缠着萨姆博。

也许,如果萨姆博的脑子不是这么迟钝的话,他可能很快就会学会不这么爱虚荣。但是,从来也没有人告诉过他,一个人如果因为自己不是什么而悲伤,那就可能会像假笑一个人是什么一样空忙一场。人们告诉他的东西很少。因此,夜晚和早晨,萨姆博都会盯着那块珍贵的破镜子里的自己。他圆圆的、光滑的、严肃而年轻的脸也盯着他;哎呀,就像煤玉一样黑!

但是,虽然萨姆博天生迟钝,虽然他的主人在吩咐他做事时,总是得说两次才能确定他明白了,虽然在出巡时,因为他弄不清该到哪家或该先到哪家,他总是要多走很多路,但萨姆博坚持不懈,锲而不舍,甚至到了固执的地步。只要是开始做的事,他必定会完成。如果只要努力,就可以使他变白,那他应该很快就会变得像患白化病的人一样白。为了变白,他真是煞费苦心。

首先,他祈祷自己变白,几乎在床上哭泣,无望地注视着,希望天使会马上从繁星闪烁的夜空中下来回答他。接着,他放弃厨房里本来属于他的黑面包,而靠吃主人餐桌上剩下来的法式小面包碎片度日。医生的工作服是深绿色的,镶着黄边。但是,萨姆博获准在上午穿白色的粗斜纹布外套——在十一点以后。这件外套他每周亲自洗熨三次，每当主人外出时，就会私自穿起来，尤其是当医生去看望克拉拉姨妈，并在那里过夜时。睡觉时，萨姆博常会害怕地把头钻进被窝，唯恐夜晚会使黑暗加深。但是，所有这些努力都无济于事。

最后，在一天早晨——但绝不是第一次——他听见医生提到猩红热，就在那天下午，他把一大瓶药带给患了这种糟糕疾病的病人。这个病人住在一栋爬满各种藤蔓的方方正正的房子里，萨姆博可以看见放下来的百叶窗帘，病人就躺在窗户后面的床上——萨姆博想，应该是从头到脚红得发亮了。

这让他想起医生的另一个病人——一个来自墨西哥，得了黄热病的女士；还有一个留着赤褐色卷发的小姑娘，她因得了黄疸病，到鬼门关走了一遭，后来她的小弟弟因得了红眼病被送到医生这里。他的主人也曾经雇了一个黑人女佣来烧饭，每当满月时，她总是会受一种她叫做"蓝色的戴布尔斯"①的东西的折磨。但是，医生的药都治好了他们的什么呢？萨姆博想，既然药能够祛除猩红、黄色、蓝色和粉红色，那也一定能洗掉黑色吧？

萨姆博看看主人放满瓶瓶罐罐的架子，几乎不能等到独自一人的时候了。他经常被警告不要把它们弄混了。但是，如果有一天早晨，萨姆博全身像他一样白地出现在他的卧室，医生该有多惊喜啊。他可能会让他的薪酬翻倍。

因此，除了被锁在柜子里的毒药之外，萨姆博一样一样地试遍了架子上所有的药。每种药水他只服用最小的剂量，每次只喝一小口。如果拿掉玻璃瓶塞后，药水闻上去有一股很刺激或令人恶心的味道，

---

① 在英语里，blue 是"蓝色"，也是"抑郁"。

他就喝得更少。

装满精油和酊剂的瓶子是这样，药粉、药膏和药丸也是这样。他吃的每种药粉都不超过半勺；药膏的量则正好可以覆盖小手指指尖；每种药丸，无论大小，都吃半片。

这些药多数对他都没有任何影响——但是，萨姆博还只是个孩子，他不敢一次吃一种以上的药。而其他的药却让他头晕，或燥热，或呼吸困难，或软弱无力，或兴奋，或傻傻的，或唠叨，或口渴，或饥饿——或正好相反；有一两种药还曾让他病倒了。经过这么一番折腾，他的脸看上去有点发绿，但即使如此，也只不过是黑色的绿，而且很快就褪色了。尽管他这样不厌其烦地尝试和努力，萨姆博仍然像以前一样黑，如果不是更黑的话。

也许很奇怪，医生竟然从来没有注意到有什么药变少了，也没有注意到萨姆博有时看上去很奇怪。但是，他是一个不善于观察的人，而且又是近视眼。虽然萨姆博并不知道这一点，但对医生来说，他是灰色的还是棕色的，是条纹的还是花斑的或杂色的，都没什么不同。也就是说，只要他把工作做好就行。但是，每当萨姆博犯了错，医生很快就会注意到。如：翻倒了他的小铅罐，把药送错了地方，药盒子里装错了药丸或*相反*。那时候，萨姆博又会注意*他*。但是，萨姆博总能坚持一个原则，那就是：如果一个瓶子或罐子装了不到一半的药，他就只会拿一点点。

萨姆博尝遍了主人药房里的所有药剂——甜的，酸的，咸的，苦的，干的，油性的，浓的或稀的，甚至包括一两种给医生最好的病人的宠物狗或叭儿狗服用的药品，如让眼睛更明亮的，促进毛发生长的，洁齿的或亮甲的——但没有一种能起作用，因此他变得更加伤心。然而，他并没有绝望。这真是件幸运的事，因为，如果他感到绝望,那他的心也会变得和他的脸一样黑了。相反,他开始阅读医生的书。但因为每一页都有至少二十到一百个词要查词典,而且过后他又会忘记它们的意思,所以,他读得不快,也读得不多。

然后有一天——他刚用托盘把格洛格酒拿给医生——萨姆博大着胆子问了一个问题。

"请问医生主人,"他说,"如果您希望像可怜的萨姆博一样黑,您会吃什么药?"

不幸的是,医生不仅近视,而且有点耳背,他只说:"不,不,今晚这些就够了。"

听到这话,萨姆博非常高兴。他以为,医生的意思是,就在今天晚上,在他上床睡觉后,他会试着让自己变黑:"服了药,就在今天晚上!"这看起来几乎不可能,但萨姆博以为如此。然后,他就跪在医生房门的钥匙孔前,希望能看见这样的事发生;一直等到凌晨三点钟,他却睡着了。

他另外只问了医生一个问题,这也是他需要问的最后一个问题。这个问题他想了一遍又一遍,整整想了三天。问这个问题甚至比对那个牙医的男孩喊叫还要大胆和勇敢:"哎哟!小白脸!哎哟!娘娘腔!滚出大街去!大街是属于绅士的!"

像往常一样,第二天晚上九点钟,他手托格洛格酒的银盘子走进医生的房间——但盘子里什么也没有。碰巧医生正张着嘴巴在椅子上睡着了。因此,萨姆博得丁零当啷地敲敲桌子上的盘子,把他叫醒。这使医生很恼火。

然后,他发现盘子是空的,就问道:"怎么回事?"

萨姆博说:"没有朗姆酒了,医生主人。"因为朗姆酒是医生的最爱。

"它哪里去了？"医生问。

"被我用了，医生主人。"萨姆博说。

"你！"医生叫道，"为什么？"

"噢，主人，"萨姆博说着，就跪了下去，"为了去掉可怜的萨姆博的黑色。为了把他洗成灰色的，医生主人，然后再让他变得像小羊羔一样白，像医生主人一样白。啊，先生，上帝作证，我洗啊，洗啊，洗啊，刷啊，刷啊，刷啊，朗姆酒只是让萨姆博的鼻子发亮，让他的眼睛刺痛。

  他所要的就是一颗丸药，一颗丸药，
   它会祛除他墨黑的面罩，
   使他干活更快更好。"

为了编写和记住这首可怜的小诗，萨姆博整整花了八个半小时。他想医生不会不明白，既然他费了这么大的劲，那一定是认真的。他想，一旦医生知道朗姆酒对萨姆博的黑色皮肤不起作用，他就会马上告诉他什么会有用。但是，医生却对没有朗姆酒而感到失望，因而非常生气。他一只手提起萨姆博，另一只手则给他左右扇了两个耳光，并打开门，把他扔在外面的地垫上。因此，可怜的萨姆博又一次失败了。

尽管如此，医生并不是一个苛刻的人。第二天，他就把朗姆酒的事忘得一干二净了。但是，因为害怕他还记得昨天的事，萨姆博聪明地在自己擦得发亮的大鼻子的尖上抹了一层粉磨石墨。但其实他并不需要这么做，因为医生已经忘记了这件事，而且就在这一天，又有整整一桶最好的牙买加朗姆酒放进了他的地窖。

就这样，日子过了一天又一天，一周又一周。萨姆博甚至不敢梦想问医生更多的问题。他很消沉地试着把一两种甚至三种不同的药和药粉混在一起，然后用大拇指和食指捏住鼻子，把这些混合物吞下去。在每年一次的半天休假日，他甚至把药丸跟碳酸铵溶液以及复方樟脑酊混在一起，又用医生的医用肥皂和一撮番泻叶混合晒干成一颗更大的药丸，然后坐在医生花园里的一棵正在开花的梨树下，把它吞咽下去。这颗药丸很大，他几乎噎住了。但是，虽然他的脸颊渐渐浮现出一种暗淡的苍白色，但要像他头顶的各种花朵那样白，至少还差二十个色调。到了晚上，当他感觉好一些后，已经又完全恢复到天生的黑色了。

最后，萨姆博的眼睛骨碌碌地看着被锁在医生的储藏柜里的那排叫做**毒品**的药物。他想，其中有一些是否可能只是因为会让一个白人变成黑人而被称为毒品呢？医生自己是否害怕误服了它们？可能吗？萨姆博始终不敢随便动那把锁。

然而他还是渴望试一试。有时候，他清醒地躺在白色的被子里，皎洁的月光洒在他毛茸茸的头上，在他黑糖蜜般的眼睛中闪烁，他会一直凝视着那轮满月，直到眼睛生疼。他想，在那上面，也许……可是，通常还没来得及遐想得很远，他就会睡着了。

一天下午，他外出送药，又看见了那个牙医的小听差，他的心怦怦地跳得几乎要窒息。他把篮子放在人行道上，手指塞住耳朵，以免听见那可恨的哎哟声，一直等到威廉走到他面前。然后，他浑身颤抖，用尖利而颤抖的声音问这个扁鼻子的淘气鬼，黑皮肤怎么啦。

"怎么啦？"淘气鬼学着他尖声叫道，"哎呀，这样！"说着，一巴掌打在他脸上，"还有这样！"又在他另一边脸上扇了一个耳光。然后，一连串地说着哎哟离开了。

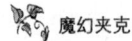

此后,萨姆博变得越来越伤心。但是,这时他已确信,他对于当医生、药物、服用药丸和用药的剂量的了解已经跟主人相差无几。他几乎把词典用烂了。他每天的工作之一——在刷白通向大街的三步台阶,擦亮门环和门铃拉手,打扫了候诊室,准备了医生的咖啡之后——就是把主人的信件(邮差送来的)放在盘子里。然后,他重重地敲开医生卧室的门,把这些信件和咖啡一起端给他。

一天上午,来了一封写给主人的信,字迹特别漂亮。萨姆博从来没有见过字迹这样细长的信,它们的曲线如此完美。此外,一种非常好闻的芳香从洁净的纸上飘向他的鼻子。他拿起信封,一次又一次地嗅着。信封的香味对于萨姆博的诱惑就像缬草对于猫一样。他渴望把它据为己有。

这时候,似乎萨姆博的撒旦①就在身边,虽然他不能想象撒旦怎么会花时间来引诱这么小的一个黑人。萨姆博乌黑油亮的眼睛看看四周:附近没有人。他没有把信直接送给主人,而是解开三颗圆圆的银扣子,把它塞进上衣里面。整个上午,这封信就一直揣在他怀里——这是一个他最不开心的上午。下午,他来到一道高墙边的一些生长茂密的椴树下,在阴影中坐下来,把篮子放在身边,然后拆开信,开始一个字一个字地读起来。

信的上方是写信人的地址:*雪山,白坡*。经过半个小时耐心的努力,他终于读完了这封信。以下就是信的内容:

最后的布里奇小姐向格林布尔医生表达她的问候,并想说,她现在已经很老了,正卧病在床。如果医生能尽快带药来看她,她会感激不尽。

---

① 基督教和犹太教教义中专门与上帝和人类为敌的魔王。

萨姆博花了十分钟,又把信通读了一遍。他不明白这封信为什么不是像他看到过的仅有的几封信一样,以"亲爱的"开头,而是以这么奇怪的方式开头:*最后的布里奇小姐*。但也许就是她的名字让他在想象中看见了这位老妇人;清晰得仿佛她就在他面前卧着床,就在这些椴树下!她的脸上露出最和蔼的微笑。但更吸引他的是她的地址,它就像一条蛇正盯着一只金丝雀一样。这突然出现的闪闪发光的白色——其灿烂的光泽照耀着他悲伤的心灵,几乎让他无法忍受。他要是有一双翅膀该有多好啊!在这里,街道因风吹雨淋经常很昏暗,医生的房子充其量也就是一个阴暗的寓所,他看见的每张白色的脸几乎都是阴沉沉的。他渴望变白,但却找不到任何帮助和希望。如果他的主人能送他踏上这个旅程,告诉他该怎么做,该带上什么药片,什么糖浆药水和什么洗剂,那该有多好!

萨姆博很清楚,这是不可能的。他必须把这个念头从大脑中驱除出去。但是,即使在这些绿色的椴树下,他所惧怕的撒旦也一定就在他身边。他把信塞回上衣里,手臂挎上篮子,去完成下午的送药工作。他下定决心,只字不提这封信。他要自己包起药,当他到达信里所提的地方时,他会告诉这位老夫人,*最后的布里奇小姐*,是医生派他来的。那里肯定是他所有烦恼的终点。这个可耻的计划就像约拿①的葫芦一样很快在他脑子里成形。他非常激动地把信带回家,只等医生下次出门去拜望他的克拉拉姨妈,再把信带出去。

可怜的萨姆博。他的主人很少告诉他什么是他的责任;虽然他知道,未经允许借钱是错误的,但却不知道这几乎跟偷窃一样是罪恶的。他完全被"蒙在鼓里"。但他确实知道,到*雪山*可能很远,他

---

① 基督教《圣经·旧约》中的先知。又比喻带来厄运的人,不祥之人。

得乘火车到那里，而要乘火车旅行就必须到火车站去买票。那天半夜里——医生已经在下午三点左右带着他的小黑包出去了——萨姆博悄悄下了楼，打开主人的抽屉，从里面的一个小锡盒里拿出大约一半的绿背纸币和银元。他站着听了一会儿，凸出的眼睛在烛光下闪烁，掌心苍白的手在瑟瑟发抖。但空寂的夜悄无声息。如果说在梦中他的主人在看着他，他却没有吭一声。

他把钱装进口袋里，并偷偷地上楼，来到医生的老母亲在世时睡觉的房间前。他以前曾经朝里看过，因为害怕她的鬼魂。有一次，就在大白天里，出于好奇，他曾经朝空床对面的衣柜里窥视。他点亮手里的蜡烛，光着黑黑的脚丫子，像象牙一样白的小牙齿直打战，比阴影还黑的他蹑手蹑脚地潜入这个房间。他打开硕大的衣柜，每个衣钩上都软塌塌毫无生气地挂着医生的老母亲生前的旧衣服——裙装，披肩和披风；暗红色和紫罗兰色，淡紫色和深紫色；其中一个钩子上，是一件小小的朱红色缎子紧身马甲，虽然有点褪色，但还是比其他衣服漂亮，想必是她年轻时穿的。萨姆博看见所有这些颜色，这些绸缎，不禁高兴得直喘气。他轻轻地伸出手指，似乎要触摸它们。萨姆博的主人虽然性情急躁，但却非常爱母亲，不忍处理掉她的衣服。

另外，要不是柜子里挂着一件只用白鼬的冬季白色毛皮做的斗篷，萨姆博也许永远也到不了雪山。这是医生给母亲七十岁生日的礼物，一定花了不少钱。因为爱儿子，也因为为此感到自豪，从那以后，每当晚上出去听音乐会或和朋友喝茶（虽然这种时候很少），她都会穿上它。

萨姆博小心地把蜡烛架放在昏暗的大镜子前的梳妆台上，然后站到椅子上，把那件斗篷拿下来，并穿到自己身上。接着，他站到一只凳子上，借着蜡烛摇曳的光线，审视着镜子里的自己。在无声的镜子深处,可以看见他毛茸茸的黑色圆脑袋,他湿润的黑眼睛,闪烁的牙齿,黑色的小手——丝绸般柔软光洁的白色皮毛一直从下巴垂到脚跟——除了上面的黑色线束以外。

萨姆博以前从没见过如此美妙惊人的东西。他甚至几乎无法惊叹。这是一个国王的曾孙子!他脑中只有一个小小的烦恼——那些线束。天哪,在梳妆台上,有一把老夫人的绣花剪,剪子由银和珍珠母做成,刀刃是钢铸的。萨姆博席地而坐,没有注意寒冷的夜晚是怎样一点一点悄悄地消逝。他用剪刀剪去斗篷上每一个黑色的线束,并把它们收集到一起,放进一个圆筒形纸板盒里。然后,把斗篷卷成一团,拿起蜡烛,回到主人的房间。

他发现蜡烛快要熄灭了,就点了煤气灯,并把它调小。因为他不能借头顶上方隔板上所有的药,所以,他就从每层隔板上拿下第三个和第七个药粉瓶——他小小的心灵因为迷信而很抑郁——他从每个瓶子里拿出一点放进一些药丸盒子里。他只拿出药粉,是因为怕长途旅行弄破瓶子。格林布尔医生根据所治疗的不同疾病把病人的药丸分别装在不同颜色的盒子里。隔板一共有五层,萨姆博一共拿了十只盒子,其中两只的颜色是一样的。他把十只盒子放进篮子里,在其他的盒子里,他装了一些自己最喜欢的药丸,但他忍不住拿了一只被医生叫做"好东东-好东东"的瓶子。他把这个好东东-好东东和他的那些药混合在一起,使它们吞咽起来会甜一些。萨姆博还在篮子里放了一两把亮闪闪的小刀,一些长剪子,一根听心跳的头上有个盖帽的细木管,一副黑镜片的龟壳眼镜:好了,这就是他所有的东西了。

当他把东西都装到篮子里后,从百叶窗的缝隙可以看见,天已经蒙蒙亮。他的脸几乎也像天色一样灰蒙蒙的,虽然他自己并不知道。他偷偷地走下楼,坐下来吃早饭,身体一边放着篮子,另一边是一个包袱——里面装着钱,两件睡衣,两条旧的扎染印花大手帕。当吃完自己和医生的两份早饭时,天色还很早。萨姆博出了房子,悄悄地走过飒飒作响的杨树,然后开始跑起来。

这是件糟糕的事,但如果那个牙医的小听差没有告诉他,做个黑人有多不好,他也许永远都不会出走。但他真的走了;那天一直到夜幕降临,他都躲在一座空房子里的马厩食槽里,这是他外出送药时经常注意到的——荒芜的花园里杂草丛生,小鸟成群。有时候他打着瞌睡,但多数时间里,他都双手冰冷黏湿地坐着,并张着嘴巴,竖起耳朵,仔细倾听,害怕吠叫的大猎犬嗅到他的气味,害怕撒旦,但更加害怕到不了**雪山**。只有一次,他大着胆子走出去,想看看草丛里是否还有去年的烂苹果。但他一个也没有发现,只得饿着肚子。

黄昏时分,他手臂上挂着篮子和白鼬毛皮斗篷,提心吊胆地走到火车站,说要买一张到离**雪山**最近的车站的票。

"谁的票?"售票员问。

"主人,先生。"萨姆博说。

"如果他想要一张到**雪山**的票,为什么他自己不说?"那男人说。

"我不知道。"萨姆博说,男人就给了他一张票。萨姆博不敢问任何人别的问题,而是偷偷地观察四周,直到看见一根很高的杆子上挂着一块指示牌。牌子上用粉笔写着:"往**雪山**方向"。它指向一列火车——空荡荡地停在一条昏暗的侧线上——看上去是一列古老褪色破败不堪的火车。

这里见不到一个人影,甚至连火车司机也看不见。最后,萨姆博怯怯地走到一个蜷缩着身体坐在黑暗中的人面前,询问火车要过几个小时才出发,那人没有回答,定睛一看才发现那竟是一大袋麦麸!因此,他干脆就爬上火车,走进一个车厢——里面黑乎乎的,充满了霉味——在硬邦邦的木头座位上躺下来,把斗篷盖在身上,即刻进入了梦乡。

他从一个可怕的噩梦中惊醒,不知道自己身在何处,以为发生了地震。他爬到窗口,跪下来往外看,发现火车正在月光下沿着一条很窄的铁轨摇摇晃晃地向前开。只见铁轨的两边一片冰雪荒原,白茫茫亮闪闪,一直延伸至远方。很奇怪,一列火车竟然可以以如此快的速度,颠簸着驶向北方。萨姆博因为睡得很沉,不知道火车到底走了多久。但只要看一眼壮观的雪景,他就感到心旷神怡,远胜过吞下主人所有的药,包括那些毒药。

火车继续哐当哐当向前行驶——萨姆博甚至听见了冰被压碎的嘎嘎声。月光仍然洒在大地上,雪就又开始下了,但非常稀疏。萨姆博尽量向窄小的窗子外伸出身体,朝前面和后面的车厢张望。前后两节车厢好像都是空的。他不时地会看见一幢房子,但它们都很小,而且离得很远。有一次,轨道出现了一个急转弯,他甚至看见车头的火光,好像有一个黑人弯腰站在那里,但他无法确定。火车以原来的速度继续向前,萨姆博看着外面的白雪,很快又打起了瞌睡。他在硬邦邦的座位上躺下来,钻到温暖的斗篷下,又一次酣然入睡。

当他醒来时,火车已经停了下来。萨姆博听见铃声,就朝窗外看。这时,天已经完全亮了,他看见了一个低矮狭窄的月台,上面积了厚厚一层雪,并看见一个敞开着的货棚,货棚上方有几个字:"雪山,换车!"他正好来得及拿下篮子、包袱和斗篷,火车头就响起了长长而悲哀的"呜——"声,一会儿,火车就离开了。

然而,这里还是看不见一个人。萨姆博感到冷,就披上斗篷,胳膊上挎着篮子,手里拎着包袱,走到车站的便门前。一个蓄着胡子的老男人站在那里,虽然太阳已经出来,但他手里提着的灯笼还亮着。

他向萨姆博要票,萨姆博把票递给他,并问最后的布里奇女士住在哪里。"在**白坡**。"他说。

"你一直沿着那条路走,"老人嘟哝道,手指着车站那头一条蜿蜒的小路,"直到你走到一个陡坡,你就跟着那些树一直向上走。"

萨姆博谢过他,开始朝他指的方向走。虽然他在火车里睡了很长时间,而且睡得很沉,但他的两腿酸痛,人感到很疲惫。胳膊弯的篮子越来越沉,身上的斗篷越来越热,脚下的小路越来越陡。阳光照射在白茫茫的大地上,刺得他睁不开眼。路旁的松树在几小时前就数不清了。他甚至猜不出自己这样踩着白雪嘎吱、嘎吱地向前走了多少英里,突然发现自己来到了一个陡坡前,欣喜地看见那个他相信一定是叫**白坡**的地方。因为那里有这世界上最奇怪的房子,有尖峰有斜坡,时而宽阔时而狭窄,白雪堆积成块,闪耀的屋顶高高地矗立在墙壁和窗户上方。那不是一座普通的房子,而是一座恢弘的大厦。萨姆博沿着松树标出来的小道一直向上、向上,爬上偏僻的大山,终于来到日思夜想的地方。接下来他该做什么呢?

在出发前,他想过要告诉老夫人,是主人派他来的。"医生主人卧病在床,他说,*他派萨姆博去*。"这就是他要说的话。然后,他会从每个彩色盒子里拿出一点药粉,将它们分别跟一些好东西混合在一起,再加一些水,每天会给她各吃一汤匙。他现在已经记住了那些药;虽然它们没有给他什么好处,没有他所期待的好处,但也没有给他带来什么坏处。

只要有药,他确信老夫人就会让他待在她身边。当她康复后,也许会让他做她的男仆。那该多开心啊!可怜的萨姆博坚信,只要他能够在这些大山中间这座白闪闪的大厦里,在这白雪覆盖的荒原待上足够长的时间,确定无疑,他的黑肤色会慢慢地消退。他主人的窗帘,不就是在阳光的照射下从蓝色变成暗淡的灰色的吗？而且那里的阳光没有这里的阳光充足和明亮。

一<u>丝丝</u>微风在空中徐徐吹过，它们是那么轻，萨姆博脚下闪烁的水晶几乎纹<u>丝</u>不动。他一阵颤抖，心情变得阴郁起来。假如当他出现在她的大床前时，老夫人不相信是主人派他来的呢？假如她问他一些问题，发现他偷了药，是个小黑骗子呢？那该怎么办？

他又看了一眼那奇怪的房子，它孤独地矗立在山坡间、蓝天下。他感觉，在远处，他看见有活的身影在房子下面的露台上移行，虽然他无法看清是什么。该怎么办呢？他又问自己，并开始感到害怕。虽然连萨姆博自己都难以相信撒旦会冒险进入这样明亮和宁静的地方，但一个更加邪恶的想法却悄悄潜入他的脑中。为什么不假装自己就是主人，就是医生呢？信里没有一个字提到最后的布里奇小姐认识他的主人。一个字也没有。这也许就是她为什么不以"亲爱的"开头的原因。那么，也许如果他只给她服原计划一半的药，她康复的速度就会慢一半。然后，他就可以一直待下去，待下去——永远也不回去。是的，永远不回去。

就这样，他身披白鼬毛皮斗篷坐在雪中，脑子不停地想着这些事。突然，在萨姆博的下方，一只白色的野牡兔跳入眼帘，它的眼睛像两块燃烧的煤。萨姆博想，至少这是一只兔子，虽然它比他曾经见过的任何兔子都大得多。它像柱子一样僵硬地立在雪中将近一分钟，眼睛怒视着萨姆博——并不凶猛，而是因为它的眼睛太亮了。然后，似乎确信他并没有恶意，它发出一种几乎像笑的声音，并在雪中快速地踢着后腿。其他动物对它做出了回应。很快，萨姆博下方的整片区域——那里有一个水面结冰的湖，湖边环绕着结了霜的树——因为大大小小成千上万只兔子而变得生气勃勃。它们并不理会他，即使他不像它们那样洁白无瑕。他想，也许它们没有注意到他的手和脸，但是，那老夫人会注意到。当她发现他是个黑人时，就不仅不会相信他是个医生，而且还会因为鄙视和仇恨而浑身发抖。要是那样，该怎么办？

他又累又饿，已经无法再想下去了。因此，他挎起篮子，重新出发，很快就来到房子的背面。除了阳光投射在房顶和墙壁上的阴影，它通身雪白。这里有很多被白雪覆盖像蜂巢一样的小外屋，它们看上去像刚刚粉刷过。萨姆博环顾四周，看见在房子下面的一个角落里，有一只大木桶，好像是放在那里接雨水的。他悄悄走过去，把手放在桶的边缘，向上提起身子，朝里窥视。木桶里装了半桶厚厚的白色液体，像石灰水。他又向上挪了挪身体，然后低下头，打破液体表面的薄冰，把手指浸下去。等再拿出来时，手指已经像牛奶一样白。如果手指可以这样，为什么整个身体不可以呢？这里肯定就是他所有烦恼的终点！

他不再犹豫，立刻脱掉斗篷，脱掉钉着银纽扣的上衣，黑色的裤子，衬衣，鞋子，脱掉身上所有的东西。他赤身裸体，冻得瑟瑟发抖，爬上木桶，跳了下去。一连三次，他让自己从头到脚浸在像奶油般柔滑的冰冷的水里——脸，手，羊毛似的卷发，一切的一切。一出木桶，他就到处奔跑起来，直到浑身干透，皮肤看上去一块一块的像糕饼。然后，他又穿上衣服。似乎没有人听到他的溅水声，没有人看见他。但当他啪地在脖子处扣上斗篷的扣子，戴上主人的深色眼镜时，却听见了一点声音。一只温顺的鹿站在雪地中，炯炯有神的黑眼睛看着他。它头上没有角，浑身像他一样白。当他靠近时，它也没有吓得向后退，也没有立刻逃跑。他伸出白色结块的手，抚摸着它温柔的头。因为鹿的友好，他也不再害怕了。他披着斗篷，眯着眼绕到房子前面，走上台阶，郑重地敲响大门。

开门的是男管家。至少，萨姆博猜测他是男管家，因为他见过很多男管家。但他从来没有见过这么老或看上去这么奇怪的男管家。套在一件长长的上过浆的背心外面的燕尾服几乎拖到了地上；他的鼻子甚至比萨姆博的还要宽、还要平；他的嘴唇像萨姆博的一样厚；他的头发像萨姆博的一样像羊毛卷；除了脸之外，他几乎像萨姆博一样白。他看上去也很悲伤，心事重重。虽然萨姆博的嘴唇很僵硬，一是因为石灰水，一是因为他在撒谎，萨姆博没有告诉他真实的自己，而是告诉他一个假的身份。然后，萨姆博问他，他的女主人怎么样了，是否可以见医生。

"唉，主人，主人，"老管家回答，并伤心地举起双手，"越来越不好了！"接着，他不再说一句话，就领着萨姆博走上宽宽的白色楼梯，走过一条窗户朝山开的走廊，然后，轻轻地敲响一扇门。

当萨姆博看见躺在一张大床上的最后的布里奇小姐，看见她又高又窄的银白色的头靠在枕头上，茫然的蓝眼睛盯着面前的窗户，就知道，她已经不久于人世了。想到这一点，他内心不禁一阵悲叹。她看上去即使没有九十九岁的话，应该至少也有九十八岁了。她的声音又细又低，他几乎听不见她对他说的话。但当管家告诉她来者是谁时，她很高兴，虽然她只能模模糊糊地看见他。但她还是能看出来，这不仅是所有来给她看过病的医生中最白的一个，而且还是最白的人。虽然她从小需要的医生很少，但给她看病的其他所有医生都穿着庄严的黑色长衣，跟他们的帽子及裤子很匹配；但这世界上所有的东西中，她最不喜欢的就是黑色。或者说，她最喜欢白色，虽然那时萨姆博还不知道这一点。

但是，她首先想到的只是把*他*安顿好。她吩咐管家带他到他的房间。这是专门为她很渴望见到的客人准备的房间,就在她的房间隔壁。当萨姆博站在她床前时——瘦小,亮闪闪,纹丝不动——她告诉他,她知道他在旅途中有多冷多疲惫。当她说她不会麻烦他很久时,并没有叹气。她希望的是,他能尽量在这里多待几天。

萨姆博经常在背后模仿主人的言谈举止,现在,他想尽量模仿得像一点。他告诉老夫人,他觉得她看上去好一些了,他会尽最大的努力让她完全康复。他说,只要有呼吸,就有希望。"照顾,药,睡眠。"他说,并举起一个手指。但是,他在说话时,让他的墨镜避开窗口的光线,唯恐她会仔细看他粉刷过的脸,发现他是个骗子。

当萨姆博独自待在事先为他准备好的房间里,当他环顾四周,看着罩着白色丝绒的高高的床、沙发和像苔藓一样厚、像雪一样白的地毯时,忍不住坐到一张凳子上,哇地哭出声来。他还年轻,他孤身一人,他疲惫不堪;但是,让他感到最沉重的是他的劣行。然而,他只哭了一会儿,便立刻来到梳妆台上的大镜子前,看看眼泪是否在脸上留下了痕迹。没有;他在石灰水里浸得很透,脸上没有一点污迹。确实,乍一看自己——像纸一样白的脸,白色的小手,披着白鼬皮毛的小矮人——他不禁一阵恐惧,仿佛遇见了自己的鬼魂。然后,他叹一口气。他甚至比自己的主人还要白!他松开脖子上的扣子,转过头,朝窗外看。

在他下面,山坡载着层层叠叠的白雪一直伸向远处的谷底。在雪中隆起的树和灌木丛在夕阳下闪烁,与他彷徨的目光相遇。冬鹩甜美而哀伤的鸣叫随风从空中飘入他的耳朵,在它们下面,一些他从未见过也叫不出名的奇怪动物在徜徉。一些长着鹿角,一些小巧敏捷,它们的颜色都很浅,在雪中几乎难以辨认。从窗户看到的景观浩瀚无边,虽然它们都四散分开,远离彼此,但看似都能和平共处,相安无事。没有"哎哟"的喊叫声，没有愤怒或痛苦的吼叫穿破天空。凝视着蓝天下这些平滑而光辉熠熠的雪山峡谷，萨姆博似乎被送到了一个叫做**无名之地**的地方。有一阵子，他都忘了自己是个黑人。

他日复一日地照料着老夫人，在她的药瓶里只放进极微小的一撮主人的药粉，却放进很多好东东-好东东，令她很喜欢吃药，而且甚至会小口地抿，而不是一口就吞下去。萨姆博会一声不吭地坐在她床边好几个小时，不时地用他的手指触摸她的手，不是为了告诉她，她是否发烧，而只是为了安慰她，证明他就在她身边。他跟她待在一起的时间越长，她就越觉得他的陪伴让她很自在很舒服，而萨姆博却越伤心：首先，想到她现在太老了，不可能再变年轻；第二，他在欺骗她。但是，虽然他很努力，虽然他经常长时间地躺着想这件事，虽然他现在非常爱老夫人，他却找不到要告诉她的话。他掉进了一个多么可怕的虚假网里。

一旦黑色开始有些显露，他就得偷偷地到外屋去再刷上一层石灰水。虽然木桶里冰冷的液体的突然刺激使他频频干咳，但幸运的是，他当时在篮子里装了止咳药粉，因为病人并不需要它，所以他就自己用了。

当他的咳嗽好一些后，他有时会用尖尖的假声唱歌给她听，这些歌都是他小时候听过的。她最喜欢的，也是他最喜欢的，是一首这样开头的挽歌："不要再哭了，我的姑娘！"当他唱着它时，男孩子转动的黑眼睛与他的朋友褪了色的蓝眼睛相遇，似乎他们就是通过这优美的音乐，在共同分享着一个不可思议的秘密。

不要再哭了，我的姑娘，
啊，今天不要再悲伤！

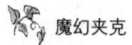

> 我们要为肯塔基老家歌唱，
> 为了肯塔基老家，那么遥远……

然后，为了更高兴，萨姆博会用柔和的颤音唱"照耀，照耀，月亮！"或"在这么早的早晨"；虽然唱到下面的歌词时，他会刹那间想起他的主人，他的声音会颤抖：

> 在我年轻时，我常常服侍，
> 主人的餐桌上放着盘子，
> 当他口渴时递给他瓶子，
> 把蓝尾巴的苍蝇刷出桌子……

终于，在一天下午，他坐在她的大床旁每天坐的那张凳子上，在沉默了许久以后，他问老夫人，如果事情并不是像看上去的那样，她会不会介意。在说这话的时候，他的脸转向了亮处。

"啊，不会，我亲爱而善良的医生，"她回答他，"最重要的不是事情看上去怎么样，而是它们是什么。"在她年轻时，她继续道——她似乎不知不觉地在解读他的思想——在年轻时，她曾经喜爱颜色——彩虹中能看见的每一种不同色调的色彩，即使是最淡的颜色；虽然它们中有一些当然是她的最爱。但是，当她还只是个头上绕着一圈短辫子的小姑娘的时候，父亲就向她解释，所有的颜色都藏在*白色*里。"白色，"父亲告诉她，"根本就不是一种颜色；它是*所有的颜色*。"她从来都没有忘记过父亲的话。她告诉萨姆博，她活得越久，就越喜欢白色：雪花莲、银莲花、旋花、太阳升起前的露水、白霜、落水的泡沫、大海中的浪花。因此，她最后住到了这些几乎常年积雪的大山中间,而所有的生物都分享着它的壮丽景色。

"请听,医生,我听到的不是鸟的声音吗?现在,请朝外看它们闪亮的翅膀!"

萨姆博抬起沉重的头,朝窗外看。但鸟儿一定是老夫人的幻觉,天空中看不见一只鸟。

他问她是否在一个叫**达吉斯**的国家的**黑人区**旅行过。他问她,出生成黑人不是一件可怕的事吗?

"啊,不可怕,亲爱的医生,"她热切地向他保证,"我从来也没有这样想。这也是我父亲告诉我的。白色还原所有的颜色,而黑色则接受它们。他会说,什么是明眼人的眼睛中心?是黑色。另外,地球上所有事物都分外部和内部。甚至一只苹果挂在树枝上,也是为了它的种子。一个黑人,如果他的思想远离黑暗,他的心灵远离残忍,那么,事实上,他就要比任何灵魂阴暗的人都洁白无瑕。"在听了自己对一个有学识的医生的这番小小说教后,她不禁对着自己笑起来。但她发现萨姆博心里有烦恼。

"唉,"萨姆博用哀伤的声音说,"最黑的,夫人,这是个谎言!"然后急急忙忙地走出房间。

也许很奇怪,像他这么年轻的一个人,而且身上已经没有什么皇室的血液,想到谎言时竟会哭泣。但是,他确实哭了。

那天晚上,他给老夫人服了药,其实就是好东东-好东东而已,因为多数药粉已经用掉了;当他看她已经很舒服,就点亮她床边银蜡烛架上的蜡烛,跟她道了晚安,然后就把自己锁在了房间里。

床底下放着一只浅浅的白色锡浴盆,他把它拉到梳妆台前,把罐子里的冷水全部倒进去。这样,浴盆里的水也只有一两英寸高,而他身上的石灰水有三件衣服那么厚。因此,他又擦又刷又刮地,花了很长时间,才让自己又恢复回原来的黑色,或者说,尽量让自己接近黑色。当他擦洗完毕,晾干身子后,就躺在沙发上休息了一会儿。他想在天亮时起来,然后,他就会如实地告诉老夫人有关自己的一切,但他担心,老夫人的情况会因此而恶化。但第二天早晨要让最后的布里斯小姐的病情恶化是不可能了,因为当萨姆博在天亮时打开老夫人的房门走进去时,她已经死了。

他站在床头,凝视着枕头上那张平和宁静的脸和放在床罩上像鸟爪的那双手。然后他伤心地点点毛茸茸的头,似乎是说,太迟了!最后,他悄悄靠近,大着胆子伸出墨黑的手指,触摸她冰冷的手。

"萨姆博来了,夫人。"他轻轻地说。

但他的朋友呆滞的眼睛看不出她已经听见了。当他悲哀地站在那里时,却看见了蜡烛台旁边一张折叠成两半的纸,上面写着"我的临终遗言",纸旁边是一只未封口的长信封。萨姆博把那张纸拿到窗口,虽然上面的笔迹细长而颤颤巍巍的,但他早就在椴树下读到过了。过了几分钟,他就读出了里面的留言:

"亲爱的朋友,而且是远胜过医生的朋友,因为你对我仁慈和善良的照顾——这是一切药物都不能比的,我希望把我所有的一切都留给你。你会发现我的管家和其他人永远也不会缺吃少穿。照顾好动物们,除了白色以外,不要为我穿任何别的衣服。愿上帝保佑你。**艾米丽·布里奇**。"

萨姆博一遍又一遍地读着它,然后把它放回原处。他的悲伤和爱几乎让他无法承受,但只有一件事他可以做。他把浴盆里的水倒出窗口,然后急急忙忙下了楼。这里看不到一个人影在走动,仿佛夜晚的陌生人就在一刻前离开了圆圆的蜂巢似的小屋,到他们每天的隐居处去了。萨姆博在大木桶里把自己从头到脚浸了三次,出来时就像一支粉笔。他在做朋友希望他做的事情。

过了几天以后,萨姆博的心里好受了一些,所以就为自己做了一两件想做的事。在他从主人那里逃出来时,除了到**雪山**所需要的那点之外,就没有想过钱的事。他渴望的是变白的时间。而现在,时间就像沙漠的沙子,大海的海面,在他前面延伸出去,他又想起了往事。他捆了一包钱——是他从医生那里借来的两倍;一张印着星条旗有很多零的纸币,是用来支付白鼬皮毛斗篷的;还有一百美元用来支付丢失的药。他秘密地将这个包裹寄给医生,里面写了**邮寄人萨姆博**,但没有地址。同时,他给医生的镇子里最有名的糖果店寄去了五十美元,让他们给**牙医图思先生**的小听差送去一大罐**槭糖**,一小桶海枣,一个用糖蜜做的叫做白兰地面包的美味蛋糕,一青花瓷罐优质中国姜。

萨姆博想,毕竟,如果没有这个刺耳地喊叫的小无赖,他永远也不可能到**雪山**。而通过这件事,他会知道萨姆博"离开了大街"!至于男管家和其他仆人,他们永远也不可能期望比他更好的主人了。"在所有的主人中,他是最好的。"

然而,在之后的许多年里,当他平静地住在**雪山**的这座大厦里,凝视着窗外——一件他永远也不会厌倦的事——有时候,一种奇怪的渴望会潜入他脑中。他会担忧撒旦又靠近他。这时,他会悄悄走到镜子前,长时间地用那双呆滞不动像玄武岩一样黑的眼睛看着那张洁白无瑕的粉笔脸。

"哎呀,只需一刻,"一个声音会对他叫道,仿佛是从他内心深处发出来的,"哎呀,只需一刻,变回黑色!"为了赶走这个声音,他总是会采摘一些雪花莲,然后走下山,把它们放在老朋友的坟墓上。他会独自在山谷里待一会儿,抬头仰望宁静的山丘,然后,慢慢地庄严地摇摇粉刷过的头,就颇感宽心地回去了。

谜

这一天,安和玛蒂尔达,詹姆斯,威廉和亨利,哈利特和多萝西娅,一共七个孩子,来到祖母处,准备跟她一起生活。他们的祖母从小居住的房子建于乔治在位时期。房子不是很漂亮,但空间大,坚固,方正;一棵枝繁叶茂的雪松几乎碰到窗口。

孩子们从出租马车中出来后(五个坐在里面,两个坐在马车夫身边),就被带去见祖母。他们在老夫人面前站成黑黑的一小群,老夫人则坐在她的凸肚窗里。她挨个地问他们叫什么,并用她和蔼颤抖的声音重复着每个名字。然后,她给其中一个孩子一个工具箱,给威廉一把大折刀,给多萝西娅一个上过漆的球;她根据年龄,分别给每个人一个礼物。她还亲吻了所有的孙儿,直到最小的一个。

"我亲爱的孩子,"她说,"我希望看到你们都快乐幸福地住在我的房子里。我是个老妇人了,所以不能和你们一起嬉耍;但是,安必须照顾你们,还有芬恩太太。每天早晨和晚上,你们都必须进来见祖母;都得面带笑容,那样会让我想起我自己的儿子哈里。但剩下来的时间里,在学校放学后,你们爱做什么就做什么,亲爱的孩子们。只有一件事,只一件,我要你们记住。在那间空闲的大卧室里,看出去就是石板瓦屋顶的那一间,有只旧橡木箱子放在角落里;唉,比我还老,亲爱的,老多了;比我的祖母还老。这房子的其他任何地方都可以玩,但就是不要在那里玩。"她很和蔼地对他们说着,微笑地看着他们；但是，她已经很老了，她的眼睛似乎已看不见这世界上的任何东西。

七个孩子虽然一开始感到抑郁和陌生，但很快就开始快乐起来，就像在家一样很自在地待在这座大房子里。那里有很多让他们感兴趣、让他们欢乐的东西；对他们来说，一切都是新鲜的。每天两次，早晨和晚上，他们进去见祖母，她看上去一天比一天虚弱；她跟他们讲起自己的母亲，还有自己的童年，但从来不会忘记看她储藏的小糖果。就这样过去了一周又一周……

黄昏时分，亨利从儿童室出来，独自一人上楼去看那只橡木箱子。他用手指抚摸雕刻的水果和花朵，对着角落里的黑色笑脸说话；然后，扭头向后看了一眼，就打开箱盖朝里看。箱子里面没有宝贝，既没有金子也没有小玩具，也没有任何让人大惊失色的东西。箱子是空的，只是箱子四周缀着老玫红的丝绸，它在暮色中看上去更暗，并透出一股百花香的芬芳。当亨利正在看时，他听到了楼下儿童室里压低的笑声和杯子碰撞的叮当声。他从窗口往外看，天色正在变暗。所有这些奇怪地让他想起母亲身穿闪亮的白裙子，在黄昏中为他朗读的情景。他爬到箱子里面，盖子随之轻轻地盖上了。

其他六个孩子玩累后，就鱼贯进入祖母的房间，等着她向他们道晚安，也等着她分发球形小糖果。她从两边的蜡烛中间看着他们，脑子里似乎想着什么不确定的事。第二天，安告诉祖母，亨利不见了。

"哎呀，孩子。他一定离开有一段时间了。"老夫人说。她停了一下。"但是，千万记住，不要去碰那只橡木箱子。"

但玛蒂尔达忘不了她的兄弟亨利，她觉得没有他一起玩没有意思。因此，她就在房子里转来转去，心里猜想着他会在哪里。她手里抱着木娃娃，低声哼着她能编出来的所有的歌。一个阳光灿烂的上午,她偷偷地往里看那只橡木箱子,它那么香气诱人,看上去那么神秘,她忍不住抱着娃娃钻了进去——跟亨利一样。

因此,只剩下了安、詹姆斯、威廉、哈利特和多萝西娅在房子里一起玩。"有一天,他们也许会回到你们身边,亲爱的孩子们,"他们的祖母说,"或者,你们会去跟他们会合。牢牢记住我的警告。"

现在,哈利特和威廉成了朋友,假装是一对情人;而詹姆斯和多萝西娅喜欢打猎、钓鱼和打仗这些更疯狂的游戏。

在十月里一个宁静的下午,哈利特和威廉在一起细声细语地说着话,目光越过石板瓦的屋顶,望着绿色的田野。他们听见了身后响起老鼠的吱吱叫声和急速奔跑声,就一起去寻找它出来的那个黑暗的小洞。但他们没有找到老鼠洞,就开始像亨利一样,用手指抚摸橡木箱子的雕刻,并给那些微笑的黑头颅取名。"我知道该干什么了!让我们假装你是睡美人,哈利特,"威廉说,"我当王子,披荆斩棘,然后进来。"哈利特温柔而奇怪地看着兄弟,但她还是进到箱子里躺下来,假装在酣睡。威廉踮着脚尖俯下身,看着巨大的箱子,就走进去吻睡美人,以便把她从沉睡中唤醒。慢慢地,木箱盖子的铰链又悄无声息地转动起来。这时,只有偶尔传来的詹姆斯和多萝西娅的喧闹声,会让安从埋头阅读中抬起头来。

但他们的老祖母已很虚弱,视觉很模糊,听力尤其差。

雪花从静谧的天空落到屋顶上;多萝西娅在橡木箱子里当一条鱼,詹姆斯站在冰窟窿的旁边,挥舞着一根手杖当鱼叉,假装是个爱斯基摩人。多萝西娅的脸红红的,激动的双眼在蓬乱的头发下闪闪发光。詹姆斯脸上有一处弯曲的擦痕。"你必须挣扎,多萝西娅,然后我会又回来,把你拉出去。快!"接着詹姆斯又叫又笑地被拉进箱子。像前面一样,木箱盖子轻轻地、轻轻地又盖了下来。

现在只剩下安一个人了。她已经长大，不太那么喜欢小糖果了，但她会独自去向祖母道晚安。老夫人若有所思地从眼镜上方看着她。"唉，亲爱的，"她的头颤抖着，并用她瘦骨嶙峋的食指和拇指紧紧地捏住安的手指，"多孤独的老人啊，我们俩，真的！"安吻了吻祖母柔软松弛的脸颊，然后悄然离去。老夫人坐在安乐椅上，两手放在膝盖上，斜转头看着孙女的背影。

安上床后，通常会点上蜡烛坐着看一会儿书。她在被子下弯起膝盖，把书放在上面。这是一个有关仙子和侏儒的故事。故事叙述者口中缓缓流泻的月光似乎照亮了白色的纸张，她想象着听见仙子美妙温婉的声音，这座有这么多房间的大房子是如此寂静，故事的文字是那么流畅优美。过了一会儿，她吹灭蜡烛，耳边响着杂乱的声音，眼前一幅幅飞速而过的模糊画面，沉沉入睡了。

深夜里，万籁俱寂，她在睡梦中起了床，两眼圆睁，却看不见任何真实的东西。她悄无声息地在空寂的房子中走着，经过祖母的房间，祖母正打着短促的鼾声沉睡着，她轻轻但稳步地走过去，又走下宽宽的楼梯。织女星高高地悬挂在石板瓦屋顶上的窗户上方，向远处放射出皎洁的光芒。安走进下面那个奇怪的房间，仿佛有一只手引导着她走向那只橡木箱子。就像梦见那是她的床似的，她在老玫红的丝绸上躺了下来，躺在了这个芳香宜人的地方。但房间里很黑，她没有察觉到箱盖在向下移动。

一整天，祖母都坐在凸肚窗里。她的嘴唇噘起来，老眼昏花却充满好奇地盯着大街上来来往往的行人和车辆。傍晚，她爬上楼梯，站在那个空闲的大房间门口。爬楼梯使她气喘吁吁，她的放大眼镜架在鼻梁上。她把手放在门边框上，费力地凝视着寂静的黑暗中微光闪烁的正方形窗户。但她看不远，因为她的视力模糊，而光线又微弱。她也闻不出秋季的叶子的淡淡芳香。但她脑海中的记忆纵横交错,纷乱如麻——欢笑和泪水,很久以前的孩子变得老成守旧,朋友的到来,最后的告别。接着,老夫人口齿不清地絮絮叨叨着下了楼,又回到了自己的窗座上。